Stéphane Bourg

POINTS CRIME

Il y a plus d'un siècle déjà, le héros du roman de Georges Darien, *Le Voleur*, affirmait : « Le récit émouvant d'un bon crime apaise maintes colères et tue dans l'œuf bien des actions que la société redoute. »

Tueurs en série, femmes meurtrières, braqueurs, escrocs, experts de la police scientifique, profilers ou erreurs judiciaires : le crime captive, il passionne, nous interpelle.

Comprendre le crime ou, du moins, tenter de le faire, c'est aussi une manière d'appréhender le monde dans lequel nous vivons.

S. B.

Né en 1954, Étienne Sesmat est lorrain. Après des études militaires à Saint-Cyr, il choisit la gendarmerie et débute sa carrière à Versailles, puis est nommé commandant de la compagnie de gendarmerie d'Épinal, dans les Vosges. Après différentes affectations en métropole, dans les DOM-TOM et à l'étranger, il terminera sa carrière à Marseille avec le grade de colonel, aux fonctions de chef d'état-major.

Étienne Sesmat

LES DEUX AFFAIRES GRÉGORY

Belfond

ISBN 978-2-7578-5630-7
(ISBN 978-2-7144-4259-9, 1re édition)

À Grégory,
à Maurice Simon, le grand juge.

Préambule

Seule la vérité peut affronter l'injustice.
La vérité, ou bien l'amour.

ALBERT CAMUS

Le 16 octobre 1984, j'étais sur les bords de la Vologne, à Docelles, dans le département des Vosges, à l'endroit où le corps du petit Grégory Villemin fut retiré de la rivière. Ce jour-là commençait une affaire qui allait défrayer la chronique, et dont les tragiques rebondissements sont encore dans les mémoires. Une affaire exceptionnelle tant par la nature du crime commis que par ses cruelles et multiples conséquences. Vingt ans après, elle continue de hanter l'opinion, après l'avoir choquée et égarée. Je le constate chaque semaine en rencontrant des personnes qui m'interrogent sur cette histoire et cherchent à savoir… Je constate également que bien des préjugés subsistent dans les esprits, ainsi que nombre d'interprétations erronées.

Je ne connais pas d'affaires criminelles qui ont suscité autant d'analyses et de commentaires, et dont les ressorts et le déroulement réels restent à ce point négligés, voire carrément ignorés. Des policiers et des magistrats ayant eu à connaître de ce dossier se sont exprimés, y compris à travers des livres. Des journalistes ont fait de même. De tous les protagonistes majeurs, seuls les gendarmes sont restés en retrait.

En tant que commandant de la compagnie de gendarmerie départementale d'Épinal et enquêteur avec mon unité, j'ai été amené à intervenir dès le début de l'enquête et je me suis trouvé impliqué par la suite dans tous ses prolongements. J'ai personnellement rencontré et œuvré avec les principaux acteurs et témoins du dossier : les Villemin, les Laroche, le juge Lambert, le président Simon, les avocats, les experts, les policiers, les journalistes…

Peu à peu, les médias ont fait de l'enquêteur initial que j'étais un personnage dans lequel je ne me suis jamais reconnu. Je suis devenu « le » gendarme de l'histoire en étant la cible, avec d'autres, de critiques injustifiées. Très tôt nous avons été contestés dans notre enquête, puis mis en cause devant la justice par certains avocats qui en avaient fait une stratégie de défense, sans compter les chausse-trappes posées par ceux qui avaient intérêt à nous disqualifier, pour des raisons que j'exposerai. Longtemps, on a profité de notre refus de répondre aux attaques. L'inconvénient d'un tel silence, c'est qu'il a pu entretenir le doute dans les esprits, passer pour un signe d'embarras ou, pire, pour un aveu de culpabilité.

N'étant plus en service et tenu à un devoir de réserve, je peux aujourd'hui parler librement. J'entends défendre mon honneur et celui des personnes qui ont travaillé avec moi en témoignant avec précision et en toute bonne foi sur des événements qui ont été déformés, pour ne pas dire dénaturés, par la somme considérable d'articles, d'interviews et d'ouvrages parfois mal informés ou polémiques qu'ils ont inspirés. Trop de partis pris, d'erreurs, d'omissions, de contresens, voire de contrevérités ont occulté l'essentiel d'un dossier qui avait quitté la sphère policière et judiciaire pour graviter dans l'imaginaire collectif. Je souhaite donc en revenir à l'examen des faits, à l'enquête et à la procédure judiciaire, et les exposer le plus objectivement possible afin d'éclairer le lecteur sur ce qui peut être tenu pour certain et vrai.

Avant d'être un devoir civique et moral, c'est d'abord un devoir envers la mémoire de Grégory, la victime innocente. La mort d'un enfant sacrifié à une jalousie terrible et à une folle volonté de vengeance ne peut pas, ne doit pas rester inexpliquée. J'entends chaque jour, ici et là, que l'on ne saura jamais rien sur ce crime, que son auteur ne sera jamais connu, que la justice elle-même n'a pu conclure. C'est oublier que le système judiciaire – enquêteurs, experts et avocats inclus –, après s'être fourvoyé, s'est ressaisi. Et que la justice, en laquelle j'ai toujours gardé confiance, a fini par ouvrir droit à la vérité après toutes les investigations effectuées, après les cinq ans d'instruction de Maurice Simon et de Jean-Paul Martin, puis le procès de Dijon. On verra ce qui a été établi sur les différentes pistes suivies et on s'apercevra que la justice s'est montrée moins aveugle qu'on ne le croit. Cependant, il convient de s'interroger sur les manquements observés. Qui en fut responsable, tant à l'échelon individuel qu'institutionnel ? Comment ces dysfonctionnements auraient-ils pu être évités ? On a souvent mis en avant l'excessive publicité donnée à l'affaire pour en expliquer les dérives. En était-ce la cause, ou plutôt la conséquence ?

Ma volonté, en abordant ces questions, n'est pas de chercher des coupables, de raviver des souffrances ou de régler des comptes, mais de dissiper ce qui fait encore écran à l'objectivité des faits et entretient de faux mystères. Quelques-uns auraient préféré que je me taise, mais ne pas dire ce que je tiens pour avéré serait me déjuger. J'ai été l'un des premiers acteurs de cette interminable et douloureuse affaire. Comme pour d'autres protagonistes de ce drame, et ils sont nombreux, ma vie professionnelle et personnelle en a été marquée. Aujourd'hui, le temps est venu pour moi d'apporter ma contribution au rétablissement de la vérité.

Ce livre n'a pas d'autre objet.

Que sait-on de l'assassinat de Grégory ? Qui l'a tué et pourquoi ? Par quels biais ce dossier a-t-il connu tant de péripéties et produit un pareil imbroglio judiciaire et médiatique ? Ces questions-là méritent d'être posées.

Ce que j'appelle *Les Deux Affaires Grégory*.

ARBRE GÉNÉALOGIQUE DES FAMILLES VILLEMIN ET JACOB

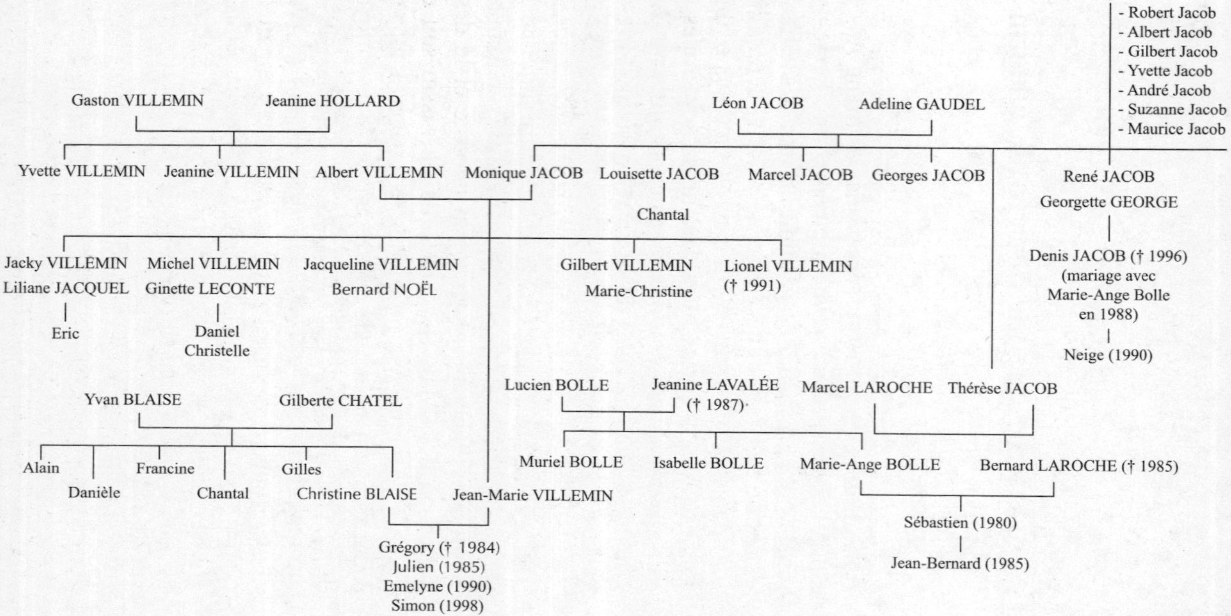

I

« J'espère que tu mourras de chagrin le chef… »

L'affaire Grégory est un assassinat d'enfant. Assassinat veut dire meurtre avec préméditation. Donc une mort voulue, pensée, programmée. Bien des enfants paient de leur vie les perversions, la folie, la cupidité ou l'égoïsme des adultes. On les voit victimes d'abus sexuels, de démences aveugles, de maltraitances et violences familiales, ou d'enlèvements contre rançon. Rien de tel dans la mort de Grégory. Pas d'histoire de sexe, de question d'argent, de rôdeur psychopathe ou de tueur en série, ni drame familial ni maltraitance. Grégory a été assassiné pour un autre motif : la haine. Une haine alimentée par deux autres sentiments malsains et souvent associés : la jalousie et le désir de vengeance. Mais il a fallu que l'assassin soit en proie à une immense folie pour en arriver à tuer de sang-froid un enfant de quatre ans ! Cette sorte de folie peut se dissimuler derrière un comportement normal et une vie des plus anodines. Tapie au fond d'une conscience malade, elle peut croître au fil du temps pour exploser subitement. La jalousie, le désir de vengeance et la haine, même greffées sur des causes apparemment futiles, sont des leviers très forts de violence.

Cette affaire met en jeu tous ces éléments. C'est pourquoi elle est hors du commun. Grégory est assassiné non pas pour ce qu'il est mais pour ce qu'il représente : l'amour et la fierté d'un homme, son père, auquel on n'ose pas s'attaquer directement. Je n'ai pas retrouvé, dans nos annales judiciaires récentes, de cas similaire de meurtre d'enfant. Autre singularité : l'assassin est un « corbeau », soit un individu qui s'en prend anonymement à d'autres individus par le biais d'appels téléphoniques ou de lettres, et pour des raisons très variées. Des manifestations verbales ou écrites qui s'accompagnent souvent de menaces, de chantages ou d'ultimatums. De tels agissements, relativement fréquents, se rencontrent dans tous les milieux et touchent l'environnement familial, social ou professionnel. En revanche, il est exceptionnel qu'un corbeau concrétise ses intentions malveillantes, car l'anonymat traduit précisément son impuissance à exprimer ouvertement ses sentiments et à passer à l'acte. Or, nous avons ici l'exemple d'un corbeau qui a mis ses menaces à exécution, allant jusqu'au meurtre d'un enfant annoncé près de deux ans auparavant.

Grégory Villemin a quatre ans et deux mois quand il est enlevé et assassiné. Il est le fils unique de Jean-Marie et Christine Villemin. Le couple vit à Lépanges-sur-Vologne dans un pavillon modeste mais plaisant, valorisant pour les jeunes ouvriers qu'ils sont.

Localité de taille moyenne pour la région, Lépanges compte environ six cents habitants. Sa situation proche de Bruyères, le chef-lieu de canton, sur la route qui le relie à Épinal, favorise un relatif dynamisme économique. D'une manière générale, la vallée de la Vologne, où se trouvent les villages qui nous intéressent, offre un cadre de vie agréable. Les habitants ont un niveau de revenus correct. Le tissu industriel est dense, même si les entreprises n'appartiennent pas au secteur de la haute technologie et ne pratiquent pas des salaires mirobolants. Contrairement à un cliché journalistique trop répandu, nous ne sommes pas ici « dans une province moisie[1] », au « fin fond des lugubres vallées vosgiennes ». Il ne s'agit pas d'une contrée reculée où vivrait une population arriérée ! Nous n'avons pas affaire à des familles socialement marginalisées, ravagées par l'alcool ou les mariages consanguins, ni à des individus tarés aux mœurs inavouables. Pas plus qu'à des rustres, des hommes des bois, sinon des « montagnards mosellans aux cheveux filasse hérités des anciens Burgondes[2] », comme les ont rêvés certains. Le contexte géographique et social de cette affaire est banal. Celle-ci aurait pu, à mon sens, se dérouler pareillement en Bretagne, dans le Gers ou à Versailles !

La région de Bruyères, et particulièrement la vallée de la Vologne, possède une longue tradition industrielle, comme la plupart des vallées environnantes. On y trouve notamment des filatures qui, sous l'impulsion de grands capitaines d'industrie comme les Boussac, sont venues s'y implanter après la guerre de 1870 et l'annexion de l'Alsace par l'Allemagne. Les récentes mutations économiques ont vu de nombreuses usines fermer ou réduire leurs activités, mais, à l'époque des faits, au début des années 1980, aucun des protagonistes de l'histoire n'est chômeur. Là encore, le climat n'est pas celui de *Germinal* et il n'y a pas matière à en faire

1. Philippe Besson, *L'Enfant d'octobre*, Grasset, 2006.
2. *France-Soir Magazine*, 10 novembre 1984.

un roman, même si, dans cette histoire singulière, bien des acteurs s'évertueront à dramatiser les faits et à se rendre plus machiavéliques encore que le scénario ne le laissait prévoir…

Si le décor n'est pas sordide et s'il abrite des gens que l'on rencontre partout ailleurs, les « histoires de famille » n'en sont pas moins présentes. Mais quelle famille n'en a pas ? Laquelle ne contient pas de secrets derrière les apparences ? Même la plus unie et la plus soucieuse de respectabilité.

La famille Villemin, qui nous intéresse au premier chef, fait partie de ces familles « ordinaires », mais avec ses histoires. Les parents, Monique et Albert Villemin, âgés de cinquante-trois et cinquante-deux ans au moment des faits, ont eu six enfants : Jacky, Michel, Jacqueline, Jean-Marie, Gilbert et Lionel. Le couple habite à Aumontzey, un village de quatre cent cinquante habitants situé à sept kilomètres de Bruyères et treize de Lépanges.

Albert Villemin, le père, est ouvrier à la filature d'Aumontzey. Sa femme Monique y a également travaillé jusqu'en 1975 avant de faire des ménages. Leur « secret » n'en est plus un pour la quasi-totalité de leur entourage : l'aîné de leurs enfants, Jacky, n'est pas le fils d'Albert. Quand ce dernier a épousé Monique, celle-ci était déjà enceinte d'une liaison précédente. Jacky Villemin, le « bâtard » auquel le « corbeau » va porter une attention toute particulière, s'est marié avec Liliane Jacquel, originaire de Granges-sur-Vologne, un village situé à trois kilomètres d'Aumontzey où résident également l'un de ses demi-frères, Gilbert, et son épouse Marie-Christine. En 1984, Monique et Albert Villemin ont encore sous leur toit le petit dernier,

Lionel. Leur second fils, Michel, et sa femme Ginette habitent une maison voisine avec leurs deux enfants. Quant à Jacqueline, l'unique fille de la fratrie, elle réside avec son mari, Bernard Noël, à Saulcy-sur-Meurthe, à trente kilomètres d'Aumontzey.

Dans cette famille où l'on vit à moins de trente minutes en voiture les uns des autres, on est justement très « famille ». On passe son temps à prendre et à échanger des nouvelles des proches. Le dimanche offre presque toujours l'occasion de se réunir autour d'un repas pris chez les parents. Du moins quand règne la bonne entente car, la proximité aidant, intrigues, non-dits ou « trop-dits » créent des conflits plus ou moins durables, avec leur lot de connivences, de suspicions, de rabibochages ou de rancunes.

Outre cette parenté directe vivent dans le voisinage les cousins Jacob. Monique Villemin, née Jacob, est la huitième d'une famille de treize enfants – cinq filles et huit garçons. Cette parentèle a essaimé dans le village d'Aumontzey et aux alentours.

Entre les Jacob et les Villemin, les relations ne sont pas des plus chaleureuses. Les circonstances dans lesquelles Monique et Albert Villemin se sont mariés – rappelons que Monique portait alors l'enfant d'un autre – n'étaient ni simples ni propices à une bonne entente entre les deux familles. Mais c'est Jean-Marie, le quatrième des enfants Villemin, qui va bientôt cristalliser toutes les tensions et rivalités latentes…

Jean-Marie, donc, le troisième fils d'Albert et Monique, est né le 30 septembre 1958 à Aumontzey. En 1979, il épouse Christine Blaise, originaire de Petitmont, en Meurthe-et-Moselle, qu'il a rencontrée en 1976 à Laveline-devant-Bruyères lors d'une simple promenade. Après avoir vécu quelques années en appartement HLM à Lépanges, le couple s'installe en juin 1981 dans un pavillon qu'ils ont fait bâtir sur la commune. Ce choix tient à leur souhait de prendre un peu de recul par rapport à la famille et à l'emploi de Christine, couturière dans une entreprise locale, la Manufacture de confection vosgienne. L'achat du pavillon signe avec éclat la réussite de Jean-Marie, sa promotion sociale, lui, le petit ouvrier sans qualification ni diplôme, ancien syndicaliste CGT devenu agent de maîtrise et responsable d'une équipe de vingt personnes.

Jean-Marie Villemin, celui dont le « corbeau » assassin a voulu se venger en tuant son fils Grégory, a vingt-six ans au moment des faits. Le 18 octobre 1984, deux jours après le drame, je le rencontre pour la première fois pour l'interroger longuement et chercher à savoir s'il se connaît des ennemis qui ont pu lui en vouloir à ce point. Je découvre un jeune homme entier, au caractère vif et aux idées arrêtées. Sa douleur intolérable s'est muée en une rage impatiente qu'il ne cherche pas à dissimuler. Loin d'être abattu, il veut que justice soit faite et coopère sans retenue à notre travail de recherche. Cette volonté correspond à son profil d'autodidacte.

En 1974, à seize ans, sans aucun diplôme, il entre comme simple ouvrier à l'usine Autocoussin de La Chapelle-devant-Bruyères, une entreprise qui fabrique des pièces et des sièges pour véhicules. Il n'y reste que quelques mois ; son souhait est d'entrer dans les filatures, alors florissantes, et d'être embauché dans celle d'Aumontzey, près de sa famille, où travaillent son père et ses frères.

En mars 1975, c'est chose faite. Aussitôt, comme

tous les membres de la famille, il s'inscrit à la CGT. Mais quelques semaines plus tard, à la suite d'une grève à laquelle il a participé, et pour une banale question de jours de repos, il s'accroche avec le directeur de la filature, qui le licencie sans que son syndicat puisse s'y opposer. Il retourne à l'usine Autocoussin, mais refuse d'y reprendre une carte CGT malgré la présence de Roger Jacquel, le beau-père de son frère Jacky, qui en est le délégué au sein de l'entreprise.

Après sa rencontre avec Christine, Jean-Marie part en 1977 effectuer son service militaire à Charleville-Mézières. Un service très honorable qui lui vaut une promotion et le certificat de bonne conduite. À son retour, le jeune homme n'est plus tout à fait le même. Il a gagné en maturité et a affirmé son sens des responsabilités. Sa relation avec Christine s'est approfondie et consolidée, et le conforte dans ses ambitions. Car Jean-Marie a pareillement évolué sur le plan professionnel. Sa disponibilité et la qualité de son travail le font bientôt remarquer de sa hiérarchie.

Dès septembre 1978, il est affecté à un poste en laboratoire, un secteur privilégié dans l'entreprise. Sa mutation suscite des jalousies. Il a tout juste vingt ans. Deux ans et demi plus tard, en février 1981, il grimpe un nouvel échelon en étant nommé contremaître par promotion au mérite. L'événement fait sensation au sein de son environnement social et familial. Il a réussi en très peu de temps, et de façon exemplaire, à s'élever au-dessus de sa condition. Il est devenu « le chef » et le centre de toutes les conversations, d'autant plus qu'il fait bâtir une coquette maison, bien placée sur les hauteurs de Lépanges. On imagine les envies et les rancœurs suscitées par cette réussite affichée sans complexe…

En décembre 1982, l'un de ses oncles, Marcel Jacob, lui dira : « Je ne serre pas la main à un chef. Tu n'es qu'un rampant qui n'a pas de poil sur la poitrine ! » Et l'une de ses belles-sœurs de renchérir : « Maintenant qu'il est chef, il ne viendra plus nous serrer la main[1]. » Quand, le 16 octobre 1984, l'assassin de Grégory revendiquera son crime, il le formulera avec ces mots : « Je me suis vengé du *chef*, j'ai jeté son gosse dans la Vologne… », ajoutant : « J'espère que tu mourras de chagrin le *chef*… »

Cette année 1981, si favorable à Jean-Marie, correspond à l'apparition du corbeau. Ou plutôt « des » corbeaux, car ils sont nombreux à passer des coups de téléphone anonymes, dès avril, provoquant un climat général très confus.

Jean-Marie et Christine Villemin emménagent dans leur pavillon en juin 1981. La ligne téléphonique est posée en juillet, et les premiers appels anonymes débutent chez eux le mois suivant. Ils ont lieu la nuit. D'abord muets, ils sont bientôt accompagnés de musiques et d'une voix qui fredonne en arrière-fond. Les époux Villemin entendront la chanson : « Chef, un p'tit verre, on a soif… » Très vite, les appels se concentrent sur les membres de la famille résidant à Aumontzey, en particulier les parents, Albert et Monique Villemin. Cette première cacophonie malveillante n'épargnera quasiment personne dans la famille, mais ce sont bien eux qui

1. Procès-verbal d'audition de Jean-Marie Villemin, 27 juillet 1987. Propos confirmés par les témoins de la scène lors de leur audition. Repris dans l'arrêt du 3 février 1993.

seront les plus touchés. Après le crime, l'instruction permettra de dénombrer plus de mille appels, dont huit cents adressés à Monique et Albert. Ces derniers en viendront même à tenir un cahier pour essayer de les recenser ! Le « registre des corbeaux »...

Pendant près de deux ans, de l'été 1981 au printemps 1983, la vallée de la Vologne va bruire ainsi de centaines d'appels et de tous les commentaires, rumeurs et suspicions qu'ils font naître. Beaucoup de personnes se sont prêtées occasionnellement à ce jeu, soit par malveillance, soit pour riposter contre celui ou celle qu'elles imaginaient être leur corbeau, soit pour se défouler ou régler quelques comptes dans une ambiance des plus malsaines. Quelques-uns reconnaîtront plus tard avoir cédé à la tentation, dont Jean-Marie et Christine Villemin. D'autres, et probablement ceux qui ont le plus de choses à se reprocher, ne l'avoueront jamais. Les personnes appelées relateront avoir entendu de multiples et divers bruits de fond attestant de la multiplicité des corbeaux : cliquetis d'un métier à tisser, coups de marteau clouant une caisse, sifflements de machines, bruit de pas d'une personne montant un escalier... Autant d'éléments susceptibles de fournir des indications sur l'origine de ces croassements incessants et hostiles qui finissent par hanter la vie quotidienne de cette famille.

Au milieu de cet écheveau d'appels, difficile de repérer et de suivre le corbeau qui nous intéresse, l'assassin. Les dates et heures sont incertaines, et il est relativement facile de travestir une voix. Quelques enregistrements ont été effectués, mais ils sont trop limités pour être réellement exploitables, même si les recherches qui ont été faites sur ce point autorisent aujourd'hui quelques observations fondées. Ainsi, deux voix reviennent fréquemment : celle d'un homme au timbre grave, surnommé dans la famille « l'homme à la voix rauque », et celle d'une femme. La voix masculine vise principalement des membres de la famille, celle de la femme concerne les appels lancés à des étrangers pour nuire à des proches. Au cours de l'enquête, des experts certifieront que ces deux voix émanaient en fait de la même personne – ce qui en arrangera certains –, quand d'autres soutiendront le contraire…

Mais une chose est certaine, les premiers appels sont brefs et se résument à des insultes. Peu à peu, ils se prolongeront pour durer parfois plus de trente minutes, comme celui reçu par Jean-Marie Villemin sur son lieu de travail, en avril 1983, et qui sera attribué à « l'homme à la voix rauque ». Les appels iront crescendo durant l'année 1982, pour atteindre leur paroxysme au début de 1983.

Revenons sur les deux types d'appels. Les premiers – de loin les plus nombreux – se nourrissent des anecdotes de la vie quotidienne, des cancans ou des rivalités familiales. Untel revient sur une soirée à laquelle un parent n'était pas invité, un autre ressasse les mauvais tours ou commente les réactions de chacun. Truffés d'insultes et de grossièretés, ils visent manifestement à semer la zizanie et sont l'œuvre de « l'homme à la voix rauque ». Quant aux appels donnés à l'extérieur, essentiellement par une voix féminine, ils cherchent à fragiliser les parents Villemin. Ainsi, un garagiste et un marchand de fuel sont invités à présenter de fausses commandes, les pompes funèbres sont sollicitées à plusieurs reprises pour annoncer la mort d'Albert, des médecins, des infirmières ou des ambulanciers sont également alertés, des pompiers apprennent le suicide d'Albert, des voisins sont informés du prétendu accident de l'un ou l'autre… En mars 1983, des gens se présenteront même chez Albert et Monique avec une plaque mortuaire pour présenter leurs condoléances !

Si chacun des deux corbeaux joue sur un registre différent, il leur arrive aussi d'être complices, car on les a entendus ensemble sur quelques appels, la voix de la femme demandant un correspondant avant que la voix d'homme prenne le relais. Même si l'on peut imaginer que le corbeau s'ingénie à changer de voix, la probabilité est forte qu'il y a eu, dans cette première période, deux corbeaux principaux. Et s'ils ont pu être parfois associés, l'un se montrait plus dangereux que l'autre.

La cible principale est alors les parents Villemin, Albert et Monique, mais surtout Albert. Le corbeau lui téléphone souvent quand il est seul, au moment de sa sieste, alors que Monique est partie faire des ménages. Le corbeau semble être bien renseigné sur leurs habitudes de vie par des membres de l'entourage proche, volontairement ou non. Il ne se prive pas non plus d'évoquer des faits survenus chez leurs enfants, notamment chez Jean-Marie et Christine quand, le 22 novembre 1981, on vient briser la vitre de leur porte d'entrée, ou, le 13 décembre 1982, on crève les pneus de leur voiture.

Pourquoi le corbeau se focalise-t-il avec un plaisir morbide sur Albert jusqu'à imaginer son suicide ? Les réponses viendront plus tard… Dans l'immédiat, il est clair que cet inconnu en sait long sur la famille. Ceci est d'autant plus vrai que Jean-Marie et Christine ont changé entre-temps de numéro et se sont mis sur « liste rouge » pour ne plus être importunés. Ils n'ont communiqué leur numéro qu'à un cercle restreint d'intimes. Tous les membres de la famille ne sont pas dans la confidence. Michel, le second de la fratrie Villemin, qui habite tout près de la maison des parents, ne fait pas partie des « initiés » et s'en trouve extrêmement dépité.

Le corbeau réussit à atteindre l'un de ses objectifs : provoquer la discorde. Au fil du temps, en sachant habilement prendre la défense de Jacky, l'aîné des Villemin, le « bâtard qui est toujours mis de côté », il le marginalise pour de bon. Lui et son épouse Liliane se coupent de certains membres de la famille. Liliane étant par ailleurs la fille de Roger Jacquel, le syndicaliste CGT qui ne fait pas mystère de son antipathie à l'égard de Jean-Marie, le « traître », ce dernier en viendra à le soupçonner d'être le corbeau. La famille se scinde alors en trois camps : d'un côté, Jacky Villemin et les Jacquel ; de l'autre, Michel Villemin et sa femme Ginette, très proches de leur cousin Bernard Laroche qui, pour sa part, ne semble pas prendre parti dans ce charivari. Et, au milieu, autour de Jean-Marie qui, par son caractère et son assurance, fait là encore figure de « chef », se rangent les parents, Albert et Monique, et les autres frères et sœur, Jacqueline et son mari Bernard Noël, Gilbert et sa femme Marie-Christine. Le jeune Lionel, quant à lui, suit ce mauvais feuilleton d'assez loin.

Michel Villemin tient une place particulière dans l'histoire. Il cumule un double handicap : celui d'habiter à deux pas des parents, un voisinage qui, paradoxalement, lui vaut d'être négligé. Il n'est invité à rejoindre la table dominicale où sont réunis les enfants que pour le dessert ou le café. Il souffre également d'avoir connu un important retard scolaire. Au moment de l'enquête, il est encore, à 29 ans, en apprentissage de lecture et d'écriture. Ce qui est fort honorable et courageux de sa part, mais on peut imaginer son embarras à la filature, lui, le frère du « chef », un frère qui suscite tant de railleries pour être passé dans les rangs de « l'ennemi », ceux des contremaîtres, à l'usine d'Autocoussin. Impulsif, Michel réagit au premier degré. Il s'est déjà bagarré avec son frère aîné, Jacky, sans être pour autant un allié affiché de Jean-Marie. Lorsque, dans ses appels, le corbeau laisse sournoisement entendre qu'il y a un deuxième bâtard, Michel se sent visé et menacé. C'est un homme malheureux, souvent dépassé par la situation et probablement influençable. Il a pour confident et ami son cousin Bernard Laroche, qui lui rend très souvent visite et auquel il se confie. Ils sont si proches que beaucoup les considèrent comme « frères de lait ». Nous verrons combien leurs relations ont pu peser sur l'affaire mais aussi contribuer à la compréhension des faits.

Les malfaisances téléphoniques ne prendront fin qu'en mars-avril 1983.

En décembre 1982, Albert Villemin, excédé par ces appels répétés, se rend à la brigade de gendarmerie de Corcieux, dont le village d'Aumontzey dépend, pour porter plainte. Les gendarmes préviennent le procureur de la République de Saint-Dié, qui, loin de prendre la chose à la légère, ouvre une information. Le juge Meyer délivre aussitôt une commission rogatoire à la brigade commandée par l'adjudant Féru. Son investigation sera efficace mais incomplète. La technologie alors utilisée dans les télécommunications ne permet pas de suivre et de mémoriser les appels. Aujourd'hui, il suffirait d'une journée pour connaître l'origine d'un appel, son horaire et sa durée. Cependant, à terme, cette enquête ne sera pas inutile et aura pour effet de dissuader les corbeaux de poursuivre leur manège, du moins dans un premier temps.

Dès le mois de janvier 1983, les gendarmes de Corcieux demandent à pouvoir placer sur écoutes la ligne de Monique et Albert Villemin, les cibles principales. Ce qui est fait en avril. Les intéressés en sont informés. Preuve que le corbeau et son complice sont au cœur de cette famille, les appels chez Monique et Albert cessent aussitôt pour se reporter sur d'autres membres de la parenté, dont Jacky et Liliane, qui sont alors fâchés avec la famille Villemin, ou dériver vers l'extérieur. C'est la période des coups de fil anonymes aux médecins, infirmiers, garagistes, pompiers… dans le but de les envoyer dépanner, soigner ou même relever le corps de ce pauvre Albert. Durant le premier trimestre 1983, le phénomène ne cesse de s'amplifier, chaque semaine, que des tiers sont envoyés au domicile des parents Villemin.

À partir du mois d'avril 1983, les mesures prises par les gendarmes deviennent effectives et les appels cessent subitement. Tous ceux qui jouaient les corbeaux prennent peur, les risques d'être démasqué sont trop grands. D'autant que chacun dispose maintenant d'un magnétophone près du combiné téléphonique, prêt à enregistrer les messages. L'une des ultimes mais décisives manifestations du corbeau intervient le 24 avril 1983 et touche Jean-Marie Villemin sur son lieu de travail. Un appel long de plus d'une demi-heure durant lequel Jean-Marie révèle involontairement son talon d'Achille : son fils Grégory… Durant ce coup de fil, le corbeau revient avec insistance sur le travail de Jean-Marie, sa promotion, l'argent qu'il gagne, et répète continuellement : « Je ne peux pas blairer les chefs », puis exprime ses intentions : « Ta femme, on va la violer… – Je m'en fous, répond Jean-Marie pour le narguer, j'ai de l'argent, j'aurai une autre minette ! – Alors, je m'en prendrai à ton mioche, ça te fera plus de mal… – Espèce de fumier, n'essaie pas de toucher au gamin ou tu es un homme mort ! » Cet appel, et les réactions de Jean-Marie Villemin aux menaces du corbeau, scellent probablement le sort de Grégory dans l'esprit du meurtrier.

Il y aura encore quelques appels ici et là, notamment à l'extérieur du cercle familial, et même après les faits, mais à partir de la fin mai 1983, excepté celui passé le jour même du meurtre pour le revendiquer, on n'entendra plus « l'homme à la voix rauque », ni sa complice féminine.

Au printemps 1983, le corbeau change de tactique et se met à écrire. La première lettre, un billet sans enveloppe, est glissé entre les volets de la maison de Jean-Marie et Christine dans la nuit du 3 au 4 mars 1983. Écrit en grandes lettres capitales carrées, le message est direct :

JE VOUS FEREZ VOTRE PEAU À LA FAMILLE VILLEMAIN.

Par ce geste, le corbeau désigne à la fois la famille Villemin – le patronyme est écorché à dessein –, dont il ne semble pas être un membre direct, et Jean-Marie, le destinataire du billet. Pourquoi lui ? Parce que Jean-Marie est bien la cible principale du corbeau, au-delà des attaques contre la famille en général. Et parce qu'il est difficile d'agir de même chez Albert et Monique. Leur fils Michel, qui est leur voisin, a un chien qui pourrait donner l'alerte. Inversement, la maison de Jean-Marie et Christine, sans être isolée, est souvent inoccupée, ses propriétaires travaillant tous les deux.

Quelques semaines plus tard, Albert et Monique reçoivent à leur tour une lettre, à leur domicile d'Aumontzey. Elle a été postée le 27 avril dans un bureau du secteur de Bruyères. En utilisant la poste, le corbeau peut toucher son destinataire sans courir le risque d'être surpris à rôder près de chez lui. Écrite avec les mêmes lettres capitales typographiques, cette lettre est beaucoup plus fournie que le précédent billet et contient des éléments déjà présents dans les appels téléphoniques :

SI VOUS VOULER QUE JE M'ARRÊTE JE VOUS PROPOSE UNE SOLUTION – VOUS NE DEVEZ PLUS FRÉQUENTER LE CHEF, VOUS DEVER LE CONSIDÉRÉ LUI AUSSI COMME UN BÂTARD, LE METTRE DE CÔTÉ, PAR VOUS ET SES FRÈRES ET SŒUR.

SI VOUS NE LE FAITE PAS, J'EXÉCUTERAI MES MENACES QUE J'AI FAIT AU CHEF POUR LUI ET SA PETITE FAMILLE.

JACKY ET SA PETITE FAMILLE A ÉTÉ ASSEZ MIS DE CÔTÉ – AUTOUR DU CHEF D'ÊTRE CONSIDÉRER COMME UN BÂTARD.

IL SE CONSOLERA AVEC SON ARGENT.

À VOUS DE CHOISIR,

LA VIE OU LA MORT.

Les mots soulignés dans le texte reproduit ci-dessus l'étaient sur l'original. Quant aux fautes d'orthographe, on peut les juger intentionnelles. Cette lettre, tout comme le billet déposé chez Jean-Marie et Christine Villemin dans la nuit du 4 mars, sont manifestement de la même main. La façon dont l'adresse est rédigée sur l'enveloppe fait penser à des annotations de dessin industriel. On y retrouve les thèmes de prédilection du corbeau : la pseudo-défense de Jacky, le « bâtard », les allusions au « chef », les références à l'argent et à la mort, des idées qui seront reprises littéralement dans la lettre de revendication du crime, le 16 octobre 1984. L'expression « petite famille » revient à deux reprises. Les menaces à l'encontre de Grégory sont précises et directes, en écho au long coup de fil passé à Jean-Marie à son usine trois jours plus tôt. Autrement dit, en avril 1983, dix-huit mois avant le crime du 16 octobre 1984, le corbeau a déjà en tête de s'en prendre à Grégory. Dix-huit mois !

Le plus étonnant est que cette lettre soit adressée à Albert sans le viser personnellement. La cible n'est autre que Jean-Marie, et lui seul. Pourquoi ne pas lui avoir écrit à son domicile de Lépanges ? Pour les experts, la réponse sera évidente : l'auteur de la lettre veut observer aussi directement que possible son impact sur la famille. Le corbeau est à Aumontzey. Il peut donc juger de l'effet produit par le truchement des parents Villemin, qui en sont le pivot. Une lettre directement adressée à Jean-Marie risquait de n'être connue que par les rares proches auquel il accorde sa confiance. Le corbeau aurait été frustré du résultat de son envoi. Il est à noter qu'à cette époque, Jean-Marie et son demi-frère Jacky sont en bons termes.

Quelques jours plus tard, Albert et Monique reçoivent une seconde lettre, postée le 17 mai 1983 dans le même secteur. La missive est rédigée cette fois-ci en écriture cursive, comme le sera la lettre de revendication du meurtre… La constance des thèmes abordés dans les lettres, contrairement aux appels téléphoniques, montre que le corbeau-épistolier et l'assassin sont une seule et même personne. Cette nouvelle lettre est encore plus circonstanciée et particulièrement agressive :

je vois que rien à changer chez vous il n'y en a toujour que pour les mêmes. et le chef vient toujour.

vous pouvez montrer l'autre lettre et celle-là à jacky car j'arrete. il est toujour mis de côté, cela ne serre à rien que je le défende.

Il n'y a que votre salope de fille et son vieux qui ont le droit de salir vos assiettes le dimanche.

il n'y en a que pour le gendre, il compte plus que vos fils, surtout pour toi la vieille c'est ton « NONOCHE » et il se permet tout à aumontzey.

et le petit con de granges, il n'est pas une journée sans descendre chez vous et il faut toujour qu'il mette son grin de sel quand il devrait fermer sa grande gueule mais pas d'effet et sa connasse de gonzesse, elle fait toujour la grande malade avec sa salle gueule de cochon « le CINÉMA ».

autour du chef, du balaise, il peut arrêter de chier dans son slip, je ne veux pas lui faire de bobo au balaise de maman ni à sa pimbêche de gonzesse ni à son mioche.

jacky ne serai pas mieu estimer pour ça et il sera toujours considerer comme un bâtard, le pauvre mec –

eh ! toi le vieux, tu en as prix un coup de vieux, tu m'as l'air bien malade.

eh oui le vieux, j'arrête et tu ne sauras jamai qui t'as fait chié pendant deux ans.

je me suis vengé car je vois que tu rumines, tu ne

te penderas peut-être pas mais je m'en fou car ma vangence est faite.

je te hais au point d'aller cracher sur ta tombe le jour ou tu crèveras

jacky n'est peut être pas plus estimer mais je m'en fou je me suis venger.

ceci est ma dernière lettre et vous n'aurez plus aucune nouvelle de moi. vous vous demanderez qui j'étais mais vous ne trouverez jamai.

que le tout fou d'à côté arrête de frimer car il prend un coup de poing dans la gueule et il se sauve.

ADIEU MES CHERS CONS.

Cette lettre est une attaque en règle contre la famille Villemin, avec ses deux cibles de prédilection : Albert et Jean-Marie. Tous les membres sont cités, à l'exception de Monique, Liliane, Lionel, le petit dernier, et Ginette, l'épouse de Michel qui, lui, n'est mentionné qu'à la toute dernière ligne – « le tout fou d'à côté » –, quasiment en post-scriptum, comme si le corbeau s'était rendu compte d'un oubli gênant… En revanche, le corbeau s'en prend vivement à Jacqueline – « votre salope de fille » – à son mari Bernard Noël – « son vieux », « le gendre », « Nonoche » –, à Gilbert – « le petit con de Granges » – à sa femme Marie-Christine – « sa connasse de gonzesse » –, et enfin à Albert – « le vieux ». Jacky, comme précédemment, sert d'alibi moral à cette agressivité. On remarquera, comme souvent dans ce type de lettre, le langage ordurier et les insultes mêlées aux paroles moralisatrices. Et là encore, le corbeau s'emploie à commettre d'énormes fautes d'orthographe alors que des mots compliqués et des expressions recherchées sont rédigés correctement. Ainsi de la phrase : « Je te hais au point d'aller cracher sur ta tombe le jour où tu crèveras. » Enfin, les propos font allusion à divers événements d'actualité, notamment une bagarre entre Michel et Jacky, et le fait que la lettre précédente n'ait pas été montrée à Jacky.

À deux reprises, le corbeau se réfère à la vengeance et annonce qu'il arrête.

Et, de fait, il va arrêter. Hormis un appel téléphonique à Jacky et Liliane en mars ou avril 1984, aucun corbeau ne se manifestera jusqu'en octobre 1984 ! Ce dernier appel restera assez confidentiel, beaucoup de membres de la famille n'en auront pas connaissance, mais il a été enregistré et sera joint au dossier. Une fois encore, le corbeau exprime ses intentions de s'en prendre au « chef » et à sa famille. Il prédit que les soupçons se porteront sur Liliane et son père, et se réjouit à l'idée de leur « faire porter le chapeau »...

Pourquoi le corbeau s'interrompt-il dans ses agissements ? Sans doute parce qu'il craint d'être découvert en en faisant trop... Par deux fois, il écrit : « Vous ne saurez jamais qui je suis... vous ne me trouverez jamais. » Comme pour dissuader quiconque de trouver sa trace. En effet, les gendarmes de Corcieux, qui commencent à en avoir assez de ces histoires de corbeaux à Aumontzey, poursuivent leur enquête en tenant compte de ces éléments nouveaux. Ils saisissent les deux lettres et convoquent pour une dictée tous les protagonistes directs de l'affaire, soit les familles Villemin et Jacquel, pour en découvrir l'auteur. Mais ces dictées ne seront jamais vraiment exploitées. Les enquêteurs se borneront à constater que les agissements du corbeau ont céssé et concluront que la famille faisait peser ses soupons sur Jacky. Bien que la procédure ait été adressée le 16 décembre 1983 au juge d'instruction à Saint-Dié, ce dernier décidera de ne pas pousser plus avant. Par expérience, magistrats et enquêteurs savent que de tels agissements cessent aux premières investigations. Du moins peut-on avancer ce motif pour expliquer une position qui leur sera tellement reprochée plus tard… Ah ! si les gendarmes de Corcieux et les magistrats de Saint-Dié avaient pris cette histoire de corbeau plus au sérieux ! Mais comment pouvaient-ils imaginer le drame qui couvait ? Les faits, dans l'immédiat en tout cas, leur donnent raison. Il ne se passe plus rien au cours des semaines suivantes, et la procédure est classée.

Jusqu'au mardi 16 octobre 1984…

C'est une belle journée d'automne, particulièrement claire et ensoleillée. Depuis plusieurs mois, chacun a repris une vie à peu près normale. Il subsiste bien des aigreurs au sein de la famille, mais chacun espère que le venin répandu les années précédentes a cessé d'empoisonner les esprits. Il n'en est rien. Le 16 octobre, le drame éclate.

Vers 17 heures, Grégory, qui joue sur un tas de sable devant la maison, est enlevé. On le retrouve mort vers 21 heures, à Docelles, un village voisin situé à six kilomètres de Lépanges. Son corps est découvert dans une rivière, la Vologne, à la surface des eaux, plaqué contre un barrage. Il est attaché avec une cordelette qui ne le serre pas fortement mais lui lie les pieds et les mains, celles-ci étant croisées sur son ventre. La ficelle passe également autour de son cou sans l'étrangler. Il est entièrement vêtu et ses habits sont intacts. Son bonnet de laine est rabaissé sur son visage. Il semble n'avoir subi aucune violence, ni physique, ni sexuelle.

L'annonce de son enlèvement et même de sa mort

est faite par l'assassin lui-même. Celui-ci téléphone peu après 17 heures 30 à Michel Villemin, à Aumontzey, et lui dit d'une voix rauque : « Je te téléphone car cela ne répond pas à côté. Je me suis vengé du chef et j'ai kidnappé son fils. Je l'ai étranglé et je l'ai jeté dans la Vologne. Sa mère est en train de le chercher mais elle ne le retrouvera pas. Ma vengeance est faite. » Telles sont les paroles rapportées par Michel le jour même. Pour lui, il s'agit bien de la voix du corbeau, celle de « l'homme à la voix rauque », celle que l'on a tant entendue entre 1982 et 1983, et qui a été enregistrée. Le lendemain, on retrouve dans la boîte aux lettres de Jean-Marie et Christine, à Lépanges-sur-Vologne, une lettre postée le jour du meurtre, vers 17 heures 15, au bureau de poste du village. Un message bref, mais explicite :

J'espère que tu mourras de chagrin le chef.
Ce n'est pas ton argent qui pourra te redonner ton fils. Voilà ma vengeance pauvre con.

À première vue, la lettre est du même auteur que celle du 17 mai 1983, mais l'écriture cursive est beaucoup plus irrégulière et saccadée. On remarque également qu'elle ne contient aucune faute d'orthographe. Il est exceptionnel qu'un criminel signe ainsi son geste. Ce qu'il écrit résume parfaitement ses sentiments et son mobile : c'est bien Jean-Marie qui est visé. Les allusions à son statut et à son argent trahissent l'envie et la jalousie, bien que l'expression « le chef » soit employée ici sur un mode dérisoire, comme celle de « pauvre con » qui cherche à humilier encore davantage le père de la victime. Dans sa dernière phrase, le corbeau décoche le trait final comme s'il venait de résoudre une situation devenue pour lui insupportable.

Trois points sont à noter : la scène s'est déroulée en plein jour, dans un endroit qui, sans être le centre du village, ne s'en trouve pas éloigné. Les faits sont intervenus dans un laps de temps très court et, par deux fois, l'auteur a revendiqué son crime par un appel aux grands-parents Villemin et une lettre aux parents de Grégory. Outre le caractère dément du crime, les risques pris et l'impérieux besoin de revendication traduisent un irrépressible enchaînement de pulsions. On remarque aussi que la lettre du 16 octobre reprend exactement les thèmes exploités en 1982-1983 : le « chef », la vengeance et l'argent.

L'affaire Grégory trouve sa dramatique singularité dans une mort annoncée puis revendiquée par un corbeau qui est passé à l'acte.

La mort de Grégory n'est donc pas un accident mais un assassinat, un assassinat conçu de longue main et qui se réalise brutalement à la faveur de circonstances qu'il s'agira d'analyser. Pour découvrir le coupable, ce crime doit être regardé à la fois sous l'angle temporel, les prémices, du cadre familial, le désir de vengeance, et du mobile, la jalousie à l'égard de Jean-Marie. Il est essentiel de garder en tête ces données initiales pour les intégrer dans la réflexion et en dévider le fil jusqu'au bout. Précaution élémentaire qu'une multitude de personnes « ayant leur idée sur l'affaire », comme on me l'a mille fois répété, ont malheureusement oubliée en échafaudant les hypothèses les plus irréalistes et les plus délirantes.

II

Les gendarmes sur les traces du corbeau meurtrier

Les gendarmes de la brigade de Bruyères sont rapidement prévenus. Dès 17 heures 40, en effet, ils reçoivent un coup de téléphone de Monique Villemin qui leur explique sommairement les faits. En l'absence du commandant de la brigade, l'adjudant Lamirand, qui participe à une réunion à Épinal, le gendarme Bardot prend l'appel. Avec son collègue, le gendarme Lachaussée, il alerte la patrouille en service sur le terrain et l'envoie à Lépanges. Les gendarmes Michel Henry et Cunin se rendent aussitôt sur place pour obtenir davantage d'informations. Quelques minutes plus tard, la mère de l'enfant disparu, Christine Villemin, appelle à son tour les gendarmes. Désespérée, elle a cherché son fils en vain pendant une demi-heure autour de la maison et dans le village. Les recherches sont lancées. Un peu plus tard, l'adjudant Lamirand, qui a regagné son unité, reprend la direction des opérations.

Avec son allure de curé de campagne, l'adjudant Lamirand a suscité des commentaires ironiques de la part des journalistes, mais c'est un professionnel chevronné qui connaît bien la circonscription de son unité et ses habitants. Sous son air jovial se cache une forte détermination. Ses qualités d'enquêteur l'ont conduit, l'année précédente, avec le concours de la brigade de recherches d'Épinal, à résoudre une enquête délicate sur une agression de personnes âgées. Son succès a été remarqué et a renforcé sa réputation, à Bruyères et dans la région.

À l'instar des gendarmes qui avaient reçu les appels de Monique puis de Christine Villemin, il prend l'affaire très au sérieux. Dès qu'il reçoit la confirmation de la disparition du petit garçon, il rappelle ses personnels disponibles, sollicite les pompiers pour les recherches, et rend compte à la compagnie d'Épinal que je commande. Mais ce jour-là, comme chaque mardi depuis un mois, j'étudie l'allemand en cours du soir. Il est impossible de me joindre, il n'y a pas de téléphone portable à l'époque, et le standard ne répond pas. Mon adjoint, le major Mathieu, prend les choses en main. C'est un homme d'une extrême conscience professionnelle, il est un peu le tuteur du jeune officier que je suis, guidant mes débuts dans le service de la gendarmerie départementale. Il avertit la brigade de recherches (BR)[1] qui dépêche aussitôt une équipe. Lui-même se rend sur place après avoir laissé un message à mon épouse, qui me le transmet dès mon retour, vers 19 heures 45. Quelques minutes plus tard, je suis en route vers Bruyères.

Dès mon arrivée, je fais le point avec le major et l'adjudant, qui m'exposent la situation : la disparition d'un enfant de quatre ans, probablement enlevé, l'un de ses oncles ayant reçu un appel anonyme d'une personne affirmant l'avoir pris et jeté dans la rivière ; des gens de bonne réputation mais un contexte familial

1. BR : unité spécialisée en police judiciaire au niveau d'une compagnie de gendarmerie.

tendu, avec des clans et des histoires de corbeau ; des suspects habitant à Granges désignés par la famille, les Jacquel, autrement dit les beaux-parents de Jacky Villemin, le « bâtard ». Sur le terrain, une patrouille poursuit ses investigations à Lépanges, une autre mène les recherches avec les pompiers dans la vallée, tandis que la BR enquête du côté de Granges sur les suspects désignés. La maison des Villemin et ses abords ont bien entendu été fouillés par les gendarmes Henry et Cunin dès leur arrivée sur place. Ils n'y ont rien trouvé ni rien remarqué d'anormal. La brigade voisine de Rambervillers a été appelée en renfort. Une équipe cynophile a été également demandée pour tenter de suivre la piste de l'enfant avec un chien, mais celle d'Épinal est indisponible et aucune autre ne peut être là avant deux heures. Compte tenu des délais et du nombre considérable de personnes ayant tourné autour de la maison des Villemin, nous estimons par expérience qu'une telle intervention serait finalement inutile et infructueuse. Nous espérons tous que cette inquiétante histoire va se terminer vite et bien, sachant néanmoins, pour l'avoir appris dans notre métier, que tout peut arriver…

Vers 21 heures, un appel nous parvient sur le réseau radio : on a retrouvé l'enfant à Docelles… Mort. Dans la Vologne. Je me rends aussitôt sur les lieux avec Lamirand, pendant que Mathieu prépare les messages et comptes rendus nécessaires. Dans la voiture, nous ne cessons de répéter : « Ce n'est pas possible… »

À Docelles, la scène est lugubre et pesante. Une vingtaine de personnes se tient attroupée sur une petite place mal éclairée, au bord de la rivière. On entend des pleurs et des cris de révolte. « Mais sortez-le de l'eau ! Qu'est-ce que vous attendez ? » En contrebas, j'entrevois un homme avec des cuissardes devant ce que l'on devine être un corps. Celui-ci est à demi émergé au niveau d'un barrage déversoir qui régule le cours de la rivière. L'homme est attaché à une corde qu'une autre personne maintient par sécurité. On attend mon arrivée depuis un quart d'heure, et l'impatience se fait sentir. Dans cette nuit froide et humide, la tension est palpable, presque hostile. Je donne l'ordre de retirer le corps. Tandis que les pompiers s'affairent, je fais appeler un médecin et demande que l'on trouve un endroit approprié pour déposer la victime. Quelques instants plus tard, sous les flashs d'un photographe que nous n'avons pas vu arriver et qui prendra les photos atroces qui feront la une des journaux, le corps du garçonnet est sorti de l'eau et enveloppé dans une couverture. Puis nous allons en un étrange et funèbre cortège jusqu'au local voisin des pompiers.

Grégory est étendu sur un établi que l'on dégage de ses outils. Il est vêtu d'un anorak bleu et d'un pantalon en velours vert foncé. Son bonnet de laine, rayé de bleu et de blanc, est rabattu sur son visage. Des liens emprisonnent la petite victime, assez lâches mais suffisamment serrés pour l'empêcher de se libérer. Le corps n'est pas encore totalement rigide. Le médecin de la commune, le docteur Petit, nous a rejoint. Nous relevons doucement le bonnet. L'enfant nous apparaît comme endormi, ses yeux sont fermés et une légère mousse blanche, comme de l'écume, affleure sur ses lèvres et ses narines. Le médecin estime que la mort remonte à environ trois heures, soit vers 18 heures.

Aucun rictus de souffrance, aucune trace de blessure ni de coups ne trouble l'impression de calme qui se dégage de son beau visage aux cheveux bouclés. Son aspect contraste horriblement avec la cordelette qui entoure ses mains et son cou. On pense qu'il n'a pas souffert. Mais cette quiétude apparente, si perceptible sur les traits fins de cet enfant, nous a peut-être induits en erreur. Les circonstances de la mort ne laissent pas d'empreinte sur une figure. De nombreux cas de morts violentes m'ont été rapportés où les victimes avaient un visage reposé… Rien ne dit que les derniers instants de Grégory n'ont pas été douloureux. La posture de ce petit enfant m'a toujours évoqué l'image d'un être immolé sur un autel. Or, il s'agit bien de cela : Grégory a été sacrifié à l'inconcevable folie d'un adulte sur l'autel de sa haine.

Sur le coup, ce geste me paraît tellement insensé que je n'imagine pas un instant qu'il restera inexpliqué et impuni. Après avoir donné les directives nécessaires pour l'évacuation du corps vers Épinal en vue de son autopsie ultérieure à Nancy, je pars pour Lépanges rencontrer la famille. Devant le pavillon des Villemin, une douzaine de personnes sont rassemblées, en état de choc. J'apprends que le père, prévenu de la découverte du corps de son fils, s'est rendu à Docelles. La mère, effondrée, est entre les mains d'un médecin. Certaines personnes s'adressent à moi d'une manière agressive, comme si les gendarmes n'avaient pu empêcher ce malheur. Réaction justifiée par les circonstances, mais dont je ne saisirai les raisons réelles qu'en découvrant plus tard le climat et les tensions qui ont précédé le drame. Les lieux de l'enlèvement ayant déjà été inspectés, je ne m'attarde pas et retourne à la brigade à Bruyères, où m'attend un énorme travail.

·

Les heures qui suivent sont consacrées à l'organisation de l'enquête, qui prend alors une tout autre dimension. Je fais le point avec mon chef, le lieutenant-colonel Tanguy, qui commande le groupement des Vosges, et avec le procureur de la République, Jean-Jacques Lecomte. Avec le lieutenant-colonel Tanguy, nous évaluons les besoins en personnels et préparons la demande de concours de la section de recherches (SR) de Nancy. Ce type d'unité, formé au niveau de chaque cour d'appel, est étoffé d'une trentaine d'officiers et sous-officiers, tous expérimentés et spécialisés en police judiciaire.

Le moment est délicat, car le procureur Lecomte a toute latitude pour nous confier l'enquête ou nous dessaisir au profit du SRPJ[1], le service régional de police judiciaire, une unité spécialisée de la police nationale également présente au niveau de chaque cour d'appel. À Nancy, donc, pour ce qui nous concerne. Ces considérations peuvent choquer alors qu'un crime vient d'être commis, mais elles ont leur part dans le déroulement d'une affaire et doivent être explicitées. Pour les gendarmes prévaut toujours dans ce cas de figure la même interrogation : va-t-on pouvoir poursuivre nos investigations ou, au contraire, devrons-nous boucler notre procédure pour passer le relais à la police, avec tout ce que cela peut entraîner de déceptions et de frustrations ? Nous y sommes habitués et nous acceptons aisément de nous effacer dans certaines situations, notamment lorsqu'il existe des indices laissant supposer qu'il s'agit d'une affaire de grand banditisme, trafic de drogue ou réseau de prostitution. En revanche, quand

1. Service régional de police judiciaire relevant de la police nationale. À ne pas confondre avec l'exercice de « police judiciaire », qui est équitablement assuré par la police et la gendarmerie nationales.

il s'agit d'un crime localisé ou d'une affaire qui ne débouche pas vers cette criminalité organisée, nous avons à cœur de mener l'enquête. Nous obtenons le plus souvent gain de cause, malgré les pressions de la police qui ne néglige aucun argument pour être saisie, faisant jouer des réseaux autrement plus efficaces que les nôtres pour nous pousser en dehors de la scène judiciaire.

Dans cette affaire, le procureur partage la même analyse que la nôtre : il s'agit d'une histoire familiale et locale. La gendarmerie est la mieux placée pour s'en charger car elle connaît bien la population au sein de laquelle elle vit et travaille. Sans compter qu'elle peut engager des effectifs importants. Le fait que nous ayons fait appel à la SR, gage de professionnalisme et de rigueur, emporte la décision. Nous restons saisis du dossier. Le procureur nous demande de poursuivre en flagrant délit[1] jusqu'au lendemain midi, heure à laquelle il ouvrira une information et confiera l'affaire à un juge d'instruction. À moins que, d'ici là, la piste des Jacquel ne se révèle positive... Rendez-vous est pris pour le lendemain matin, à 11 heures.

La première partie de la nuit est consacrée à la préparation des opérations du lendemain. L'objectif est de recueillir à chaud le maximum de renseignements et d'exploiter les premiers éléments en notre possession. Toutes les unités voisines sont alertées, et nous préparons

1. Cette procédure, réservée aux crimes et aux délits les plus graves, permet aux enquêteurs d'effectuer leurs investigations avec des pouvoirs importants (perquisition, saisie, garde à vue...), sous le contrôle direct du procureur de la République qui n'a pas encore saisi un juge d'instruction.

les équipes en mixant les renforts extérieurs avec les personnels de la brigade de Bruyères. Tout le monde doit être en action à 7 heures le lendemain matin. Nous nous séparons au milieu de la nuit pour quelques heures d'un sommeil impossible, chargé d'images hallucinantes, tendus par l'impatience d'agir.

L'enquête sur l'affaire Grégory commence…

Pour la gendarmerie, elle durera dix-huit semaines, jusqu'au 20 février 1985, date à laquelle nous serons dessaisis au profit du SRPJ de Nancy. En réalité, la phase active de nos investigations ne durera que huit semaines, puisque, à partir du début du mois de décembre, nous serons quasiment mis au « chômage technique », sans directives du juge d'instruction, parfois même empêchés de recueillir des renseignements ! Mais nous n'en sommes pas encore là.

Dès le lendemain du meurtre, nous travaillons conjointement dans trois directions : la piste Jacquel, le coup de téléphone de revendication passé à Michel et, enfin, la recherche de témoignages et d'indices autour des lieux de l'enlèvement, à Lépanges.

La piste Jacquel est longue à démêler car si le gendre, Jacky Villemin, et sa femme Liliane fournissent un alibi clair et vérifié, les parents Jacquel, notamment Roger, ont un emploi du temps sans témoin aux heures qui nous intéressent et s'embrouillent parfois dans leurs explications. Mais leur innocence est rapidement établie. Il valait mieux, car Jean-Marie Villemin était à ce point persuadé que Roger Jacquel était le corbeau assassin que, en apprenant la disparition de son fils, il était retourné chez lui prendre un fusil pour aller le tuer ! Heureusement, à son arrivée à Granges, apercevant un véhicule garé près du domicile des Jacquel et croyant qu'il appartenait à la gendarmerie, il avait renoncé à son réflexe de vengeance. Son attitude témoigne de la malice du corbeau qui, durant des mois, avait réussi à manipuler les membres de la famille pour les monter les uns contre les autres, jusqu'à les aveugler dans leurs certitudes. Nous avons été ce jour-là à deux doigts du « sur-drame » qu'avait certainement espéré le corbeau avec un machiavélisme infernal. Ce dernier n'avait-il pas prédit dans son dernier appel que les Jacquel « porteraient le chapeau » ?

De même voit-on se manifester à cette occasion le caractère entier de Jean-Marie Villemin, qui vit cette épreuve comme une affaire personnelle qu'il entend régler lui-même. Il nous faudra plusieurs jours, et de longues discussions avec lui et le restant de la famille, pour recouper tous les appels, les lettres et les événements, avant de leur faire admettre que leurs soupçons ne sont pas fondés et qu'ils ont été le jouet de la perfidie du corbeau.

La piste Jacquel va nous lancer sur une autre voie, la « piste Hollard », du nom d'une famille apparentée aux Villemin, qui débouche à son tour sur une impasse. Ces pistes nous ont cependant permis de décortiquer le contexte familial et de prendre la mesure des agissements du ou des corbeaux les années précédentes. Pour tenter de débrouiller ces fils, nous plaçons des écoutes téléphoniques sur les lignes des grands-parents Villemin et des Jacquel, au cas où le corbeau se manifesterait de nouveau et où des conversations intéressantes seraient échangées. Mais cela ne donnera rien.

Le deuxième axe de recherches concerne le coup de téléphone du corbeau reçu par Michel. À quelle heure exacte a-t-il été passé ? Michel était en train de regarder une émission régionale sur FR 3. Nous le conduisons aux studios de télévision, à Nancy, et visionnons ensemble la séquence. Nous arrivons par ce moyen à préciser l'heure de l'appel, soit 17 heures 32. Le témoignage de Michel nous apprend que son auteur est bien « l'homme à la voix rauque », le corbeau des années 1982-1983. Mieux, il nous éclaire sur le profil d'un meurtrier qui se dévoile lui-même et néglige toute prudence pour afficher son plaisir sadique d'avoir exécuté ses menaces. Il nous donne également le chaînon reliant des faits passés au crime qui vient d'avoir lieu.

Le troisième champ d'investigation se situe à Lépanges. Il s'agit de collecter les témoignages des habitants du village, en particulier ceux des voisins de Jean-Marie et Christine Villemin, ainsi que des personnes ayant pu se trouver sur la route menant de leur domicile à Docelles. Il nous faut aussi passer au crible l'environnement immédiat de l'enlèvement, tout en reconstituant les dernières heures qu'a vécues Grégory. Durant cette phase initiale de l'enquête, aucun témoin décisif n'est trouvé. Le porte-à-porte est décevant, personne n'a vu l'enlèvement ni observé quoi que ce soit d'anormal ou de particulier. Le plus proche voisin des Villemin, M. Méline, n'a rien remarqué. Pourtant, il a été le premier à avoir été contacté par Christine Villemin, entre 17 heures 15 et 17 heures 30, quand, étant sortie de chez elle pour faire rentrer Grégory, celle-ci s'est aperçue de sa disparition. Deux jours plus tard, nous recueillerons le témoignage de Gilbert Colin, un autre voisin, qui nous dira avoir noté vers 17 heures le passage d'un véhicule couleur vert bouteille à l'intérieur duquel se trouvaient un homme et une femme.

Parallèlement à ces recherches, nous exploitons certains témoignages intéressants qui nous parviennent spontanément. Le premier est celui de Mme Cugnin, la directrice de l'école maternelle de Docelles. Elle nous dit avoir remarqué, le 16 octobre vers 17 heures 30, sur la route à la sortie du village, les traces humides d'une voiture au débouché d'un chemin menant à la rivière. Ces traces montrent que le véhicule est reparti vers Lépanges. Sur la foi de ce renseignement, nous fouillons les lieux. Le chemin franchit un passage à niveau et permet effectivement d'entrer dans un pré, puis dans un bosquet qui borde la rivière, à environ quatre cents mètres en amont du lieu de la découverte du corps. Est-ce là que le petit Grégory a été jeté dans la Vologne ? À première vue, l'hypothèse nous paraît tenir. Sur place, nous relevons les empreintes d'un talon qui pourrait être celui d'une botte de femme, ainsi que les traces de pneus du véhicule. Des moulages précis sont effectués par les spécialistes de la police technique de la BR.

Deux autres faits marquants sont à signaler ce 17 octobre : l'autopsie de Grégory et la découverte de la lettre de revendication du crime. L'autopsie a lieu en fin de journée à Nancy. Je suis chargé de m'y rendre, accompagné du gendarme Tissier de la SR de Nancy, qui prendra les photos. Ce genre de mission m'est pénible. J'ai toujours eu le plus grand respect pour les médecins légistes et les gendarmes spécialisés en police technique, qui sont capables de travailler sur des cadavres. Le juge d'instruction, Jean-Michel Lambert, en charge du dossier depuis midi, assiste également à l'autopsie. Celle-ci est pratiquée par le professeur Gérard de Ren, assisté du docteur Élisabeth Pagel. Ces deux spécialistes, reconnus et compétents, ont une longue pratique derrière eux. Bien que partiel dans ses conclusions, leur travail n'a pas été bâclé comme on l'a prétendu plus tard. Ils observent que Grégory n'a pas été étranglé et que sa mort est certainement due à une « submersion vitale à double origine, à la fois asphyxique et inhibitrice, par arrêt du cœur au contact de l'eau ». L'examen du corps semble indiquer que la victime a été ficelée inconsciente, car aucune lésion n'est observée au niveau des liens ni ne révèle de traces de coups apparents, de lutte ou de résistance. Mais une ecchymose de un centimètre de diamètre est repérée après décollement du cuir chevelu. Les médecins légistes notent également que l'estomac renferme de l'eau en faible quantité, ainsi que des résidus alimentaires ressemblant à des morceaux de pomme incomplètement digérés. Des prélèvements sont faits sur les poumons de l'enfant, un œdème important est observé. Ces prélèvements permettront d'établir que peu d'eau a été inhalée. Mais les prises de sang se révéleront insuffisantes en quantité pour établir un bilan toxicologique complet. Tout ceci montre en tout cas que l'autopsie n'a pas été superficielle, contrairement aux affirmations selon lesquelles on aurait demandé que le corps ne soit pas « charcuté ».

On reprochera aux médecins légistes de n'avoir pas prélevé les viscères qu'ils avaient examinés. Ils rétorqueront que le juge d'instruction ne l'avait pas souhaité. Sans doute n'avons-nous pas assez insisté en ce sens. Pour ma part, je m'en suis remis à l'expérience et à la conscience professionnelle de ces praticiens, assuré qu'ils procéderaient au mieux. Par la suite, en réponse à ses détracteurs, le professeur de Ren avancera que l'autopsie s'est déroulée dans une « effervescence certaine », et que le juge Lambert et moi-même lui avions certifié être en mesure de résoudre rapidement cette affaire. Ce qui est totalement faux. Reste que l'autopsie n'a pas été concluante et fera l'objet de moult controverses.

Ce même jour intervient l'événement majeur du début de l'enquête : la découverte de la lettre de revendication du crime. Non seulement l'assassin a téléphoné pour annoncer son geste, mais il a également écrit ! Je découvre ce document en fin de matinée en revenant à la brigade. C'est le postier de Lépanges qui nous a prévenus. Faisant le rapport avec le drame, il a été étonné de trouver cette lettre, qui avait été postée et adressée dans le village. Les gendarmes ont alors appelé Jean-Marie Villemin au domicile de ses parents, à Aumontzey, et sont allés récupérer ce courrier avec lui. Ils l'ont ouvert en sa présence et, constatant qu'il avait un lien direct avec le crime, l'ont aussitôt saisi.

À notre arrivée, nous remarquons que les techniciens de la BR sont en train de la badigeonner consciencieusement de poudre magnétique noire, en vue de relever d'éventuelles empreintes digitales. L'opération ne donnera aucun résultat sur ce point, mais aura de lourdes conséquences pour l'avenir… Ces techniciens ont appliqué tout simplement la méthode qui leur avait été enseignée. On nous l'a assez reproché par la suite car elle a compliqué – mais pas interdit – la révélation d'autres indices sur le document. Que de critiques ! Pourtant, à ce moment-là, si des empreintes digitales étaient apparues et avaient pu être exploitées, toute l'enquête en aurait été facilitée.

Nous apprenons que cette lettre a été postée à Lépanges le jour du meurtre. Elle porte le cachet de la poste et a été oblitérée à 17 heures 15, ce qui veut dire qu'elle a été déposée entre 16 heures 45 et

17 heures 20, plus certainement après 17 heures, selon la préposée. Cette pièce inattendue, et même inespérée, possède un intérêt capital. Plus encore que le coup de téléphone, elle démontre l'unicité des faits et livre la signature du crime. Imaginons ce qu'il en aurait été de l'affaire sans cette lettre et cet appel téléphonique ! si l'assassin avait pu se retenir de faire état de son geste ! « Voilà ma vengeance ! » Mais son impulsion a été la plus forte. Il est allé au bout de sa folie.

La saisie de cette lettre anonyme nous renvoie à celles envoyées dans le passé – les premiers témoins, Michel, Monique, Bernard Noël… en ont parlé – et à l'enquête menée à l'époque par la brigade de Corcieux. Nous récupérons donc les archives de cette procédure, et découvrons les photocopies des lettres et du billet du printemps 1983, ainsi que celles d'une douzaine de dictées rédigées par les membres des familles Villemin et Jacquel. L'original de la procédure est archivé au greffe du palais de justice à Saint-Dié. Mais ces lettres et dictées n'ont jamais été analysées, le corbeau ayant cessé ses agissements au moment du dépôt de plainte.

La réponse est peut-être là !

Il nous faut soumettre sans tarder ces documents à un « graphologue ». Nous en connaissons un dans le département, agréé auprès de la cour d'appel de Nancy. Il s'agit d'une personne qui s'est fait connaître jadis dans un tout autre registre : Antoine Argoud, ex-colonel de l'armée française, ancienne figure de l'OAS[1] et auteur d'un pamphlet antigaulliste qui avait

1. Organisation armée secrète. Mouvement terroriste paramilitaire créé à la fin de la guerre d'Algérie par ceux qui s'opposaient à son indépendance.

fait beaucoup bruit à l'époque[1]. Antoine Argoud vit retiré à Darney et s'est reconverti dans l'expertise en écriture. Nous avons déjà travaillé avec lui et il s'est montré pertinent dans ses analyses. Ayant obtenu son accord, une estafette motocycliste part lui remettre le dossier. Son intervention, disons-le tout de suite, tournera court, car il ne dispose que de photocopies et d'un nombre limité d'écrits de comparaison. Mais là encore, que n'avons-nous pas fait ! La notoriété sulfureuse d'Antoine Argoud, qui importait peu dans le cadre précis de ses activités professionnelles, alimentera plus tard les polémiques lancées en marge de l'affaire par certains avocats.

L'après-midi, quand nous informons le juge d'instruction de cette démarche, effectuée au moment où nous étions encore en enquête de flagrant délit, celui-ci nous oriente vers un expert en écriture qui passe, selon ses informations, pour être le plus pointu en la matière en France. Il s'agit d'Anne-Marie Jacquin-Keller, domiciliée à Strasbourg. Cette dernière travaille fréquemment avec les laboratoires des polices allemande et suisse, réputés pour être en avance sur leurs homologues français. Elle exerce ses compétences dans le domaine très technique de l'expertise en écriture, s'appuyant sur l'étude matérielle des documents – forme des lettres, pression sur le papier, positionnement des caractères… Cette approche diffère nettement de la graphologie qui, elle, cherche à définir la personnalité des individus à travers leur style d'écriture et leur signature. Anne-Marie Jacquin-Keller est certainement la personne qui nous aura le plus manqué par la suite. Outre l'excellence

1. *La Décadence, l'Imposture et la Tragédie,* Fayard, 1974.

de ses travaux, elle s'est montrée d'une grande probité et d'une parfaite rigueur. La cohérence et la minutie de ses méthodes nous auraient probablement évité les vaines querelles d'école qui surgiront plus tard entre les experts.

Immédiatement contactée, Anne-Marie Jacquin-Keller accepte la mission et nous donne ses premières instructions : récupérer et lui transmettre les pièces originales du dossier, ainsi que la lettre de revendication. Quand elle apprend que celle-ci a été passée à la poudre noire, elle se montre déçue mais fataliste, car elle connaît les méthodes archaïques alors pratiquées dans notre police technique, qui seront révisées par la suite. Après les démarches entreprises pour retrouver et récupérer, non sans mal, le dossier à Saint-Dié, nous effectuons auprès d'elle la première d'une longue série de navettes.

Très tôt, Anne-Marie Jacquin-Keller nous avise que le corbeau n'a pas participé aux premières dictées. Elle nous indique la manière de procéder à l'avenir et insiste sur l'intérêt de récupérer des écrits spontanés chez les personnes suspectées. Elle nous livre aussi les premières indications sur le profil général d'un corbeau : une personne qui appartient à l'entourage géographique de ses victimes, possède une double personnalité, cache bien son jeu et ne manifeste aucune agressivité devant des tiers. Enfin, quelqu'un qui ressent une frustration d'ordre affectif et/ou socioprofessionnel. Dès ce moment, nous allons systématiquement soumettre à des dictées très élaborées tous les témoins entendus. Ils devront écrire avec un stylo bleu, de la main droite et de la main gauche, en lettres typographiques – capitales d'imprimerie – et en lettres calligraphiques – écriture cursive – plusieurs textes choisis parmi les lettres anonymes du corbeau, ainsi que des adresses sur des enveloppes. Ce travail aussi volumineux que minutieux mobilisera à plein temps une équipe d'enquêteurs. Précisons, pour couper court à des rumeurs, que nous n'avons jamais organisé de dictée collective.

Dans le même temps, nous procédons à des perquisitions chez les témoins afin de saisir des écrits spontanés, et nous prenons contact avec les services fiscaux pour récupérer, par voie de réquisition, des centaines de déclarations d'impôts. Au total, durant ces quatre premières semaines de travail acharné, nous recueillerons et répertorierons 279 écrits émanant de 135 personnes différentes, et nous procéderons à la saisie de 492 déclarations de revenus.

Pour nous tous, enquêteurs et magistrats, il ne fait aucun doute que cet élément est crucial. Nous savons, et tous les experts s'accorderont sur ce point, que ces lettres anonymes ont été écrites par une seule et même personne. Si on démasque le corbeau – et nous sommes alors convaincus d'y arriver, devrions-nous passer « à la dictée » tous les habitants d'Aumontzey et des environs –, nous tiendrons sinon l'assassin, du moins son ou sa complice le plus proche. Mais nos espoirs en ce domaine seront déçus. L'expertise en écriture n'a pas la fiabilité d'une analyse ADN ! Toutefois, les lettres, notamment celle du 16 octobre, nous renseignent sur les types de papier et d'enveloppes utilisés, ainsi que les timbres. À l'époque, on ne parle pas encore d'empreinte génétique, mais il est possible de déterminer le rhésus du groupe sanguin d'une personne par l'analyse de sa salive. Des expertises sont demandées sur ce point au laboratoire de police technique du professeur Ceccaldi à Lyon. Quant à nos recherches sur l'origine du papier à lettres et des enveloppes, elles n'aboutiront à rien de probant, malgré nos démarches auprès des papeteries de la région.

Entre-temps, nous effectuons des dizaines d'enregistrements de voix des témoins afin de fournir aux experts des éléments de comparaison avec les cassettes enregistrées par la famille Villemin entre 1982 et 1983. Ces documents sonores comportent des séquences où l'on peut entendre la « voix rauque » du corbeau. Durant cette première phase d'enquête, 120 enregistrements seront pratiqués, classés et envoyés à l'expert désigné, Marc Yana, qui réside à Saint-Denis, en région parisienne, et travaille en association avec M. Pfauwadel.

Nous restons très concentrés sur l'écriture et les voix, car nous manquons par ailleurs d'indices matériels et de témoignages directs. La « scène du crime » est imprécise et muette : rien sur les lieux de l'enlèvement, ni sur ceux où le corps a été retrouvé. Nous ignorons en particulier l'emplacement exact du lieu où Grégory a été tué et l'endroit où son corps a été jeté à la rivière.

Pour en savoir davantage, nous décidons, le 25 octobre, de procéder à une reconstitution sur les bords de la Vologne. Nous demandons aux pompiers de préparer un mannequin ayant sensiblement le poids de Grégory – douze kilogrammes – et prenons contact avec le service des eaux pour régler les barrages de façon à obtenir le même débit d'eau que le 16 octobre.

Cette reconstitution s'avère instructive, car elle révèle que l'endroit initial où nous pensions que le corps avait été jeté, près du passage à niveau à l'entrée du village de Docelles, n'est pas le bon. En effet, si l'on jette le mannequin à cet endroit, une retenue d'eau le bloque un peu plus loin en aval. Par ailleurs, les branchages qui s'y sont accumulés auraient déchiré les habits de Grégory, alors que ceux-ci étaient intacts. Enfin, si l'on aide le mannequin à franchir cet obstacle, le courant l'emporte bien au-delà du site où le corps a été retrouvé, car les eaux de la Vologne, au confluent du canal d'une usine et de celles d'un ruisseau, le Barba, sont repoussées vers la rive opposée. Après divers essais, force est de constater que le lieu de l'immersion se situe derrière le local des pompiers, plus précisément dans le Barba, dont le courant pousse le mannequin exactement là où la victime a été retrouvée. Le corps n'aurait donc effectué qu'un court trajet dans la rivière, ce qui peut expliquer l'absence d'écorchures. Cette thèse correspond à un nouveau témoignage obtenu auprès d'une habitante de Docelles, Mme Guyot, qui affirme avoir vu à cet endroit précis, peu avant 18 heures, une forme de couleur bleue qu'elle a prise pour un sac poubelle. Or l'anorak de Grégory est bleu, et aucun sac ou autre objet similaire n'a été retrouvé à cet endroit. Nous cessons dès lors d'exploiter les indices retrouvés à proximité du passage à niveau, c'est-à-dire l'empreinte de talon de botte et celle des pneus.

Autre élément important : le timing, le film des événements qui se sont produits au moment du crime. Tout s'est joué dans un créneau de temps qui se chiffre en minutes. Des chronométrages effectués sur les trajets reliant tous les sites concernés nous informent que les faits se sont déroulés de manière précipitée et ininterrompue, comme s'il s'était agi d'une irrésistible fuite en avant. Trente-cinq minutes d'actions irraisonnées, qui s'enchaînent au mépris de toute prudence. La particularité du crime se trouve dans ce paradoxe, entre un objectif prémédité de longue date et une précipitation évidente dans le passage à l'acte.

Le seul élément matériel probant en notre possession, outre la lettre, tient dans la cordelette – ou au moins l'une d'entre elles –, qui est l'arme du crime retrouvée sur le corps de Grégory. Forts de cet indice, nous procédons à des recherches systématiques et saisissons une bobine de cordelette similaire chez Georges Jacob, l'un des frères de Monique Villemin, à Aumontzey. L'intéressé ayant un alibi vérifié pour le 16 octobre, nous cherchons qui aurait pu la lui subtiliser. Hélas, les conclusions de l'expertise demandée au professeur Ceccaldi ne seront rendues que plusieurs mois plus tard, sans que nous soyons en mesure de les exploiter. Mais nous avons observé que ce genre de cordelette était très répandu dans cette région de filatures, celle-ci servant à lier les bobines de coton en provenance de Russie. Cette question des cordelettes intéressera surtout les enquêteurs qui nous succéderont. Quant à celle des nœuds réalisés par l'assassin en attachant sa victime, elle ne nous a pas échappé. Il a été demandé aux experts de porter leur attention sur ce détail, notre intention étant d'établir des comparaisons avec des nœuds confectionnés par d'éventuels suspects. Curieusement, ce point-là de l'enquête sera négligé par nos successeurs…

Toutes ces investigations se mêlent au flux quotidien des auditions des membres des familles Villemin, Jacquel, Jacob, et des multiples vérifications qui s'en suivent. Sans oublier les renseignements spontanés qu'il nous faut traiter sur-le-champ, comme le témoignage de cet habitant de Lépanges qui déclare avoir vu une personne devant la poste du village le 16 octobre, vers 17 heures. Il nous la décrit et nous réalisons le premier portrait-robot de cette enquête. Il est aussitôt diffusé, mais une semaine se passera avant que nous puissions retrouver et mettre hors de cause cette personne, un ouvrier en déplacement dans la région qui attendait simplement le passage d'un collègue pour rentrer chez lui…

Le 25 octobre, nous établissons un deuxième portrait-robot sur les indications d'un autre habitant de Lépanges, M. Deruder, qui a remarqué un homme au visage rond, avec des moustaches tombantes et des favoris, circulant dans le village les 15 et 16 octobre dans un véhicule vert. Il l'a vu près de l'école et dans le quartier où habitent les Villemin, à proximité d'une décharge, muni d'un fusil de chasse. Ce deuxième portrait-robot est complété par un troisième, que nous établissons le 27 octobre d'après le témoignage de M. Cornille, un restaurateur de Docelles. Ce dernier assure avoir reçu à deux reprises cet homme dans son établissement, dans l'après-midi du 16 octobre. Ces deux portraits-robots n'auront pas de suite, mais beaucoup observeront la ressemblance des visages avec celui de la personne que nous serons bientôt amenés à interpeller…

Pour compléter le tableau, il faut aussi mentionner le flot d'informations parasites dont nous sommes submergés. Des dizaines de courriers en tout genre nous parviennent : lettres, signées ou anonymes, de dénonciations, d'encouragements, d'insultes, de conseils… Des lecteurs attentifs de journaux et autres détectives amateurs nous livrent leurs déductions. Un correspondant cite tel scénario de film qui pourrait avoir inspiré le meurtrier, un autre nous envoie des photocopies de coupures de presse traitant de faits prétendument analogues. Ces courriers proviennent de tout le pays, et même de l'étranger : Belgique, Allemagne, Suisse,

Canada. L'un contient des poèmes, un autre deux bibles, pour les parents de Grégory et pour les gendarmes ! Ce drame attire comme un aimant les imaginations fertiles et les esprits dérangés. Au milieu de ce fatras, rares sont les lettres qui font référence aux portraits-robots, nos concitoyens réagissant peu aux demandes de renseignements lancées par les enquêteurs. Il arrive aussi qu'une unité de gendarmerie ou de police nous appelle pour nous rapporter des observations faites parfois à l'autre bout de la France : une personne dont le voisin a une résidence près d'Épinal et qui est précipitamment rentré le 17 octobre, un véhicule immatriculé dans les Vosges garé à un endroit bizarre…

Enfin, il y a les magnétiseurs et autres voyants qui viennent proposer leurs services. On nous envoie des dessins et schémas réalisés à la suite d'un rêve. Certaines fables prêtent à sourire, comme cet anonyme qui nous relate un songe avant de conclure : « J'ai vu l'assassin, c'est une femme, son prénom serait Pierrette, elle est l'épouse de l'amant de mon ex-femme… » Un institut de parapsychologie nous adresse un portrait établi sous hypnose. Quant aux adeptes du pendule et détecteurs d'ondes, ils se manifestent par dizaines. Leurs interventions entravent plus qu'elles ne facilitent les recherches. Mais il n'est pas rare que des familles de disparus, désemparées, s'accrochent au moindre espoir et nous obligent à accepter la coopération de radiesthésistes et à suivre leurs indications. J'avoue, pour ma part, n'avoir jamais constaté la valeur opératoire de leurs « dons » ou de leurs instruments. Je me souviens de la disparition tragique d'un jeune homme que des radiesthésistes affirmaient prisonnier d'un élément liquide. Nous avions alors sondé étangs et rivières avant de le retrouver mort dans un grenier !

Et je pourrais multiplier les exemples… Dans cette enquête, nous avons reçu de nombreux appels, certains parfois vindicatifs. Des ultimatums nous seront même adressés, nous enjoignant de coopérer, sans quoi les résultats obtenus seraient communiqués à la presse !

Le travail de fond, intensif, va durer trois semaines. La brigade de Bruyères, qui nous sert de quartier général, abrite alors une ruche qui fonctionne très tôt le matin et jusque tard dans la nuit. Nous sommes une petite vingtaine d'enquêteurs, renforcés à la demande par des sous-officiers d'autres unités. Le directeur d'enquête est le chef d'escadron Charles Chaillan, le commandant de la SR de Nancy, un officier posé, solide et compétent. Il est assisté de quatre sous-officiers dont les talents et les qualifications d'enquêteurs sont reconnus : le major Le Métayer, l'adjudant Paglia, et les gendarmes Camus et Tissier. Du côté de la compagnie d'Épinal, ce sont essentiellement des personnels de la BR et de la brigade territoriale de Bruyères qui sont impliqués. Ces unités sont engagées dans leur totalité. La BR est commandée par l'adjudant Gillet, qui est principalement chargé du suivi des enregistrements. Ce sous-officier constitue le maillon faible de l'équipe, mais il est secondé par deux gradés de qualité, les chefs Hazotte et Bouquot, et par des hommes particulièrement motivés, les gendarmes Catella et Bouhours.

À Bruyères, six sous-officiers sont sous les ordres de l'adjudant Lamirand : le chef Burton, et les gendarmes Bardot, Cunin, Henry (Michel et Christian[1]), et Lachaussée. Deux d'entre eux deviendront offi-

1. Deux sous-officiers ayant le même patronyme, mais sans aucun lien de parenté.

ciers. C'est une unité homogène, dont les personnels méritent estime et confiance. J'apprécie cette brigade où règne un excellent état d'esprit, grâce au style de commandement de l'adjudant, qui sait encourager ses hommes à prendre des initiatives tout en s'assurant de la cohésion de l'équipe. La brigade reçoit le concours du gendarme Levasseur, détaché de la compagnie de Saint-Dié. Le groupe est complété par mon adjoint, le major Mathieu, qui, tout en me prêtant son soutien en cas de nécessité, assure la continuité du commandement de la compagnie tandis que je me consacre entièrement à l'enquête. Sans oublier mon chauffeur, le gendarme Beusson, infatigable et dévoué, qui nous rendra de multiples services. Toute cette équipe d'enquête va travailler dans la meilleure ambiance possible, sans rivalités ni divergences. Le commandant Chaillan et moi-même partageons les mêmes vues sur les orientations de recherche et la conduite des investigations.

Nous nous organisons au mieux dans des locaux qui n'ont pas été configurés pour un tel emploi. Le bureau du commandant de brigade nous sert de centre opérationnel. C'est là que nous centralisons toutes les informations et suivons pas à pas les différentes pistes exploitées. De grands tableaux de papier complètent les dossiers ouverts sur chaque thème, qui nous permettent de visualiser les actions en cours ou à programmer. Les autres bureaux de l'étage sont attribués aux différentes équipes constituées, les pièces du sous-sol servant aux auditions, aux dictées, aux enregistrements, ainsi qu'aux tables d'écoutes téléphoniques qui réclament beaucoup de temps et de personnel.

Tous les matins, à 7 heures, nous faisons le point avec les enquêteurs et nous répartissons les missions pour la journée. Chaque équipe part avec une fiche de travail qui précise les auditions ou perquisitions à faire, en soulignant les points particuliers à établir ou vérifier. Très vite, des sous-dossiers – dictées et enregistrements – sont joints afin de procéder à des travaux techniques selon les directives des experts. Si l'enquête est dirigée par le commandant Chaillan, que je seconde, il n'y a pas de pesanteur ni de contraintes d'ordre hiérarchique à l'intérieur du groupe. Chaque enquêteur livre ses impressions et analyses, et nous débattons librement des hypothèses en cours et des priorités opérationnelles choisies.

Sur un mur du bureau, une photo de Grégory parue dans la presse nous motive et nous encourage. Notre détermination et notre confiance ne fléchissent pas durant ces trois premières semaines, bien que des anomalies de plus en plus fréquentes surgissent dans les rapports existant entre les enquêteurs basés à Bruyères et les magistrats d'Épinal… Mais nous avons le sentiment de mener une enquête solide et cohérente. Au fil des jours, pourtant, cette sérénité intérieure va contraster de plus en plus avec le brouhaha des journalistes agglutinés à notre porte et le tumulte médiatique grandissant qui parvient à nos oreilles. Un tumulte fait d'impatience, d'amalgames, de raccourcis exaspérants, dont nous ne mesurons pas encore l'impact ni ne comprenons les sources, mais qui finira par nous envahir.

Le bâtiment de la brigade donnant directement à l'extérieur, il n'y a pas d'enceinte pour éloigner les badauds et contenir les journalistes qui se ruent sur toutes les personnes sortant de nos bureaux. Certains tenteront même de placer des micros sur les fenêtres pour nous écouter… Cette caserne souffre de n'avoir qu'une seule voie d'accès. Entrées et sorties s'effectuent sous les flashs et devant les micros. Si cela nous est assez indifférent, il n'en va pas de même pour les témoins convoqués ou le public qui vient habituellement à la brigade. Sans parler des techniciens des PTT qui, « très discrètement », viennent et reviennent à la brigade pour régler les problèmes d'écoutes téléphoniques. Nous devons nous en arranger. En revanche, la distance géographique nous séparant du magistrat à Épinal nous semble être un atout. Ce dernier, à l'abri des murs du palais de justice, peut mener son instruction en toute sérénité, laissant la pression médiatique s'exercer à Bruyères, sur les lieux de l'enquête. Or c'est le contraire qui va se produire !

Aujourd'hui, la présence des médias aurait fait l'objet d'un traitement spécifique, mais, à l'époque, la communication n'était pas le souci premier des enquêteurs. Nous n'en maîtrisions pas les techniques. Les journalistes étaient considérés comme un « mal nécessaire » et non comme une donnée objective à intégrer dans notre travail. Nous n'avons pas vu venir les campagnes de presse qui nous visaient. Pire, nous n'avons pas mesuré, absorbés que nous étions par l'enquête, à quel point l'éloignement du cabinet du juge d'instruction allait nous desservir…

III

Vers l'inculpation de Bernard Laroche

Après avoir mis hors de cause les Jacquel et Jacky Villemin, que la malice du corbeau, en le ménageant et en le plaignant, avait rendu suspect à d'autres membres de la famille, nous étudions la piste Hollard. Ces cousins éloignés habitent à Laveline-devant-Bruyères et Bruyères. Plusieurs d'entre eux ont exprimé dans leurs déclarations un vif ressentiment à l'égard de la famille Villemin, notamment envers Albert, et certaines rumeurs laissent entendre que l'un d'eux aurait poursuivi Monique de ses assiduités. Par ailleurs, des antécédents judiciaires nous obligent à quelques vérifications. Ces gens seront totalement innocentés, mais cette piste, avec son lot de personnages pittoresques, nous accapare un moment. Quelques-uns ne cessent de se contredire et de s'égarer dans des explications confuses. Cet épisode anecdotique n'apporterait rien au récit de l'enquête si nous n'avions pas pris conscience de l'atmosphère malsaine, voire du climat d'hystérie qui nous entoure.

Les 21 et 22 octobre, les Hollard sont convoqués à la brigade et placés en garde à vue, comme cela est la règle, pour procéder à leurs auditions et faire les vérifications nécessaires. Les journalistes, qui depuis des jours campent devant nos locaux, en déduisent que le dénouement est proche, alors qu'il ne s'agit pour nous que d'une audition de routine, ces gens étant trop différents du corbeau que l'on recherche. Mais à leur sortie, ces malheureux deviennent malgré eux les suspects principaux. Relâchés sans précaution dans l'arène, ils font la une des journaux du lendemain et doivent rester prostrés chez eux pour contenir les assauts de la meute. « Mort de Grégory : deux couples maintenus en garde à vue », titre *L'Est républicain*. Et l'article de préciser, en extrapolant sur les déclarations du procureur de la République, que « l'une des quatre personnes interrogées ressemblait étrangement au portrait-robot établi à partir de plusieurs témoignages[1] ». D'autres journalistes se livrent à des amalgames dangereux en présentant des témoins spontanés comme étant des dénonciateurs des personnes en garde à vue[2]. Ce cafouillage nous incite à prendre des dispositions, jusqu'à imaginer des stratagèmes pour échapper aux journalistes. Parfois en vain, car il apparaîtra que ceux-ci disposaient d'informations distillées à notre insu.

Quand nous abordons la piste Hollard, nous savons déjà, comme nous l'a suggéré l'expert en écriture Anne-Marie Jacquin-Keller, que les corbeaux prennent soin de se fondre dans le paysage. Le nôtre n'appartient peut-être pas à l'entourage proche des parents de Grégory. Nous avons la conviction qu'il habite à Aumontzey, mais il pourrait s'agir d'un simple voisin, ou d'une relation encore plus éloignée.

En cas d'échec de nos investigations dans les milieux proches de la famille, nous sommes prêts à élargir les recherches à tous les habitants du village. Les services

1. 23 octobre 1984.
2. *La Liberté de l'Est*, 23 octobre 1984.

municipaux nous procurent un plan cadastral détaillé de la commune sur lequel nous reportons les noms de tous les résidents en les classant en trois catégories : les voisins immédiats et les personnes en liaison directe avec les familles Villemin, Jacob et Jacquel, les personnes un peu plus éloignées géographiquement et socialement, et, enfin, les autres. Nous envisageons de soumettre l'ensemble de ces personnes à une grande dictée « à la Clouzot[1] », en réquisitionnant une salle de classe de l'école du village et une autre à la mairie. Mais cette dictée collective ne sera pas nécessaire.

Avant d'en arriver là, il nous reste à creuser dans les relations de travail et l'environnement social de Jean-Marie Villemin.

Le mardi 23 octobre, après les obsèques de Grégory qui se sont déroulées le samedi précédent, je rencontre longuement Jean-Marie et Christine à leur domicile, pour examiner en détail avec eux le milieu social et professionnel dans lequel ils évoluent. N'oublions pas que Jean-Marie est la véritable cible de l'assassin. Qui peut donc lui vouer une animosité si féroce derrière le masque de l'indifférence, voire de la sympathie ? Pour nous, c'est la question fondamentale. Les parents de Grégory ont déjà été entendus le 18 octobre, presque à chaud, sur les circonstances générales et la journée de l'enlèvement, mais il nous faut davantage de précisions.

Nous éprouvons envers ce jeune couple ravagé par le chagrin une immense compassion, mais ce sentiment n'interfère pas dans le travail d'enquête. Nous restons dans l'exercice de nos fonctions. Ce 23 octobre, il ne

1. Henri-Georges Clouzot, réalisateur du film *Le Corbeau* (1943).

s'agit pas tant d'une audition – même si elle fera l'objet d'un procès-verbal en bonne et due forme – que d'une discussion à bâtons rompus offrant le temps d'aller au fond des choses et de raisonner calmement, sans a priori. Je leur parle de mon fils, dont nous avons fêté le premier anniversaire la veille de la disparition de Grégory, et je leur dis avoir été touché de constater que j'étais né un 24 août, comme lui. Cet entretien reste chargé d'une émotion difficile à décrire. Jean-Marie, poings serrés et mâchoires crispées, laisse entrevoir par instant la douleur intense et la rage qui l'habitent. Mais pas une seule fois il ne parle de se venger. Il me dit : « J'ai confiance en vous. » À ses côtés, Christine semble d'une faiblesse et d'une fragilité extrêmes. Elle s'exprime peu, je la sens ailleurs, perdue dans un brouillard aussi lugubre que celui qui avait envahi cette nuit du 16 octobre. C'est donc avec son mari que je m'entretiens principalement. Parfois, à l'écoute d'une phrase, Christine jette un regard vers lui et hoche la tête. Le plus souvent, ses yeux restent dans le vague, embués de larmes.

Nous passons en revue toute l'enfance de Jean-Marie, ainsi que les événements familiaux, sa carrière professionnelle et ses relations dans la région. Nous essayons de recouper toutes ces informations avec les activités du corbeau, les faits dont il parle, ceux dont il n'aurait pas eu connaissance. Nous récapitulons ces éléments de manière chronologique sur une fiche. Quelques personnes émergent, notamment dans le milieu professionnel qui a nourri les rancœurs et les insultes visant le « chef » : tel collègue qui n'a pas obtenu les mêmes promotions, tel ancien camarade syndicaliste… Toutes les vérifications sont faites, mais rien n'aboutit de ce côté-là. Le contexte familial, lui, apparaît beaucoup plus mystérieux. Un entrelacs de relations, d'événements, d'histoires… De nombreux entretiens avec ses protagonistes seront nécessaires pour en explorer le dédale.

Mais une question me taraude depuis le début : pourquoi le 16 octobre ?

Pourquoi le corbeau, après dix-huit mois de silence, réapparaît-il subitement ce jour-là, et de façon aussi brutale ? On peut logiquement penser qu'il s'est tu pour amener ses futures victimes à relâcher leur vigilance. Mais quand on analyse son passage à l'acte et les risques inconsidérés qu'il prend ce 16 octobre, force est de constater que le crime n'a pas été planifié, ni préparé dans son exécution. Un événement aurait-il servi de détonateur à cette explosion de haine vengeresse ?

Avec Jean-Marie et Christine, nous passons au crible la période qui a précédé le drame. En juillet et août 1984, Jean-Marie lance des travaux pour agrandir sa maison après avoir obtenu des prêts intéressants de son entreprise pour les financer. Ces emprunts lui permettent également d'acheter un salon en cuir, qui leur est livré le 20 septembre, et de changer de véhicule. Bref, pour eux, tout va bien : ils travaillent, possèdent chacun une voiture, habitent une maison qu'ils agrandissent et qu'ils aménagent pour la rendre plus confortable. Sans doute en retirent-ils une satisfaction et une fierté dont ils ne se cachent pas… Rien d'autre à signaler.

Un fait, pourtant, sort de l'ordinaire. Le dimanche 14 octobre, deux jours avant le crime, Michel et sa femme Ginette s'invitent à venir prendre l'apéritif chez eux. Ces derniers ne sont pas venus à Lépanges depuis plus de deux mois. À cette date, les travaux d'extension de la maison viennent juste de commencer. Ce

14 octobre, de quoi parle-t-on ? Du prêt très avantageux qui leur a permis d'investir et de faire des achats. Jean-Marie leur explique comment il a su s'arranger avec l'entrepreneur en lui proposant de faire sa publicité en échange d'une prime conséquente… Il leur montre également le vin qu'il vient de commander… Michel et Ginette remarquent aussi le nouveau salon en cuir, signe à l'époque d'un certain standing. Jean-Marie se souviendra plus tard de la réaction de son frère : « Il faut être un chef pour se payer ça ! » Jean-Marie étale donc son aisance, son bonheur, sa réussite. Mais pas devant n'importe qui. Il le fait devant un frère auquel le lient des rapports ambivalents. N'oublions pas que Michel et Ginette ont souvent le sentiment d'être tenus à l'écart, y compris lors des repas de famille chez les parents, où ils ne sont invités que pour venir prendre le café. Michel, qui souffre des reproches de son père sur son illettrisme, se sent visé quand le corbeau insinue qu'il y a un deuxième bâtard dans la famille…

Même s'il ne s'agit là que d'un climat et de données intéressant la psychologie des acteurs, on peut tout de même s'interroger. Michel et Ginette ont-ils, insidieusement ou pas, parlé de cette visite à quelqu'un ? Et quand ? Des questions qui reviendront au premier plan lorsque le nom de Bernard Laroche surgira dans le dossier.

Contrairement à la légende, nous n'avons pas tiré le nom de Bernard Laroche par hasard d'un képi pour l'affubler du profil du « suspect idéal », voire du « coupable » dont nous avions besoin. Ce n'est pas davantage parce que son épouse, Marie-Ange Laroche, serait venue apporter son témoignage de manière étonnante que nous nous sommes intéressés à lui ! Pour autant,

Marie-Ange est effectivement l'un des rares témoins à s'être spontanément adressé à nous pour être entendu, et dans des conditions un peu bizarres. En effet, le 19 octobre au matin, bien qu'elle dispose d'un téléphone à son domicile, Marie-Ange Laroche décide de se rendre dans un café pour appeler la brigade de Bruyères. Elle prétend n'avoir pas voulu réveiller son mari qui dort encore car il travaille de nuit. Elle annonce qu'elle a quelque chose d'important à dire sur l'affaire de Lépanges. Invitée à se rendre à la gendarmerie, elle nous rapporte des propos que lui aurait tenus Bernard Laroche et qui orienteraient les soupçons vers Jacky et Liliane, avant de nous confier ses doutes à l'égard des Hollard, les cousins éloignés. Son témoignage nous paraît alors entrer dans la ligne de ceux recueillis sur l'environnement familial. Nous ne lui accordons pas d'importance particulière même si, plus tard, nous y reviendrons pour obtenir quelques explications. Il nous apparaît ce jour-là que les renseignements donnés par Marie-Ange sur Jacky et sa femme – que Bernard Laroche dira avoir vus sortir de chez eux le 16 octobre vers 5 heures du matin – n'entretiennent qu'un rapport très lointain avec le crime. Ce qui, pour nous, ressemble surtout à un mauvais conseil, non pour nous induire en erreur, mais pour accentuer les soupçons pesant sur la famille Jacquel.

L'audition de Marie-Ange Laroche nous conduit cependant à entendre son mari Bernard, dont le nom ressortait déjà de diverses auditions de membres de la famille, qui soulignaient les relations étroites que Michel entretenait avec lui. Une équipe, composée des chefs Burton et Bouquot, est envoyée au domicile des Laroche le 25 octobre, dans l'après-midi, pour recueillir la déposition de Bernard. Six jours, donc, après l'intervention de sa femme, un délai qui prouve aisément que nous n'étions pas focalisés sur sa personne. Son audition est des plus classiques. Il nous raconte d'abord sa vie, sa jeunesse, son parcours professionnel, ses relations. Il relate ce qu'il sait des histoires de la famille Villemin dont lui parle Michel. Il connaît l'existence des lettres anonymes qu'il a pu lire, et n'ignore pas que Jacky est soupçonné d'en être l'auteur. Il nous fait part sans détour de la frustration de Michel, qui se sent vexé et mis de côté, et nous avoue qu'il partage les sentiments de son cousin et ami. Ensuite, il nous livre son emploi du temps du 16 octobre en passant rapidement sur une visite qu'il a rendue à Michel vers 16 heures. Comme c'est devenu la règle, cette audition est l'occasion de le soumettre aux dictées et de l'enregistrer. Elle nous permet aussi de saisir chez lui des écrits spontanés.

Ayant fait état d'un rendez-vous avec l'un de ses amis l'après-midi du 16 octobre, un certain Jean-Pierre Zonca, nous entendons celui-ci le lendemain. Il nous apprend qu'il s'agit en fait d'un rendez-vous manqué, qui n'était d'ailleurs pas fixé précisément à cette date. Rien de grave. Tous les documents saisis chez Bernard Laroche ainsi que les dictées auxquelles il est soumis, comme tous les témoins entendus, sont répertoriés et transmis immédiatement à Anne-Marie Jacquin-Keller, à Strasbourg.

Celle-ci nous rappelle deux jours plus tard pour nous informer que nous tenons là les premiers écrits à présenter des signes très sérieux de ressemblance avec ceux du corbeau. Enfin ! Pendant que les investigations se poursuivent, nous examinons plus en détail la situation de Bernard Laroche, dont le profil se révèle correspondre à celui, théorique, du corbeau : il habite à Aumontzey, il est en mesure de suivre tout ce qui se passe dans la famille et de connaître les effets des appels et des lettres. Enfin, bien qu'il reste en retrait et montre une certaine indifférence au climat ambiant, il n'empêche que sa vie personnelle et familiale pourrait justifier l'animosité exprimée à l'égard d'Albert et une jalousie envers Jean-Marie.

Qui est Bernard Laroche ?

Voici les informations principales tirées de son audition.

Il est né le 23 mars 1955 à Épinal. Sa mère étant décédée en le mettant au monde, il a été élevé par sa grand-mère maternelle, Adeline Jacob, la mère de Monique Villemin, en même temps d'ailleurs que son cousin Jacky Villemin, le « bâtard », qui, lui, est difficilement accepté par son beau-père, Albert Villemin. Marié depuis 1976 avec Marie-Ange Bolle, il a un enfant, Sébastien, né en septembre 1980, dix jours après Grégory. Cet enfant a un kyste à la tête qui l'oblige à porter un drain en permanence et à être régulièrement suivi. Ce handicap a surtout pour conséquence d'interdire au garçon certaines activités, comme la piscine. Le père de Bernard Laroche, auquel ce dernier était très attaché, est mort en juin 1982 des suites d'une longue maladie. Le couple réside à quelques centaines de mètres de la maison des Villemin, sur les hauteurs du village. L'un de leurs plus proches voisins est son oncle, Marcel Jacob, avec lequel il a de nombreuses affinités compte tenu de leur faible différence d'âge.

Après trois ans d'études à l'école de mécanique générale de Gérardmer, Bernard Laroche est embauché en 1972 à la filature de tissage Ancel, à Granges-sur-Vologne. Délégué du personnel au comité d'entreprise et adhérent à la CGT, il est nommé contremaître le 1er septembre 1984 après avoir postulé pendant six ans à ce poste. Pour y parvenir, il a suivi deux années de formation à l'école de filature d'Épinal avant d'obtenir, en 1980, un CAP de régleur de métier à tisser. En 1980, il fait construire une maison à Aumontzey. Le téléphone y est installé en 1981. Il est propriétaire d'un véhicule de marque Peugeot 305, de couleur gris-vert métallisé. Bernard Laroche fréquente assidûment Michel Villemin, qui lui confie tout ce qui se passe dans la famille, notamment comment chacun vit cette affaire de corbeau.

À nos yeux, sa vie et celle de Jean-Marie Villemin ont suivi des trajectoires parallèles, tant dans le domaine professionnel que sur le plan personnel. Mais si les parcours se ressemblent, celui de Bernard Laroche a été plus laborieux. À chaque étape, la comparaison joue en sa défaveur.

Le dimanche 28, nous reprenons contact avec Anne-Marie Jacquin-Keller, qui nous confirme ses impressions. L'examen des documents montre une grande similitude entre les écrits du corbeau et les dictées de Bernard Laroche. Mais son diagnostic reste prudent. Elle souhaite faire un point d'ensemble sur ce dossier et confronter ses travaux avec ceux d'un autre expert, Mme Berrichon-Sedeyn, agréée auprès de la cour d'appel de Paris. Cet expert étant par ailleurs graphologue, la consulter permettrait de compléter l'étude technique des écritures par une approche psychologique. Par ailleurs, elle souhaiterait que la lettre du 16 octobre fasse l'objet d'un examen technique approfondi, car il se pourrait que des empreintes soient révélées.

Nous convenons d'une réunion, qui est programmée

le mardi 30 octobre avec l'accord du juge Lambert, le magistrat instructeur. Elle se tient à Nancy, à la gendarmerie, loin du tapage médiatique, et rassemble Mmes Jacquin-Keller et Berrichon-Sedeyn, le juge Lambert, accompagné de son greffier, M. Bertrand, et le commandant Chaillan et moi-même. Le commandant Chaillan a également demandé à un gendarme de la SR de Metz, Denis Klein, de se joindre à nous, car il s'intéresse au domaine des expertises en écriture et sait réaliser des travaux techniques sur les documents.

Dans un premier temps, en milieu de matinée, le dossier est présenté à Mme Berrichon-Sedeyn, qui découvre l'affaire. Le juge lui demande son impression à froid sur l'écriture du corbeau. S'il lui est difficile de se prononcer sur le sexe de l'anonymographe, elle suggère, d'après le trait souple et adroit, qu'il pourrait s'agir d'une personne jeune et d'aspect vigoureux, d'un niveau socioculturel équivalant à celui d'un contremaître. Puis les deux experts se rencontrent et font le point sur les documents reçus et les travaux menés depuis une douzaine de jours par Anne-Marie Jacquin-Keller. Le gendarme Klein examine quant à lui la lettre de revendication, celle du 16 octobre, à l'aide d'appareils spécifiques. Durant ce travail, nous nous entretenons avec le juge Lambert et lui communiquons toutes les informations recueillies sur Bernard Laroche. Un faisceau d'indices converge vers lui, et il ne dispose d'aucun alibi vérifiable dans le créneau de temps qui nous intéresse, entre 16 heures 30 et 18 heures. L'atmosphère est détendue. Nous avons le sentiment d'arriver au bout de nos peines.

Quand nous retrouvons les experts, en milieu d'après-midi, deux bonnes nouvelles nous attendent : d'une part, Mmes Jacquin-Keller et Berrichon-Sedeyn s'accordent pour dire que Bernard Laroche est certainement l'auteur des lettres anonymes ; d'autre part – et c'est une énorme surprise – le gendarme Klein nous informe que l'on peut observer un foulage sur la lettre du 16 octobre !

Qu'est-ce qu'un foulage ? Dans le cas qui nous occupe, c'est l'empreinte laissée par un écrit sur une feuille placée en dessous de celle utilisée par le scripteur. Selon le type de papier et même de stylo, on peut retrouver des traces d'écriture jusqu'au dixième feuillet suivant l'original. Le corbeau s'est probablement servi d'un bloc de correspondance, et son papier porte en creux la trace d'un écrit précédent. Le gendarme Klein nous montre qu'avec une lumière rasante et une loupe il est possible de lire, incrustée dans le papier, l'empreinte d'un paraphe ou d'une signature au bas du document. Le foulage que nous découvrons est formé de deux lettres : un « L » écrit en majuscule calligraphique, et un « B » typographique en capitale d'imprimerie. « L » comme Laroche, et « B » comme Bernard. La même signature que nous avions déjà observée sur ses dépositions. C'est incroyable, car cet indice inespéré nous est fourni sur le document qui avait été malencontreusement abîmé par la poudre magnétique. Les magistrats, experts et gendarmes présents à cette réunion ont vu ce foulage. Pour nous tous, à ce moment-là, le corbeau a signé sa lettre et son crime ! Si la déduction peut sembler rapide, le foulage suggère au minimum que l'auteur du meurtre semble avoir utilisé le même bloc à lettres que Bernard Laroche.

Mais il reste un problème de taille à régler. Le gendarme Klein, qui est chargé de prendre des photos, n'est pas sûr de leur résultat et préfère avoir recours à un laboratoire de la police allemande, mieux équipé que les nôtres. Le commandant Chaillan se rend dès le lendemain, le 31 octobre, à Sarrebruck, au laboratoire de la police scientifique dont il connaît le responsable. Un technicien allemand observe le foulage et en fait le dessin, mais l'état du document ne lui permet pas d'effectuer de photo exploitable. Le commandant Chaillan tente alors de téléphoner au juge Lambert pour l'en informer mais, en cette veille de Toussaint, ce dernier est injoignable. Chaillan décide de laisser la lettre à la *Polizei* pour une nouvelle tentative, dans un laboratoire plus perfectionné, à Wiesbaden, au siège de ses services fédéraux. Hélas, si la présence d'un foulage est confirmée, il est impossible de le révéler par un cliché car la poudre magnétique noire en a comblé les sillons.

Par la suite, les photos prises par le gendarme Klein vont s'avérer exploitables… mais elles resteront inexploitées.

Toutes les pièces du puzzle en notre possession viennent de trouver leur place : le mobile, l'absence d'alibi, les expertises techniques, le profil du corbeau. Il nous faut passer à l'interpellation. Celle-ci est prévue pour le lendemain, le 31 octobre, suivie pour le juge par l'inculpation[1]. La réunion s'achève sur ce constat et ces décisions.

Je reviens à Bruyères pour préparer un plan d'action.

Depuis les débordements provoqués par l'audition des Hollard, nous nous méfions de la presse. D'autant

1. Le terme « inculpation », qui faisait excessivement et prématurément référence à l'idée de culpabilité, sera abandonné en 1993 et remplacé par celui de « mise en examen ».

que nous commençons à nous poser des questions sur l'origine des fuites, de plus en plus fréquentes, qui parasitent notre travail… Nous décidons de créer une manœuvre de diversion afin de pouvoir procéder discrètement à l'interpellation de Bernard Laroche et de son épouse. Pour appâter les journalistes, nous prévoyons de refaire une opération dans la Vologne. Outre notre objectif de les éloigner pour être libres d'agir, cette nouvelle opération a un intérêt réel, celui de demander à des plongeurs de fouiller le fond de la rivière pour retrouver d'éventuels indices complémentaires. Ces recherches, indispensables et pourtant passées inaperçues, seront vaines.

Dans l'après-midi du 31, nous organisons les équipes et nous « invitons » les journalistes à suivre les spécialistes de la police technique et les pompiers sur les bords de la Vologne. Le subterfuge fonctionne. Nous pouvons agir. Vers 15 heures, deux voitures se présentent chez les Laroche. Marie-Ange est immédiatement conduite à Bruyères pour y être entendue. Nous gardons son mari sur place pour une perquisition du domicile. Sans grands résultats, ce qui était prévisible. Nous ne ramenons qu'une cassette contenant la chanson « Chef, un p'tit verre, on a soif », entendue lors d'un appel anonyme reçu par Jean-Marie Villemin, ainsi qu'une longue-vue de grossissement 30. Ces indices sont maigres mais en rapport avec notre enquête. La perquisition est rapide, trop rapide, car nous procédons avec la crainte permanente que les journalistes ne rappliquent. De fait, au moment de quitter le village, nous croisons une de leurs équipes, puis toute une file de voitures qui nous suivra jusqu'à Épinal, où Marie-Ange vient d'être conduite à son tour.

À la caserne de gendarmerie d'Épinal, nous nous installons dans les bureaux de la BR. Bernard et Marie-Ange sont entendus séparément par deux équipes d'enquêteurs. Leurs auditions sont entrecoupées de temps de repos et de dictées complémentaires.

Nous n'espérons aucun aveu. Ni de Marie-Ange, qui nous apparaît étrangère à l'histoire du corbeau compte tenu des liens plutôt distendus qui l'unissent à son mari, ni de Bernard, car les experts nous ont avertis que les meurtriers ayant le profil de celui que nous recherchons n'avouent jamais leur geste, un crime, une fois accompli, pouvant même être complètement évacué de leur conscience.

Les auditions ne sont pas intensives. Durant les vingt-quatre heures de la garde à vue, à Aumontzey puis à Épinal, Bernard Laroche n'est entendu que pendant dix heures et cinquante minutes. Nous sommes loin des interrogatoires ininterrompus et harassants, avec relais d'enquêteurs, tels qu'on les pratiquait encore à l'époque pour faire craquer les personnes en garde à vue et leur soutirer des aveux, quels qu'ils fussent. De notre part, il n'y a pas eu d'acharnement, comme certains l'affirmeront plus tard.

Ces auditions nous éclairent cependant sur certains points, notamment sur les histoires de famille, les faits et anecdotes rapportés par les corbeaux. Elles visent surtout à détailler l'emploi du temps de Bernard Laroche le 16 octobre. Celui de Marie-Ange ne pose pas de problème. Elle était à son travail entre 13 heures et 21 heures. En revanche, l'emploi du temps de son mari est quasiment invérifiable entre 16 heures 30, quand il affirme avoir quitté Michel après avoir passé près d'une heure avec lui, et 18 heures, heure à laquelle il s'est rendu dans un supermarché pour acheter du vin.

Les seules personnes qui auraient pu le croiser dans ce créneau horaire sont sa tante, Louisette Jacob, qui habite à côté de chez lui et ne jouit pas de toutes ses facultés mentales – son état nous dissuadera de l'interroger –, et sa jeune belle-sœur, Murielle Bolle, âgée de 15 ans et demi, qui se trouvait chez cette tante au moment où Bernard est arrivé. Sinon, il nous confirme qu'il avait donné rendez-vous à son ami Zonca pour aller chercher le vin. Après l'avoir vainement attendu, il est finalement passé chez lui mais ne l'a pas trouvé. Jean-Pierre Zonca, que nous solliciterons une nouvelle fois, maintiendra ses positions : ce rendez-vous n'était pas précisément fixé et les détails fournis par Bernard Laroche ne confirment pas son passage chez lui. Laroche avait mentionné lors de son interrogatoire que la clef de la maison était restée sur la porte d'entrée. Ce qui, selon Zonca, ne prouve rien car il laisse toujours cette clef sur la serrure.

Alertés par nos soins, les enquêteurs restés à Bruyères interrogent aussitôt Murielle. Celle-ci déclare être arrivée vers 17 heures 25 chez la tante Louisette… où se trouvait déjà Bernard Laroche. Cette affirmation contredit donc les propos de son beau-frère, qui nous avait affirmé être arrivé après elle. Nous envisageons de la réentendre le lendemain pour élucider ce point.

Quant à Michel, nous apprenons qu'ils se sont vus, lui et Bernard, la veille du crime, le 15 octobre dans l'après-midi, et qu'ils sont allés au bois. Ils se sont revus le lendemain et ont discuté ensemble durant plus d'une heure. De quoi ont-ils parlé ? De banalités selon eux. La veille, ils feuilletaient ensemble le catalogue des 3 Suisses ! Étonnant, puisque tous les témoins s'accordent à dire que Michel a l'habitude de confier à Bernard les histoires de famille « dans les moindres détails », selon une expression de sa femme Marie-Ange. Ces deux jours-là, à aucun moment ils n'auraient évoqué la visite du 14 octobre de Michel et Ginette chez Jean-Marie et Christine ? Ni le salon en cuir, les prêts avantageux, les primes avec le constructeur de pavillons ? Difficile à croire.

En marge des auditions, cette garde à vue nous donne l'occasion d'opérer de nouvelles dictées et d'observer Bernard Laroche. Nous remarquons sa relative dextérité à écrire de la main gauche comme de la main droite, et sa capacité à former des lettres liées – nous le découvrons sur des documents et cahiers saisis chez lui – alors qu'il nous affirmait ne rédiger qu'en script. D'autre part, son comportement nous intrigue. Au début, il se montre serein, quasiment désinvolte, une attitude surprenante au vu de la gravité de la situation et de nos soupçons… Puis, voyant que nous vérifions ses moindres propos, il devient nerveux et attentif à tout ce qu'il entend. Pour les nouvelles dictées qui lui sont imposées, il donne l'impression au chef Hazotte, qui contrôle l'exercice, de « faire l'imbécile[1] ». Il accumule les fautes d'orthographe grossières et rédige mal alors que certaines de ses lettres montrent une écriture régulière et une orthographe correcte.

Certes, ce sont là des impressions et non des preuves. Nous estimons malgré tout que l'avis des experts suffira au juge pour prononcer l'inculpation. Mais leur rapport, dûment étayé et affirmatif, ne sera pas prêt avant plusieurs jours, d'autant que nous leur adressons chaque jour de nouveaux documents à comparer,

1. Procès-verbal de déposition de témoin du 4 janvier 1989.

dont les dictées supplémentaires que viennent de faire les époux Laroche à Épinal. Mmes Jacquin-Keller et Berrichon-Sedeyn ont besoin de temps pour s'assurer de leurs conclusions et les argumenter.

Mais les heures tournent… La garde à vue ne peut excéder quarante-huit heures – deux fois vingt-quatre heures –, le juge d'instruction étant le seul habilité à autoriser une prolongation au-delà des premières vingt-quatre heures. Voulant préserver ce capital qui nous sera peut-être indispensable par la suite, nous décidons de remettre en liberté Bernard et Marie-Ange le 1er novembre en fin d'après-midi. Nous les ramenons chez eux après avoir monté une nouvelle opération de diversion pour échapper aux journalistes. Ceux-ci, ayant compris que l'on s'était joué d'eux à Bruyères, ont convergé vers Épinal en grand nombre, excités par la perspective d'un dénouement proche, qui leur est d'ailleurs confirmé par le juge d'instruction. De cette grande caserne à plusieurs accès, nous faisons sortir, gyrophares allumés et sirènes hurlantes, un premier convoi avec des figurants que la horde des journalistes s'empresse de suivre dans la plus grande confusion, tandis qu'un autre véhicule sort discrètement par une autre porte. Dans ce jeu du chat et de la souris, plusieurs journalistes ne nous pardonneront pas de les avoir floués à deux reprises.

Je ramène chez eux Bernard et Marie-Ange. Celle-ci est passive, repliée sur elle-même, alors que son mari se montre étonnamment détendu. Il est même pris d'un fou rire au moment où nous gagnons en courant le véhicule et où nous les dissimulons, lui et son épouse, sous une couverture sur le siège arrière. Durant le trajet, comme durant toute la garde à vue, il n'y aura ni révolte devant l'accusation d'un tel crime, ni pleurs, ni dénégations véhémentes ou désespérées. Cette impassibilité nous stupéfie.

Nous rentrons à Épinal pour faire le point sur la situation, mettre en ordre les pièces de la procédure – un travail méticuleux et rébarbatif scrupuleusement suivi par le major Le Métayer –, et nous envoyons les messages quotidiens à notre hiérarchie, à Metz. La suite des investigations et des vérifications tourne autour des époux Laroche, et surtout de Bernard : employeurs, collègues de travail, proches parents et voisins.

Reste l'histoire de Murielle, qui n'est pas claire.

Nous l'interrogeons à nouveau dans l'après-midi du 1er novembre au domicile de ses parents, peu avant de remettre sa sœur et son beau-frère en liberté. Elle nous explique qu'elle passe ses nuits chez sa sœur et son beau-frère pour les aider à surveiller leur fils Sébastien, et maintient sa version de la veille : à la sortie du collège, elle a pris le car et s'est rendue chez la tante Louisette, où elle est arrivée vers 17 heures 25. Bernard Laroche était présent, il regardait la télévision, son fils sur ses genoux. Elle se souvient très bien de cette journée et donne des détails, décrivant notamment le chauffeur du car scolaire. Les gendarmes de Bruyères et de la BR font les vérifications. Pas de chance, ce jour-là, c'est un chauffeur remplaçant qui était de service ! Nous retrouvons et entendons les deux chauffeurs. Le remplaçant, M. Galmiche, qui connaît bien Murielle, facile à identifier par sa dense chevelure rousse, est formel : elle n'était pas dans le car ce soir-là !

Murielle est donc entendue une nouvelle fois à la brigade de Bruyères dans la matinée du 2 novembre. Elle maintient ses déclarations point par point, mais, soudain, au moment où nous la plaçons devant ses mensonges sur le car scolaire en citant les déclarations des chauffeurs, l'adolescente craque et avoue. Elle n'était effectivement pas dans le car ce soir-là, car Bernard Laroche l'attendait à la sortie du collège. Il l'a interpellée par son surnom, « Bouboule », avant de la faire monter à l'avant de la voiture. Sébastien était assis derrière. Ils ont roulé vers Champ-le-Duc, puis Lépanges, où Bernard s'est arrêté. Il est revenu avec un petit garçon inconnu de Murielle, coiffé d'un bonnet, qui a pris place à l'arrière. Ils sont ensuite descendus vers le centre du village, où ils se sont arrêtés un moment. Murielle se souvient qu'à cet endroit la route était barrée. Puis ils sont repartis dans l'autre sens et se sont arrêtés dans un autre village, près d'une petite place. Bernard est descendu de la voiture et a pris le petit garçon avec lui après l'avoir appelé par son nom. Il est revenu seul un peu plus tard et ils ont regagné très vite Aumontzey. Ensuite ils sont descendus chez Louisette, puis Bernard est parti avec Sébastien acheter du vin au supermarché Champion. Murielle a pris conscience qu'il s'agissait de Grégory en voyant sa photo le lendemain dans le journal.

Quand l'adjudant Lamirand nous fait ce compte rendu, en début d'après-midi, nous sommes à la fois sidérés et soulagés. Nous ne nous attendions pas à ce type d'aveux. Enfin un témoignage direct. Et un témoignage étayé par des tiers. Je me rends aussitôt à Bruyères, bientôt suivi par le commandant Chaillan, retenu à Épinal pour régler des questions de procédure.

Je prends connaissance de la déclaration de Murielle et je vais la voir. Elle est assise sur une chaise, dans un coin du bureau. Elle affiche une moue boudeuse mais paraît détendue. Je connais parfaitement les gendarmes qui l'ont interrogée et j'ai la plus grande confiance en eux. Je sais que ses aveux n'ont pas été obtenus par la pression, encore moins par la violence. Je me méfie toujours du témoignage d'un enfant, mais elle a plus de 15 ans, semble peu émotive et ne manque pas d'aplomb. Enfin, tout se tient.

« Pourquoi dis-tu tout cela, Murielle ? Est-ce bien la vérité ? » Elle me répond, renfrognée mais sûre d'elle, ni apeurée ni abattue : « C'est la vérité. » Dans un premier temps, nous la considérons comme placée en garde à vue à compter de 13 heures 30, heure à laquelle elle a fait ses aveux, puis, pour ne prendre aucun risque, nous avançons cette heure à son arrivée à la brigade, dès 9 heures 30.

Murielle répond encore à plusieurs reprises aux enquêteurs sur des questions de détail. Pour l'aider à situer certains détails sur les lieux et les itinéraires empruntés, nous faisons avec elle des croquis. Elle est vue par le commandant Chaillan, puis par le lieutenant-colonel Tanguy, qui s'est déplacé à Bruyères lorsque nous lui avons rendu compte de ce témoignage décisif. Le père de Murielle, inquiet, vient également aux nouvelles. Nous l'autorisons à rencontrer sa fille. Il repartira rassuré : Murielle n'a pas été maltraitée, elle n'est ni déprimée ni fatiguée. Nous lui expliquons qu'elle restera encore la nuit sur place, mais qu'elle ne dormira pas en chambre de sûreté.

Parallèlement à son audition, nous menons des recherches auprès de ses camarades de collège pour recouper les faits. La jeune Véronique Didierlaurent, qui est dans la même classe que Murielle et prend tous les jours le car avec elle, nous affirme qu'elle n'y était pas ce soir-là. Ses amies Nelly Demange et Sandrine

Perrin le confirment à leur tour. Nous voici avec quatre témoignages qui corroborent ses aveux.

Il va de soi que nous informons le juge Lambert de tous ces faits et de toutes ces déclarations. Le mieux serait qu'il se déplace ou qu'il nous demande de lui présenter Murielle, mais nous tombons mal, c'est un week-end de Toussaint… Et nous aurons toutes les peines du monde à le joindre au téléphone. En fin de soirée, nous finissons par convenir avec lui de la nécessité de garder l'adolescente jusqu'au lendemain – « la nuit porte conseil » – et de faire ensuite le point.

Nous appelons un gendarme de la brigade d'Épinal, Agnès Purel, première femme à servir en gendarmerie dans le département des Vosges, qui sera chargée de fouiller Murielle puis de la surveiller durant la nuit. On l'installe dans un bureau disposant d'un lit. À cette époque, pour des raisons de sécurité qui nous paraissaient excessives, le planton devait obligatoirement dormir dans les bureaux lorsque ceux-ci n'étaient pas dans le même bâtiment que les appartements des gendarmes. Ce qui est le cas à Bruyères. Contrairement à ce que beaucoup affirmeront, Murielle n'a jamais passé la nuit au domicile d'un gendarme, ni dans une cellule, mais bien dans un bureau aménagé pour l'occasion. Nous mettons également un poste de télévision à sa disposition.

Fait curieux, Bruyères n'a pas attiré les journalistes. La plupart sont restés à Épinal, sans doute lassés de faire des allers et retours, et désireux, eux aussi, de se ménager une pause durant le week-end… En réalité, la scène médiatique s'est déplacée à notre insu de Bruyères à Épinal, car là-bas, une autre partition se joue. Nous ne la déchiffrerons que plus tard, trop tard…

Le lendemain, samedi 3 novembre 1984, je retourne très tôt à la brigade de Bruyères. La nuit s'est passée sans incidents. Murielle se montre détendue. J'ai craint un moment qu'elle ne revienne sur ses déclarations, mais ce n'est pas le cas. Entendue après 8 heures 30, elle maintient en tous points sa déposition de la veille. Elle nous précise que c'était la première fois que Bernard venait la chercher, à son avis parce qu'il lui fallait quelqu'un pour s'occuper de Sébastien. Qu'allons-nous faire d'elle ? Après bien des efforts, nous parvenons à prendre contact avec le juge d'instruction, toujours par téléphone. Il nous déclare qu'il ne peut se déplacer et nous demande de la remettre dans sa famille jusqu'à lundi ! Nous sommes consternés par cette décision, qui nous paraît comporter de grands risques, mais nous ne pouvons pas forcer la main au magistrat !

Compte tenu des circonstances, nous décidons de faire examiner Murielle par un médecin. Rien ne nous y oblige, mais c'est une précaution. Le docteur Rousseau de Bruyères l'examine à 10 heures. C'est le médecin de la famille et Murielle se sent en confiance avec lui. Elle lui dit, alors qu'il vient de constater qu'elle est en parfaite santé : « Les gendarmes, c'est des copains ! »

L'heure d'échéance des vingt-quatre heures de la garde à vue étant dépassée, il nous faut une autorisation pour la prolonger. Nous rappelons le juge Lambert pour cette courte prolongation. Il est d'accord, nous précise qu'il signera le papier nécessaire plus tard, et nous dit que c'est une bonne idée d'avoir fait venir un médecin. Sur le fond, on verra la semaine prochaine ! Il confirme qu'il ne se déplacera pas et qu'il faut libérer Murielle. Les membres de l'équipe échangent une fois encore des regards incrédules. Il nous semble faire preuve d'une légèreté qui pourrait avoir des répercussions catastrophiques dans la suite de l'enquête… Mais nous devons obtempérer. Accompagné du chef Hazotte, je ramène Murielle chez ses parents. De toute façon, comme elle est mineure, l'un d'eux doit prendre connaissance de sa déclaration.

Son père, Lucien Bolle, un brave homme, nous fait entrer dans la maison. Nous nous installons dans la salle à manger afin qu'il puisse lire les quatre feuilles de papier contenant la déposition de sa fille. Il comprend la gravité de ses aveux et en mesure parfaitement les conséquences. Il ajoute à notre intention : « Ma fille est solide, si elle l'a dit, c'est la vérité. » Avant de quitter les parents, je leur demande de taire ce qu'ils savent durant le week-end. Ils m'en font la promesse. En sortant de la maison, nous tombons sur Bernard et Marie-Ange Laroche qui se tiennent devant la porte. Bernard me jette un regard en coin, nous partons. Je m'inquiète en le voyant là. Comment Murielle et Bernard vont-ils se revoir dans quelques minutes ? Que va-t-il se passer durant ce long week-end ?

Nous rejoignons la brigade avec des sentiments mitigés, voire un mauvais pressentiment. Ce que nous venons de faire n'est ni dans l'ordre ni dans la logique des choses. Interrompre aussi brusquement une dynamique d'enquête, à un moment aussi sensible, nous semble incompréhensible et dangereux. N'est-il pas risqué de laisser Murielle dans sa famille ? Son père, pour l'avoir lue, connaît la teneur de sa déposition… La situation nous paraît surréaliste, mais qu'y faire ? Encore une fois, nous ne pouvons pas lui forcer la main ! Cet épisode illustre notre complet décalage avec le magistrat instructeur.

L'après-midi du samedi est consacré à peaufiner la procédure et, le dimanche, nous prenons enfin un jour de repos. Depuis près de trois semaines, nous travaillons sans interruption sur cette enquête, douze à quinze heures par jour. Les personnels de la SR de Nancy ont plus de trois heures de trajet quotidien à faire. Tout le monde est exténué. Autant tirer profit des quelques moments de répit imposés par le juge Lambert.

Le lundi matin, nous nous retrouvons à la brigade de Bruyères. Il faut agir. Pendant le week-end, les médias ont titré sur la garde à vue des Laroche et leur remise en liberté. Certains journaux ont eu vent qu'autre chose se préparait. Les commentaires vont bon train et on pressent que ce lundi sera une chaude journée. La pression est de plus en plus forte.

Un premier contact établi avec le juge Lambert par le commandant Chaillan nous apprend que le magistrat n'est pas pressé de voir Murielle ! Son emploi du temps ne le prévoit pas ! Son attention est ailleurs. Il attend les rapports des experts. Le 2 novembre, il a adressé une note à Anne-Marie Jacquin-Keller, la pressant de lui remettre ses conclusions avant le lundi midi. Rien n'est moins sûr. Ces spécialistes veulent en effet se garder de toute précipitation dans un dossier aussi sensible et médiatisé. Pourquoi le juge Lambert se focalise-t-il sur les expertises au détriment des aveux de Murielle et des témoignages assurant qu'elle n'avait pas pris l'autocar ce soir-là ? À notre sens, tous ces éléments sont liés et méritent un égal intérêt.

Dans l'immédiat, il n'est plus possible d'attendre. Le commandant Chaillan part chercher Murielle pour la conduire d'autorité à Épinal. Il se rend chez les Bolle. L'accueil, plutôt cordial, semble indiquer que ni Murielle ni son père n'ont parlé. Chaillan conduit l'adolescente à Épinal, au palais de justice, et convainc le juge Jean-Michel Lambert de les recevoir. Après avoir pris connaissance de la déclaration de Murielle, le juge la fait entrer dans son bureau et demande au commandant de sortir pour rester seul avec elle.

Elle confirme tout.

Questionnée par le juge en la seule présence du greffier, elle précise : « J'ai appris la mort de Grégory Villemin par le journal le mercredi matin. J'ai reconnu le garçon que Bernard avait pris la veille. Si je n'ai pas parlé plus tôt, c'est parce que j'avais un peu peur de Bernard. Les gendarmes ont été gentils avec moi. Ils ne m'ont jamais dit qu'il fallait que je dise certains faits et pas d'autres. J'ai vraiment parlé librement[1]. »

Sur les conseils du commandant Chaillan, le juge décide alors de se déplacer immédiatement sur les lieux pour faire les trajets décrits par Murielle. Dans une première voiture, conduite par le gendarme Tissier, prennent place le commandant Chaillan, le juge Lambert et Murielle. Le greffier du juge suit dans un autre véhicule. Sur le parking du collège, Murielle désigne sans hésiter l'emplacement où était garée la voiture de Bernard Laroche. Ils se rendent ensuite à Lépanges, où Murielle indique les endroits où son beau-frère a fait halte. Puis à Docelles, près du local des pompiers que Murielle ne reconnaît pas. Les itinéraires qu'elle indique sur le terrain diffèrent de ceux décrits lors de son audition, mais certains détails sont vérifiés. C'est ainsi que nous découvrons qu'une route, derrière la gare de Lépanges et à quelques dizaines de mètres de

1. Procès-verbal de déposition de témoin du 5 novembre 1984.

la poste, est barrée par des travaux, ainsi qu'elle nous l'avait indiqué dans sa déclaration. À maintes reprises il lui est suggéré qu'elle peut encore revenir sur ses déclarations, mais elle les maintient.

Quoique tenus à distance, les journalistes qui suivent ce périple comprennent que l'histoire est en train de basculer. Ils ont glané assez d'éléments pour savoir que ces allées et venues sont en rapport avec l'interpellation de Bernard Laroche. Chacun s'apprête à fournir un scoop à sa rédaction. Entre-temps, à Bruyères, nous interrogeons une nouvelle fois Marie-Ange Laroche pour savoir ce qu'elle pense de sa sœur Murielle. Elle affirme qu'elle n'est pas du genre à mentir et qu'elle n'a aucune raison d'en vouloir à son mari. « On peut lui faire confiance », précise-t-elle. Dans nos plans, il est prévu d'interpeller Bernard Laroche le lendemain mardi à son domicile, après que tout aura été vérifié. Mais à la brigade, nous sommes inquiets. Des correspondants de presse, notamment ceux d'Europe 1 et de France Inter, nous disent être informés de tout ce qui se passe et s'apprêtent à annoncer l'arrestation de Bernard Laroche. L'AFP serait même sur le point de publier une dépêche dans ce sens !

Nous voilà pris de court par des reporters qui, de notre point de vue, ne respectent rien ni personne dans cette affaire. Nous savons maintenant – parce qu'ils s'en vantent auprès de nous, et non sans ironie – qu'ils obtiennent tous les renseignements qu'ils désirent à Épinal, au palais de justice… Comment réagir ? Les stations de radio annoncent que les gendarmes sont sur le point d'arrêter Bernard Laroche ! Nous faisons le point avec le commandant Chaillan et le juge. Nous ne pouvons plus attendre, ce serait trop hasardeux.

Bernard travaille de jour cette semaine-là. Il est à son usine, à Granges-sur-Vologne. Nous prenons le parti d'agir sur place, car le risque existe que la nouvelle de son interpellation se répande avant même qu'elle ait lieu. Tant pis pour la discrétion que nous avons essayé de conserver jusqu'ici ! Il faut y aller.

Que n'a-t-on pas dit sur cette arrestation ! Les journalistes les plus enclins à nous faire la morale ont été ceux-là mêmes qui nous avaient contraints, par leur empressement inconsidéré, à cette intervention !

En début d'après-midi, vers 14 heures, nous nous présentons au bureau d'accueil des établissements Ancel. Nous demandons qu'on aille chercher Bernard Laroche qui, contrairement à ce qu'on prétendra, n'est pas arrêté et menotté devant son métier à tisser. Pourtant, Dieu sait si les photographes auraient voulu prendre cette photo ! Mais la réalité est autre. Bernard Laroche nous rejoint dans le hall d'entrée et nous lui signifions son arrestation. Les menottes lui sont passées à une seule main, l'adjudant Paglia s'attachant à lui avec l'autre bracelet, et nous ressortons aussi vite que possible. Mais des journalistes se tiennent déjà en embuscade. La scène est filmée et les flashs crépitent. C'est vrai, Bernard Laroche est en bleu de travail et nous aurions dû trouver le moyen de le laisser se changer. Mais dans cette usine où il est délégué du personnel, s'attarder risquait d'envenimer les choses. Nous agissons dans une certaine précipitation. Pour nous, l'important est de ne pas perdre de temps car, à chaque minute, de nouveaux journalistes accourent sur les lieux. Nous offrons alors aux médias, qui s'en délecteront avec hypocrisie, l'image scandaleuse d'un ouvrier arraché à sa machine et traîné vers la justice par d'impitoyables gendarmes. Le « monstre de la Vologne » livré en pâture à une opinion publique chauffée à blanc… Qui en est responsable ?

Le trajet jusqu'à Épinal est encore plus mouvementé que le précédent. Les journalistes qui nous traquent prennent des risques insensés pour nous devancer. Notre apparition à l'entrée du palais de justice qui, malgré nos demandes, n'a pu être évacué de la foule qui l'a envahi, déclenche une invraisemblable cohue. Devant les micros qu'on lui tend, Bernard Laroche répète d'une voix morne : « Je suis innocent ! » tandis que nous essayons de nous frayer un chemin au milieu de la mêlée. Quel pauvre cinéma ! Nous avons là une scène d'hystérie caractéristique de cette affaire. C'est tout juste si les journalistes n'occupent pas le cabinet du juge !

Bernard Laroche est inculpé d'assassinat par Jean-Michel Lambert. Il est seul, sans avocat, et, dans ce climat d'urgence, ne peut rien faire pour sa défense. Un mandat de dépôt est délivré. Laroche est conduit à Nancy à la prison Charles-III, sous les cris des badauds qui se sont attroupés devant le palais de justice. Ce tumulte, couvert par le bruit du moteur et celui des sirènes, l'inculpé ne l'entend pas. Il semble ne pas vouloir se départir de son étonnante placidité. Le directeur de la prison, chargé de surveiller ce pensionnaire menacé par les autres détenus, le trouvera même paisiblement endormi, à 20 heures, dans sa cellule.

Pour nous, l'affaire Grégory est quasiment terminée. Du moins le croyons-nous naïvement… Nous avons rempli notre mission et présenté le coupable à la justice au terme d'une enquête complexe mais conduite de manière raisonnée, impartiale et exhaustive. Les éléments à charge sont variés et complémentaires. L'avis des experts, qui s'apprêtent à remettre leur rapport, en fournira la pièce maîtresse. Quant à la présence du foulage sur la lettre de revendication du crime, nous sommes persuadés que cet indice finira par être exploitable. L'autre élément majeur est la déclaration de Murielle, qui vaut pour avoir été confortée par d'autres témoignages. Cette donnée ne doit pas être négligée. Notre pays, en matière de philosophie judiciaire, sacralise encore les aveux, y voyant la preuve d'une culpabilité. Or les enquêteurs, qui s'en méfient, s'efforcent toujours d'étayer ces aveux par des indices matériels complémentaires et des témoignages concordants.

Le travail n'est pas achevé pour autant. De nouvelles auditions et vérifications nous attendent. Le juge nous délivre une seconde commission rogatoire à la suite de l'information ouverte contre Bernard Laroche, inculpé d'assassinat, la première ayant été ouverte contre X. Telles sont les dispositions du Code de procédure pénale. Dans les faits, cette seconde période de l'enquête, qui court du 5 novembre 1984, jour de l'inculpation de Bernard Laroche, au 20 février 1985, jour de la prise en charge de l'enquête par la police, n'aura rien à voir avec la première. Alors que nous avions procédé à 183 auditions durant les trois semaines de la première commission rogatoire, nous n'en effectuerons plus que 75 durant les trois mois et demi que durera la seconde !

Ces investigations vont consister pour l'essentiel à approfondir nos recherches autour du témoignage de Murielle, et à interroger à nouveau certains membres de la famille pour mettre les faits et les précédentes dépositions en perspective avec l'inculpation de Bernard Laroche. Dans cette seconde phase de l'enquête, nous entendons deux autres camarades de classe de Murielle, Claude Richard et Sonia Pierson, qui affirment séparément l'avoir vue monter dans une voiture décrite comme semblable à celle de Bernard Laroche, et partir en direction de Laval-sur-Vologne.

Mais un nouvel élément va retenir notre attention.

Une seringue d'insuline est retrouvée près du local des pompiers où le corps de Grégory aurait pu être jeté dans la Vologne. Cette découverte, faite le 9 novembre par Noël Grandjean, un ouvrier municipal, nous intéresse car nous n'avons cessé de nous interroger sur les circonstances précises de la mort de Grégory. A-t-il été drogué ? Comment expliquer sa mort sans violence apparente ? Ce qui nous interpelle dans cette découverte, c'est que dans la famille Bolle, on connaît une personne qui souffre de diabète et reçoit un traitement d'insuline. Encore une piste intéressante à étudier… Mais nous aurons à peine le temps de l'aborder.

Fin novembre, un second élément nous conforte dans nos investigations. Nous avons le résultat de l'expertise des voix du corbeau. L'expert, Marc Yana, nous a fait parvenir ses conclusions : c'est bien un homme qui correspond à la « voix rauque » enregistrée par la famille Villemin. Elle a été comparée à celle de toutes les personnes, plus de cent vingt, que nous avons enregistrées. Six hommes apparaissent comme ayant une voix présentant des signes techniques comparables. Parmi ces six hommes figure Bernard Laroche. Nos vérifications montreront que les cinq autres personnes ont un alibi et n'ont pas pu perpétrer le crime ou participer à l'enlèvement. Un nouvel indice concordant à verser au dossier.

Mais à partir du mois de décembre, la machine se grippe. Le juge nous interdit de procéder à certaines vérifications et auditions. Pourtant, en janvier 1985, nous apprendrons que le témoin-clef qui nous manque, celui qui a pu voir le meurtrier sur les lieux de l'enlèvement, existe bel et bien ! C'est le gendarme Lachaussée qui obtient ce renseignement, grâce à ses connaissances parmi la population. Depuis décembre 1984, l'agitation médiatique s'est détournée de la vallée de la Vologne pour se concentrer sur Épinal. Le calme revenu, les contacts habituels reprennent, et les gendarmes de Bruyères se remettent à parcourir le terrain, sans journalistes sur leurs talons et prêts à forcer la porte des villageois rencontrés. Le gendarme Lachaussée connaît bien une famille de Lépanges qui habite près des Villemin : les Claudon. Nous les avions entendus au tout début de l'enquête, puis de nouveau en décembre, pour vérifier les déplacements de Christine Villemin quand celle-ci était partie à la recherche de son fils après sa disparition. Marcelle Claudon ne nous avait rien appris de particulier. Mais le gendarme Lachaussée découvre qu'elle a vu bien plus de choses qu'elle ne l'avait déclaré… Des éléments qui pourraient être déterminants. Il nous sera cependant impossible de les exploiter. Il faudra attendre six ans, en 1990, pour que ce témoignage soit enfin pris en compte !

Au tournant de l'année 1984, dès l'inculpation de Bernard Laroche, notre travail d'enquête tourne court. Sans aucune logique. J'en exposerai les raisons. L'une d'elles tient à l'entrée en scène des avocats, dont quelques-uns ne ménageront pas leurs efforts pour nous abattre. Entre leurs mains, ce dossier deviendra une boîte de Pandore ouverte sur la place publique. L'instruction elle-même s'apprête à partir dans des directions qui vont nous laisser de plus en plus effarés et démoralisés. Les médias et le système judiciaire s'emballent. Nous entrons dans l'irrationnel.

La seconde affaire Grégory commence.

IV

À la recherche de boucs émissaires, les gendarmes

Le soir même de l'inculpation de Bernard Laroche, le 5 novembre 1984, la situation dérape. Murielle est rendue à sa famille sur décision du juge Lambert sans qu'il y ait eu la moindre concertation entre les enquêteurs, le magistrat instructeur et le procureur de la République. C'est abandonner le témoin à lui-même. Mais le juge Lambert a autre chose en tête, il s'apprête à donner une conférence de presse… Visiblement satisfait, il annonce de sa voix grave et traînante avoir inculpé Bernard Laroche sur la base « d'un témoignage capital et d'une expertise ». Acculé dans ses fragiles retranchements par des journalistes qui n'ignorent rien du dossier puisqu'il leur a déjà donné en « off » toutes les informations, le magistrat finit par lâcher que ce témoignage est bien celui de Murielle Bolle, la belle-sœur de l'inculpé !

Plus qu'une bourde, c'est un irréparable gâchis. Les médias titrent sur cette information. Et ce qui était à craindre se produit… La famille Bolle, éberluée, accuse le coup. Ce qui est compréhensible, après la longue garde à vue de Murielle à la brigade de Bruyères et un week-end passé discrètement en famille. Il est facile d'imaginer les questions auxquelles Murielle doit faire face à son retour à Laveline-devant-Bruyères. La colère et l'indignation de sa sœur Marie-Ange… Des voisins témoigneront plus tard des cris et des pleurs de Murielle entendus ce soir-là. Sa propre mère avouera même qu'elle a tenté de se suicider. L'entourage, de bonne foi à mon sens, ne peut admettre un témoignage aussi accablant. Les conséquences en sont trop graves. Bernard Laroche se retrouve en prison, accusé d'un crime monstrueux ! Comment sortir de ce pétrin ?

Le lendemain, le 6 novembre en fin de journée, escortée par sa mère et ses frères, Murielle Bolle se rend au palais de justice et demande à voir le juge Lambert, qui la reçoit en présence de sa mère. Elle se rétracte. Tout ce qu'elle a dit était faux. Elle avait peur des gendarmes et elle a raconté ce qu'ils voulaient qu'elle dise. Murielle ne se départira plus jamais de cette ligne de défense. Butée dans ses dénégations, elle s'y tiendra, malgré toutes les contradictions et les autres témoignages auxquels elle sera confrontée.

Le greffier du juge qui enregistre sa rétractation sera entendu bien plus tard, en 1989, lorsque l'instruction sera reprise à Dijon. Il précisera que la jeune fille n'avait pas l'air naturelle et qu'elle donnait l'impression de « réciter une leçon[1] ». Mais ce 6 novembre 1984, elle répète sa nouvelle version devant les journalistes : « Mon beau-frère, il est innocent… J'avais peur des gendarmes… » Le juge Lambert s'en fait l'écho dans une nouvelle conférence de presse : « Cela ne m'étonne pas… Je m'y attendais… Nous avons d'autres éléments… » Il ne manquerait plus qu'il donne l'adresse de l'expert en écriture, Anne-Marie Jacquin-Keller !

Ce coup de théâtre en annonce d'autres. Car la pièce s'écrit désormais dans les cabinets du juge et des avo-

1. Procès-verbal de déposition de témoin du 1er mars 1989.

cats, appelés à distribuer les rôles. Qui a conseillé aux parents de Murielle cette démarche auprès du magistrat afin d'annuler les déclarations pourtant réitérées de leur fille ? Est-ce maître Welzer, ou maître Prompt, tous deux appelés pour assurer la défense de Bernard Laroche ? Il est permis de s'interroger. En pareil cas, le premier souci d'un avocat est de détruire ou de minimiser les aveux qui ont été passés. L'urgence ici était de revenir sur le témoignage accusateur. Quel qu'en soit le prix. Les avocats sont l'un des piliers de l'édifice judiciaire. Ils contribuent à l'établissement de la vérité. Mais, dans cette affaire, qui devait échapper à bien des règles judiciaires, le mensonge, la calomnie, et la mauvaise foi vont phagocyter le débat.

Au moment d'entamer le récit de cette seconde phase, je tiens à souligner que si je n'ai pas été le témoin direct de tous les faits que j'y rapporte, la plupart n'étaient un mystère pour personne. Ils ont tous été vérifiés par mes soins ou recoupés par d'autres témoignages.

En ce début du mois de novembre 1984, un avocat est déjà présent dans le dossier, maître Henri-René Garaud. Inscrit au barreau de Paris, il a été appelé le 24 octobre, sur les recommandations de certains journalistes d'Europe 1, par Jean-Marie et Christine Villemin qui se sont constitués partie civile. Quoique marqué par ses prises de position en faveur de la peine de mort, abolie en France par une loi promulguée le 9 octobre 1981, cet avocat d'assises s'est montré jusqu'alors très discret. En revanche, Gérard Welzer, du barreau d'Épinal, et Paul Prompt, du barreau de Paris, venus prendre la défense de Bernard Laroche, se signalent par une entrée fracassante. Leur présence va peser considérablement sur l'évolution de l'affaire. Ces deux avocats ont des profils très différents, et chacun intervient pour des raisons bien distinctes.

Maître Prompt – le bien-nommé – est l'avocat du groupe Esterel, propriétaire de la filature Ancel qui emploie Bernard Laroche. Ce groupe est dirigé par un patron atypique, Benoît Bartherotte. Proche du parti communiste et de la CGT, il propose le nom de Paul Prompt aux personnels de la filature qui, en liaison avec la famille, cherchent un défenseur pour Bernard Laroche. Cet avocat plaide davantage au civil qu'au pénal – qui traite des crimes et des délits. Maître Prompt entre dans ce dossier poussé par Benoît Bartherotte, alors aux prises avec des histoires politico-financières compliquées. Des soupçons de détournement de fonds publics destinés à aider cette entreprise, mise en liquidation en 1981 puis relancée, l'opposent en effet au député socialiste local Christian Perret, qui préside la commission d'enquête parlementaire décidant de ces investissements. Pour cet avocat, l'affaire Grégory est politique !

Paul Prompt est un ancien résistant FTP[1], arrêté et torturé à Lyon en 1944. À en croire certains journalistes, il conserve toujours dans sa serviette une série de documents de l'époque attestant de son passé. Son engagement professionnel y puise sa légitimité. Cet antifasciste convaincu ne fait pas dans la demi-mesure et voue aux gémonies les forces de l'ordre et le pouvoir en général. Son discours restera polémique. Dès le mois de décembre 1984, il dénonce dans le quotidien *L'Humanité* le fait que l'on puisse « utiliser la mort d'un enfant comme arme politicienne ». À ses yeux,

1. Francs-tireurs et partisans.

les gendarmes font partie d'un complot visant à déstabiliser la gauche au pouvoir et à rétablir la peine de mort. Pour appuyer sa thèse, il n'hésite pas à pratiquer l'amalgame, indifférent à la nature complexe des faits et à leur portée réelle dans le cours de l'enquête. Ainsi le verra-t-on mettre en rapport, de façon biaisée, la présence de maître Garaud, l'intervention de l'ex-colonel Argoud comme expert, et l'engagement syndical CGT de Bernard Laroche… Mais sa combativité outrancière obligera souvent son principal associé, maître Gérard Welzer, à s'en démarquer, tant cette stratégie était irraisonnée.

Ce dernier fait figure de régional de l'étape. Il est appelé par Marie-Ange Laroche car des membres de la famille ont déjà eu recours à lui pour des affaires civiles. Lui non plus n'est pas un pénaliste, il traite surtout d'affaires de droit social. C'est un homme de gauche, président de la Ligue des droits de l'homme dans le département. Il sera élu plus tard député socialiste, opposant farouche du maire d'Épinal, Philippe Séguin. S'il répond à la demande de Marie-Ange, sa présence dans l'affaire le met en porte à faux avec ses confrères du barreau d'Épinal. En effet, ceux-ci s'étaient engagés à ne pas prendre la défense du meurtrier du petit Grégory, avant même que son nom soit connu, afin de prévenir les tensions et rivalités qu'un tel dossier aurait pu susciter parmi eux. Ce retournement vaudra à maître Welzer de passer devant le conseil de discipline du barreau, où il sera défendu par le bâtonnier maître Haemmerlé. Une admonestation, qui restera confidentielle, lui sera adressée.

Entre les avocats de la famille Laroche et celui des Villemin, maître Garaud, par ailleurs membre fondateur du mouvement Légitime Défense qui assiste, entre autres, des policiers accusés de bavure, les échanges promettent de faire des étincelles !

Mais les désaccords peuvent aussi surgir dans le même camp. Lorsque les deux avocats de Bernard Laroche se rencontrent à Épinal pour la première fois, le 8 novembre, leur analyse et leur opinion sur la stratégie à suivre divergent radicalement. Maître Prompt, qui ne connaît l'affaire que par les conférences de presse du juge Lambert et par la lecture de la presse, souhaite attaquer le magistrat de front pour le faire dessaisir. De son point de vue, ce dernier ne respecte pas le secret de l'instruction et sert la cause des gendarmes. Les dernières confessions du juge, parues le matin même dans *Le Figaro* et intitulées « Les certitudes du juge », le mettent hors de lui. Il entend déposer plainte pour violation du secret de l'instruction et présenter une requête en suspicion légitime contre le magistrat ! De fait, ce dernier leur a facilité la tâche tant il s'est répandu dans la presse contre leur client, Bernard Laroche, sans compter les accointances qu'il entretient avec plusieurs journalistes et qui sont de notoriété publique. Maître Welzer sait tout cela mais, fort de son implantation locale, refuse de s'aventurer dans cette voie. Il connaît bien Jean-Michel Lambert, et ne souhaite ni casser la carrière du jeune juge, pour lequel il a une certaine sympathie, ni délocaliser l'instruction, car, à cette époque, Jean-Michel Lambert est le seul à instruire à Épinal. Aucun autre magistrat du siège ne peut le remplacer. Pour maître Welzer, attaquer le juge Lambert serait trop aléatoire. Il préfère que le dossier soit traité sur place. Il s'y trouve en pays de connaissance et son cabinet, situé à deux pas du palais de justice, lui permet de suivre aisément tout ce qui s'y passe.

Mieux vaut donc examiner le fond du dossier, tout en gardant en réserve cette option qui restera comme une épée de Damoclès au-dessus de la tête du magistrat. Gérard Welzer n'ignore pas le mode de fonctionnement du juge Lambert. Les commentaires vont bon train dans le petit monde judiciaire spinalien où, à l'instar de bien des villes de province, magistrats et avocats fréquentent les mêmes tables, ceux qui ont l'argent invitant ceux qui ont le pouvoir. Rien d'anormal à cela. La comédie se joue partout et n'empêche pas les uns et les autres de remplir honnêtement leurs fonctions dans les tribunaux. Mais le formidable écho médiatique donné à l'affaire a changé la donne. Ses acteurs peuvent prétendre à une renommée nationale, voire internationale… Et Gérard Welzer sait combien notre juge d'instruction y est sensible.

Fort de ce contexte et des revirements de Murielle, les deux avocats arrêtent une ligne de défense qu'ils appliquent dès le 9 novembre, jour où doivent être confrontés Bernard Laroche et sa jeune belle-sœur. Une confrontation aurait été utile avant la rétractation, et à condition d'avoir maintenu Murielle au secret. Dorénavant, quel intérêt de confronter deux témoins qui nient pareillement le fait qu'on leur oppose ! Croit-on que l'un d'eux va changer tout à coup de position ? Tout cela ne fait qu'ajouter à la confusion et profite à la défense. Cette journée arrive trop tard et ne débouche sur rien, d'autant que, parmi les autres témoins convoqués, ne figurent ni les camarades de collège de Murielle, ni les chauffeurs de car qui, eux, n'ont pas varié dans leurs affirmations. En revanche, elle attise les clameurs d'une petite foule de personnes venues crier leur haine devant le palais de justice. Au milieu d'eux, Jean-Marie Villemin, qui a juré sur la tombe de son fils qu'il le vengerait…

En marge de ces auditions, maîtres Welzer et Prompt décortiquent le dossier. Incomplet, il a de quoi leur fournir des munitions. Ils constatent que les médecins légistes ayant pratiqué l'autopsie n'ont pas encore rendu leurs conclusions. Le seul document d'expertise présent tient dans le rapport succinct d'Antoine Argoud qui, sur la base des quelques écrits soumis à son examen, désigne un autre corbeau que celui mis sous les verrous. La défense a alors beau jeu de souligner la légèreté du dossier, ses contradictions et ses lacunes. Elle demande aussitôt la remise en liberté de leur client. Cette demande déclenche un tollé général. Elle est rejetée. Mais les avocats de Bernard Laroche ont donné le ton. Ils ne lâcheront rien et leur intransigeance ne fera que croître…

À ce moment-là, l'affaire, jusqu'alors contenue dans un périmètre judiciaire assez restreint, change de nature. D'autres enjeux apparaissent, y compris idéologiques, avec une multiplication des acteurs, un éclatement des lieux, et des engagements de procédures jouant sur des délais variés… Débute alors une partie confuse et paradoxale dans laquelle les enquêteurs que nous sommes, tout en restant en charge du dossier, basculent peu à peu dans le camp des suspects et des accusés.

Notre sort va se décider en trois mois.

En décembre 1984, le dossier s'effrite et se délite pièce par pièce. Il perd toute consistance. Les critiques de la défense, efficacement relayée par certains organes de presse, se font de plus en plus virulentes à notre endroit. En janvier 1985, nous faisons l'objet de plaintes et devons nous justifier. Le 29 janvier, le juge Lambert nous impose une confrontation humiliante avec Murielle Bolle, nous exposant aux vitupérations éhontées des avocats et aux commentaires acides ou goguenards des journalistes. Le mois suivant, le 20 février 1985 exactement, nous sommes évacués du dossier qui est confié à la police.

Il va sans dire que nous allons vivre comme une profonde injustice cette « descente aux enfers ». Nous en sommes abasourdis, et profondément blessés. Comment en est-on arrivé là ? Pourquoi un tel acharnement ? Que nous a-t-on reproché, dont nous avons été totalement disculpés depuis mais qui nous poursuit encore aujourd'hui ?

Tout commence le 1er décembre 1984, avec l'annulation des expertises. Que l'on me pardonne d'entrer dans des détails techniques qui intéressent la conformité des procédures judiciaires, mais ils sont essentiels à la compréhension des événements.

Dès la fin de la première commission rogatoire, quand le commandant Chaillan et le major Le Métayer mettent en forme la procédure, nous réalisons qu'il y a un problème : les experts ont été saisis par réquisition – signée par les enquêteurs – pour gagner du temps et parce qu'ils souhaitaient disposer immédiatement d'une pièce officielle de saisine pour débuter leurs travaux. Or, cela ne vaut que pour les personnes qualifiées, et non pour les experts qui, dans le cas d'ouverture d'une information, doivent obligatoirement être saisis par une ordonnance du juge d'instruction. Il va de soi que ces réquisitions à l'intention des experts en écriture ont été établies avec l'accord du juge. Celui-ci a même précisé qu'il fallait ajouter une mention signalant « l'extrême urgence et l'impossibilité de désigner un deuxième expert dans l'immédiat ».

Mais lorsque le juge saisit lui-même par ordonnance l'expert en voix, le commandant Chaillan voit la contradiction. Il est encore temps de la corriger. Nous sommes alors le 3 novembre. Quelques jours plus tard, après en avoir débattu entre nous, nous nous rendons, le commandant et moi-même, chez le juge Lambert pour lui exposer le problème. Malgré nos arguments, Code de procédure pénale à l'appui, il refuse catégoriquement de changer quoi que ce soit. Nous insistons : a-t-il consulté le jurisclasseur ? Il écarte la question. Pour lui, la procédure suivie ne pose aucun problème. Or cette décision va provoquer l'effondrement de toute l'enquête. Les avocats, qui abordent les dossiers en se fixant sur les questions de forme – ce qui est de bonne guerre, dans un système aussi procédurier et formaliste que le droit –, trouveront d'emblée la faille.

Le 1er décembre, les expertises sont annulées ! Tout le travail effectué pendant des semaines par les meilleurs spécialistes sur des points fondamentaux de l'enquête devient nul et non avenu. Interdiction même de l'évoquer ! Le rapport d'Anne-Marie Jacquin-Keller, daté du 5 décembre, et celui de Mme Berrichon-Sedeyn, clos le 18 décembre, deviennent judiciairement inexploitables.

Pour l'histoire, qui va au-delà des questions de procédure, il faut savoir que ces rapports étayés et précis – plus de soixante pages – désignaient sans aucune ambiguïté ni formule alambiquée Bernard Laroche comme étant le corbeau qui avait rédigé la lettre de revendication du crime. Quant au spécialiste en voix Marc Yana, correctement saisi par ordonnance du juge, les avocats découvrent qu'il n'est inscrit sur aucune liste d'experts agréés ! Nouvelle annulation. Deuxième faux pas. Retour à la case départ…

Ayant compris à qui ils avaient affaire, Welzer et Prompt poursuivent leur travail de sape et s'attaquent à l'audition de Murielle, élément apparaissant comme déterminant. Et ils font une nouvelle découverte : la décision d'autorisation de prolongement de garde à vue que le juge nous a donnée verbalement n'a pas fait l'objet du document officiel prévu et signé par le juge. Il ne figure donc pas dans le dossier. Le magistrat a oublié de l'établir alors que le procès-verbal d'audition, qui reprend tous les éléments de la garde à vue, en fait mention ! Mais là, impossible d'annuler tout le procès-verbal d'audition, d'autant plus que la prolongation de la garde à vue n'a servi qu'à établir un certificat médical non obligatoire. Cependant, les avocats ne manqueront pas d'exploiter leur trouvaille. Tout comme ils feront leur miel des deux croquis figurant dans le procès-verbal de l'audition de Murielle, censés être de sa main, aucune mention particulière n'apportant de précision sur ce point. Le premier croquis représente la sortie du collège où elle a indiqué les positions du car scolaire et de la voiture de son beau-frère. Le second trace un plan schématique de Lépanges pour qu'elle nous précise l'itinéraire suivi. Or, nous ne l'avons jamais caché, ce croquis-là a été en partie exécuté par un gendarme sur les indications de Murielle, celle-ci ayant ajouté quelques éléments. Pour les avocats, il s'agit d'un faux !

Ces lacunes, en réalité des points de détail, fournissent aux avocats matière à scandale. Ils sortent l'artillerie lourde. Dépôt de plainte contre les gendarmes de Bruyères qui ont procédé à l'audition de Murielle, l'adjudant Lamirand, le chef Burton et les gendarmes Christian Henry, Lachaussée et Levasseur, pour « faux et usage de faux » et pour « subornation de témoin ». Ce qui constitue une accusation extrêmement grave. Plus tard, ils étendront ces plaintes aux officiers, le lieutenant-colonel Tanguy et le commandant Chaillan, et à moi-même, en ajoutant pour ce qui me concerne la « violation du secret de l'instruction » !

Ces attaques en règle, rares dans leur forme concernant des enquêtes judiciaires, et inconsistantes quant au fond, répondent à un double objectif : discréditer les gendarmes pour minimiser, voire annuler la portée du témoignage de Murielle, qui reste un élément-clef de l'enquête. Et, d'autre part, justifier les revirements du juge d'instruction. Car les défenseurs de Bernard Laroche ont finalement choisi de ménager ce magistrat instructeur, le considérant comme plus malléable qu'un autre et docile à leur cause. Tout est donc de la faute des gendarmes, qui ont menti au juge et l'ont manipulé. Quelques semaines plus tard, Jean-Michel Lambert en viendra lui-même à déclarer à la presse : « Les gendarmes m'ont trahi[1] ! » À ce sujet me revient son attitude, lors de la confrontation du 29 janvier 1985 qu'il avait organisée entre nous, les gendarmes, et Murielle. Je l'avais senti ravi de notre embarras et soulagé de s'en sortir à si bon compte…

Cette stratégie, qui compensait l'inanité des arguments par l'âpreté de la méthode, va s'avérer payante pour la défense, du moins pour quelques années, de longues et déprimantes années, car elle s'inscrira dans le cadre d'un dérèglement de tout le système judiciaire et viendra nourrir dans l'opinion les plus folles hypo-

1. *Le Figaro*, 7 février 1985.

thèses et les pires rumeurs. Il nous faudra attendre plus de quatre ans avant que les plaintes soient finalement écartées et que nous puissions tous bénéficier d'un non-lieu. Mais nous aurons dû aller jusqu'au bout, jusqu'en Cour de cassation, le 30 mars 1989, pour que cette imposture cesse enfin de produire son venin.

Entre-temps, tout comme mes camarades d'infortune, j'aurai été entendu douze fois par quatre juges comme un voyou… Nous étions les « salauds » de l'histoire, car il faut en être pour manipuler une gamine de 15 ans en voulant accuser un innocent du plus abject des crimes. Il nous a fallu endosser ce rôle, passer pour de minables prévaricateurs, alors que, de tous les protagonistes de cette affaire, je ne crois pas que nous ayons été les moins soucieux d'honnêteté et de droiture.

Mais revenons à l'audition de Murielle, puisqu'elle nous a valu tant de déboires. Il est clair que son témoignage, le plus proche du crime qui ait été obtenu et le seul contenant des aveux, constituait le nœud de l'affaire. Tous les coups seront permis pour le démolir.

Dans sa forme, le procès-verbal s'avère insatisfaisant car rédigé dans un style qui ne correspond pas aux véritables attitudes et expressions de l'adolescente. Mais c'est l'effet pervers de la procédure écrite qui pousse les enquêteurs à établir un document lisible et compréhensible aux lecteurs, magistrats et avocats. Si l'on reproduisait au mot à mot la parole de la personne entendue, le résultat en serait par endroits inintelligible et parfois ridicule. L'enquêteur ne peut faire mieux que de mettre en forme la parole de l'autre. Aujourd'hui, pour pallier cette difficulté, en particulier avec les jeunes enfants ou adolescents, l'audition est filmée, ce qui permet de garantir la fiabilité de son déroulement.

Dans le cas de Murielle, son audition a été retranscrite comme on procédait à l'époque, en formulant de manière continue les réponses données petit à petit par le témoin aux questions posées. Ce document de plus de cinq pages présente sa situation personnelle, puis explique le déroulement de sa journée du 16 octobre 1984. Il est manifeste, à la lecture du procès-verbal, que ses déclarations ne peuvent lui avoir été dictées. Nombre de détails, tant sur la vie familiale que sur les personnes, étaient inconnus des gendarmes. Murielle les a livrés d'elle-même avant de les répéter spontanément au juge Lambert deux jours plus tard. Comment aurait-on pu la forcer à s'exprimer ainsi ? En lui faisant apprendre par cœur sa déposition ? Du reste, cette audition n'explique pas tout des événements, loin s'en faut. Ainsi ne parle-t-elle ni de lettre ni de cordelette. Si nous avions été machiavéliques au point de monter ses aveux, pourquoi n'aurions-nous pas ajouté des précisions à ce sujet ? Rappelons surtout que ce témoignage n'avait d'intérêt que pour avoir été conforté et recoupé par la déposition de six autres personnes entendues séparément, sans aucune possibilité de concertation. Ces témoins-là avaient fourni des repères précis qui accréditaient leurs propos, et ils ont maintenu leurs déclarations jusqu'au procès de Dijon, en 1993, procès qui sera le point final de cette affaire et sur lequel je reviendrai plus tard dans le détail.

Ainsi, malgré les précautions prises, qu'il s'agisse de faire venir un médecin, d'autoriser l'adolescente à voir son père, de lui aménager un bureau pour y passer la nuit sous la surveillance d'une femme gendarme, malgré la présence de trois officiers venus successivement la voir et lui demander si elle disait bien la vérité, malgré le fait qu'elle soit retournée chez elle, dans sa famille, pendant deux jours, entre ses déclarations devant les gendarmes et celles devant le juge, en dépit de tout cela, d'aucuns ont laissé entendre que ses révélations avaient pu lui être extorquées et, partant, n'avaient pas à être prises en considération ! Telle sera pourtant la thèse avancée par les avocats de Bernard Laroche pour nous discréditer.

Ceux-ci déposent une première plainte le 21 décembre 1984. Elle est officiellement déclarée recevable le 24 janvier 1985. Après la mort de Bernard Laroche, le 29 mars 1985, elle est reprise le 19 juin 1985 au nom de son épouse, Marie-Ange, visant spécifiquement les sous-officiers qui avaient pris part à l'audition de Murielle. Une seconde plainte est présentée le 22 juillet 1985 par les parents de Murielle. Celle-ci complétera la première, ajoutant la subornation de témoin et visant en outre les trois officiers de gendarmerie, le lieutenant-colonel Tanguy, le chef d'escadron Chaillan et moi-même. Le 19 février 1986, il sera décidé que les deux procédures seront jointes et traitées par le même juge d'instruction.

Deux procédures, des plaignants qui s'additionnent, des attaques simultanées, tout est fait pour donner le maximum de retentissement à une action qui participe de la calomnie.

La plainte pour faux et usage de faux en écritures publiques s'appuie sur quatre éléments : l'absence d'autorisation écrite de prolongation de garde à vue, la présence de gendarmes, officiers et sous-officiers sans que leur nom soit mentionné sur la procédure, l'existence de deux croquis joints en annexe que l'on aurait attribués à Murielle alors qu'ils auraient été en partie réalisés par des enquêteurs, et, enfin, le fait que, lors du transport sur les lieux avec le juge d'instruction le lundi 5 novembre, le parcours aurait été suivi sur les indications du commandant Chaillan et non pas de Murielle. L'ensemble est présenté comme des pressions et des artifices utilisés pour faire craquer le témoin afin d'obtenir des déclarations permettant de « coincer » Bernard Laroche.

Point par point, ces accusations seront repoussées.

L'autorisation écrite de prolongation de garde à vue ? Le juge Lambert a reconnu l'avoir donnée verbalement et être responsable de son oubli. Par ailleurs, aucune intention malveillante ne pourra être invoquée puisque aucun aveu ni aucune déclaration complémentaire n'a été recueilli durant cette prolongation.

La présence d'enquêteurs non mentionnés dans la procédure ? Il sera clairement établi qu'ils n'ont pas pris une part active à l'audition qui était déjà réalisée à 95 % quand ils sont intervenus. En outre, leur intervention a essentiellement servi à attirer l'attention de la jeune fille sur la gravité de ses déclarations.

L'établissement des croquis ? Il y en a deux : celui de la sortie du collège, et le plan du village de Lépanges. Pour le premier, après avoir déclaré et confirmé à plusieurs reprises qu'elle avait fait ce croquis rapide, ce n'est qu'en 1987 que Murielle soutiendra que c'était moi qui lui avais indiqué les positions des véhicules. Cette allégation tardive ne sera pas jugée crédible. Pour le second croquis, dès les premières vérifications, il a été reconnu que le plan avait été dessiné par le gendarme Bardot, Murielle y reportant seule, au stylo, l'itinéraire emprunté.

Le transport sur les lieux avec le magistrat instructeur ? Le procès-verbal établi par le juge Lambert montre que Murielle se souvenait mal des itinéraires empruntés mais bien de certains lieux fixes. Pour la sortie du collège, elle a indiqué sans hésiter le lieu exact de stationnement du véhicule de Bernard Laroche, emplacement confirmé par les trois adolescentes qui ont vu Murielle monter dans cette voiture. Elle sera tout aussi formelle sur l'endroit où ils se sont arrêtés dans Lépanges. L'intervention du commandant Chaillan s'est bornée à rappeler les indications données lors de son audition quand elle ne savait plus se situer. Enfin, la présence du juge Lambert lors de ce transport fournissait une garantie supplémentaire au sérieux de cette opération ! Mais encore aurait-il fallu que chacun des participants ait le courage d'assumer ses responsabilités…

Pour ce qui concerne la subornation de témoin, l'accusation mettra en exergue les pressions que nous aurions exercées sur Murielle en la menaçant de l'envoyer en « maison de correction[1] » et en lui faisant croire que son beau-frère avait déjà tout avoué. Ces arguments ont fait long feu grâce aux déclarations du médecin, le docteur Rousseau, qui avait examiné l'adolescente, et de son propre père. Tous deux avaient pu observer qu'elle ne présentait aucun signe de nervosité ou d'abattement. Détail qui souligne la détermination et la « bonne foi » de ces avocats : dans leur argumentaire, ils préciseront qu'on avait fait état d'écoutes téléphoniques accablantes pour amener Murielle à avouer. Or, celle-ci, dès sa première audition, a déclaré qu'elle n'en avait jamais entendu parler…

La seconde plainte porte aussi sur la violation du secret de l'instruction et me vise en particulier, avec

1. Ancienne dénomination des actuels centres éducatifs fermés.

l'adjudant Lamirand. Il nous sera reproché d'être responsables de la diffusion du procès-verbal d'audition de Murielle et d'avoir révélé des éléments d'enquête à divers journalistes. L'adjudant Lamirand sera mis rapidement hors de cause. Quant à moi, il me faudra expliquer dans quelles circonstances j'ai effectivement rencontré certains journalistes, notamment Jean Ker, de *Paris-Match*, qui alléguera avoir obtenu des informations de ma part au cours de ces entretiens. En réalité, il disposait de tous les documents importants, même ceux qui avaient été établis personnellement par le juge d'instruction, au point de posséder une meilleure connaissance du dossier que moi ! En plus de cette procédure, son article, dans le numéro de *Paris-Match* du 20 décembre 1985, fera l'objet d'une assignation que m'adressera maître Prompt en mars 1986. Toutes ces accusations seront évidemment rejetées et le tribunal de grande instance de Paris me donnera raison le 18 juin 1986. En fait, Jean Ker avait fait état, à travers les propos qu'il me prêtait, du procès-verbal d'audition, moyen détourné de livrer des informations auxquelles la loi lui interdisait l'accès.

Aucun des journalistes que j'ai vus et avec lesquels je me suis entretenu n'a jamais pu avancer que je trahissais le secret de l'enquête qui m'était confiée. Je ne nie pas les avoir rencontrés – il y en a même que j'ai convoqués dans mon bureau, ce qui me sera reproché par ma hiérarchie. Ma seule intention était de défendre le travail et l'honneur des gendarmes en essayant de faire taire les calomnies.

En dépit de leur absence de fondements, ces plaintes vont tenir et être longuement instruites. Deux magistrats, le juge Waultier, puis le juge Vignes, vont s'y employer à Dijon, où l'instruction sera renvoyée compte tenu de la qualité d'officier de police judiciaire des personnes visées. Il nous faudra attendre le 1er juin 1988 pour que le juge Vignes conclue son instruction et permette au parquet de délivrer un réquisitoire de non-lieu en notre faveur. La partie adverse fera appel de cette décision, qui sera confirmée le 23 novembre 1988, avant que les plaignants soient définitivement déboutés devant la Cour de cassation, en mars 1989.

Plus de trois ans d'instruction pour entendre une vingtaine de personnes et mener deux confrontations… Aucune expertise requise qui puisse justifier ces délais. Aucune complication apparente. Tout aurait pu être bouclé en six mois. Alors, pourquoi ce peu d'empressement ?

Le travail des juges de Dijon n'est pas en cause. Ils découvriront une affaire bien plus complexe que celle véhiculée par les médias et à travers les rumeurs courant dans le milieu judiciaire. Il leur a fallu naviguer contre le vent. Mais chez la partie adverse, tous les moyens auront été utilisés pour que le doute persiste le plus longtemps possible. Avec l'assentiment de beaucoup. Car à l'époque, ces accusations arrangeaient bien des gens. Tant qu'elles n'étaient pas traitées, les allégations mensongères et les insinuations à notre égard – et la thèse que nous représentions – restaient possibles. « Que penser de la culpabilité de Bernard Laroche, puisque les gendarmes qui l'avaient impliqué dans ce crime faisaient l'objet d'une instruction judiciaire ? Certes, ils n'ont pas été inculpés, mais leur cas ne doit pas être clair puisque cela fait si longtemps qu'on l'examine… »

Parallèlement à ces attaques en justice, le débat public fait rage. Chacun a son idée sur l'affaire, aussi partisan dans ses vues ou mal informé qu'il soit. Des commentateurs vont accuser les gendarmes d'avoir saboté l'autopsie, dissimulé des preuves, notamment les traces de talon et de pneu à Docelles, indices qui s'étaient révélés étrangers à l'affaire, ou encore d'avoir mis la pression sur les experts. Cette critique a tellement servi qu'elle finira par provoquer la réaction indignée d'Anne-Marie Jacquin-Keller. En juin 1986, celle-ci adressera une lettre au juge Waultier à Dijon, afin de mettre les choses au point. « Les gendarmes n'ont jamais cherché à m'influencer, écrit-elle, et c'est moi qui porte l'entière responsabilité de la désignation de Bernard Laroche. Ils n'ont exercé aucune pression et je n'ai pu qu'admirer le courage et l'abnégation avec lesquels ils poursuivaient la recherche de la vérité malgré le peu de moyens dont ils disposaient et les calomnies des médias[1]. » Et, faisant référence à une lettre envoyée le 5 novembre 1985 à maître Welzer, et dans laquelle elle le « priait de ne plus la harceler », elle précisera au juge Waultier : « C'est bien à moi que maître Welzer a téléphoné. »

On nous reprochera surtout de nous être focalisés sur Bernard Laroche, d'en avoir fait le coupable idéal pour complaire à notre hiérarchie, pressés par les médias qui voulaient un résultat rapide. Or nous n'avions, au début de l'enquête, aucun grief, aucun a priori, aucune intention négative à l'égard du futur inculpé. Nous avons mis du temps à suivre, par des chemins logiques et convergents, la piste qui nous a menés vers lui. Par ailleurs, la nature du crime commis et le machiavélisme

1. Lettre du 26 juin 1986.

du corbeau ne nous l'ont pas rendu plus haïssable qu'un autre. Par expérience et par formation, nous savons trop la part d'ombre qui gît chez l'être humain. Entre enquêteurs et criminels, la relation qui s'établit échappe aux catégories habituelles : chacun est assigné à tenir son rôle dans une dramaturgie, la procédure judiciaire, qui exclut les sentiments personnels.

Durant toutes les heures de sa garde à vue, jamais je n'ai entendu la moindre parole d'agressivité envers Bernard Laroche. Lui-même et son épouse ne s'en sont jamais plaints, et Dieu sait si Marie-Ange Laroche a pu se montrer vindicative à notre égard ! Pour nous, c'était lui, comme il aurait pu s'agir d'un autre, homme ou femme. Je voudrais insister sur ce point pour tous ceux qui l'ont connu et aimé. Je comprends leur révolte et leur incrédulité à l'idée qu'un homme qu'ils avaient connu bon et aimable ait pu être accusé d'un tel crime. Mais je veux qu'ils sachent que jamais nous ne nous sommes acharnés contre lui. Nous avons peut-être été maladroits, mais jamais malhonnêtes, ni irrespectueux des droits et de la personne de l'inculpé.

D'autres attaques m'ont personnellement visé, insistant sur ma – relative – jeunesse et ma – prétendue – inexpérience. Ce biais permettait aussi de mettre mon cas en parallèle avec celui de Jean-Michel Lambert, puisque nous étions, peu ou prou, de la même génération. Des journalistes iront même jusqu'à parler d'une affaire de « gamins et d'enfants de chœur ». C'est oublier en passant que j'agissais en rapports constants avec le commandant Chaillan, le patron de la SR de Nancy, et véritable directeur de l'enquête.

Quand éclate l'affaire Grégory, j'ai trente ans. Épinal est mon premier poste en gendarmerie départementale, après quatre années passées en gendarmerie mobile. Je commande cette compagnie de taille moyenne depuis plus d'un an. Il est exact que mon expérience est encore limitée et que mon certificat de criminologie, passé à Paris avec le professeur Léauté en 1979, a une valeur plus honorifique que pratique. Mais je ne me sens pas du tout dépassé par mes responsabilités et les diverses missions qui me sont confiées. Je dispose de plusieurs atouts : le premier est d'être épaulé par un chef vigilant et pondéré, le lieutenant-colonel Tanguy ; le second est d'être entouré par des subordonnés qui ne m'ont jamais fait défaut. En particulier mon adjoint, le major Mathieu, un professionnel chevronné dont la rigueur et le flegme m'ont permis de conserver la bonne distance avec ce dossier. Travailler avec lui a été une chance. Quant à l'exercice de mon commandement, j'ai toujours considéré qu'il me conférait plus de responsabilités et de devoirs envers mes subordonnés que de privilèges.

Il n'est pas toujours facile, pour des sous-officiers qui ont l'âge d'être leur père, de voir nommer de jeunes officiers « tout feu tout flamme » à la tête d'une compagnie pour trois ans… C'est un peu comme confier l'entraînement de marathoniens à des sprinters ! Mais le système est ainsi conçu, qui place des exécutants, des sous-officiers exerçant un métier sous les ordres de cadres décisionnaires, des officiers accomplissant une carrière… Et toute la fonction publique, en France, fonctionne selon ce schéma. En outre, la jeunesse n'est pas plus une qualité qu'un défaut. L'honnêteté et la faculté de discernement n'ont pas d'âge, il me semble. Mais refermons cette parenthèse.

En octobre 1984, au moment des faits, je viens de traverser des mois fertiles en événements, du crime des « filles de la Moselle » à une tempête ayant ravagé deux villages. Je me sens à ma place au poste qui est le mien. D'autant que je suis lorrain et d'origine paysanne. Ma famille réside à quelques dizaines de kilomètres de là, en Meurthe-et-Moselle, le département voisin. Je connais bien les mentalités des populations rurales et villageoises dont j'ai la charge. Pour autant, je ne prétends pas avoir accompli un parcours sans faute. Mais les erreurs commises au cours de l'enquête initiale ne sont pas celles que l'on a cru pouvoir dénoncer.

La première, je le reconnais, et la plus importante à mes yeux, est d'avoir trop misé sur les expertises. Avec les enregistrements de la voix du corbeau et, surtout, ses lettres, nous étions certains de détenir les éléments matériels déterminants qui nous conduiraient forcément au coupable, dussions-nous chercher la personne la plus improbable. Nous étions convaincus que les experts seraient en mesure de désigner de manière irréfutable l'auteur des courriers anonymes. Ce sentiment nous a fait négliger d'autres investigations techniques. Nous aurions dû par exemple nous montrer plus exigeants dans nos recherches sur les rives de la Vologne et dans les perquisitions chez Bernard Laroche, qu'il s'agisse de sa maison ou de son véhicule.

La seconde erreur est de nous être organisés sans prendre suffisamment en compte le climat particulier de l'affaire, avec sa pression médiatique. Si nous avions cantonné l'essentiel de notre action sur Bruyères et exigé une plus forte concertation avec le juge à Épinal, nous aurions évité les problèmes apparus dans la procédure. Aujourd'hui, ces précautions tombent sous le sens, mais il faut rappeler qu'à l'époque nous ne disposions ni des communications par informatique ni du téléphone portable. Il paraissait logique de rester au plus près des lieux de l'enquête, parmi les personnes concernées.

Notre troisième erreur, que je développerai par la suite, est d'avoir été ce que nous sommes, des gendarmes peu préparés à contester un système qui allait faillir et nous déplaçait comme des pions sur un échiquier. Parce que militaires, nous avons la faiblesse d'être disciplinés et de vivre comme un honneur le fait de servir. Nous sommes au service des institutions, des autorités qui ont la responsabilité de leur fonctionnement, et notre dévouement à l'intérêt général et à l'intérêt supérieur du pays passe avant toute considération d'ordre corporatiste et individuel. Cette disponibilité, esprit de discipline pour les uns, « docilité » pour les autres, fait notre force, car on sait qu'en toute circonstance on peut nous faire confiance. Grandeur et servitude…

Au-delà des plaintes déposées contre nous, l'enjeu, pour les défenseurs de Bernard Laroche, consistera à se gagner les faveurs de l'opinion publique. À partir de décembre 1984-janvier 1985, l'affaire s'emballera. Elle connaîtra les mois suivants de tragiques rebondissements, qu'il s'agisse du meurtre de Bernard Laroche ou de l'arrestation de Jean-Marie Villemin, qui avait voulu faire justice lui-même, ou des accusations lancées contre Christine Villemin, la mère de l'enfant. C'est dans ce contexte que nous aurons à subir les attaques en justice et les campagnes de presse visant à faire des gendarmes les premiers responsables de ce fiasco judiciaire. Il fallait bien à cette histoire des boucs émissaires.

V

Le serment de vengeance

Inculpé et incarcéré le lundi 5 novembre 1984, Bernard Laroche est remis en liberté trois mois plus tard, le lundi 4 février 1985, après avoir passé treize semaines à la prison Charles-III de Nancy, quatre-vingt-onze jours exactement. Durant cette longue période de détention provisoire, et malgré les charges rassemblées contre lui, il sera quasiment oublié.

Sous la pression de ses avocats, le juge Lambert néglige de procéder aux vérifications et expertises élémentaires qui s'imposent. Laroche ne sera extrait qu'à deux reprises de sa cellule. La première fois le 9 novembre, quatre jours après son incarcération, pour une vaine confrontation avec Murielle. Compte tenu de ses rétractations, celle-ci ne peut que répondre que ses accusations étaient fausses et lui ont été extorquées par les gendarmes. D'autres témoins sont également convoqués ce jour-là, dont Jean-Pierre Zonca, avec lequel Laroche a prétendu qu'il avait eu rendez-vous l'après-midi du 16 octobre. Fort embarrassé d'être mêlé à cette histoire, Zonca a tergiversé plus d'une fois… Rappelons qu'il avait dit aux gendarmes avoir manqué Laroche ce jour-là car aucun rendez-vous n'avait été précisément fixé. Or, le 9 novembre, il affirme qu'ils devaient bien se voir. De même, les employées du supermarché Champion de Bruyères dans lequel Laroche aurait acheté cent cinquante bouteilles de vin en promotion, mentionnent sa présence entre 17 heures 30 et 18 heures 15. Puis la tante Louisette, que les gendarmes n'avaient pas interrogée compte tenu de son état, et sa fille Chantal déclarent de manière un peu confuse que Bernard et Murielle ont dîné en leur compagnie ce soir-là. Enfin, la propriétaire du café La Renaissance, Mme Julia, précise que Bernard Laroche est venu vers 18 heures 10 pour toucher un modeste tiercé gagnant. Elle s'en souvient d'autant mieux que son établissement était fermé et que ce client avait dû insister pour entrer. Mais pour nous, Bernard Laroche ne dispose toujours pas d'alibis qui puissent être vérifiés entre 16 heures 30 et 18 heures. En effet, les horaires indiqués par les vendeuses du supermarché ne démontrent pas de façon formelle sa présence dans le magasin à 17 heures 30, en tout cas si l'on s'en tient à la fourchette de temps qu'elles ont donnée. La seule certitude est son passage au café peu après 18 heures.

Le magistrat instructeur s'intéresse pour la deuxième et dernière fois à son inculpé le mardi 20 novembre 1984. Il le reçoit à peine une heure pour lui poser trois questions dont les réponses tiennent en moins de vingt lignes… La nature des questions montre d'ailleurs la sagacité et la détermination du magistrat : « Êtes-vous l'auteur ou avez-vous participé à la rédaction de l'une ou des quatre lettres adressées à Jean-Marie et Christine Villemin ? Avez-vous, entre 1981 et 1983, téléphoné à la famille Villemin, au sens le plus large, en vous faisant passer pour le corbeau ? Quand êtes-vous allé chez Jean-Marie Villemin pour la dernière fois ?[1] » On imagine aisément les réponses…

Une audition de pure forme, donc. Le juge Lambert penche déjà pour une autre thèse et un autre suspect, dont nous aurons à parler longuement puisqu'il s'agit de la mère de Grégory, Christine Villemin… Bernard Laroche ne reverra plus celui qui l'a inculpé que pour de simples notifications de scellés et de rapports d'expertises : le 21 décembre 1984, le 24 janvier 1985, et enfin, le 25 mars 1985, quelques jours avant sa mort.

Durant sa détention, Bernard Laroche ne rencontre aucun expert psychiatre. Or cet examen aurait pu jeter quelques lumières sur sa personnalité, à charge ou à décharge. Christine Villemin aura la « chance », elle, d'en voir une douzaine ! Pas une seule fois l'inculpé n'est interrogé sur le fond du dossier. Pas une seule fois il n'est confronté à Michel Villemin, son voisin et « frère de lait », qu'il a rencontré les après-midi des 15 et 16 octobre. N'oublions pas que, le 14 octobre, Jean-Marie Villemin en a mis plein les yeux à son frère Michel et à sa belle-sœur Ginette avec ses combines, son canapé en cuir et son insolente réussite. De même aurait-on pu examiner les histoires de famille relatées ou exploitées par le corbeau à travers la vie, l'emploi du temps et les relations de Bernard Laroche, pour vérifier en quoi ce dernier aurait pu ou non en être informé. Il aurait été également utile de vérifier si sa manière de faire des nœuds avec une cordelette correspondait ou non à celle utilisée par l'assassin… Enfin, qu'en est-il de la femme corbeau, de cette voix anonyme qui appelait les pompes funèbres ou envoyait

1. Procès-verbal d'interrogatoire du 20 novembre 1984.

les pompiers chez Albert Villemin ? Là encore, pas de questions, donc pas de réponses.

Rien n'est entrepris par le juge pour valider ou invalider ces hypothèses apparues au cours des premières semaines de l'enquête. Pourtant, Bernard Laroche n'est pas en prison par hasard. Le juge n'a pas oublié les avis rendus par les experts en écriture, qui désignaient formellement l'inculpé comme étant le corbeau. Même si leur rapport a été annulé pour vice de forme, leur travail, sur le fond, méritait un certain intérêt. Sans compter les témoignages qui encadraient les aveux de Murielle. Le juge Lambert lui-même l'a entendue. Il ne peut nier que, si certains points de sa déposition et la reconstitution des trajets restaient imprécis, l'ensemble était cohérent. D'ailleurs, comment Murielle aurait-elle pu se rappeler dans le détail tous les itinéraires, les lieux traversés, et ceux où elle se serait arrêtée avec son beau-frère ? Ce déplacement inhabituel devait être empreint d'une forte tension. En outre, deux enfants étaient assis sur les sièges arrière, la jeune fille a donc dû plus d'une fois se tourner vers eux et perdre de vue la route… Comment espérer un témoignage aussi minutieux qu'un relevé cartographique de la part d'une adolescente embarquée dans une pareille histoire ? Il n'en ressort pas moins un parcours jalonné d'indices fiables et recoupés par d'autres témoignages. Et que penser de la découverte d'une seringue d'insuline sur les lieux où l'enfant a probablement été jeté à l'eau ?

L'instruction laissera toutes ces interrogations en suspens.

Le 10 novembre 1984, s'appuyant sur les rétractations de Murielle et sur le constat que les rapports d'expertise ne figurent pas au dossier, les avocats de

Bernard Laroche demandent une première fois sa mise en liberté. Le juge Lambert la refuse par une ordonnance du 15 novembre ainsi motivée : « Attendu que de très nombreuses investigations restent encore à effectuer pour la manifestation de la vérité, tant en ce qui concerne la participation de Laroche aux faits sur qui, en l'état actuel du dossier, pèsent des charges, que celle de ses coauteurs ou complices, et à déterminer les rôles respectifs. Attendu, au surplus, qu'il convient d'assurer la protection de l'inculpé… » Cette décision est confirmée le 14 décembre par la cour d'appel de Nancy, qui souligne le caractère « accablant » des déclarations de Murielle, « qui n'apparaissent nulle part arrachées sous l'effet de la pression ou de la fatigue », alors que « ce sont ses rétractations du 6 novembre devant le juge d'instruction qui peuvent apparaître suspectes ». La cour estime aussi, contrairement aux avocats de Laroche, que « les risques encourus par l'inculpé en cas de mise en liberté ne sont pas vains, tant les passions soulevées par l'affaire sont encore vives, que le maintien en détention s'avère en l'état comme une mesure nécessaire ». Puis, mettant en avant les « investigations nombreuses en cours », la cour précise enfin qu'il existe à l'encontre de Bernard Laroche « des présomptions sérieuses et concordantes de culpabilité, sans même qu'il soit nécessaire de se référer à un quelconque rapport d'expertise ou aux appréciations qui ont pu être données par les experts qui n'ont pas déposé leur rapport ».

On ne saurait être plus clair !

Paradoxalement, l'arrêt de la cour d'appel ne réjouit pas le juge Lambert, car elle le met en porte à faux. Entre-temps, une nouvelle hypothèse lui a été soufflée par les avocats de Laroche et elle ébranle ses convictions, si tant est qu'il en ait eu. Soit l'éventuelle implication de Christine Villemin dans la mort de son enfant… Une hypothèse qui le trouble assez pour qu'il délaisse la piste suivie jusqu'alors. Mais j'exposerai plus loin comment cet invraisemblable renversement a pu s'opérer, et sur quels motifs.

Que l'on sache ici que ces derniers sont minces et tiennent à des témoignages que nous avions recueillis dès les 29 et 30 octobre, avant l'inculpation de Bernard Laroche. Trois collègues de travail de la mère de Grégory l'auraient en effet aperçue le 16 octobre à la sortie de l'usine, vers 17 heures, devant la poste de Lépanges. Précisons que Christine n'a jamais nié avoir posté du courrier à cette heure, mais elle a affirmé l'avoir fait la veille, le 15 octobre. Lors d'une confrontation organisée par le juge le 22 novembre, chacun restera sur ses positions. Dans le même temps, nous retrouverons la trace d'une des lettres évoquées par Christine pour justifier cet envoi postal. Il s'agit d'un bulletin de commande d'articles à son nom chez Vert Baudet, en date du 15 octobre. Mais le juge n'en aura cure. Intimidé par maître Prompt, qui a fait planer sur lui la menace d'une requête pour l'écarter du dossier, et influencé par maître Welzer, qui s'est montré, de l'avis de tous, de plus en plus pressant, Lambert se laissera guider vers la « piste de la mère ».

Ainsi, le scénario qui germe dans certains esprits en ce mois de décembre 1984 et commence à filtrer à l'extérieur doit lui sembler plus excitant. À vrai dire, il ne sait plus où il en est dans sa procédure. Durant les mois de décembre 1984 et janvier 1985, Lambert finit par se rendre aux raisons des avocats de Bernard Laroche. Il abandonne toutes recherches et auditions sérieuses le concernant pour se concentrer sur Christine Villemin. Dès la seconde demande de remise en liberté de son client par maître Prompt, le 8 janvier 1985, qui sera de nouveau rejetée, la machine à broyer les innocents est lancée. La rumeur ne cesse d'enfler, se fondant sur les arguments spécieux et les insinuations distillés dans leur requête par les avocats de Laroche. Non seulement la mère est soupçonnée d'avoir maquillé en crime un accident survenu à l'enfant et dont elle serait responsable, mais elle est également soupçonnée d'assassinat, même s'il n'est évoqué qu'à mots couverts.

Pour faire bonne mesure et discréditer davantage encore les investigations précédentes, ces mêmes avocats déposent, comme on l'a vu, une plainte contre les gendarmes qui ont entendu Murielle. Le juge tient là son échappatoire : Christine Villemin a tué son fils, et si le magistrat instructeur a commis l'erreur d'inculper Laroche, c'est à cause des gendarmes ! N'a-t-il pas déclaré, selon Bernard Laroche lui-même, à maître Prompt et maître Welzer : « Si vous m'amenez un meilleur coupable, je le relâche[1] ? »

Le 4 février 1985, le juge Lambert répond favorablement à la troisième demande de mise en liberté de Laroche, présentée sans arguments nouveaux mais avec une pugnacité toujours plus grande, comme en atteste la plainte déposée contre les gendarmes. Le juge informe le procureur Lecomte de son intention. Ce dernier y est opposé mais, depuis le début de l'année 1985, de nouvelles dispositions du Code de procédure pénale font que sa décision n'est pas suspensive et qu'il ne peut donc pas contrer immédiatement la position du

1. Laurence Lacour, *Le Bûcher des innocents*, Plon, 1993, p. 126 ; éditions des Arènes, 1998 ; nouvelle édition, 2006.

juge. De toute manière, le procureur n'insiste pas, car il se sent de plus en plus isolé dans ce dossier. Enfin, pourquoi répéter que la « piste Laroche » n'a pas été suffisamment vérifiée quand la cour d'appel de Nancy elle-même vacille dans ses opinions ? Devant des médias de plus en plus incisifs et les interrogations gênantes de la Chancellerie qui s'inquiète des ratés de l'enquête, le doute s'est installé. Les attendus motivés de l'arrêt du 14 décembre semblent partis aux oubliettes.

Dans son ordonnance de mise en liberté, le juge Lambert oublie la réunion de Nancy au cours de laquelle les experts en écriture avaient formellement désigné Laroche comme étant le corbeau, il oublie la découverte du foulage, avec l'empreinte des initiales « L » et « B » sur la lettre de revendication du crime, et se défausse à bon compte des erreurs procédurales qui ont invalidé cette partie centrale du dossier. Il avance sans état d'âme que les « différentes expertises n'ont jamais désigné Bernard Laroche », et il dévalue les premiers témoignages de Murielle, ainsi que ceux de toutes les personnes, ou presque, qui étaient venues les étayer. En réalité, sa position à ce sujet apparaît pour le moins ambiguë, voire contradictoire. Il affirme en effet que « les conditions de la garde à vue de Murielle apparaissent tout à fait correctes : Murielle n'a subi aucun mauvais traitement, au contraire », pour se contredire deux lignes plus loin en accréditant l'idée qu'on aurait pu faire pression sur elle : « Il n'est pas exclu qu'elle se trouvait sous le coup d'une menace d'être envoyée en maison de correction[1]. » Quatre ans plus tard, en 1989, dans le cadre de l'instruction complémentaire qui sera menée à Dijon, il en rajoutera dans

1. Ordonnance du 4 février 1985.

ses « lamberlificotements » : « Je n'ai jamais pensé que Murielle avait été brutalisée, malmenée ou menacée par les gendarmes... C'est la technique de l'audition qui a dépassé l'entendement de la fillette, un système ou une théorie de l'interrogatoire qui l'a dépassée[1]. »

Oublie-t-il qu'il l'a lui-même entendue en tête-à-tête ?

Le 4 février 1985, le juge Lambert se rend donc à Nancy pour signifier en personne à Bernard Laroche sa remise en liberté. Ses avocats soignent la mise en scène de l'événement. Il s'agit de présenter le suspect, « l'ex-monstre de la Vologne », sous son meilleur jour, et de réserver l'exclusivité de ce scoop aux médias « amis ». Accompagné de sa femme Marie-Ange et de maître Welzer, qui a prévenu TF 1, Laroche quitte la prison sous les caméras. Ses propos sont à l'image du comportement atone qui est le sien depuis le début : ni révoltés ni amers, presque résignés. « Je regrette qu'il ait fallu attendre trois mois pour reconnaître mon innocence », dit-il, avant d'affirmer n'avoir qu'une hâte, reprendre sa vie normale et son travail. Comme si de rien n'était. Cette placidité n'en est pas moins perçue par certains observateurs comme « une réaction minimale[2] », très décalée par rapport à la gravité de la situation et des suspicions.

Dans l'après-midi, ses avocats le conduisent en Bourgogne où est organisée une séance de retrouvailles avec son fils et sa femme, dont les photographes de l'Agence Sygma ont obtenu l'exclusivité. Les journaux télévisés diffuseront largement les images d'un Bernard Laroche un peu pataud que son fils Sébastien retrouve

1. Procès-verbal du 6 février 1989.
2. *Libération*, 30 mars 1985.

avec une joie réelle. Pour donner une idée du climat dans lequel l'affaire évolue, précisons que le scénario des retrouvailles a été monté dans le plus grand secret, ses auteurs ayant la hantise d'une réaction violente d'un mouvement extrémiste du type Légitime Défense. Or, le danger concernant la personne de Bernard Laroche ne se situe pas de ce côté-là, sinon dans les élucubrations, feintes ou sincères, de maître Prompt.

La libération de l'inculpé intervient alors que les gendarmes sont toujours officiellement saisis de l'enquête… Pour ma part, j'apprends la nouvelle par un journaliste du *Républicain lorrain*. Depuis trois mois, nous n'avons tenu aucune réunion avec le juge Lambert pour analyser la situation. La seule rencontre avec lui s'est déroulée lors de notre confrontation avec Murielle, le 29 janvier 1985, visant à nous mettre en demeure de nous justifier. C'est dire l'ambiance.

Après quelques jours passés en Bourgogne dans l'abbaye d'Acey, Bernard Laroche revient chez lui, à Aumontzey, et reprend ses activités. Une fois encore, ses avocats peaufinent l'image de « l'homme tranquille », accueilli par ses collègues et retrouvant son atelier. La presse, qui s'était déchaînée contre lui lors de son inculpation, ne sait plus quel parti prendre. Les partisans de la thèse accusant la mère de Grégory s'engouffrent dans la brèche. Mais nous y reviendrons… Tout le monde joue avec le feu. À commencer par le juge qui, dans son ordonnance du 4 février 1985, n'a pas refermé toutes les portes ouvertes lors de notre enquête ; les avocats de Laroche ensuite, qui savent que rien n'est réglé sur le fond et que leur client n'est innocenté que par défaut ; enfin, les reporters, qui font monter la pression et entretiennent à dessein les conflits entre les différents acteurs de l'affaire.

Dans un tel climat, personne n'est à l'abri d'un dérapage. Mais le plus exposé de tous, et on a tendance à l'oublier, est Jean-Marie Villemin. L'homme meurtri, celui à qui l'assassin avait osé écrire : « J'espère que tu mourras de chagrin le chef. Ce n'est pas ton argent qui pourra te redonner ton fils. Voilà ma vengeance pauvre con. » Jean-Marie n'a pas repris le travail depuis le 16 octobre. Lui et Christine se sont installés à Bruyères chez Mme Blaise, la mère de Christine. Ils passent leurs journées à chercher des explications, à ressasser le drame et à ruminer leur vengeance… Jean-Marie est seul, mal conseillé, et manipulé par certains journalistes. Pourtant, les gens n'ignorent pas qu'il a la velléité de se faire justice. Le soir même du meurtre de son fils, n'a-t-il pas tenté d'aller exécuter les Jacquel qu'il croyait responsables ? Le 9 novembre 1984, à Épinal, lorsque Bernard Laroche a été extrait de sa prison pour être confronté à Murielle, un policier n'a-t-il pas repéré Jean-Marie Villemin dans une voiture, près du palais de justice, en compagnie de son frère Gilbert ? Aussitôt prévenu, j'étais allé les voir, je les avais priés fermement de rester tranquilles avant de les obliger à s'éloigner et de les faire surveiller par un agent. Je n'avais pas remarqué d'arme dans la voiture et je n'avais pas voulu procéder à une fouille de ses occupants. Il n'y avait pas de risque direct à ce moment-là, sinon celui de créer un scandale de plus. Si le comportement de Jean-Marie m'avait paru constituer une menace, je n'aurais pas hésité à réagir. Lui et son frère sont repartis sans faire d'esclandre. Cette attitude nous avait semblé répondre à l'émotion du moment, à un réflexe primaire suscité par l'audition effectuée ce jour-là. Bien qu'averti de son caractère impulsif, aucun des protagonistes de l'affaire ne pouvait alors imaginer l'irréparable. Confrontés à un tel cauchemar, qui n'aurait pas eu la tentation de se venger ? Mais de là à passer aux actes… Il nous avait alors paru excessif, en l'absence de tout comportement ou geste menaçant, d'interpeller Jean-Marie et de perquisitionner chez lui pour saisir les armes que nous aurions pu trouver.

Avons-nous trop ménagé les Villemin en respectant leur statut de victimes ? Avons-nous montré trop de compassion à leur égard, au risque d'émousser notre perspicacité et notre vigilance ? J'ai dit que nous n'avions exclu aucune piste au début de l'enquête. Si nous étions alors en contact étroit avec les parents, celui-ci était nécessaire pour obtenir leur coopération dans notre travail. En outre, le crime avait été commis moins d'un mois plus tôt, les plaies restaient ouvertes. Nous pensions tous qu'avec le temps, les conseils de leur avocat et les avancées de l'enquête, la raison viendrait avec la perspective de voir le coupable jugé et puni. Bien sûr, avec le recul, il est permis de s'interroger et de douter.

Mais l'homme que nous avons rencontré au cours de l'enquête nous a tenu chaque fois des propos sensés. Si nous avons perçu sa souffrance et entendu son souhait que justice soit rapidement faite, jamais cet interlocuteur n'a manifesté, même indirectement, la froide détermination de se venger.

Il est évident que nous avons contribué à ce que Jean-Marie Villemin soit convaincu de la culpabilité de son cousin Bernard Laroche. Nous lui avons présenté le bilan de nos investigations quand nous sommes arrivés sur cette piste. Nous lui avons expliqué le travail des experts, révélé la découverte du foulage, parlé des déclarations de Murielle et des témoignages recueillis autour d'elle. Mais il nous fallait alors vérifier avec lui tous les éléments collectés autour de Laroche pour s'assurer de leur compatibilité avec la situation et les agissements du corbeau-assassin. Nous aurions agi de même pour n'importe quel autre suspect.

Peu à peu, Jean-Marie Villemin se rend compte que nos soupçons tiennent : les histoires anciennes de famille et d'usine, Jacky « le bâtard », Michel et Ginette, leur visite du 14 octobre… Tout semble correspondre. Sans oublier les aveux de Murielle, déterminants à ses yeux. Sa conviction est faite : « C'est bien Bernard Laroche qui m'en voulait à ce point et qui a tué mon fils unique Grégory. Plutôt que d'avoir le courage de s'en prendre directement à moi, il s'en est pris à lui car il savait que c'était la meilleure façon de m'abattre, comme il me l'avait annoncé au téléphone[1]. » Il se souvient également que Bernard Laroche était venu le voir en août 1984 à Lépanges, pour lui emprunter un outil alors que Jean-Marie était en pleins travaux d'agrandissement de sa maison. Lui aussi, comme Michel et Ginette quelques semaines plus tard, a pu voir les projets en cours et les signes éclatants de bonheur et de réussite de son cousin.

Nous ignorons de notre côté que Jean-Marie Villemin s'était juré en secret de venger personnellement son fils quand il s'était penché sur son corps ficelé et trempé, allongé sur l'établi du local des pompiers de Lépanges, le soir du 16 octobre 1984. « J'ai cru que mon cerveau

1. Jean-Marie et Christine Villemin, *Le Seize Octobre*, Plon, 1994, p. 72.

explosait… Je l'ai pris dans mes bras, il ne semblait pas mort… J'ai juré plusieurs fois à Grégory que je le vengerais[1]… » Depuis, comme il le dira lui-même lors de son procès à Dijon : « Ce n'était plus du sang mais du chagrin qui coulait dans mes veines. »

Hélas, son terrible serment constituait un secret. Quand il sera question de la remise en liberté de Bernard Laroche, le sujet de sa protection sera abordé, mais uniquement en rapport avec des menaces générales de troubles à l'ordre public ou des réactions liées au débat qui oppose, dans le contexte de l'époque, partisans et adversaires de la peine de mort récemment abolie. Jamais une menace pouvant provenir du père de la victime ne sera envisagée de manière explicite.

Pourtant, le 29 mars 1985, Jean-Marie Villemin abat de sang-froid son cousin Bernard Laroche devant son domicile à Aumontzey, sous les yeux de sa femme. Comment en est-on arrivé à cette épouvantable tragédie ? À mon sens, trois raisons essentielles peuvent l'expliquer.

En premier lieu, Jean-Marie Villemin perd peu à peu confiance dans le fonctionnement de la justice. Malgré l'inculpation de Laroche, il constate que le juge Lambert s'intéresse moins à ce dossier qu'aux témoignages de celles qu'on appellera les « filles de la poste », qui tendent à mettre sa femme dans l'embarras. Or, soulignons-le d'emblée, Jean-Marie Villemin n'a jamais eu le moindre doute, le moindre soupçon à l'égard de son épouse Christine. En dépit des trahisons familiales, de la tourmente médiatique et judiciaire, de

1. *Ibid.*, p. 72.

la séparation et de la prison, ce couple n'a pas sombré. Quelques mois après la mort de Grégory, Christine tombera enceinte. Une nouvelle grossesse qui lui sera d'ailleurs lourdement reprochée, alors qu'un désir d'enfant est fréquent chez des parents qui ne peuvent surmonter un deuil autrement. Cet instinct de survie et l'indéfectible lien unissant les époux Villemin les soutiendront dans toutes les épreuves qu'ils auront à traverser. On ne peut rien comprendre à cette histoire si l'on n'admet pas la force de leur amour. Quand, au mois de décembre 1984, les soupçons se portent de plus en plus directement sur Christine, comment les accepteraient-ils ? Eux-mêmes ne se sont jamais dérobés aux questions qui leur étaient posées, mais la balance n'est plus égale. En face, les investigations approfondies qu'ils attendent sur celui qui est inculpé n'ont pas lieu. Le couple a reçu la copie de l'arrêt rendu le 14 décembre 1984 par la cour d'appel de Nancy, arrêt confirmant le bien-fondé de l'arrestation de Laroche, mais l'instruction semble l'ignorer. Durant les mois de janvier et février 1985, les Villemin assistent à la réhabilitation médiatique puis judiciaire de Bernard Laroche. Certes, il est toujours inculpé, mais il est sorti de prison, et ils pressentent que le juge va bientôt l'innocenter… Dans le même temps, l'étau de la suspicion se referme sur eux. Imaginez la situation. Vous êtes victime de l'assassinat de votre enfant, vous avez le sentiment que les enquêteurs connaissent le meurtrier, mais c'est vous-même que l'on finit par suspecter ! À 24 et 26 ans, simples ouvriers dans un village vosgien, n'ayant jamais eu affaire à la justice, ne sachant pas même distinguer un juge d'un procureur, comment le supporter ?

Eux aussi ont appris la libération de Bernard Laroche par la presse. Ils sont désespérés. Cherchant des explications, ils demandent aussitôt à rencontrer le juge Lambert, qui les reçoit le 7 février et leur annonce que la police va reprendre le dossier derrière les gendarmes. Pour se donner du temps et conserver une marge de manœuvre, le juge louvoie et leur rappelle que Bernard Laroche reste inculpé. Ils sortent de l'entretien désorientés par le double discours que leur a tenu le magistrat. Ils s'accrochent encore à l'espoir que la justice finira par reconnaître leur bonne foi. Mais ils sont pris dans la toile. Ils se débattent de manière pathétique, adressent des télégrammes au président Mitterrand, demandent un entretien au garde des Sceaux, Robert Badinter, réclament même d'être soumis au « sérum de vérité ». En vain. Leurs protestations d'innocence les desservent plus qu'elles ne les aident.

Entre-temps, l'instruction a suivi sa pente. L'abîme n'est plus loin.

Après l'annulation, le 1er décembre 1984, des travaux de Mmes Jacquin-Keller et Berrichon-Sedeyn, le juge doit faire appel à de nouveaux experts en écriture. Il s'adresse à Alain Buquet et à Françoise de Ricci d'Arnoux, tous deux agréés par la Cour de cassation. Ceux-ci récupèrent le fond de dossier en écriture chez le magistrat – lettres du corbeau, dictées, courrier saisi, documents divers – et procèdent, le 23 janvier 1985, à des dictées supplémentaires à Épinal. On apprend très vite que leur conviction diffère complètement de celle des premiers experts. À cette date, quoique tenus à l'écart de l'évolution du dossier, nous restons officiellement saisis par commission rogatoire jusqu'au 19 février 1985… Cette hypocrisie s'achève alors, et les policiers du SRPJ de Nancy prennent le relais. Ni leurs méthodes ni leurs vues sur l'enquête ne seront les nôtres, on le verra plus tard.

Le 21 mars 1985, soumis à de longues heures d'audition par le SRPJ de Nancy, Jean-Marie et Christine Villemin en sortent à la fois soulagés d'en avoir fini avec cette épreuve, mais désemparés par l'attitude des policiers, qui n'ont pas évoqué devant eux la « piste Laroche ». Ils s'en inquiètent. Non sans raisons.

Vient ensuite la tempête médiatique. Le dimanche 24 mars, prenant de court le juge, l'un des correspondants de presse les plus influents de la place, Jean-Michel Bezzina, sur lequel nous reviendrons, rend publics les avis des nouveaux experts désignés deux mois plus tôt : pour eux, l'écriture de Christine Villemin correspond à celle du corbeau. Elle est donc la meurtrière de son fils ! Apprenant la nouvelle, cette dernière, enceinte, a un malaise et doit être hospitalisée pour une hémorragie. C'est dans sa chambre, à la clinique, que le juge va lui notifier ces résultats. Les médias sonnent la charge contre la mère infanticide. Jean-Marie est à bout. Le piège se referme…

D'autres journalistes servent également d'auxiliaires au destin qui s'acharne sur Jean-Marie et Christine Villemin. Leur comportement est dangereux. Ils les manœuvrent et les excitent. Depuis le début de l'affaire, le couple les reçoit facilement, sans précaution, avec le sentiment de n'avoir rien à cacher. À la libération de Bernard Laroche, certains reporters s'ingénient à comparer, pour mieux les opposer, la situation des Villemin et celle des Laroche, allant jusqu'à leur faire remplir des questionnaires par lesquels chacun peut signifier à l'autre ses accusations et ses ressentiments. Dans cette compétition malsaine, des photographes exhibent devant les parents de Grégory des photos du couple Laroche affichant le bonheur de leurs retrouvailles publiées dans *Paris-Match*, pour les inciter à poser à leur tour ! Certaines rumeurs courant dans les rédactions leur sont rapportées : les nouveaux experts, ceux qui associent Christine au corbeau, auraient été payés grâce à la vente à l'Agence Sygma de l'exclusivité des photos prises en Bourgogne… De quoi négocier auprès des Villemin d'autres clichés. Une journaliste d'Antenne 2 leur confie même un jour avoir surpris une conversation derrière la porte du juge Lambert. Au cours de cet échange, les policiers, à peine saisis du dossier, lui auraient déclaré : « Pour nous, c'est la mère, et si c'est elle, on arrivera à la faire craquer[1]. » Toutes ces informations contribuent à fragiliser chaque jour davantage le couple, qui se sent la cible d'un complot débouchant sur une insupportable injustice.

Un journaliste de *Paris-Match*, Jean Ker, tiendra auprès d'eux un rôle particulier. À la fois allié et confident, il a su gagner leur confiance et a obtenu le premier des portraits de la famille Villemin, de Grégory, de ses parents… Jean Ker est un reporter tenace : il a mené sa propre enquête comme un détective et s'est forgé une conviction dont il ne démord pas : Bernard Laroche est le corbeau-assassin. Par l'entremise de Ker, Jean-Marie et son épouse découvrent des éléments de la procédure qu'ils ignoraient, notamment des notes de maître Prompt au juge Lambert par lesquelles il oriente les soupçons sur Christine en affirmant qu'il s'agit d'un accident déguisé en crime. Mieux – si l'on peut dire –, le journaliste leur fait écouter une cassette

1. Laurence Lacour, *Le Bûcher des innocents*, *op. cit.*, p. 190.

dans laquelle est enregistré le procès-verbal de l'audition de Murielle Bolle. Il apparaîtra qu'il avait effectué cet enregistrement dans le cabinet de maître Welzer, où il avait pu donc lire le document. Les Villemin, qui n'en avaient jamais eu connaissance dans le détail, sont bouleversés.

Peu après avoir écouté cet enregistrement, leur décision est prise. Ils pensent dans un premier temps avoir recours à un tueur à gages[1], puis, le 8 mars exactement, après avoir longuement discuté avec Jean Ker, qui les quitte au milieu de la nuit, ils partent au petit matin se mettre en embuscade près de chez Bernard Laroche pour l'intercepter au moment où il se rendra au travail. Mais Jean Ker a des doutes et des remords. Il repense au fusil que Jean-Marie lui a montré, il revoit leurs regards chargés de haine, il réentend leurs paroles pleines de détermination. Il téléphone alors à Bruyères et tombe sur la mère de Christine. Celle-ci lui répond que Jean-Marie et Christine dorment encore et qu'il est impossible de leur parler. Mais ses paroles sonnent faux et il songe au pire. Il retourne à toute vitesse à Bruyères, puis à Aumontzey, retrouve le couple, et parvient à l'empêcher d'agir. Ensemble, cachés derrière une haie, ils voient Bernard Laroche passer, inconscient du danger auquel il vient d'échapper.

Cet événement me sera rapporté par téléphone quelques jours plus tard par Jean-Marie lui-même. Le fait qu'il se confie, dans des termes mesurés et chargés de remords, me montrait qu'il avait repris ses esprits après cette pulsion, et qu'il avait évacué cette velléité meurtrière. Il semblait aussi avoir compris mes reproches

1. Jean-Marie et Christine Villemin, *Le Seize Octobre*, *op. cit.*, p. 110.

et mes mises en garde contre la bêtise extrême et les conséquences d'un tel geste. Cependant, j'ai rendu compte de tout cela au lieutenant-colonel Tanguy, et l'incident a été rapporté aux magistrats. Il n'a provoqué aucune réaction ni mesure concrète, chacun pensant qu'il s'agissait d'un épiphénomène passager et terminé.

Mais l'égarement du couple Villemin tient aussi à l'immense solitude dans laquelle ils se trouvent. C'est la troisième raison de leur glissade vers le gouffre. Ils savent que les sollicitations et les conseils des journalistes sont intéressés. C'est leur image qui fait vendre, non les méandres de la procédure. À côté de cela, ils sont privés d'appuis et de recours. Leur unique avocat, maître Garaud, farouche défenseur de la peine de mort, qui avait trouvé dans l'affaire une caisse de résonance à ses thèses abolitionnistes, se trouve loin, à Paris. Il n'est pas sur place pour épauler ses clients. Par ailleurs, ses relations avec certains protagonistes parisiens de l'affaire, dont des membres de la PJ ou de syndicats policiers, le conduisent à se tromper sur l'évolution des rapports de force. De son cabinet parisien, maître Garaud ne perçoit des événements que l'écho médiatique et reste prisonnier de sa tactique, qui est de mettre les policiers dans l'enquête à la place des gendarmes. Mais nous en reparlerons… Obligé de temporiser, il laisse le dossier Laroche s'effilocher sans réagir. Il se réveillera trop tard, quand l'irrémédiable aura été accompli. Par la suite, sa belle-fille, maître Chastang, qui est son associée, interviendra à son tour. Mais il faudra attendre le mois de juillet 1985 et l'inculpation de Christine Villemin pour qu'entrent dans le dossier maître Moser, du barreau de Mulhouse, puis maître Robinet, du barreau de Nancy. Si le premier de ces avocats avait été appelé six mois plus tôt, les dés auraient roulé autrement…

Cet hiver-là, la solitude des parents de Grégory est d'autant plus grande que leur propre famille semble les lâcher, du moins une partie de celle-ci. Les parents de Jean-Marie, Monique et Albert Villemin, sont mortifiés de voir leurs histoires de famille étalées au grand jour. Et la thèse de la culpabilité de Laroche les effraie car elle risque de toucher Michel Villemin, que sa mère veut protéger à tout prix. Jean-Marie et Christine attendent plus de soutien de leurs proches, et surtout une meilleure coopération pour démêler l'écheveau des appels anonymes. Mais la famille ne fait pas bloc autour d'eux quand vient l'heure des insinuations et rumeurs visant Christine. Dans ce contexte, le jeune couple a le sentiment de n'avoir plus rien à perdre. Le réflexe initial de se faire justice tourne chez Jean-Marie à l'obsession. C'est mettre les choses au pire, mais le pire les concernant s'est produit avec la palinodie judiciaire qui vient de placer la mère sur le banc des accusés.

Il ne fait guère de doute que, s'il avait été mieux conseillé et mieux instruit sur les arcanes de la procédure, Jean-Marie Villemin n'en serait pas arrivé à cette extrémité. Il n'aurait pas commis le seul acte qui devait lui faire perdre toute chance de voir jugé le meurtrier présumé de son fils. Un minimum de réflexion l'aurait dissuadé de s'engager dans une voie aussi aberrante. C'était d'autant plus irresponsable de sa part que le couple attendait un autre enfant. Enfin, il était prévisible que, avec l'élimination de l'un des inculpés, tout le poids des soupçons se reporterait sur Christine, celle-là même qu'il se devait de protéger. Mais personne n'a pris le temps et la peine de lui opposer ces évidences.

En cette fin du mois de mars 1985, sa femme étant hospitalisée, Jean-Marie Villemin se trouve encore plus isolé. Il n'a plus de repères et choisit la fuite en avant. Cherchant à conforter l'intime conviction qui l'habite, il continue de rassembler des indices. Le matin du 29 mars, dès 8 heures 15, il passe à la brigade de gendarmerie de Bruyères. Le chef Burton et le gendarme Bardot le reçoivent poliment mais sans interrompre les activités du service. Jean-Marie Villemin leur paraît décontracté. Il ne s'attarde qu'une quinzaine de minutes. Il souhaite simplement connaître le nom et l'adresse du médecin qui a vu Murielle durant sa garde à vue. Au cours de la discussion, se faisant l'écho d'une rumeur colportée dans les milieux journalistiques, il dit avoir obtenu des renseignements sur des liens existant entre les avocats de Bernard Laroche et les nouveaux experts en écriture : ces derniers auraient pu être soudoyés pour établir un rapport défavorable à Christine. Les gendarmes, échaudés par la tournure des événements, éludent le sujet. « Nous ne sommes plus dans la procédure et ne pouvons la suivre qu'à travers les médias. Vous en savez plus que nous à présent… » Jean-Marie Villemin a du mal à comprendre cette réaction de notre part, alors qu'il nous avait vus nous investir à fond dans l'enquête. Il se montre choqué par notre discrétion face aux attaques dont nous sommes l'objet. Il nous voudrait plus combatifs. À ses yeux, ce retrait dessert la cause de son épouse. Notre attitude le déçoit. Mais nous ne sommes que des auxiliaires de la justice appelés à œuvrer sans états d'âme au profit d'une institution. En outre, le service normal, trop longtemps délaissé, nous requiert à nouveau. Si l'affaire reste dans nos esprits, le quotidien nous accapare.

Jean-Marie Villemin quitte la brigade en annonçant qu'il repassera dans l'après-midi. Puis il se rend chez le docteur Rousseau, qui n'est pas disponible mais lui donne un rendez-vous pour 15 heures. À ce moment-là, rien ne paraît encore fixé qui soit en rapport avec un geste meurtrier. Après une visite à son épouse à la clinique d'Épinal, il rencontre Christine Jacquot, la nourrice de Grégory. Celle-ci lui raconte que des policiers de Nancy sont passés la veille pour l'entendre. Ils lui ont certifié que Christine Villemin était l'assassin de son fils… Après les experts, les policiers chargent celle-ci à leur tour… On peut imaginer sa révolte et son désespoir.

Préférant laisser sa femme se reposer, il retourne directement à Bruyères en passant par le cimetière de Lépanges. Il se recueille sur la tombe de Grégory. Est-ce à cet instant qu'il bascule et se laisse emporter par la vengeance ? En tout cas, sa décision est prise. Il revient chez sa belle-mère, prend son fusil à pompe et se précipite à Aumontzey, chez Bernard Laroche.

À 13 heures 15, les deux cousins se retrouvent face à face devant le garage de la maison. Laroche tente de discuter pendant que sa femme Marie-Ange cherche à s'interposer. Quoi qu'ils aient pu se dire, l'échange tourne court, et mal. Jean-Marie tire une cartouche de chevrotine qui atteint Bernard en pleine poitrine. Ce dernier meurt peu après dans les bras de son épouse, tandis que Jean-Marie s'enfuit vers Épinal pour voir une dernière fois Christine avant de se constituer prisonnier.

La nouvelle nous assomme tous.

J'en suis informé très rapidement, vers 13 heures 30. Bernard Laroche ne serait que blessé. Le ciel ne m'en tombe pas moins sur la tête. Quand la confirmation de sa mort me parvient, un quart d'heure plus tard, j'imagine l'avalanche de problèmes qui s'apprête à déferler. Car il est facile d'envisager la lecture que certains feront de cette tragédie : si Jean-Marie a tué Bernard Laroche, c'est qu'on a voulu convaincre le premier que l'autre était coupable de l'assassinat de Grégory ! Qui a pu agir de la sorte ? Les gendarmes, pardi. Ils ont déjà commis tant de bourdes et de falsifications dans leur enquête ! Ces gendarmes dépités ont incité Jean-Marie à se faire justice !

Un journaliste va confirmer ma crainte d'une attaque en règle dès les premières heures suivant le meurtre de Laroche. Lionel Raux, de *L'Est républicain*, accuse « les responsables de la première phase de l'enquête qui n'ont jamais voulu en admettre le désaveu. Ceux-là portent maintenant le poids d'un mort[1]. » Quant à maître Prompt, le voilà remonté sur son cheval de bataille, criant au complot politique : « Jean-Marie Villemin n'a été que le bras d'un complot organisé. Il faudra que les responsables paient[2] ! » Puis viendra l'interview de Christine Villemin, recueillie le jour même sur Europe 1 par Laurence Lacour, où elle relate les faits et gestes de son mari depuis le matin et mentionne sa visite à la brigade de Bruyères. Le rapprochement entre cette visite et le meurtre suggère une équation enfantine à résoudre. Jean-Marie a vu les gendarmes. Les gendarmes ont donc parlé à Jean-Marie. Ce sont eux qui l'ont poussé au pire.

La démonstration est reprise, amplifiée, servant d'exutoire au traumatisme collectif, à l'irréparable gâchis. Nous sommes accusés de n'avoir pas su ni même voulu

1. *L'Est républicain*, 30 mars 1985.
2. *Libération*, 1er avril 1985.

protéger Bernard Laroche, d'avoir gardé des contacts avec Jean-Marie Villemin alors que nous étions dessaisis du dossier, de lui avoir transmis des informations, vraies ou fausses, pour lui faire partager nos convictions, bref, de l'avoir « délibérément excité » contre son cousin... Pour ajouter au tableau, on exhume une visite fortuite de passage faite le 26 février par deux gendarmes de la brigade de recherche d'Épinal aux époux Villemin chez la mère de Christine, à Bruyères. Ensemble, ils ont reparlé de l'enquête. Les Villemin affirmeront plus tard, pour se défendre, que l'un des gendarmes aurait dit qu'à leur place il aurait descendu Laroche depuis longtemps. Or, si cette rencontre s'est bien produite, l'intéressé, que la justice a entendu, conteste avoir tenu ces propos. Il est souvent arrivé que Christine et Jean-Marie Villemin nous attribuent un comportement ou des paroles qui correspondaient à leur attente ou à leurs sentiments dès lors que nous manifestions envers eux la compassion à laquelle ils avaient droit. Quiconque souffre et reçoit une écoute se trouve enclin à idéaliser ce secours ou à lui donner un caractère exclusif, voire inconditionnel. D'autant plus quand il s'agit de représentants de la loi. Ici, l'inconscient des victimes est à prendre en compte.

Très rapidement, le feu des critiques se concentre sur ma personne, car j'apparais comme le plus « remonté » contre les manœuvres visant à discréditer le travail de la gendarmerie. À plusieurs reprises, j'avais convoqué dans mon bureau des journalistes, notamment Lionel Raux, pour leur dire ce que je pensais d'eux et de leur malhonnêteté. Par ailleurs, j'avais rédigé et adressé des rapports à ma hiérarchie pour dénoncer la façon dont l'instruction était menée. Bref, j'avais franchi la ligne. Aux yeux de nos détracteurs, qui ne s'attendaient pas à ce qu'un représentant de la « grande muette » puisse donner de la voix, ma réaction était inadmissible. Je vais donc la payer. Je deviens le gendarme à abattre.

Dès le lendemain, maître Prompt m'accuse d'être l'instigateur de ce complot, le « directeur de conscience d'un meurtrier ». La formule fera florès et sera reprise dans tous les médias, y compris à l'étranger. Sur les conseils de ses avocats, Marie-Ange Laroche reprend l'accusation, avec les accents que lui inspirent son chagrin et la vision atroce qu'elle garde du meurtre : « Jean-Marie a été intoxiqué par le capitaine Sesmat… Je suis formelle. Jean-Marie a été poussé par Sesmat et par Christine[1]. »

La presse est à l'unisson. Mes collègues et moi-même aurions continué de voir fréquemment Jean-Marie Villemin. Ce qui est faux, mais les allusions calomnieuses se font plus précises encore. Une « deuxième voiture en protection suivait celle de Jean-Marie quand il est allé à Aumontzey abattre son cousin, visiblement là en appui du meurtrier[2] ». Certains laissent entendre que c'est moi qui l'aurais reçu le matin même à la gendarmerie de Bruyères, d'autres que c'est auprès de moi qu'il aurait voulu se constituer prisonnier… Mensonges, là encore. Mais, pour tous, nous sommes responsables de « la mort western de Bernard Laroche ».

La tempête va durer une semaine. Quelques-uns finissent par trouver que « le képi est un peu grand » pour moi, mais d'avoir à le porter arrange beaucoup

1. *L'Est républicain*, 31 mars 1985.
2. *Ibid.*

de monde. Je m'attends à tout, même à être inculpé. Il me faut m'expliquer. Et vite.

Il m'est aisé de démontrer que je n'ai pas revu Jean-Marie Villemin depuis un mois et demi, le 11 février 1985 exactement, à une période où nous étions encore officiellement saisis. L'entrevue s'est déroulée en présence de témoins à la brigade de Bruyères, à la demande de Jean-Marie Villemin, pour évoquer en particulier le vol de la photo de Grégory sur sa tombe. Concernant les appels téléphoniques, je n'en ai recensé que sept ou huit depuis la fin novembre 1984. Après notre dessaisissement, ces conversations téléphoniques ont toutes eu lieu à l'initiative de Jean-Marie, et la dernière s'est produite le 21 ou le 22 mars, après l'audition du couple par le SRPJ de Nancy.

Mon message a toujours été clair : « C'est difficile, mais il faut rester patient et confiant. Il faut faire confiance à la justice. Il faut activer votre avocat, lui seul peut vous aider aujourd'hui à faire évoluer la situation… » Quand, à l'occasion d'un appel téléphonique passé au milieu du mois de mars, Jean-Marie m'a avoué qu'il avait « failli faire une connerie » en tentant d'aller « buter » Bernard Laroche, je l'ai vertement chapitré et appelé à plus de responsabilité et d'intelligence. « Ce serait la pire des bêtises », ai-je ajouté. Outre mon opposition de principe à toute idée de justice personnelle, j'ai conservé une stricte neutralité dans mes propos, sachant que ces conversations téléphoniques étaient probablement enregistrées par la police – ce qui me sera confirmé un peu plus tard. Si nos « amis » du SRPJ de Nancy avaient pu recueillir la moindre parole ambiguë émanant d'un gendarme, et de moi en particulier, ils n'auraient eu aucun scrupule à l'exploiter et à en faire part aux avocats de Bernard Laroche pour créer un scandale.

Quant au juge Lambert, souvent absent à l'heure des grands rendez-vous, il a dû rentrer précipitamment d'Alger où il s'apprêtait à partir faire un trekking dans le Hoggar. Ce qui ne l'empêche pas de s'arranger de ce coup de théâtre qui fait passer au second plan une enquête qui n'avance pas. Toujours seul à instruire à Épinal, il récupère le dossier de cette seconde affaire et me convoque, un 1er avril, pour m'entendre sur les circonstances du meurtre de Bernard Laroche. L'audition est tendue et truffée de questions pièges. Il veut connaître mes relations avec les Villemin, savoir quand et comment j'aurais pu savoir que Jean-Marie était potentiellement dangereux, quels documents secrets dont on lui aurait parlé je détiendrais par devers moi… En revanche, le juge doit affronter le courroux des avocats de Bernard Laroche. Ce dernier est mort inculpé sans avoir pu bénéficier d'un non-lieu qui aurait définitivement écarté les soupçons. Lambert aurait dû le lui accorder, au vu des derniers résultats d'expertises accusant Christine Villemin ! Les avocats reprochent au magistrat ses atermoiements. Maître Welzer fait alors courir le bruit que le juge était précisément sur le point de prendre une décision favorable à Laroche, laissant entendre que c'est pour en avoir été informé que Jean-Marie – et les gendarmes derrière lui – a commis son crime.

En dépit de ces contrariétés, le juge ne ménage ni son temps ni sa peine pour traiter un dossier qui, pour une fois, ne s'achèvera pas sur un non-lieu ! Il enchaîne et multiplie les actes, jusqu'à cette reconstitution du 20 juin 1985, assez superflue mais spectaculaire, qui le verra courir de l'un à l'autre, comme un metteur en scène en proie aux affres d'un tournage, et demander à Jean-Marie Villemin de répéter vingt fois son geste devant des centaines de photographes et cameramen tenus à bonne distance et mitraillant derrière leurs zooms.

Pourtant, cette instruction n'est pas sans enjeux. Quel rôle a joué Christine Villemin dans cette vendetta meurtrière ? Les avocats de Bernard Laroche la présentent déjà comme complice de son mari : n'a-t-elle pas signé le chèque pour l'achat d'un fusil à Saint-Dié, en novembre 1984 ? N'était-elle pas à ses côtés lors de la tentative du 8 mars, avortée in extremis grâce à l'intervention du journaliste Jean Ker ? Ils réclament qu'elle soit inculpée avec son mari. De même qu'ils vont réclamer – sans succès – que les deux dossiers, ceux de Grégory et de Laroche, se trouvent joints afin de garder un œil sur la première procédure. Dans les faits, ils resteront présents dans ce premier volet de l'affaire par le truchement de maîtres Lombard et Lagrange, les avocats des grands-parents, Albert et Monique Villemin.

La tactique de la défense, qui consiste à accabler Christine et à m'impliquer dans le meurtre, aboutit paradoxalement à ménager Jean-Marie Villemin. On le dépeint comme un pauvre bougre, manœuvré par une épouse diabolique et un gendarme bouffi d'orgueil. Alors qu'il suffit d'analyser froidement l'événement pour constater que nous étions ceux qui avaient le plus à perdre dans la disparition de Bernard Laroche !

Cette polémique m'affecte durement, bien que je sois assuré de n'avoir pas manqué à ma fonction, et certainement pas dans le sens qui m'est reproché. Ma hiérarchie me demande de lui adresser plusieurs rapports sur tous les points qui peuvent m'être incriminés. De leurs bureaux de Metz et de Paris, mes chefs ne suivent l'affaire qu'à travers le battage médiatique qui en est fait. Ils s'attendent au pire, à une cinglante révélation qui jetterait définitivement l'opprobre sur l'institution. En clair, ils redoutent mon inculpation en bonne et due forme pour complicité d'homicide volontaire avec préméditation ou pour incitation au meurtre. Rien de moins. Ils se montrent d'autant plus nerveux que, du côté du ministère de la Justice, on se montre furieux de la tournure des événements et on porte un regard courroucé vers le ministère de la Défense, dont dépend la gendarmerie. Pour que le juge Lambert soit toujours aux commandes et que la police ait repris l'enquête, il a bien fallu que les gendarmes aient failli dans leur mission ! Non seulement ils se sont égarés dans leur enquête, mais en plus ils s'y sont dévoyés, causant une catastrophe par leur fatale et stupide imprudence ! Bernard Laroche est un mort très gênant pour la justice : inculpé, peut-être à tort, et emprisonné pendant trois mois, le voilà tué par la partie civile du crime précédent, le propre père de la victime ! Sale histoire.

Durant ce mois d'avril, le monde se met à tourner à l'envers : les parties civiles se retrouvent du côté de la défense, les victimes deviennent coupables, et les enquêteurs sont entendus comme suspects. Et le juge Lambert de barrer ce navire à la dérive avec son éternel sourire…

Devant les traquenards qui m'attendent encore, et faute de pouvoir compter sur un appui de ma hiérarchie, j'estime qu'il est temps pour moi de solliciter un avocat averti des finesses du droit et familier du microcosme spinalien. Je me renseigne auprès des personnels de la brigade de recherches, qui connaissent bien ce milieu, et notamment auprès du chef Hazotte en qui j'ai la plus grande confiance, et je contacte maître Jean Kopf. Ce jeune avocat va me redonner espoir dès le premier abord. Outre ses talents d'orateur, qui lui valent la réputation de réveiller, par la verve et la pertinence de ses plaidoiries, les prétoires assoupis, il porte un regard subtil sur l'affaire. Il l'a suivie de l'extérieur, mais avec une lucidité et une perspicacité qui lui sont propres. Je devrai beaucoup à ses judicieux conseils. Me recevant seul ou parfois avec ses associés, il m'éclaire sur les coulisses du palais de justice, les réseaux de journalistes, les chapelles et alliances, bref, tout un monde que je soupçonnais mal dans ma position, au sein de l'univers assez rigide et quelque peu étanche qu'est la gendarmerie. Je mesure l'étendue de mon ignorance, à la fois sur les personnes et le fonctionnement interne des institutions… La présence de cet avocat me réconforte dans cette période où je me retrouve extrêmement seul.

Unique rayon de soleil dans cette tourmente, la naissance de ma fille Lorraine, le 24 avril.

Le 6 mai 1985, quelques semaines après le meurtre de Bernard Laroche, je suis convoqué chez le procureur de la République, Jean-Jacques Lecomte, en compagnie de mon commandant de groupement, le lieutenant-colonel Tanguy, et de maître Kopf. Cette mesure répond à une directive de la Chancellerie, qui veut obtenir des éléments pour statuer sur mon cas. Autrement dit confirmer les points susceptibles de justifier mon inculpation, avec toutes les conséquences que l'on imagine… Mais, s'agissant d'un officier de gendarmerie, commandant d'unité en titre et possédant une qualification d'officier de police judiciaire, les précautions sont d'usage. À l'époque, je n'ai pas conscience de l'enjeu décisif de cette convocation. Plus tard, j'apprendrai du procureur Lecomte quelle épée de Damoclès était suspendue au-dessus de ma tête.

Cette entrevue se déroule trois jours après la confrontation entre les époux Villemin et les gendarmes, menée par le juge Lambert, qui me semble plus inquiet de ce que les uns et les autres ont pu penser ou dire de sa personne que soucieux d'établir les faits touchant à la nature de nos relations. En grande partie grâce au procureur Lecomte, l'initiateur de cette confrontation, qui veille à éclaircir les points litigieux, la séance se conclut en notre faveur. Jean-Marie Villemin clôt d'ailleurs l'audition par une phrase qui ne fait qu'ajouter au désappointement, visible, de Lambert : « Je tiens à dire que le capitaine Sesmat n'a fait sur moi aucune pression sur l'acte que j'ai fait, ni un autre gendarme[1]. » Pour être honnête, il faut préciser que Christine Villemin s'est montrée moins indulgente à l'égard des gendarmes. Elle aurait voulu que l'on se mouille davantage, que l'on assume plus fermement le bilan de notre enquête pour conforter sa défense. Sans doute n'avait-elle pas tort sur certains points, mais il était impossible de laisser croire, ou même suggérer, que nous avions eu une responsabilité dans le meurtre de Bernard Laroche. Sa mort restait pour moi un désastre.

Lors de notre entretien du 6 mai, le procureur m'entend dans le détail sur les questions litigieuses : les jugements portés sur Jean-Michel Lambert, ma rencontre avec le journaliste Lionel Raux, de *L'Est républicain*,

1. Procès-verbal de confrontation, 3 mai 1985.

auquel j'ai montré le fameux rapport d'expertise d'Anne-Marie Jacquin-Keller afin de lui démontrer sa mauvaise foi, et les informations recueillies sur les menaces et tentatives d'agression de Jean-Marie contre son cousin. L'audition viendra nourrir un rapport de plus de trente pages que le procureur Lecomte transmettra directement à la Chancellerie. Plus tard, ce magistrat me confiera : « Si j'avais avancé la moindre appréciation restrictive ou négative à votre égard, vous sautiez ! Vous étiez inculpé ! C'était ce que l'on m'avait demandé, mais je ne m'y suis pas soumis, c'était totalement infondé et cela aurait été très abusif ! » Il me racontera aussi que, quelques jours après le 6 mai, il sera convoqué à Paris, où il se rendra accompagné du procureur général. Le garde des Sceaux, Robert Badinter, n'ayant pas souhaité rencontrer ce dernier – pour cause de dissensions personnelles, semble-t-il –, ils seront reçus par le directeur de cabinet du ministre. Mais, au moment de partir, Robert Badinter rejoindra le procureur Lecomte dans l'escalier pour l'entretenir dix minutes en aparté. Il désirait savoir pourquoi celui-ci avait pris ma défense, empêchant que je sois inculpé ! Le procureur Lecomte a tenu bon, refusant de nous charger quand toute sa hiérarchie l'en aurait remercié… Je lui sais gré d'avoir démontré en cette occasion que, au-delà des principes d'indépendance des uns et de subordination des autres, la probité intellectuelle et la force de caractère d'un magistrat ne sont pas forcément incompatibles avec les règles parfois aveugles du bon fonctionnement du système judiciaire.

Faute d'être alimentées par de nouvelles calomnies, les accusations me visant finissent par s'éteindre d'elles-mêmes. Mais le mal est fait. Il est clair que je ne peux plus rester en poste à Épinal. En dépit de nombreux témoignages d'encouragement et de soutien, il m'est devenu éprouvant d'y vivre. Dans un tel climat de tension, tout peut arriver et, sans être paranoïaque, je m'inquiète pour mon entourage. Quant à moi, je ne me vois pas rester armé en permanence un an de plus pour parer les menaces qui me sont rapportées, comme en ce mois d'avril ! Enfin, comment puis-je continuer de travailler sereinement avec les magistrats d'Épinal, le juge Lambert en tête ? Je me résous à demander ma mutation, qui est acceptée : ce sera Berlin…

Pour beaucoup, il s'agira d'une mutation disciplinaire. On m'envoie sur le « front russe » ! Comparaison odieuse car elle renvoie dans les esprits à la période nazie et au sort qui attendait les soldats allemands après 1941. En fait, cette affectation sera l'une des plus plaisantes et intéressantes de ma carrière. Mais cet éloignement ne m'absout pas pour autant aux yeux de mes détracteurs. *Le Figaro* salue ce départ en me décrivant comme « l'homme par lequel tout est arrivé…[1] ». D'autres souligneront ma prétendue partialité : « Lorsqu'on se risque à évoquer timidement l'hypothèse que tout le monde commence à envisager [celle de la culpabilité de Christine Villemin], il s'écrie avec un haut-le-corps et d'une voix étranglée : "La mère ? Vous n'y pensez pas[2] !" », ou évoqueront mon approche « romantique[3] » de l'affaire…

Mais quittons l'anecdote pour revenir à l'essentiel, du moins dans cette phase du dossier : la mort de Ber-

1. 14 juin 1985.
2. *L'Est républicain*, 14 juin 1985.
3. *Libération*, 13 juin 1985.

nard Laroche. J'ai dit que la gendarmerie n'en était pas responsable, mais en tant qu'homme, je ne m'en estime pas quitte. J'ai une responsabilité dans cette absurde tragédie. Non pas à cause de mon travail, ou de notre enquête qui, je le répète, a été conduite dans le strict respect de la légalité. Et pas davantage pour ce que l'on nous reproche : d'avoir trop parlé aux Villemin, de les avoir trop écoutés, d'avoir voulu avoir raison jusqu'au bout. Mon infini regret est au contraire de ne pas avoir été assez présent, assez influent sur eux, notamment sur Jean-Marie Villemin. Plutôt que de rester cantonné derrière l'impartialité qu'exigeait ma fonction, j'aurais dû avoir le courage d'être davantage à leur écoute, de leur expliquer avec patience et justesse la situation, de les rassurer sur les méandres et les revirements de la justice. En les rencontrant davantage, j'aurais pu mesurer dans quelle solitude ils se débattaient, les mettre en garde contre les conseils malheureux qui leur étaient prodigués, et contenir leur désarroi. J'aurais dû les convaincre que céder à l'idée de vengeance leur causerait une blessure inguérissable. Mais à l'époque, je n'ai pas perçu l'urgence et la nécessité d'un dialogue suivi. Cela restera une grande blessure.

En éliminant Bernard Laroche, Jean-Marie Villemin a détruit de manière quasiment irrémédiable les chances de parvenir à la vérité dans l'assassinat de son fils. Nous restons sur des interrogations, des doutes, des suspicions, sur un faisceau d'indices certes conséquent, mais pour toujours indéterminé. Quel enquêteur peut s'en satisfaire et, a fortiori, aurait pu prendre le risque d'aboutir à cette frustration ?

Pour les défenseurs de Laroche, traumatisés et légitimement révoltés par le meurtre de leur client, il en allait malgré tout différemment. Laroche venait d'acquérir un statut de victime, voire de martyr. De quoi repousser avec indignation toutes les questions susceptibles de lui nuire. On n'interroge pas un mort ! On n'insulte pas la mémoire d'un homme qui n'est plus là pour se défendre. On ne s'ingénie pas à torturer davantage et injustement les proches qui gardent de lui, et comment ne pas l'admettre, l'image d'un mari, d'un père, d'un frère, d'un fils, d'un ami, d'un collègue affectueux, attentionné et sympathique ! Ce qu'il avait été, aussi. Doit-on en rester à ce constat ? Renoncer à chercher la vérité ? Je pose la question en étant conscient de la charge émotionnelle qui l'entoure, et du respect dû au principe de la présomption d'innocence, ici renforcé du fait de son caractère posthume.

Je rappelle que nous n'avons jamais exprimé la moindre animosité à l'égard de Bernard Laroche lors de notre enquête. Ni lui ni son épouse n'ont eu à se plaindre d'une marque d'hostilité à leur égard, ni d'un propos offensant ou même déplacé à leur endroit. Marie-Ange Laroche, qui s'attache à défendre avec l'ardeur qu'on lui connaît, et non sans courage, la mémoire de son mari disparu, n'a pu nous contester ces faits. De même qu'elle ne peut pas être sans savoir que nous n'avons pas manqué d'un tact certain à son égard sur des sujets délicats. Pour tous, et Bernard Laroche en premier, il aurait fallu que la justice suive son cours normal, que toutes les questions soulevées reçoivent une réponse complète.

De la chaîne d'irresponsabilités, de négligences, d'ignorances ou de mépris qui a conduit à l'absurde décès de Bernard Laroche, personne ne peut s'abstraire. Si quelques journalistes ont examiné leur conscience, combien d'autres ont perdu la mémoire ? Et le juge Lambert, dans la conduite aléatoire de son instruction, n'a-t-il pas sa part de responsabilité ? N'aurait-il pas dû accorder, lui aussi, davantage d'attention aux parents de Grégory ? N'aurait-il pas dû aller au fond des vérifications autour du cas de Bernard Laroche, l'entendre lui-même dans le détail, le soumettre à l'examen de plusieurs experts psychiatres, ressaisir Mmes Jacquin-Keller et Berrichon-Seyden pour confronter leurs méthodes et résultats avec ceux de leurs successeurs ? Ne l'aurait-il pas protégé en faisant son travail avec rigueur ? S'il avait parfaitement le droit d'évoluer dans ses convictions, pouvait-il remettre en liberté celui qu'il avait inculpé sans avoir levé toutes les hypothèques le concernant. Enfin, quelle image a-t-il donnée de la « justice des hommes » aux victimes de cet infanticide ? « Je le voyais comme un gamin qui ne comprenait rien à notre douleur. Je crois qu'il ne nous a jamais parlé comme à des victimes, même au début[1] », expliquera Jean-Marie Villemin. Ce ne sont pas les gendarmes qui l'ont dévalorisé dans ses fonctions, bien d'autres s'en sont chargés, et lui en premier.

Qu'on me permette de citer quelques exemples de son ingénuité. Tandis que des informations et comptes rendus parviennent au juge Lambert sur les velléités de vengeance de Jean-Marie Villemin, Laurence Lacour, qui réussit à le rencontrer, raconte : « Je le mets en garde contre les conséquences d'une libération de l'inculpé sur un simple rapport d'expertise. Les Villemin sont à vif, Jean-Marie peut commettre le pire… Le juge me sourit comme si je lui racontais

1. Jean-Marie et Christine Villemin, *Le Seize Octobre*, *op. cit.*, p. 158.

une histoire romantique[1]... » Pas une seule fois celui-ci ne provoque une réunion pour évaluer la situation avec les acteurs de son dossier et prendre les mesures qui semblaient s'imposer. Était-ce à nous, gendarmes, de pourvoir à la protection de Laroche alors que nous n'étions plus informés de rien, que les familles Bolle et Laroche nous accusaient de tous les maux, que leurs avocats se répandaient dans la presse en communiqués injurieux et multipliaient les plaintes contre nous ? Le juge d'instruction était responsable de son dossier et de ses décisions. Il lui appartenait d'étudier et d'envisager toutes les mesures qui pouvaient s'imposer et d'alerter les autorités chargées de la sécurité et de l'ordre publics. Il ne l'a pas fait.

Quant aux avocats de Laroche, se sont-ils demandé si leur stratégie extrêmement agressive, qui bloquait tout acte contre leur client et s'attaquait inconsidérément à Christine, tout en exploitant la situation de façon excessive sur le plan médiatique, n'avait pas été aventureuse et périlleuse ? Lorsque eux-mêmes ont appris les risques encourus, pourquoi n'ont-ils pas sollicité la presse et battu le tambour, comme ils en avaient l'habitude ? Ont-ils fait preuve alors de la réactivité et de la ténacité qu'ils manifestaient par ailleurs ?

Les forces de l'ordre, gendarmes et policiers, se sont-elles montrées trop passives ? Il est exact que la brigade de gendarmerie, en la personne du gendarme Lachaussée, avait reçu le 6 mars 1985 un appel de Marie-Ange Laroche se plaignant que « Jean-Marie cherchait Bernard et qu'on ne faisait rien pour le surveiller... ». Ajoutant : « Si on est dans la merde, c'est

1. Laurence Lacour, *Le Bûcher des innocents*, *op. cit.*, p. 168.

quand même à cause de vous ! Vous êtes des cons, des incapables ! Je suis bien contente que ce soit le SRPJ qui ait repris ça... » Le gendarme avait alors répondu, avant de raccrocher : « Si c'est pour nous insulter, ce n'est pas la peine. » Elle avait rappelé quelques instants plus tard, calmée. Le gendarme lui avait conseillé d'appeler la brigade compétente, à Corcieux, et de prendre contact avec le juge d'instruction. Elle avait alors acquiescé et raccroché[1].

Devions-nous jouer, de notre propre initiative et dans ce climat, les gardes du corps de Bernard Laroche, monter la garde devant sa maison dans le contexte hostile que l'on sait, ou agir à l'encontre de Jean-Marie Villemin en le désarmant ? Qui était en mesure alors d'agir efficacement, sinon le commissaire Corazzi, qui avait pris en février 1985 la direction de l'enquête avec les policiers du SRPJ de Nancy ? Depuis plus d'un mois qu'ils étaient sur le terrain, ils ne pouvaient pas ignorer ces risques. Ils avaient placé des écoutes téléphoniques qui leur permettaient de savoir tout ce qui se passait chez les Villemin, les personnes qu'ils recevaient, le contenu de leurs conversations... Ayant entendu Jean-Marie et Christine Villemin, qu'ils soupçonnaient d'être la coupable, pourquoi n'ont-ils pas opéré les perquisitions qui s'imposaient ? Outre d'éventuels indices, ils auraient pu saisir les armes en question. Les policiers étaient davantage en situation de prévoir le drame que des gendarmes déchargés du dossier et, partant, sans relation directe avec le juge d'instruction ! Personne n'a soulevé la part de responsabilité qui pouvait leur incomber. Or, cette part n'était pas négligeable. Mais j'y reviendrai...

1. Procès-verbal du 3 mai 1985.

La mort tragique de Bernard Laroche constitue l'un des épisodes les plus marquants de cette pitoyable saga judiciaire qu'est devenue l'affaire Grégory. Ce crime a tout bouleversé car il semblait inconcevable et soudain, tout en ayant été prévisible et peut-être inéluctable. Les acteurs de ce drame, tétanisés, l'ont pressenti sans pouvoir l'empêcher, comme si chacun avait attendu du voisin un sursaut capable de réveiller les consciences. Sa révoltante absurdité résume le sens de cette tragédie, au sens où l'entendaient les Grecs, soit la représentation d'un terrible destin pesant sur les actions et la nature des hommes.

VI

Un procès en sorcellerie

À la fois cause et conséquence de cette tragédie scandaleuse qu'est la mort de Bernard Laroche, un autre drame se joue durant ces mois d'errance et d'incohérence judiciaire : la propre mère de Grégory est accusée d'être l'assassin de son fils. Comment en est-on arrivé là ?

Quand la gendarmerie est alertée de la disparition du petit Grégory, le mardi 16 octobre 1984, les gendarmes Henry et Cunin se portent aussitôt au domicile des parents. Ils fouillent la maison et inspectent les alentours sans rien remarquer d'anormal. Ces gendarmes connaissent bien leur secteur et ne manquent ni d'expérience pour le premier, ni de perspicacité pour le second, qui fera d'ailleurs une grande partie de sa carrière en unité de recherches. Leurs premières observations ne seront pas rapportées dans une pièce de procédure, puisqu'il n'y avait rien à signaler de particulier. N'y seront consignés que les éléments utiles à la bonne compréhension de l'enquête.

Il ne nous a pas échappé que la mère était la dernière personne à avoir vu son fils vivant. Le premier réflexe d'un enquêteur est d'accorder une attention particulière à celui ou celle qui se trouve dans cette situation, et donc de l'observer sans complaisance, quelle que soit sa position par rapport à la victime. Les deux gendarmes présents sur place l'ont fait. Rien, strictement rien de suspect n'est perçu chez Christine Villemin ce jour-là, ni les jours suivants. Pas plus d'ailleurs chez son mari ou dans leur entourage immédiat. Pour ma part, je n'ai jamais relevé, lors de mes premières rencontres avec la mère de Grégory, de signes qui auraient pu trahir un décalage avec la situation vécue. Aucune perquisition n'est donc opérée ni même envisagée dans la maison après la visite domiciliaire faite au tout début des recherches. Une perquisition est un acte judiciaire lourd qui ne peut être effectué à la sauvette ou sans motif avéré. C'est toujours un élément de suspicion qui répond à des recherches précises et longuement concertées. En la circonstance, une telle initiative aurait été absurde. Imaginez une victime du vol de son véhicule, qui se rend au commissariat de police ou à la brigade de gendarmerie pour déposer plainte. Quelle serait sa réaction si le policier ou le gendarme lui rétorquait : « Bon, allons d'abord voir si votre voiture n'est pas cachée dans votre garage ? » Ici, c'est un enfant qui avait été enlevé à ses parents… Aurions-nous dû interroger les employeurs de Christine et de Jean-Marie Villemin pour vérifier leurs alibis, ou placer ce couple anéanti par le chagrin en garde à vue ?

Quand les parents de Grégory sont questionnés sur leur emploi du temps, et quand Christine détaille minute par minute le temps qui s'est écoulé entre le moment où elle a récupéré Grégory chez la nourrice et celui où elle a constaté sa disparition, rien ne vient contredire nos observations. Lors de leurs recherches initiales, les gendarmes Henry et Cunin ont pu observer qu'il y avait bien du linge repassé sur la table. Moi-même, quelques jours plus tard, je l'ai constaté.

Au cours des deux premières semaines de notre enquête, nous recueillons les témoignages de dizaines de personnes plus ou moins proches des Villemin. Jamais le moindre commentaire ni la moindre allusion sur l'attitude de la mère de Grégory, ses sentiments à l'égard de son fils ou de son mari ne nous sont rapportés. Personne n'avance, fût-ce à mots couverts, avoir remarqué chez elle un comportement distant, égoïste ou seulement inhabituel. Dans le cas contraire, à la moindre anomalie, au moindre indice, nous aurions orienté nos investigations vers la mère. Les infanticides ne sont pas exceptionnels et les enquêteurs n'écartent jamais cette hypothèse dans de telles circonstances. Nous étions une vingtaine d'hommes à travailler sur cette affaire. Nous en avons débattu durant des centaines d'heures, passant en revue toutes les théories, élaborant les scénarios les plus variés, émettant toutes les suppositions, quelles que soient les personnes ciblées. Rien n'est venu étayer sérieusement les thèses impliquant la mère dans ce crime, pas même les témoignages des « filles de la poste » que nous avons été les premiers à collecter et sur lesquels je m'expliquerai. Tous ceux qui, plus tard, s'échineront à débusquer un lézard chez Christine Villemin, dans sa vie conjugale ou dans son comportement de mère, en reviendront bredouilles.

Malgré l'état de choc que l'on peut imaginer, Christine Villemin est entendue le 18 octobre. Elle le sera par la suite à de multiples reprises, mais jamais elle ne variera dans ses déclarations sur les quatre-vingts minutes précédant son appel à la gendarmerie.

À 16 heures 30, Grégory est recueilli à la sortie de son école maternelle, à Lépanges, par sa nourrice, Christine Jacquot, qui le ramène chez elle. À 16 heures 50, Christine quitte son usine, la Manufacture vosgienne de confection, qui se trouve également à Lépanges, prend sa voiture et passe récupérer son fils. Elle ne bavarde que quelques instants avec la gardienne, pressée de rentrer à la maison où du repassage l'attend, le lot des mères qui travaillent… Arrivée chez elle, comme il fait beau et qu'il le lui demande, elle laisse Grégory jouer dans le jardin. Depuis quelques semaines, le garçonnet aime en effet s'amuser sur le tas de gravier et dans une petite excavation résultant des travaux de maçonnerie pour l'agrandissement de la maison. Elle le coiffe d'un bonnet – qu'il n'avait pas à l'école –, lui donne une pomme – les légistes ont relevé des morceaux de pomme incomplètement digérés lors de l'autopsie –, et rentre faire son repassage en écoutant la radio. Vers 17 heures 15, elle sort mais ne voit pas son fils. Elle le cherche en l'appelant autour de la maison, interpelle sa voisine, Mme Claudon, qui rentre son troupeau de vaches. Puis elle court chez un autre voisin, M. Méline, qui balaie le pas sa porte. Elle croise également un promeneur, Bernard Colin. Personne n'a vu l'enfant.

Elle prend alors sa voiture et redescend chez la nourrice au cas où Grégory serait allé la rejoindre, elle tourne dans le village et se rend finalement chez les parents d'un camarade de classe de son fils. En vain. Elle remonte alors chez elle par une autre route et se retrouve bloquée à 17 heures 30 par le troupeau de vaches de Mme Claudon qui rentre à sa ferme. Au même endroit et au même moment que le car de ramassage scolaire que conduit le fils de Mme Claudon. Ce dernier a fini sa tournée et rentre chez lui. Paniquée, elle retourne finalement chez elle et téléphone à la gendarmerie, vers 17 heures 45.

Le planton qui prend cet appel sent que la personne qui lui parle se trouve en pleine détresse. Christine Villemin vient en effet de recevoir un coup de téléphone de sa belle-mère, qui lui a fait part avec inquiétude de l'appel anonyme de « l'homme à la voix rauque » reçu par Michel et l'a informée qu'elle avait déjà prévenu son fils Jean-Marie. Christine lui a alors annoncé que Grégory avait disparu. La panique s'empare de la famille. Le corbeau s'est réveillé et il a mis ses menaces à exécution, il a enlevé Grégory ! Alors que Christine Villemin explique la situation au planton, Jean-Marie arrive en trombe à la maison et, sans dire un mot, repart avec un fusil. Affolée, Christine avertit le gendarme resté en ligne. En fait, son mari est fou de rage, et il sait probablement au fond de lui-même qu'il ne reverra plus son fils vivant. Il fonce vers Granges-sur-Vologne pour régler ses comptes avec celui qu'il croit depuis longtemps être le corbeau : Roger Jacquel, le beau-père de son frère Jacky. Sa réaction, impulsive, n'aura heureusement pas de suite car il verra devant la maison des Jacquel une 4 L bleue qu'il prendra pour un véhicule de la gendarmerie ; il reviendra quelques minutes plus tard pour participer aux recherches avec des membres de la famille et les gendarmes.

On connaît la suite…

Toutes les personnes citées par Christine Villemin sont entendues, de même que ses collègues de travail présentes l'après-midi à l'usine. Ces témoins ne font état d'aucun trouble ou de nervosité chez elle. Ce qui peut sembler étonnant de la part d'une mère qui s'apprêterait à tuer un enfant, un enfant qu'elle chérit par-dessus tout, selon des avis unanimes…

Plus tard, des questions seront posées, dont les

réponses étaient pourtant évidentes. Pourquoi laisser son petit garçon jouer seul dehors quand un corbeau vous a menacée et que l'on habite un pavillon en retrait du centre du village ? Parce qu'il fait inhabituellement doux en cette journée d'automne, et qu'il est normal qu'un jeune enfant en profite après une journée de classe. Parce que depuis un an et demi le corbeau ne se manifeste plus et que l'on pense en avoir fini avec cette histoire. Enfin, parce que l'on réside dans une petite commune tranquille des Vosges où chacun connaît ses voisins. Pourquoi également s'enfermer dans sa maison avec des volets fermés alors qu'il fait encore clair ? Tout simplement parce que, la maison restant inoccupée durant la journée, il est normal de tenir les volets clos en partant – la crainte des cambriolages existe aussi à la campagne – et parce qu'il peut logiquement sembler inutile et fatigant à Christine de les ouvrir pour quelques minutes alors que la nuit ne va pas tarder à tomber en cette fin d'automne. Et parce que cette mère de famille n'a qu'une hâte à son retour du travail, terminer au plus vite son repassage pour préparer le repas du soir.

Il faut attendre les 28 et 29 octobre 1984, soit douze et treize jours après le crime, pour que des collègues de Christine Villemin se manifestent en déclarant l'avoir vue devant la poste de Lépanges, le 16 octobre précisément, vers 17 heures, après la sortie de l'usine. Ces témoignages tendent à mettre en cause Christine Villemin car la lettre du corbeau-assassin a été postée au même endroit et dans le même créneau horaire, entre 16 heures 45 et 17 heures 15, si l'on s'en tient au cachet apposé sur l'enveloppe.

Nous entendons d'abord Sandrine Loups, qui travaille dans l'atelier de Christine Villemin. Elles ont quitté l'usine ensemble et, en partant vers Bruyères, elle a remarqué que Christine s'était arrêtée devant la poste. Nous recueillons d'autres dépositions, dont celle d'Anne-Marie Teixera, qui rapporte avoir vu Christine mettre une lettre dans la boîte, puis celle de Marie-Lise Blondel, qui l'a vue faire demi-tour devant la poste. Enfin, il y a Maria Leite et Maria Fernandez, qui ont vu Christine Villemin partir en voiture en direction de Bruyères, donc vers la poste, mais pas vers Docelles, l'itinéraire normal pour rejoindre son domicile. Nous réentendons ces témoins le 29, puis le 30 octobre. Les jeunes femmes affirment ne pas s'être trompées de jour. Nous questionnons ensuite la sœur de Sandrine Loups et leur mère, ainsi que les autres collègues de travail de Christine, pour recouper et vérifier certains aspects des déclarations. Deux autres collègues, qui se trouvaient avec les premières citées, témoignent dans le même sens : elles n'ont pas vu Christine, mais elle apportent des indications qui semblent corroborer les déclarations de leurs amies. Ces auditions et vérifications montrent que nous n'avons écarté aucune piste, mais elles se produisent au moment où nous arrivons sur la piste Laroche. Le 30 octobre, en effet, doit se tenir la réunion à Nancy avec les experts en écriture.

Disposant de ces témoignages, nous demandons aussitôt des précisions à Christine Villemin. Nous l'interrogeons également les 28 et 29 octobre. Ses explications sont immédiates, formulées sans détour, elles ne varieront pas. Christine assure ne pas s'être trouvée devant la poste ce jour-là mais la veille, à la même heure, pour envoyer des bulletins de jeux publicitaires et des commandes à des maisons de vente par correspondance, La Redoute et Vert Baudet. Nous effectuons des recherches et retrouvons chez Vert Baudet l'une des commandes rédigée à son nom et datée du 15 octobre. Mais en l'absence des enveloppes, qui ont été détruites à la réception du courrier, il nous est impossible de déterminer précisément le jour de l'envoi postal. Sans mettre en cause la bonne foi des témoins, nous pensons pourtant que les collègues de Christine se trompent, car les descriptions qu'elles donnent des vêtements portés par la mère de Grégory ne correspondent pas à ceux du 16, mais du 15 octobre. Par ailleurs, le mobile manque. Comment expliquer un acte de folie chez une jeune femme qui, à l'évidence, n'est ni folle, ni même émotionnellement instable ? Comment la suspecter en rapport avec ce que nous connaissons de la personnalité du corbeau, de la portée et de la durée de ses agissements ?

Il n'empêche, les vérifications que nous menons auprès des témoins et de Christine déplaisent à Jean-Marie qui considère que nous nous égarons. Il refuse désormais que son épouse et lui-même soient entendus sans la présence de leur avocat, comme le permet leur statut de partie civile.

La question de la présence de la mère devant le bureau de poste aurait pu rester secondaire, celle-ci ayant très bien pu poster une lettre le 16 octobre, quinze à vingt minutes avant le ravisseur de son enfant. Coïncidence certes malheureuse et vraisemblable, mais qui ne permettait cependant pas à elle seule d'en déduire que Christine Villemin était le corbeau, ou celle ayant posté la lettre de revendication du crime. Il aurait suffi qu'elle confirme simplement avoir été présente ce jour-là devant la poste, pour que l'ensemble des éléments recueillis par ailleurs, ou qui viendrait à l'être, écarte les soupçons sur ce point. Mais Christine Villemin est demeurée ferme sur sa position, et cette constance va finir par la rendre suspecte. Par une extrapolation assez inouïe, certains en viendront à croire et faire croire que c'est « LA » lettre du crime que Christine Villemin postait ce jour-là, alors que, une fois encore, les témoins ne déclarent rien d'autre que d'avoir vu Christine Villemin devant le bureau de poste mettre « UNE » lettre dans la boîte ! Mais puisqu'elle tient tête à quatre personnes, c'est qu'elle ment. Et si elle ment, c'est qu'elle a quelque chose à cacher. Ce quelque chose ne peut être que le meurtre de son fils ! Tel sera le raisonnement de ceux qui s'acharneront à sa perte.

Après avoir recueilli les témoignages des « filles de la poste », aurions-nous dû pousser plus loin, c'est-à-dire envisager une perquisition du domicile des parents de Grégory, ne serait-ce que pour couper court à d'éventuels soupçons ? À ce moment-là de l'enquête, rien ne nous y incite, bien au contraire. D'une part, les vérifications opérées autour de la mère et des témoins nous amènent à penser qu'il s'agit d'un incident dans le cours de l'affaire, comme nous en avons rencontré et traité bien d'autres. Nous n'avons aucune raison de nous interroger sur Christine Villemin, ni aucun élément. D'autre part, nous sommes sur le point d'aboutir dans la piste Laroche : les expertises, la découverte du foulage, l'examen général des faits dans leur durée, la présence d'un mobile plausible… Avant que surviennent, rapidement, les déclarations de Murielle et toutes celles qui en découlent.

Quels motifs sérieux et concordants aurions-nous pu avancer pour perquisitionner chez les parents de Grégory à ce stade des événements ? Si ahurissant que cela puisse paraître, le dossier ne contient, dans les premières semaines cruciales de l'enquête, aucune autre déclaration préjudiciable à Christine Villemin ! Il ne mentionne ni différend avec son mari, ni gestes ou paroles trahissant de l'indifférence ou de l'agressivité, ni même une réaction d'agacement à l'égard de son fils, rien qui puisse introduire un doute sur sa personnalité et ses sentiments. Ce qui n'arrêtera pas pour autant, bien au contraire, ses détracteurs qui lui prêteront un pouvoir de dissimulation quasi diabolique, utilisant précisément cette apparence lisse et banale de son personnage comme argument afin de mettre en avant une extraordinaire schizophrénie – une schizophrénie qu'aucun spécialiste n'a pu déceler, et dont aucun n'a pu expliquer les difficultés à percer la cuirasse. Plus les limites des soupçons contre elle seront repoussées et plus elle sera dépeinte comme machiavélique !

Pourtant, dès le mois de décembre 1984, tout un système d'accusation est échafaudé sur la base des témoignages portés par celles que la presse a surnommées les « filles de la poste ». Avant que des experts en écriture, sur fond d'une campagne médiatique orchestrée par la défense et d'un coupable dévoiement des institutions, viennent étayer ces suspicions et fonder l'inculpation de Christine Villemin.

Cette femme, à qui on a enlevé et tué un fils unique de quatre ans, va se voir accuser du pire. Précisons sans attendre qu'elle sera totalement innocentée, mais en 1993 seulement, plus de neuf ans après les faits, par une ordonnance inédite indiquant qu'il « n'y a pas de charges contre elle d'avoir assassiné son fils[1] ».

---

1. Arrêt du 3 février 1993. La formule habituellement utilisée pour les non-lieux est « par manque de charges suffisantes ».

Mais le chemin sera long qui la mènera d'un gouffre à l'autre avant qu'elle en sorte. En est-elle vraiment sortie d'ailleurs ? Aujourd'hui encore, plus de vingt ans après les faits, plus de treize ans après le non-lieu catégorique prononcé en sa faveur, au terme d'une instruction minutieuse réalisée à Dijon durant plus de cinq ans et sans précédent dans notre histoire judiciaire pour un crime de ce genre, la majorité des personnes que je rencontre demeurent convaincues que Christine Villemin est coupable, ou au moins complice de la mort de son fils !

Comment en est-on arrivé là ? Pour le comprendre, il convient de distinguer le dossier judiciaire et le volet médiatique, ce dernier ayant déterminé les sentiments hostiles d'une grande partie de l'opinion publique.

Sur le plan judiciaire, comment sont nées la suspicion puis les accusations de culpabilité à l'encontre de Christine Villemin ?

Comme nous l'avons montré, aussitôt après l'inculpation de Bernard Laroche, ce dossier se fige puis se délite. Sous les assauts des avocats de la défense visant les formes de la procédure et non le fond, les expertises en écriture puis en voix sont annulées, la déclaration de Murielle relativisée puis écartée. Les renseignements complémentaires que nous recueillons, comme le témoignage capital de Mme Claudon, qui aurait vu bien plus de choses qu'elle ne nous en a dit, sont bloqués. Le juge d'instruction nous interdit de les acter et de les exploiter. Toutes les autres vérifications que nous avions prévu de faire sont reportées puis oubliées. Nous-mêmes, les enquêteurs, sommes peu à peu évincés du dossier alors que nous restons saisis officiellement jusqu'au 19 février 1985. Non seulement le juge Lambert ne nous confie plus rien, mais il laisse accréditer la thèse que nous ne serions pas fiables et que nous aurions manipulé certains éléments, en premier lieu la déposition de Murielle. Il semble accorder plus de crédit aux avocats de Laroche qu'à ses gendarmes enquêteurs, auxiliaires de justice à sa disposition…

Dès la fin novembre 1984, abandonnant toute recherche complémentaire sur la piste Laroche, le magistrat instructeur se consacre à celle qui commence à faire l'objet de rumeurs, « la mère ». Bien que la confrontation du 22 novembre entre Christine et les « filles de la poste » n'ait rien apporté de neuf, et que l'on ait retrouvé des éléments en faveur de la mère, dont le bulletin de commande daté du 15 octobre, le juge persiste… Le 24 décembre, il organise une reconstitution à Lépanges. Celle-ci permet de constater que l'horloge de l'usine avance de sept minutes sur l'heure légale et que tous les employés organisent leur temps en fonction de cet horaire. Cette constatation permet au juge d'expliquer la différence de quelques minutes constatée entre les déclarations de Christine Villemin et celles de la nourrice de Grégory, différence qui lui avait paru au demeurant suspecte. L'instruction aurait pu s'en satisfaire et reprendre son cours initial, mais c'est compter sans la combativité de la défense qui vise à disculper Laroche en désignant un autre suspect. Lambert va donner dans le panneau.

Le 8 janvier 1985, Prompt présente une seconde demande de remise en liberté de Bernard Laroche. Ses arguments sont, nous l'avons vu, une attaque en règle contre les gendarmes, conformément à la plainte déjà déposée et avec de nouveaux griefs infondés qui accentuent la charge contre Christine Villemin. L'avocat affirme qu'elle est responsable de la mise en cause de Bernard Laroche en ayant orienté les recherches des gendarmes dans sa direction ! Tout cela ne repose sur rien d'avéré, mais il s'agit d'intimider et de brouiller les cartes. Pour faire bonne mesure, il relance aussi la polémique autour de l'exploitation de ce crime « à des fins bassement politiques ».

Déstabilisé et apeuré par ces attaques virulentes, le juge Lambert ne nous défend pas, bien au contraire. Même s'il affirmera plus tard avoir toujours été convaincu de notre honnêteté, il contribuera à entretenir le doute sur la conduite des gendarmes, de quoi l'affranchir des erreurs qui pourraient lui être imputées.

Depuis le début du mois de décembre, nous sommes quasiment au chômage technique, n'opérant que quelques vérifications et auditions, à la demande du juge, touchant exclusivement aux déplacements de Christine Villemin le jour du meurtre. L'équipe d'enquêteurs s'est dispersée. Les gendarmes de Bruyères ont repris leur service normal, essayant de rattraper les retards pris durant ces semaines d'enquête intensive. Ceux de la brigade de recherches d'Épinal se sont replongés dans les dossiers en attente, ce qui les conduit à passer régulièrement au palais de justice où ils assistent, écœurés, aux manœuvres que j'ai rapportées plus haut. Les personnels de la section de recherches de Nancy continuent de suivre la procédure tant bien que mal, retournant à Épinal et à Bruyères, pareillement attristés par la déliquescence d'un dossier dans lequel ils s'étaient si fortement investis.

Le 24 janvier 1985 est officiellement déclarée recevable la plainte contre les gendarmes qui ont procédé à l'audition de Murielle. Le 29, Lambert les entend puis les confronte avec elle. Ce qui permet de placer une première fois la jeune fille face à ses contradictions, mais a surtout pour effet de mettre les gendarmes sur la sellette. Le 4 février, le juge accède à la troisième demande de remise en liberté de Bernard Laroche puis, le 20, il nous dessaisit et confie l'enquête au SRPJ de Nancy. La piste Laroche est donc abandonnée uniquement sur des questions de forme, sans aucune vérification des éléments de fond, et par une manœuvre dilatoire, quasiment diffamatoire, visant à discréditer les enquêteurs. Joli tour de passe-passe. La piste Christine Villemin, celle de « la mère », est ouverte.

Après l'annulation des travaux de Mmes Jacquin-Keller et Berrichon-Sedeyn, le juge, nous l'avons vu, fait appel à de nouveaux experts et s'adresse à Alain Buquet et Françoise de Ricci d'Arnoux. Le 23 janvier, des dictées supplémentaires se déroulent à Épinal. Le 14 février, les experts remettent les conclusions tant attendues et annoncées depuis des semaines par des journalistes : l'écriture de Christine Villemin correspond à celle du corbeau ! Elle devient le suspect numéro un. Mais le juge n'est qu'à moitié satisfait de ces expertises, qui vont à l'opposé des précédentes, dont celles d'Anne-Marie Jacquin-Keller, qu'il nous avait présentée comme étant la meilleure et la plus sûre dans son domaine. Il faut dire que ces derniers consultants ont une pratique un peu particulière. Ils travaillent en effet sur un calcul statistique de comparaison des concordances et discordances des différents caractères d'écriture, méthode très controversée et insatisfaisante car elle néglige certains traits importants de l'écriture, comme le mouvement. Leur travail sera d'ailleurs sévèrement critiqué et battu en brèche par beaucoup de leurs confrères, et leur méthode ne sera jamais vraiment validée. Mais, à les en croire, Christine Villemin est celle dont l'écriture présenterait le moins de différences avec celle du corbeau, avec un taux de 25,71 % de discordances… Nous restons, là encore, dans le registre des probabilités.

Le juge Lambert saisit alors un second collège d'experts, Jean Glénisson et Roger Laufer, également agréés par la Cour de cassation. Ces derniers rendent leur rapport le 4 juillet 1985 et se montrent catégoriques : les quatre lettres ont été écrites par Christine Villemin. Toutefois ils précisent, à la différence des experts précédents, que « les lettres écrites en caractères cursifs présentent d'importantes similitudes avec l'écriture de Bernard Laroche, compensées il est vrai par des divergences de détail ». Ce second rapport, en phase avec les investigations menées par le SRPJ de Nancy, dont je parlerai plus loin, parvient au juge le même jour qu'un autre résultat d'expertise, celui des cordelettes. Cette expertise établit qu'une ficelle enserrant un tuyau d'arrosage et découverte par la police judiciaire lors d'une perquisition des affaires personnelles des parents de Grégory offre des caractéristiques analogues à celles des liens ayant servi à attacher la victime. Cet ensemble d'expertises et d'investigations techniques, en l'absence de tout témoignage direct et de tout mobile intelligible, conduit Jean-Michel Lambert à inculper Christine Villemin le 5 juillet 1985, et à l'incarcérer. Cette mesure intervient malgré l'avis contraire du parquet en la personne du procureur Lecomte.

La mère du petit Grégory restera peu de temps en prison. Elle sera libérée dès le 16 juillet, mais restera sous le coup d'une inculpation jusqu'en 1993 ! Avant d'être entièrement innocentée.

Si son dossier demeure inconsistant en matière judiciaire – quelques témoignages contradictoires et des rapports d'expertise contestés ou délicats à apprécier –, à l'échelle des médias, c'est la totale ! Entre 1985 et 1986, presque tous les organes de presse vont passer des insinuations aux attaques directes, pour finir par déverser sur la mère un tombereau de calomnies. Ce lynchage médiatique, car il mérite ce nom en la circonstance, s'explique par des intérêts communs ou convergents sur cette affaire. Ceux-ci sont portés par quatre groupes d'influence.

En premier lieu, les journalistes qui ont posé le postulat de la culpabilité de la mère avant même tout examen approfondi de la situation. Il ne peut s'agir à leurs yeux que d'un infanticide. Ces correspondants de presse sont conduits par un chef de file, Jean-Michel Bezzina, reporter à RTL, qui collabore à de nombreux journaux sous divers pseudonymes. Ses principaux affidés sont Lionel Raux, de *L'Est républicain*, Jean-Michel Caradec'h, de *Paris-Match*, et d'autres, plus sensibles à l'orientation du vent, tel Philippe Jéchoux, de *La Liberté de l'Est*. Outre l'envie rageuse d'avoir raison, Bezzina et ses confrères ont senti que l'affaire Grégory était « juteuse » en elle-même et qu'elle se vendrait encore mieux en imaginant la mère coupable… Je développerai ce point plus loin.

Le deuxième groupe est celui des avocats de Bernard Laroche. On connaît leur stratégie. Précisons qu'après la mort de Bernard Laroche, n'ayant plus leur place dans le dossier « Grégory », ils feront entrer dans la procédure leurs confrères Lombard, Lagrange et Bourdelle, pour défendre les intérêts des grands-parents Villemin, Albert et Monique. La stratégie de ces avocats fera d'eux des alliés objectifs pour maintenir la pression.

Le troisième parti est celui de la police, les enquêteurs du SRPJ de Nancy, qui reprendront l'enquête derrière nous et se garderont bien de conforter notre travail. « Les gendarmes, c'est Laroche ! La police, c'est la mère. » Il me faudra là aussi revenir en détail sur l'action du commissaire Corazzi… Soulignons dès à présent qu'il est, comme par hasard, très ami avec Jean-Michel Bezzina et compte parmi les relations de maître Welzer, l'avocat de Laroche…

Le quatrième intervenant est celui que l'on n'attendait pas là ! Le juge, Jean-Michel Lambert, qui tente de faire avancer le char embourbé de la justice dont il a la charge. La piste de la mère étant sa seule porte de sortie, il s'y enferre. Il s'y trouve d'autant plus enclin qu'il éprouve une certaine attirance – c'est un euphémisme – pour les médias et s'inquiète fort de ce que l'on peut dire de lui dans les journaux. À chaque fois que l'on parle de Christine, on parle aussi de lui. Peu importent les chemins, s'ils mènent à la célébrité.

Christine Villemin est la victime d'une machination. Cet engrenage fonctionne bien, si bien que la machine s'emballe : les policiers livrent des informations aux journalistes qui les montent en épingle. Et les avocats de s'en prévaloir pour faire pression sur le juge. Ce mécanisme opère aussi de manière transversale : les avocats orientent les recherches des policiers et le juge rencontre les journalistes. Chacun y trouve son compte. La presse obtient le sceau d'une autorité officielle à ses campagnes calomnieuses, le juge se délecte de la notoriété qu'il leur doit, les policiers peuvent gonfler un dossier fragile sur de nombreux points, et les avocats y trouvent la confirmation de la justesse de leurs options stratégiques.

Dans cette même logique, les gendarmes ne peuvent qu'être pareillement placés dans le collimateur, car d'autres intérêts se rejoignent : les policiers y voient l'occasion d'enfoncer la gendarmerie, les avocats espèrent ruiner une fois pour toutes une enquête ayant permis l'inculpation de Laroche, le juge peut se retrancher derrière nos prétendues manigances pour excuser ses atermoiements, et les journalistes ne souhaitent rien moins que d'avoir un jour à se rétracter.

Cette campagne contre Christine débute dès novembre 1984. Il s'agit au départ d'insinuations à propos d'une « femme très proche de l'enfant ». Plus tard, on avance faussement que le médecin, ou le légiste, qui a examiné en premier le corps de la victime aurait déclaré : « C'est un meurtre de femme... » Puis tout se met à tourner autour des témoignages des « filles de la poste ». On évoque leur « terrible certitude », qui est mise en opposition avec la « mère qui se bute ». On laisse entendre qu'elle ment... Pourquoi ? Toutes les confrontations et reconstitutions sont décortiquées et détaillées en insistant sur l'embarras présumé de Christine Villemin. Puis les suppositions se font plus insidieuses. « Le pire doit être envisagé », résume Philippe Jéchoux dans *La Liberté de l'Est* du 23 novembre, tandis que dans le même temps Lionel Raux, de *L'Est républicain*, se demande si Christine « demeure au-dessus d'horribles soupçons ». Peu à peu, au fur et à mesure de l'arrivée des rapports d'expertise et des avancées de l'enquête des policiers du SRPJ, les allégations deviennent plus incisives. Les articles et reportages publiés dans les titres appartenant au

« réseau Bezzina » s'enchaînent à un rythme quotidien. Le feuilleton tient les lecteurs en haleine. Quant aux avocats de Bernard Laroche, si l'on se réfère à une conversation téléphonique que Corazzi a eue avec maître Welzer et qu'il relate dans le livre qu'il écrira sur l'affaire en 2003, ils n'hésitent pas à faire état de certains rapports d'expertise avant même que le magistrat en ait connaissance officiellement !

La faille de l'hypothèse « Christine Villemin » tenant toujours dans la question du mobile, les journalistes se lancent sur la piste de la schizophrénie. Alors même que Christine Villemin a été examinée par onze psychiatres et psychologues, qui n'ont décelé chez elle aucun trouble mental, « aucun symptôme de névrose, aucun état d'aliénation, aucun délire[1] », on raconte qu'elle aimait jeter ses poupées dans l'eau, qu'elle écrivait des lettres anonymes quand elle était à l'école en signant « le corbeau », ou qu'elle se plaint parfois d'avoir des trous noirs… Quand ces experts psychiatres viennent l'examiner, certains journaux rapportent aussitôt des propos cités entre guillemets, comme s'ils étaient officiels et émanaient de leurs rapports : « État mental confus… femme sans instinct maternel… supérieurement intelligente et calculatrice. Hystérie à caractère pervers[2]… » Il faudra que les psychiatres interviennent publiquement pour protester contre ces fausses allégations en précisant que leur rapport n'a pas encore été déposé et que les observations qu'on leur attribue sont de pure invention.

Peu à peu, comme Christine n'avoue toujours pas et qu'aucun indice probant de sa culpabilité n'est décou-

1. Rapport Brion et Leyrie, 26 juillet 1985.
2. *L'Est républicain*, 16-19 et 24 juillet 1985.

vert, intervient le procès en sorcellerie déjà évoqué. Si elle ne craque pas et si on n'arrive pas à la coincer – alors qu'elle est *forcément* coupable –, c'est qu'elle possède des dons surnaturels. Plus elle se défend et résiste aux accusations, plus elle paraît machiavélique ! Diabolique, monstre, démon, manipulatrice, affabulatrice, perverse, hystérique, infanticide… sont les noms qu'on lui sert et que l'opinion publique finit par associer à sa personne.

Et puisqu'il faut bien justifier la haine qu'elle éprouverait à l'égard de son mari – rappelons-nous la lettre de revendication du meurtre : « J'espère que tu mourras de chagrin le chef. Ce n'est pas ton argent qui pourra te redonner ton fils. Voilà ma vengeance pauvre con » –, on ouvre les placards pour y chercher des disputes, des fugues, des frustrations, des amants, des désirs refoulés de voyages, son ennui de vivre auprès de lui… Ce bovarysme est un mythe, aucun témoin ne s'en fera l'écho, et les policiers, qui ne ménageront pas leur peine en ce sens, s'y casseront les dents ! Quand viendra le moment des nécessaires explications entre Jean-Marie et sa famille au sujet de Michel et Ginette, notamment de leurs relations avec Bernard Laroche, on cherchera à les diviser, on affirmera que Jean-Marie se pose des questions sur sa femme, que ses parents et frères et sœurs cherchent à lui ouvrir les yeux sur la véritable personnalité de sa femme…

Autant remuer du vide.

Ajoutons que les défenseurs de Christine et Jean-Marie Villemin se sont montrés pour le moins maladroits. Les grands avocats pénalistes attirent les projecteurs, mais leurs affaires ne sont pas toujours florissantes. Il est rare qu'un dossier criminel leur procure de riches honoraires. Pour ce genre d'affaire, les pénalistes ont plus souvent pour clients des gens modestes que des grands bourgeois fortunés. Certains obtiennent des compensations par le biais des médias. Puisque les faits-divers font vendre, la négociation peut s'ouvrir. Maître Garaud cherche ainsi à exploiter la publicité donnée à l'affaire pour conforter la défense de ses clients et garantir ses honoraires. Mais quand il s'emploiera à vouloir redorer l'image de Christine dans les journaux, la tentative finira presque toujours par se retourner contre elle. En septembre 1985, lorsque Christine donne naissance à son second fils, Julien[1], un grand reportage est monté avec *Paris-Match*. Elle donne aussi des interviews dans *Le Figaro*. Ces « coups » sont très mal ressentis par la majorité du public. Les plus remontés pensent qu'elle en fait trop. D'autant que sa grossesse, qui ressort, comme nous l'avons évoqué, d'un instinct de survie mais survient peu de temps après la mort de Grégory, a été jugée indécente ou assimilée à un subterfuge pour échapper à la justice. Et les moins concernés en viennent à considérer que Jean-Marie et Christine cherchent à « se faire du fric » avec la mort de leur fils. Ces erreurs vont se reproduire avec le livre qu'on lui fait écrire en mai 1986, *Laissez-moi vous dire* – qui lui vaudra d'être attaquée par la famille Laroche, qui obtiendra des dédommagements financiers –, puis avec des reportages dont l'un, paru dans *Paris-Match*, qui la montre maquillée et apprêtée à l'excès, jouant un personnage en complet décalage avec les réalités. Elle

1. Elle sera décrite comme une patiente encombrante, désagréable, délaissant son bébé. On affirmera qu'elle n'était pas dans une chambre normale mais dans une lingerie spécialement aménagée.

n'aura pas davantage de succès avec ses interviews. Ses propos seront souvent déformés, et ses attaques trop personnelles contre le juge Lambert, « trop mou… ce n'est pas mon type d'homme… », ne pourront que la desservir. Sa grève de la faim au moment de sa courte détention, de même que sa tentative de suicide et ses problèmes de santé pendant sa grossesse seront toujours analysés comme du chantage ou des manœuvres pour esquiver la justice.

La sanction est implacable. Elle est résumée dans un article du *Sunday Times*, le 24 décembre 1986 : « Christine Villemin est devenue la femme la plus haïe de France. » En opposition avec ce personnage négatif, Marie-Ange Laroche sera toujours présentée – du moins durant cette première période et par la presse qui lui est favorable – comme une veuve digne, désintéressée, uniquement attachée à défendre la mémoire de son mari innocent. Cet aspect de l'affaire en démontre une fois encore la complexité. On y évolue sans cesse à front renversé. Et la sympathie offerte aux uns et refusée à d'autres ne vaut pas certificat d'innocence ou de vertu. Mais nous sommes loin des codes utilisés par les auteurs et les amateurs de sensationnel.

Complètement débordés par cette vague médiatique qui les noie et désespérés par l'attitude du juge Lambert qu'ils perçoivent comme instruisant à charge, Jean-Marie et Christine Villemin ne savent plus quoi faire pour prouver leur bonne foi. Outre leurs courriers adressés au garde des Sceaux et au président de la République, ils demandent qu'on les soumette au détecteur de mensonge, qu'on leur injecte un sérum de vérité… Là encore, les journalistes du réseau Bezzina traduisent toutes ces pathétiques démarches comme étant des diversions et de maladroites opérations médiatiques.

Comment Christine et Jean-Marie ont-ils pu tenir le choc ? Nous avons déjà répondu à la question : grâce à leur amour l'un pour l'autre. Mais ce mystère-là en a intrigué et irrité plus d'un. Pourtant, leur confiance réciproque, leur échange quotidien de lettres, les visites de Christine à la prison où Jean-Marie est incarcéré après l'assassinat de Bernard Laroche, posent des jalons qui les retiennent de partir à la dérive. Plus ils seront attaqués, plus ils se montreront unis.

La campagne, durant les années 1985 et 1986, est relancée à chaque étape du dossier : l'inculpation de Christine en juillet 1985, le renvoi de son mari devant les assises en juillet 1986, son propre renvoi le 9 décembre de la même année. La meute attend de la voir craquer. Le 15 décembre 1986, à bout et désespérée, Christine Villemin tente de se suicider en absorbant des médicaments. Elle est sauvée grâce à sa grand-mère. Vue du côté de ses détracteurs, sa mort aurait fourni, au-delà de l'embarras éprouvé par certains, une réponse à tout, un aveu posthume, et l'affaire Grégory, avec ses trois victimes, en serait restée là. Mais l'année 1987 ne va pas ressembler aux années précédentes…

En mars 1986, quand l'instruction du juge Lambert est enfin clôturée, tout le monde, la magistrature en tête, n'a qu'une hâte : en finir ! Le parquet d'Épinal, en la personne du procureur Simard qui vient de succéder au procureur Lecomte[1], appuie les arguments du juge Lambert qui transmet son dossier à la chambre d'accu-

1. Muté fin 1985 à sa demande à Mayotte.

sation de Nancy. L'ensemble est présenté comme un « implacable réquisitoire… pire encore que ce que l'on attendait[1] ». Faisant la synthèse des investigations du SRPJ et des pièces de l'instruction du juge Lambert, le dossier ne développe pas moins de vingt-cinq charges ! Cela peut paraître imposant mais, quand on les analyse, on ne peut qu'observer avec consternation que la moitié d'entre elles relèvent du pur procès d'intention[2]. Les autres sont recevables mais seront toutes balayées. Celles-ci peuvent être regroupées en trois catégories : les expertises – lettres, voix, ficelle – le témoignage des « filles de la poste », présenté comme capital, et des études sur les manifestations téléphoniques du corbeau qui montreraient que seule Christine Villemin peut en être l'auteur. Rien d'autre ! Notamment aucun témoignage rapportant un quelconque fait directement à charge ou susceptible de justifier un mobile. Mais le juge Lambert n'hésite pas à écrire, alors que les multiples expertises psychiatriques qu'il a demandées affirment le contraire : « S'il est vrai qu'aucun mobile rationnel ne peut expliquer l'assassinat contre nature de l'enfant par sa mère, la personnalité déséquilibrée et perverse de Christine Villemin qui transparaît de son activité d'auteur de communications téléphoniques et de lettres anonymes explique ce geste[3]. »

Voilà le résultat d'un an d'instruction, comme si tout ce qui avait été réalisé par nous, à chaud et durant deux mois, était nul et non avenu. Peu importe, la

1. *L'Est républicain*, 14 septembre 1986.

2. On lui reproche notamment de s'être trompée sur une publicité entendue à la radio pendant qu'elle repassait. On met aussi en avant le fait que l'assassin ne l'aurait pas appelée pour revendiquer son crime.

3. Ordonnance du 11 septembre 1986.

voie est ouverte pour le procès en assises ! Le ministère de la Justice et de nombreux magistrats, partout en France, sont saturés par cette affaire Grégory, ses retournements, ses coups de théâtre en cascade, ses déballages médiatiques incessants… La justice entend procéder comme Ponce Pilate : s'en laver les mains en s'en remettant à un jury populaire.

Le 9 décembre 1986, la chambre d'accusation de la cour d'appel de Nancy renvoie Christine Villemin devant la cour d'assises des Vosges. Malgré un mémoire très argumenté et détaillé de la défense et malgré l'annulation de quinze nouvelles pièces de procédure, la décision est prise sèchement, sans demande de supplément d'information ! À la Chancellerie, les responsables savent que ce dossier est insatisfaisant, mais des directives sont données au parquet général pour évacuer cette affaire le plus vite possible. Le procès en assises fournit la seule issue honorable, et la moins risquée.

Les avocats pénalistes, notamment les grands « ténors » du barreau parisien présents dans ce dossier, maîtres Garaud et Lombard, raffolent de ces procès. Entre longues plaidoiries avec effets de manches et envolées lyriques devant les micros à la sortie des prétoires, ils peuvent donner la pleine mesure de leurs talents. Mais c'est un jeu aléatoire, et les avocats provinciaux de Christine Villemin, maîtres Moser et Robinet, bien plus proches des réalités et de l'opinion publique que leurs confrères parisiens, mettent en avant le danger de se retrouver devant un jury populaire fortement conditionné par un battage médiatique défavorable. Quelle que soit l'éloquence des avocats, quels que soient les arguments qu'on pourra mettre en avant, les problèmes scandaleux de l'instruction, les lacunes stupéfiantes du dossier, les dérives médiatiques si faciles à démontrer, un risque sérieux subsiste de voir Christine Villemin condamnée par les jurés. Le climat de l'époque ne favorise pas la sérénité des débats et rend le verdict imprévisible.

Cette analyse conduit finalement les avocats à contester cet arrêt et à se pourvoir en cassation, malgré l'avis contraire de Christine Villemin, qui est alors au fond de l'abîme. La Cour de cassation à Paris fera preuve d'une grande indépendance d'esprit. Éloignée du chaudron lorrain où bouillonne l'affaire, les magistrats de la haute cour se montrent stupéfaits à la lecture du dossier qui leur est présenté. Le 17 mars 1987, après une heure de débat et deux heures de délibérés, ils cassent l'arrêt de la cour d'appel de Nancy et renvoient le dossier devant la chambre d'accusation de la cour d'appel de Dijon. Cette décision constitue un tournant décisif.

La réhabilitation de Christine Villemin exigera pourtant de longues années et demandera des efforts surhumains au magistrat qui reprendra l'instruction de l'affaire, le président Simon, mais la justice s'est enfin ressaisie.

VII

« Un grand poète de province »

L'affaire Grégory est pour beaucoup l'affaire Lambert.

Quand celle-ci éclate, Jean-Michel Lambert est le seul magistrat instructeur en fonction au tribunal de grande instance d'Épinal. Quelques semaines auparavant, celui-ci comptait encore deux juges d'instruction, mais le second, Philippe Violette, a été nommé substitut du procureur de la République et n'a pas été remplacé. Le 17 octobre 1984, au lendemain du meurtre, le procureur Jean-Jacques Lecomte n'a donc d'autre choix que de requérir le juge Lambert.

Tous les gendarmes le connaissent bien, en particulier ceux de la brigade de recherches d'Épinal, qui ont souvent eu l'occasion de travailler avec lui. Disons-le d'emblée, il ne jouit pas d'une bonne réputation professionnelle. Certes, l'homme se montre affable et souriant, mais il passe pour manquer d'assiduité à l'ouvrage. On le sait pusillanime et influençable. « Avec lui, c'est toujours le dernier qui a parlé qui a raison », dira l'un des gradés qui l'a « pratiqué ». Les enquêteurs de la gendarmerie, comme ceux de la police, l'ont d'ailleurs surnommé le « juge des non-lieux ». Il faudra malgré tout faire avec…

Je l'avais invité à dîner chez moi quelque temps avant l'affaire. Il m'avait déclaré se considérer au fond comme un « anarchiste libertaire » ! En privé, il aimait poser au magistrat affranchi des préjugés de sa caste et portait un regard détaché et critique sur sa fonction… Mais il m'avait étonné plus encore quand, à l'issue d'une autopsie, il avait souhaité que l'on fasse une photo de groupe derrière le cadavre disséqué, lui se tenant au milieu des gendarmes et des médecins légistes. Ce curieux personnage n'en suscitait pas moins, en dépit de son manque de fiabilité, une forme de sympathie.

On a beaucoup insisté sur la jeunesse, toute relative, du « petit juge », tout comme sur la mienne d'ailleurs. Il est exact que Jean-Michel Lambert occupe alors son premier poste depuis sa sortie de l'École nationale de la magistrature, en 1979. Mais, à 33 ans, avec cinq ans d'ancienneté dans cette fonction – en comparaison, les officiers de gendarmerie changent d'affectation tous les trois ans –, et dans une région qu'il a eu le temps d'apprendre à connaître, ce magistrat n'est plus un perdreau de l'année. Il peut affronter une affaire judiciaire aussi lourde que celle qui survient cet automne-là. À condition d'y mettre de l'ardeur et du discernement…

Sans doute se montre-t-il trop confiant au début de l'enquête. La présence de la section de recherches de Nancy est de nature à le rassurer : une commission rogatoire générale étant délivrée aux gendarmes, à eux de faire le travail ! Certes, nous nous y engageons sans réserve, mais nous ne pouvons assumer notre tâche sans rapports étroits et suivis avec le magistrat instructeur qui a la responsabilité de l'ensemble du dossier et du déroulement général de nos investigations. La concertation et une bonne coordination sont indispensables. Malheureusement, celles-ci nous feront défaut.

Nous le constatons dès le 18 octobre. Le juge, qui se déplace sur le terrain pour la première fois accompagné du procureur de la République, souhaite rencontrer les parents de Grégory. Ceux-ci reçoivent les deux magistrats pendant plus d'une heure. Le juge demande au commandant Chaillan et à moi-même de rester à l'extérieur. À leur sortie, aucune information ne filtre, aucun acte n'est produit sur cet entretien dont nous ne connaîtrons jamais la teneur alors que le témoignage des parents, à ce moment de l'enquête, était capital. D'autant que nous devons les entendre l'après-midi. De même découvrons-nous très vite que certains journalistes possèdent leurs entrées au palais de justice d'Épinal. La veille en effet, après avoir recueilli la lettre de revendication du crime, nous en avions informé le juge qui en avait demandé une copie, et nous étions convenus avec lui de n'en souffler mot. Notre idée était de taire cet envoi afin d'inciter le corbeau à rédiger une nouvelle lettre car celui-ci avait manifesté, par ce message et son appel téléphonique à Michel Villemin, le besoin sadique qu'il avait de revendiquer son crime. Mais ce 18 octobre, lors d'un des premiers points presse que nous tenons pour donner quelques informations et surtout faire appel aux témoignages, je suis interpellé par l'un des journalistes :

– Mon capitaine, qu'en est-il de cette lettre que le meurtrier aurait envoyé le jour du crime aux parents de Grégory ?

– Une lettre ? Aucune lettre de ce genre n'a été reçue, réponds-je benoîtement.

– Vous vous moquez de nous ? C'est ce qu'on nous a affirmé ce matin à Épinal, au palais de justice. Nous pouvons même vous dire ce qui a été écrit, nous en avons la copie.

Et moi de rentrer à la brigade décontenancé par cette fuite qui, à mon sens, pouvait venir du cabinet du juge puisque aucun avocat n'était encore entré dans le dossier. Un peu plus tard, nous apprendrons que la presse s'apprêtait à publier cette lettre, ainsi que les autres écrits du corbeau qu'elle avait pu se procurer. Or, nous souhaitions maîtriser ces révélations, non pas à des fins sensationnelles, mais pour que le public nous contacte et nous renseigne sur les écritures qu'il découvrirait. Raté.

Si nous rendons compte régulièrement au juge par téléphone de l'avancée de nos travaux, ce dernier ne s'inquiète ni de notre stratégie ni du programme de nos opérations, et encore moins de nos contacts avec des intervenants extérieurs, comme par exemple les experts ou les services que nous pourrions avoir besoin de réquisitionner. Malgré nos demandes, aucune réunion n'est organisée avant celle du 30 octobre à Nancy en présence des experts en écriture. Quelques jours avant cette date, nous avions pourtant éprouvé le besoin impératif de faire le point : la piste Jacquel était bouclée, celle des Hollard donnait sur une impasse, et nous devions entreprendre des investigations d'une autre dimension, visant notamment les habitants d'Aumontzey. Un « calage » s'imposait.

Devant notre insistance, le juge et le procureur consentent finalement à se déplacer à Bruyères le 26 octobre. Las ! Le juge ne connaît que des bribes de l'enquête, au travers des pièces qu'il nous a demandé de lui envoyer au coup par coup – ce qui nous posera des problèmes de mise en forme de la procédure, au point de confier ce travail à un gradé désigné, le major Le Métayer. Il ne fait que passer à la brigade sans tenir de réunion, évoquant, tout comme le procureur, la piste Hollard que nous avions abandonnée. Finalement, durant toute notre enquête, à l'exception de la réunion de Nancy du 30 octobre consacrée à des questions techniques touchant aux écritures, jamais nous n'obtiendrons de débattre avec le magistrat instructeur du fond de ce dossier sensible et complexe. Par ailleurs, le juge se montrait difficile à joindre. Les téléphones portables n'existant pas encore, seuls les postes fixes étaient utilisables. Aussi possédions-nous plusieurs numéros – domicile, bureau, parents, restaurant habituel – pour contacter les autorités ou les magistrats de permanence. Jean-Michel Lambert, célibataire et féru de marche à pied, avait la réputation de « promener » les enquêteurs. Dans cette affaire qui exigeait une grande rigueur, ce sera pire. Outre ses escapades, sa propension à entretenir une cour de journalistes autour de lui le rendra encore moins disponible. Quand nous étions obligés d'abattre quinze heures de travail par jour, nous entendre répondre, à 9 heures 30 du matin, que le juge Lambert n'était pas encore arrivé à son cabinet nous agaçait un peu…

Ce problème de communication nous vaut de courir derrière les horloges lors de la garde à vue de Bernard Laroche et de son épouse à Épinal, les 31 octobre et 1er novembre 1984.

Celle-ci débute à 15 heures 15, le 31 octobre, et se poursuit jusqu'au lendemain après-midi. Le 31 au soir, nous atteignons les vingt-quatre heures pour Marie-Ange Laroche, compte tenu d'auditions précédentes. Nous contactons le juge qui nous délivre une autorisation de prolongation de garde à vue. Mais le 1er novembre, jour férié de la Toussaint, il nous est impossible de trouver le juge Lambert pour obtenir la même autorisation concernant Bernard Laroche… Je rappelle la gravité de la situation : pour la première fois, nous interrogeons dans le cadre de cette procédure très contrôlée celui qui nous est désigné par les experts comme étant le coupable de l'assassinat. Plus d'une centaine de journalistes et de photographes piaffent devant la porte. Et le juge est dans la nature ! Outre la question de cette autorisation, notre situation est très embarrassante, car le Code de procédure pénale précise que lors d'une enquête sur commission rogatoire, seul le magistrat instructeur peut entendre une personne présumée coupable des faits concernés.

Les vingt-quatre heures de garde à vue de Laroche expirent ce 1er novembre à 15 heures 15. La durée totale d'une garde à vue étant de deux fois vingt-quatre heures, nous souhaitons garder du temps en réserve et conclure au plus tôt. Nous avions fait le tour, dictées supplémentaires, enregistrements, questions diverses, mais nous n'avancions plus. Rien ne justifiait en tout cas de repartir pour une nouvelle période de garde à vue qui, au contraire, pourrait nous être utile plus tard. Le juge restant introuvable, nous prenons contact avec le procureur Lecomte pour lui expliquer la situation et lui demander conseil. En concertation avec lui, il est décidé de considérer la garde à vue de Bernard Laroche comme terminée à 14 heures 30. En fait, nous ne ramènerons Bernard et Marie-Ange Laroche à leur domicile qu'à 17 heures 30, après avoir effectué quelques vérifications complémentaires, et à la nuit tombée, par souci de discrétion. Par extraordinaire, les avocats omettront de relever cette grave erreur de procédure ! Le juge ne reprendra contact avec nous qu'en fin de soirée, pour nous demander si tout s'était bien passé…

Mais nous ne sommes pas au bout de nos surprises. Arrive l'épisode de l'audition de Murielle Bolle, qui illustre parfaitement les risques qu'a pu faire courir ce juge à l'enquête et à ses protagonistes. Le vendredi 2 novembre, Murielle Bolle nous fait les aveux que l'on sait à la brigade de Bruyères. N'importe quel juge informé d'un tel témoignage se serait précipité toutes affaires cessantes à Bruyères. Pas Jean-Michel Lambert, qui a d'autres obligations ce soir-là. « Rappelez-moi demain, on refera le point. » Le lendemain, nous obtenons confirmation des aveux mais toujours pas de la venue du juge ! Il nous dit ne pas pouvoir se libérer ce week-end-là et nous demande de ramener Murielle chez ses parents. « On verra lundi… » Compte tenu du dépassement des vingt-quatre heures initiales de garde à vue et de notre idée de faire venir un médecin pour qu'il examine l'adolescente, nous sommes obligés de lui demander une prolongation, qu'il nous accorde, mais en oubliant de joindre à la procédure l'autorisation écrite et signée de sa main.

Cette situation, difficile à concevoir pour des professionnels mais qui correspond à la stricte vérité, aurait pu entraîner des effets catastrophiques : de quelles réactions aurait été capable un Bernard Laroche aux abois, s'il s'était douté que sa jeune belle-sœur l'accusait ? Comment aurions-nous réagi si, finalement, Murielle avait décidé de raconter à sa famille ce qu'elle nous avait révélé ? ou si des journalistes, se doutant de quelque chose, avaient réussi à obtenir des proches de la jeune fille le récit de sa garde à vue et de ses aveux ?

Le lundi 5 novembre, à l'issue des nouvelles déclarations de Murielle devant le juge et de l'interpellation de Bernard Laroche à son usine, une réunion s'impose pour décider des mesures à prendre, notamment à l'égard de l'adolescente. Mais Jean-Michel Lambert préfère tenir une conférence de presse et, passant outre au secret de l'instruction, confirme l'existence du témoignage de Murielle qui accable Laroche. On a vu les conséquences désastreuses de ses propos. Sans cela, Murielle aurait pu être inculpée à son tour – par exemple de complicité d'enlèvement ou de non-dénonciation de crime – et placée à l'écart de sa famille pendant quelques jours, le temps d'opérer les vérifications nécessaires. De quoi y voir plus clair. Peut-être aurions-nous été amenés à constater qu'en fin de compte ce témoin avait affabulé. Peut-être… Tout valait mieux que d'en rester sur des rétractations insatisfaisantes, sur le fond comme dans la forme.

Le magistrat instructeur prendra une initiative pertinente en nous conseillant de faire appel à Anne-Marie Jacquin-Keller pour effectuer les expertises en écriture, le point clef de l'affaire. La réunion à Nancy sera déterminante dans ce domaine, je l'ai expliqué. Le juge Lambert, qui y assiste, connaît les enjeux de ces travaux et de leurs résultats pour l'instruction. Dès lors, pourquoi n'accède-t-il pas à notre demande quand le commandant Chaillan et moi-même allons tout spécialement le voir pour lui expliquer que les experts n'étant pas saisis de manière conforme, il convient de régulariser leur désignation ? Ce qui n'aurait pris que quelques minutes, et personne n'aurait trouvé à y redire. La correction d'une pièce, sans conséquence sur le fond et sans intention de falsifier quoi que ce soit, est une pratique courante dans les procédures judiciaires, où l'on doit sans cesse veiller à la conformité des documents. Là encore, comment ne pas imaginer ce qu'il serait advenu du dossier si Jean-Michel Lambert nous avait écoutés ? Dans l'intérêt de la justice, nous aurions pu conserver le travail de ces deux experts qui, outre leurs compétences, avaient l'immense avantage, par rapport à ceux qui suivront, d'être préservés d'une énorme pression médiatique et judiciaire. Quand Anne-Marie Jacquin-Keller examine les écrits de Bernard Laroche et découvre des similitudes avec l'écriture du corbeau, elle le fait en toute sérénité et en toute objectivité puisque nous-mêmes n'avons, à ce moment-là, aucune suspicion à son égard. Ses dictées sont arrivées au cabinet de cet expert dans le flot d'autres dictées, et sans indication particulière. Ce qui sera loin d'être le cas pour les experts qui vont lui succéder ! Au-delà des différences de méthodes employées par les uns et les autres, l'évolution du contexte entourant l'affaire explique peut-être les contradictions observées et les positions radicalement opposées.

Le nombre considérable de pièces de la procédure du juge Lambert qui ont été annulées ou se sont évanouies dans la nature démontre un manque de rigueur certain dans sa pratique professionnelle. Ainsi la disparition des photographies qu'avait prises le gendarme Klein, tout comme du procès-verbal du 12 novembre 1984 qu'il avait rédigé à propos du foulage retrouvé sur la lettre de revendication du crime. Le juge, qui avait vu ces documents, affirmera pourtant n'avoir jamais rien reçu, et ces pièces, pourtant essentielles, ne figureront pas dans le dossier clôturé en mars 1986. Il en est de même concernant les cassettes d'enregistrement des voix ou le cahier de Monique Villemin sur lequel elle notait les appels du corbeau. Une partie de ces pièces disparaîtra, tout comme de nombreuses pages du cahier seront arrachées. Fut-il pour autant le seul responsable de ce gâchis ? Certains ont émis l'idée que son greffe n'était pas très sûr, des journalistes ayant même reconnu qu'on pouvait acheter des pièces de procédure au palais de justice. Un gradé de la brigade de recherches d'Épinal affirmera quant à lui avoir vu une enveloppe circuler… Il n'en reste pas moins vrai qu'à nos yeux Jean-Michel Lambert a plus d'une fois manqué de fermeté, sinon de courage, trop soucieux de son image.

Quand les gendarmes sont mis en cause dans l'annulation des rapports d'expertise et l'audition de Murielle, il ne peut ignorer sa part de responsabilité. Certes, on peut lui reconnaître que c'est lui qui nous a dit de saisir ces experts, mais c'est lui aussi qui a refusé de régulariser leur situation ! C'est encore lui qui a entendu Murielle en tête-à-tête le lundi 5 novembre, deux jours après ses aveux à Bruyères. Concernant les experts, il aurait très bien pu les saisir à nouveau, de manière cette fois régulière, ainsi que le lui demandaient les avocats de Jean-Marie et Christine Villemin. Quant à la déclaration de Murielle, il aurait très bien pu prendre position pour que la plainte déposée contre nous soit jugée irrecevable et écartée, le parquet étant prêt à le soutenir dans ce sens !

Mais Lambert a peur des avocats de Laroche et n'ose pas instruire à contre-courant de l'opinion. Il choisit le camp des plus forts. Maître Welzer, par son appartenance au courant politique alors au pouvoir, a peut-être l'oreille du garde des Sceaux, Robert Badinter… Si « jouer la carte Christine » place un atout dans ses mains, sur le plan médiatique, il y a probablement plus de naïveté dans ce choix que de cynisme. Le juge Lambert rêve d'endosser un costume moins étroit, de vivre une autre vie. La suite des événements le prouvera.

Je l'ai entendu dire, et bien d'autres aussi : « Cette affaire, c'est la chance de ma vie. » En quoi était-elle une chance ? Celle d'échapper à sa condition d'obscur magistrat de province et de glaner des miettes de célébrité grâce à une instruction qui attire les plus grands noms de la presse parisienne, voire du monde littéraire ? Dès le début, on l'a vu partager ses repas et ses soirées avec les journalistes. Le 6 novembre 1984, il accepte l'invitation à dîner de Lucien Miard, l'envoyé spécial du *Figaro*, lequel lui consacre un long entretien dans l'édition du lendemain. Et il entretient cette proximité durant deux ans, jusqu'à son départ d'Épinal. Ses confidences et déclarations sont multiples mais ciblées. Selon la journaliste Laurence Lacour, Lambert ne rencontrait que les journalistes amis de l'avocat Welzer, c'est-à-dire le fameux réseau Bezzina[1]. Cette attitude à l'égard des médias lui vaudra un rappel à l'ordre sur son devoir de réserve par le président de la chambre d'accusation de Nancy, M. d'Alteroche, mais il n'aura aucun effet réel.

Dans une interview accordée le 24 juillet 1985 au magazine *Elle*, Jean-Michel Lambert, peu avare de confidences, nous apprend qu'il a fait des études de droit « sans passion » et qu'il rêve d'être journaliste. Il raconte aussi que « cette affaire est un signe du destin », et « considère que c'est une chance que cela [lui] soit arrivé à 33 ans ». Évoquant une « grande

1. Laurence Lacour, *Le Bûcher des innocents*, *op. cit.*

affaire de cœur qui l'avait ébranlé en 1982 », il confie que, la veille de l'arrestation de Christine Villemin, il a pleuré chez lui en écoutant Léo Ferré… « J'avais pris la décision qui s'imposait, mais j'ai fondu en larmes, et c'est bien. » Toujours dans cette interview, les épanchements se poursuivent, indécents : « J'ai souffert et cela me donne une certaine sérénité. » Sur Christine Villemin qu'il vient d'inculper, il dit : « Aussitôt qu'on découvre les méandres de son caractère, elle fascine. Ce n'est pas la femme qui est troublante, mais ses comportements insolites. » Puis il évoque sa renommée avec gourmandise : « Depuis le 16 octobre, les gens me connaissent. On me regarde, on m'aborde. Il suffit que j'entre dans un restaurant pour que les regards convergent vers moi, et c'est le silence. » Pas un mot sur Grégory, la première victime de cette affaire. Ni sur la famille détruite. Il ne parle que de lui.

Plusieurs semaines avant la publication de cet article, j'avais vécu une scène illustrant ce narcissisme. C'était le 3 mai 1985. Nous étions quelques gendarmes convoqués dans son cabinet pour être confrontés avec Jean-Marie et Christine Villemin dans le cadre de l'assassinat de Bernard Laroche. Nous pensions que le juge voulait en savoir davantage sur nos relations avec Jean-Marie et notre éventuelle influence sur son geste. La discussion tournait en rond. En fait, Lambert voulait apprendre ce que nous avions dit de LUI aux époux Villemin. Tout à coup, ne tenant plus sur son siège, il a explosé et s'est écrié, les yeux embués, en s'adressant aux Villemin : « Mais vous m'avez déclaré que les gendarmes vous avaient dit qu'on m'appelait le juge des non-lieux ! Est-ce vrai ? » Nous nous sommes tous regardés, interloqués. Le procureur, qui avait tenu à assister à la confrontation, l'a ramené au calme en lui rappelant que personne n'était épargné dans cette affaire et qu'il ne fallait pas s'arrêter à ce genre de détail.

Le juge Lambert s'était trop engagé sur la voie de la culpabilité de la mère pour reculer. Cependant, les éléments de preuve et les analyses de l'ensemble du dossier – le mobile, son emploi du temps – sont extrêmement légers à l'encontre de Christine Villemin. Il ne peut donc compter que sur les experts et sur le travail des policiers du SRPJ. Or ces derniers, on le verra, n'avancent guère. Eux aussi espèrent une inculpation qui pourrait faire craquer la suspecte et leur permettre de boucler un dossier difficile à ficeler… Les nouveaux experts en écriture, comme on le sait, en fournissent la matière. Le 4 juillet, à la réception de leurs rapports, le juge hésite encore car il connaît la position du procureur Lecomte qui, lui, se souvient des rapports Jacquin-Keller et risque de ne pas se satisfaire de ces dernières conclusions. Un de ses amis journalistes prévient alors Lambert : « Les journalistes vont te massacrer si tu ne bouges pas… » Le 5 juillet, il délivre un mandat d'amener au SRPJ qui interpelle Christine lors d'une visite à son mari en prison, et la conduit à Épinal. En présence de son avocat, maître Thierry Moser, qui vient d'entrer dans le dossier et qui témoignera plus tard de la scène, le juge reçoit la mère de Grégory pour lui signifier sa décision. Peu sûr de lui, il déclare, en regardant ses souliers : « Je lève l'hypothèque et je crève l'abcès. Madame Villemin, je vous inculpe de l'assassinat de Grégory. »

À l'issue de cet acte, il lui tend la main, qu'elle refuse…

Les mois suivants, les expertises vont se succéder, le SRPJ faisant quasiment cavalier seul, peaufinant son dossier dans son coin, avec des chronométrages à répétition sur le terrain pour arriver à faire entrer trente-cinq minutes dans une demi-heure… Le tout sur fond de campagnes de presse de plus en plus virulentes contre la mère de Grégory.

Au début de 1986, le juge obtient la confirmation d'un élément décisif, que nous avions évoqué devant lui un an plus tôt mais sur lequel il nous avait été demandé de cesser toute investigation. Nous avions eu connaissance en effet que, le 16 octobre 1984 à 17 heures 32, au moment précis où Michel avait reçu l'appel du corbeau, Christine était restée bloquée dans le village par le car de ramassage scolaire du fils Claudon qui attendait le passage du troupeau de vaches de sa mère. Le contrôlographe du bus est fiable et formel. La preuve irréfutable que Christine était dans l'impossibilité de donner cet appel anonyme ! Mais le juge Lambert continue d'écarter tout ce qui vient contredire la religion qu'il s'est faite et il repousse cet élément déterminant. Les faits militent pour l'innocence de Christine Villemin, mais que peuvent les faits devant un fantasme ? La mère ment, c'est une simulatrice. Quelques mois plus tôt, Lambert n'avait pas eu peur de dire : « C'est le diable qui mène cette enquête[1] ! » Il est vrai qu'il avait rendu visite à un voyant de Nancy auquel il avait demandé son avis : Christine était selon lui impliquée à 80 % dans l'affaire ! Le mage en question n'ayant pas manqué de se faire de la publicité sur cette inhabituelle démarche, l'anecdote sera reprise par de nombreux journaux[2].

1. *Le Figaro*, 16 avril 1985.
2. *Détective*, 18 avril 1985.

En janvier 1986, le SRPJ a fini son enquête et bouclé sa procédure. Le 24 mars, le juge Lambert peut présenter son récapitulatif qui va déboucher, en décembre, sur le renvoi pur et simple de Christine Villemin devant les assises. Son dossier transmis, il retourne devant les micros. Dans une interview exclusive publiée le 10 avril 1986 dans *Le Figaro*, il s'en prend sans vergogne aux « gendarmes avec leurs gros sabots », et ne ménage pas les policiers « qui ont parfois manqué de discrétion et sont à l'origine de certaines fuites ». Convaincu que l'histoire se termine avec lui, il a le front d'affirmer : « Dans les annales judiciaires, je suis probablement le seul juge qui a porté à bout de bras une telle affaire du début à la fin. Trois gardes des Sceaux, deux procureurs généraux, deux procureurs et une douzaine d'avocats se sont succédé. Mais toujours un seul juge… Je me mets dans la peau d'un homme qui regarde s'agiter une fourmilière. »

Puis, au mois d'août 1986, Jean-Michel Lambert annonce qu'il prend une année sabbatique pour écrire un livre. Ce projet trotte dans sa tête depuis longtemps, et sans doute y songeait-il déjà lorsqu'il a déclaré que cette affaire était la chance de sa vie. Philippe Bouvard a raconté dans une interview qu'il avait reçu un jour sa visite à la rédaction de *France-Soir*, en 1982 ou 1983. Arguant de sa qualité de juge d'instruction, Lambert avait réussi à le rencontrer et cherché à l'inviter à dîner. Devant le refus du journaliste, il lui avait demandé tout à trac : « J'aimerais devenir riche et célèbre. Que faire[1] ? »

Le voilà donc prêt à quitter ce métier par la grande porte pour s'adonner à sa véritable vocation : l'écri-

1. *L'Est républicain*, 22 août 1986.

ture. Lui qui a rencontré Marguerite Duras, qui reçoit des dizaines de lettres chaque semaine, dont le visage est connu de la France entière, veut croire en son étoile : une grande carrière l'attend. Peut-être, comme le prétendent alors certains, est-il également pris de court par l'initiative de Christine Villemin qui a sorti « son » livre un peu plus tôt et dans lequel il se sent injustement attaqué.

En décembre 1986, il savoure son triomphe : la justice lui a donné raison et a renvoyé sans complément d'enquête Christine Villemin devant les assises ! Le 18 décembre, il fête son départ d'Épinal lors d'une grande réception au palais de justice, salué par les louanges et les flatteries de circonstance. « Vous êtes le plus célèbre des magistrats de France », lui lance le président du tribunal – peut-être avec une certaine pointe d'ironie. Peu importe qu'au même moment Christine Villemin soit sur un lit d'hôpital après sa tentative de suicide…

Le 2 janvier 1987, il fait la couverture de *L'Express* et revient sur ses thèmes favoris, la solitude du juge, ses doutes et ses convictions, ses jugements sur les enquêteurs, ses projets… S'il avoue « qu'au début de l'affaire il n'a pas *pu* accorder à ce dossier toute l'attention qu'il méritait », il refuse de considérer qu'il ait pu faillir. Il entend faire le bilan de son instruction comme si l'affaire était close. Gagné par une sagesse teintée de mysticisme, il annonce avoir « décidé de prendre du champ, poussé par une voix intérieure ».

Son livre sort en mars 1987[1]. D'entrée, l'auteur donne le ton en se réclamant d'Anatole France : « La

1. Jean-Michel Lambert, *Le Petit Juge*, Albin Michel, 1987.

justice n'est que le rêve imbécile de quelques hommes. L'injustice est la volonté même de Dieu. » Étonnant de la part d'un magistrat… N'aurait-il pas dû citer plutôt le philosophe Alain : « L'homme juste produit la justice hors de lui parce que la justice est en lui » ?

L'ouvrage commis par Jean-Michel Lambert rapporte son expérience de juge d'instruction à Épinal. Outre les différents dossiers qu'il a pu traiter, prétextes à s'épancher encore sur ses nuits d'insomnie et ses scrupules de juge face à des décisions de placement en détention, il n'aborde « l'affaire » qu'indirectement, dans deux chapitres. Il répète qu'il a pleuré à chaudes larmes la veille de l'inculpation de Christine Villemin, puis le jour même, et le soir encore. Le lecteur apprend également que, durant toute cette période, l'homme a souffert tour à tour de boulimie et d'asthénie sexuelle !

Serait-ce la vérité, doit-on attendre d'un magistrat ce genre de confidences ? Est-il normal qu'un juge profite des fonctions qu'il a exercées pour se mettre en scène ? Car les affaires et les anecdotes qu'il rapporte, en se gardant de citer les noms des protagonistes, mettront de nombreuses personnes dans l'embarras à Épinal et dans la région, tant il leur sera facile de se reconnaître ou d'identifier une connaissance.

Concernant « l'affaire », l'ancien juge donne l'impression de régler un compte personnel avec Christine Villemin, qu'il nomme « la maman » en relatant son inculpation. Il se dit révolté qu'on puisse laisser « impunément une inculpée se moquer de l'institution judiciaire en la laissant donner sa version des faits[1] ». Il oublie que l'article 11 du Code de procédure pénale relatif au secret de l'instruction précise que les personnes incul-

1. Jean-Michel Lambert, *Le Petit Juge*, *op. cit.*, p. 381.

pées et les témoins n'y sont pas astreints. En revanche, les juges d'instruction le sont en priorité ! Bien qu'il se défende d'avoir révélé quoi que ce soit à la presse et même d'avoir rencontré des journalistes durant les premières semaines de son instruction – autrement dit durant notre enquête –, on peut lire cette confession, en page 364 : « Le 6 novembre 1984, je dînais en compagnie d'une quinzaine de journalistes. Ce dîner devait se dérouler à quatre ou cinq, avec des gens avec qui j'avais vaguement sympathisé. [...] Je me rappelle que dans les premiers jours de l'enquête, les journalistes ne s'intéressaient guère à moi. » Des aveux pour le moins édifiants.

Compte tenu du retentissement de l'affaire Grégory, le livre connaît un certain succès en librairie, mais les critiques sont presque toutes sévères, voire incendiaires. Dans *Le Monde*, Pierre Georges, qui ne lui a pas toujours été défavorable, s'interroge à son sujet, dans un article intitulé « Le magistrat nu » : « Petit juge happé par la célébrité, révulsé et séduit par la presse, sorti ainsi de son ordinaire », et sur le titre de son livre : « *Le Petit Juge*, sorte d'orgueil au minuscule ? Pourquoi nous rappeler ainsi, crûment, qu'entre naïveté et vanité, l'anagramme ne tient guère qu'à une voyelle ? » Et ce journaliste de conclure : « Non, simplement, Jean-Michel Lambert n'avait pas le droit moral d'écrire [...] au simple regard de la pudeur, de la réserve, de la morale de celui qui fut juge et qui devient partie[1]. » Lequel n'en est pas moins invité par Patrick Poivre d'Arvor sur TF1, puis sur France 2 dans l'émission littéraire de Bernard Pivot, *Apostrophes*.

1. 4 avril 1987.

La consécration ! Notre auteur n'hésite pas à déclarer sur le plateau : « Ce crime ne regarde pas la justice des hommes. » Comme s'il fallait encore en appeler à la justice de Dieu ! Et pourquoi pas aux tribunaux de l'Inquisition et au bûcher ? L'un des invités de l'émission, Philippe Labro, le descendra sèchement en lui disant en face qu'il n'aurait pas dû écrire ce livre.

Il est évident que Jean-Michel Lambert aurait mieux fait de s'en abstenir. Les magistrats et la Chancellerie sont effarés, voire révoltés par sa prose. Le garde des Sceaux est interpellé au Parlement sur le sujet. Il répond que « l'indépendance des juges ne doit pas servir d'alibi à leur incompétence… ». Mais personne ne demande officiellement de comptes à Jean-Michel Lambert. Et il est toujours magistrat. En effet, lâché par ceux qui s'étaient si longtemps servis de lui pour vendre du papier, le « petit juge » revient au bercail en janvier 1988 et retrouve un emploi dans cette « comédie judiciaire » qu'il dénonçait dans son ouvrage. Ce qui ne l'empêche pas d'écrire son premier roman policier, dont le titre peut faire sourire : *Le Non-lieu*[1]. Parole d'expert !

Nommé à Bourg-en-Bresse juge des expropriations et des affaires de Sécurité sociale, ses initiatives dans cette nouvelle fonction ne font pas que des heureux. Lors du procès de Dijon, en 1993, des manifestants viendront même de Bourg-en-Bresse pour protester sous des banderoles contre ses méthodes et ses décisions ! Après avoir été entendu à plusieurs reprises par le magistrat instructeur qui lui a succédé, Jean-Michel Lambert sera convoqué comme témoin à ce

1. Éditions du Rocher, 1993.

procès. Ses prestations seront pitoyables. Incapable de s'expliquer clairement, ne se souvenant plus de rien, il aura le culot de produire ses notations annuelles pour montrer qu'il est un bon magistrat ! L'avocat général Kohn dira de lui, lors de son réquisitoire du 14 décembre 1993 : « Il ne m'est pas possible ici de masquer les erreurs commises par le premier magistrat instructeur. Il a accumulé en quelques jours, et dès le moment de l'autopsie, des erreurs d'ordre technique et d'ordre juridique trop nombreuses pour qu'il me soit possible d'en dresser l'inventaire. Je ne me sens d'ailleurs aucun goût pour ce genre d'exercice et je veux croire que M. Lambert, mémorable funambule de la pensée malgré ses pertes de mémoire, malgré son indifférence euphorique, a conscience des catastrophes dont il a été indirectement la cause. »

Tel est le portrait qu'a dressé la justice de l'homme, du juge qui a inculpé Christine Villemin.

Je sais que cela fait beaucoup… Loin de moi l'idée de remettre en cause la fonction occupée par ce juge. Notre système judiciaire contraint le magistrat instructeur à porter de lourdes responsabilités sur ses épaules alors qu'il ne dispose pas toujours du temps et des moyens requis pour traiter sereinement et convenablement tous les dossiers qui lui sont confiés. Pour autant, la majorité y parvient. Je n'apporte ici qu'un témoignage touchant à une affaire que j'ai pu observer par moi-même et dont je rapporte des faits connus. Déstabilisé dès le départ par des fautes répétées, le juge Lambert n'a pas été en mesure de diriger son instruction de manière impartiale, ni de maîtriser toutes les forces, parfois convergentes, parfois opposées, qui agissent dans un dossier judiciaire. Un juge d'instruction est un chef d'orchestre. Il a de multiples partitions à surveiller et à coordonner. S'il échoue, c'est la cacophonie. Nous avons eu droit au tohu-bohu.

Lors de l'instruction de Dijon, je rencontrerai à nouveau Jean-Michel Lambert quand nous serons convoqués par le président Simon. Avec son ingénuité coutumière, il viendra vers moi avec un large sourire et, complètement inconscient de la situation, me tombera dans les bras comme si j'étais un vieux camarade de régiment qu'il n'avait pas revu depuis dix ans !

Cet homme rêvait aussi de devenir ingénieur chimiste ou… agent secret ! Le malheur a voulu qu'il ne soit « que » magistrat.

VIII

« Coco » mène l'enquête…

En février 1985, quatre mois après la mort de Grégory, la gendarmerie, je l'ai dit, est écartée du dossier en raison des critiques formulées à son encontre. Les investigations sont alors confiées à la police nationale, plus particulièrement au service régional de police judiciaire de Nancy, spécialisé dans ce domaine. Au début de l'affaire, bien que les gendarmes fussent en charge de l'enquête, les policiers du SRPJ de Nancy l'avaient suivi à leur niveau. Ainsi que le prévoit le règlement, des messages de police judiciaire leur étaient en effet retransmis par leurs homologues de la section de recherches, dans le cas où ils auraient à intervenir ou à recouper les faits signalés avec des enquêtes en cours. Cette collaboration était donc logique et utile.

Cette affaire, enracinée dans un milieu rural avec les préjugés touchant à ce qu'on appelle la « France profonde », n'intéresse que modérément la police, plus familière des zones urbaines. Aux gendarmes de traiter ce « drame paysan » ! Notons au passage que les paysans en question occupent pour la plupart des emplois dans l'industrie locale… Mais ce désintérêt s'atténue quand les événements commencent à faire la une des journaux, et que la gendarmerie se trouve projetée bien malgré elle au premier plan.

Cette publicité agace. Quand maître Garaud devient conseil des parents de la victime, le contexte devient favorable aux policiers. Avec lui, ils savent qu'ils ont un allié dans la place. Cet avocat jouit en effet auprès de la PJ d'une notoriété certaine car il défend les « flics maladroits », autrement dit les auteurs de bavure. Il a ses entrées au ministère de l'Intérieur, à la préfecture de police, et bien évidemment à la direction centrale de la police judiciaire à Paris. Dès son arrivée, maître Garaud aurait d'ailleurs demandé au juge de dessaisir les gendarmes pour confier l'enquête au SRPJ de Nancy.

Ce service est alors dirigé par le commissaire divisionnaire Gérard Andrieu, surnommé « Tonton » ou « Gégé » par ses hommes, et secondé par son adjoint, Christian Jacob. Le chef de la section criminelle – la « Crim' » – est le commissaire principal Jacques Corazzi, surnommé « Coco », âgé de 43 ans et d'origine corse.

J'ouvre ici une parenthèse pour préciser qu'une grande partie de ce que j'avancerai concernant le SRPJ et le commissaire Corazzi trouve sa source dans l'ouvrage que ce dernier a produit sur cette affaire et sur son enquête : *Le Secret de la Vologne*[1]. Un livre qui, d'après son auteur, aurait été rédigé en partie « en ambiance fiction »… Un récit plus ou moins romancé, donc, mais qui contient des affirmations en totale contradiction avec les réalités et les décisions de justice, s'apparentant à un réquisitoire outrancier, voire injurieux contre les gendarmes.

Si j'ai pris le parti de décrire l'action de ce fonction-

1. Éditions Gérard Louis, 2003.

naire de police en citant quelques-uns de ses propos, y compris pour les décrypter, je considère comme légitime de ne pas avoir à ménager un « témoin » qui fait si peu de cas de la vérité et des personnes qu'il met en cause. Je n'ai rencontré le commissaire Corazzi qu'à deux reprises. Je ne connais l'homme qu'à travers son livre. Et c'est sous cet angle que je souhaite lui répondre.

Sans doute dois-je préciser que je n'éprouve aucune animosité envers la police nationale et ses personnels. En avril 1985, alors que la gendarmerie était mise au banc des accusés, le chef de la Sûreté d'Épinal, Claude Paillet, m'avait d'ailleurs adressé un message de « solidarité, soutien et sympathie » que je n'ai pas oublié. Dans tous les postes où je serai affecté par la suite, j'entretiendrai toujours de cordiales et même d'amicales relations avec mes homologues de la police. Que ce soit à Berlin, à Lille, au Togo, en Nouvelle-Calédonie, à Privas ou à Marseille, j'ai partout noué des liens de confiance et d'estime réciproques avec les policiers. Il n'est donc pas question pour moi de donner dans une polémique sans objet.

Ceci posé, l'affaire Grégory se développera dans un climat de rivalité entre la police et la gendarmerie. Cet antagonisme, plus sensible à l'époque qu'aujourd'hui, remonte loin dans le temps et procède d'un système qui s'appuie sur le dualisme des forces de l'ordre. Pour reprendre un terme en vogue dans le monde du management, ces deux services, qui appartiennent à la fonction publique, n'ont pas la même « culture d'entreprise ». La police dispose d'un statut civil et dépend du ministère de l'Intérieur, quand la gendarmerie appartient au corps militaire et relève du ministère de la Défense.

Cette dualité entretient ce qu'on nomme, en langage diplomatique, une « saine émulation ». Aujourd'hui, la coordination et l'état d'esprit sont bien meilleurs, mais au début des années quatre-vingt, les malentendus n'étaient pas tous dissipés. Loin de là...

Il faut savoir que sur le terrain judiciaire, contrairement à la sécurité publique où les limites sont moins floues, les deux services ont des pouvoirs et des champs d'action identiques. En police judiciaire, les gendarmes peuvent enquêter sur tout le territoire français, tout comme les policiers des services d'enquête, que le secteur soit en zone de compétences police ou gendarmerie. Les magistrats jouent à l'occasion de cette dualité des rôles pour asseoir leur autorité. Ce qui s'appelle « diviser pour régner ». Quand un dossier s'enlise avec un service d'enquête, les magistrats peuvent le dessaisir et confier le travail à un autre.

Jusque dans les années soixante, la rivalité était peu marquée car la gendarmerie ne s'investissait pas beaucoup dans le champ judiciaire. Presque toutes les enquêtes criminelles importantes étaient confiées à la police judiciaire, alors appelée « police criminelle ». D'où les clichés des commissaires Maigret et autres héros de romans ou de séries télévisées débarquant dans les campagnes et mettant les gendarmes au garde-à-vous sur leur passage ! Au tournant des années soixante-dix, la situation va évoluer. La gendarmerie, en améliorant la formation des personnels et en créant des unités spécialisées, va intervenir plus souvent dans les enquêtes criminelles. À la satisfaction des magistrats, qui apprécient ces enquêteurs diligents, rigoureux et capables d'investir des moyens de recherche importants. Mais dans les esprits, n'en subsistait pas moins, à l'époque des faits qui nous intéressent, une certaine condescendance de la part des policiers à l'égard des gendarmes. Comme si le fait d'être militaire et de travailler en uniforme nous rendait moins fins, moins perspicaces, et trop dociles.

Telle était l'ambiance en coulisses…

Revenons aux policiers de Nancy. Ces derniers possèdent, outre l'avocat des époux Villemin, un deuxième allié dans la place, l'incontournable Jean-Michel Bezzina, le grand ami du commissaire Corazzi.

Le soir du 16 octobre 1984, quand Bezzina apprend la nouvelle du crime, Corazzi se trouve dans un bar de Nancy, Chez Sonia, un bar à « putes au chaud » où il « descend un énième whisky, mollement allongé dans un des fauteuils[1] ». Le journaliste le fait appeler – la permanence de la Crim' sait où le trouver – et lui propose de l'emmener avec lui à Épinal et à Bruyères. Mais il refuse : « C'est une affaire pour les pandores. »

Ils se connaissent si bien, Bezzina et lui, que toute la première partie du livre de Corazzi emprunte à ses reportages, le commissaire suivant les débuts de l'affaire à travers les yeux de Bezzina.

Une fois convaincu de l'intérêt du dossier, le SRPJ n'hésite pas à se rappeler au souvenir du juge… Le 30 octobre, ses représentants le joignent à Nancy lors de notre réunion avec les experts en écriture. Le juge leur apprend que des soupçons pèsent sur Bernard Laroche. Le commissaire Gérard Andrieu, s'adressant à son adjoint Christian Jacob, lui lance : « C'est incroyable, Christian, les experts désignent un cousin des Villemin ! La jalousie ? Mais non, que je suis bête, les lettres anonymes, c'est une femme ! Cherchez la

1. Jacques Corazzi, *Le Secret de la Vologne*, *op. cit.*, p. 12-13.

femme, Christian, cherchez la femme ![1] » Une analyse de haute criminologie qui ne tombera pas dans l'oreille d'un sourd ! Quand les rétractations de Murielle Bolle, puis l'annulation des expertises nous mettront dans l'embarras, les policiers sentiront leur heure venue. Mais ils devront patienter encore un peu.

Quant à maître Garaud, qui défend Jean-Marie et Christine Villemin, il tergiverse et croit servir la cause de ses clients en ne soutenant pas les premiers enquêteurs que nous sommes. Sans doute a-t-il passé un accord, tacite ou non, avec la police. À la première occasion, après les plaintes déposées contre nous, il proposera au juge notre dessaisissement au profit du SRPJ. Pour lui, ce sera un marché de dupes, puisque ses « partenaires » chercheront d'entrée à faire tomber Christine.

La « deuxième intrusion de Coco dans le dossier maudit[2] » a lieu début novembre 1984, lors de l'entrée en scène de maître Welzer, venu assister maître Prompt auprès de la famille Laroche. Extrait du livre de Corazzi, qui parle toujours de lui à la troisième personne : « Coco est allé chercher Jean-Michel [Bezzina] à son domicile. Une coupe de champ' – [on boit beaucoup d'alcool dans le livre de Corazzi] – et départ pour Épinal. Rendez-vous a été pris avec maître Welzer pour un repas. […] But de l'opération : pour Jean-Michel [Bezzina], convaincre Coco de se saisir de l'affaire. Pour le chef de la Crim', essayer d'en savoir plus car la saisine ne tardera pas. Pour Gérard Welzer, tenter de faire libérer son client et, peut-être… rien d'autre car chacun voit son intérêt immédiat. […] L'alliance des

1. *Ibid.*, p. 105.
2. Jacques Corazzi, *Le Secret de la Vologne*, *op. cit.*, p. 121.

trois est un risque, pour les trois. Ces trois-là vont tirer dans la même direction, pour des motivations différentes. [...] Welzer attend ; il neige et les deux comparses, le flic et le journaliste, ne sont pas là. [...] Tous les trois se régalent d'un couscous sur le compte de RTL et arrosent sans retenue d'un boulaouane 14° leur future collaboration[1]. » Personne n'aurait osé dénoncer une telle collusion. Mais Corazzi, lui, l'avoue sans complexe. Voilà comment, d'emblée, sur une affaire aussi grave, se positionne un fonctionnaire de police censé être un auxiliaire de la justice ! Or nous ne sommes qu'aux environs du 7 ou 8 novembre 1984. Le SRPJ ne sera officiellement saisi que le 20 février, mais l'un de ses responsables bat déjà les cartes et fixe la mise.

Un peu plus loin : « Les murmures de la presse désignent, par expertise interposée, une autre personne, une personne à laquelle personne ne pense. Personne, sauf Jean-Michel, sauf Gérard. Quant à Coco, il faudra attendre encore. [...] Le dossier est vide [...] Y a vraiment de quoi le faire libérer [Laroche]. Mais il faut en rajouter. Prompt et Welzer vont s'y employer. Il faut pour cela mettre en cause les gendarmes. [...] Si la version gendarmesque est mise en cause, on revient à la case départ sans passer en prison[2]. »

Les atermoiements du juge durant les mois de décembre 1984 et janvier 1985 paralysent tout le monde. Début février, comme il est certain que les gendarmes vont être dessaisis, je décide de prendre les devants. Ayant un cousin au SRPJ de Nancy, l'inspecteur divisionnaire Michel Serrier, responsable de la section

1. *Ibid.*, p. 123-124.

2. Jacques Corazzi, *Le Secret de la Vologne*, *op. cit.*, p. 124.

documentation, je le contacte et lui propose de rencontrer le commissaire Corazzi officieusement. Personne, et le juge Lambert moins que tout autre, n'en saura rien. Ma démarche n'est pas très orthodoxe et je m'expose à de sévères critiques de ma hiérarchie si celle-ci vient à l'apprendre, mais je suis révolté du décalage existant entre la réalité des faits telle que nous la connaissons et la constitution du dossier que le juge va remettre aux policiers. J'estime qu'il est de mon devoir de les prévenir. C'était faire preuve de candeur. Je n'avais à l'époque aucune idée des tractations qui se déroulaient derrière le rideau…

Mon cousin me rappelle dès le lendemain : « Étienne, ce n'est pas possible, ils ne veulent pas. Et fais attention, ils vont te bouffer. » Ce sont ses paroles exactes. Qui a-t-il contacté ? Le commissaire principal Corazzi ? Jacob ? Andrieu ? Je ne le saurai jamais. Le SRPJ va donc reprendre l'enquête en ignorant pour partie les faits que nous avions pu établir et qui ont disparus du dossier. Impossible de les informer de notre action, si différente de ce qu'en reflète la procédure, car celle-ci ne livre qu'une image figée et formelle du travail d'investigation.

Pourtant, les policiers, en récupérant le dossier du juge Lambert, savent pertinemment qu'ils s'engagent sur des sables mouvants, car ils connaissent très bien notre juge Lambert et ont une bien piètre opinion de lui. Quelques semaines avant l'assassinat de Grégory, en effet, le magistrat avait organisé une réunion dans son cabinet pour faire le point sur une affaire criminelle dont le retentissement local était grand : l'affaire des « filles de la Moselle ». C'était en octobre 1983. On avait retrouvé le corps d'une jeune fille dans cette rivière, à Thaon-les-Vosges, et la gendarmerie avait été chargée de l'enquête. Quelques jours après le début de nos investigations, alors que nous avions en garde à vue un suspect, le corps d'une seconde jeune fille avait été retrouvé à Golbey, en banlieue d'Épinal, apparemment tuée dans les mêmes conditions que la première. C'est le SRPJ de Nancy qui avait été saisi de ce second dossier. Quelque temps plus tard, compte tenu des similitudes observées entre les deux meurtres, les deux dossiers avaient été joints et confiés à ce service.

Après des mois d'enquête, l'équipe de Corazzi n'ayant abouti à aucune conclusion, le juge avait donc décidé de faire le bilan de cette affaire et m'avait demandé d'être présent à cette réunion, afin de faire un point sur les investigations que la gendarmerie avait menées de son côté. Que n'a-t-il eu la même initiative pour l'affaire Grégory, dix fois plus sensible que celle-ci ?

Nous étions en juin 1984. Je m'étais donc retrouvé dans son cabinet en présence des commissaires Andrieu et Corazzi. D'emblée, ceux-ci avaient insisté pour que notre suspect soit poursuivi pour proxénétisme – qu'au moins ces enquêtes donnent un résultat –, mais Lambert hésitait et tournait en rond. Les deux commissaires avaient haussé le ton et s'étaient montrés de plus en plus agacés. À un moment, Lambert était sorti de son bureau pour aller chercher un document et nous avait laissés seuls. Andrieu avait dit alors à Corazzi : « Bon sang, je n'ai jamais vu un con pareil ! » Corazzi avait surenchéri : « Avec des magistrats comme lui, impossible de faire de la police judiciaire ! » Je me souviens d'avoir été choqué par la virulence de ces propos.

À partir du 20 février 1985, le juge nous dessaisit donc du dossier Grégory, faisant fi de toutes les investigations essentielles que nous avions effectuées durant les premières semaines cruciales de l'enquête, et bien avant le tapage médiatique. En ai-je nourri un ressentiment à l'égard du juge et de la police ? Il est toujours frustrant de ne pas aboutir dans un travail. Frustrant et même rageant dans de telles circonstances. Mais la rancœur ou, comme certains l'ont prétendu, l'acharnement mis à confondre un inculpé pour m'éviter un camouflet et servir un plan de carrière, non ! Ma conscience professionnelle était blessée, pas mon amour-propre.

Mais l'ami Corazzi se plaît à chanter cet air : « Une affaire comme celle-là, Sesmat ne la lâchera pas[1]. » « C'est lui, Étienne Sesmat, qui doit être l'homme de la situation. Cette affaire, il en fait une affaire personnelle[2]. » Dans son récit, le commissaire principal va plus loin en n'hésitant pas à faire parler mes chefs qu'il n'a pourtant jamais rencontrés : « Il faut me la sortir rapidement cette affaire, capitaine. Pensez aux erreurs passées, on vous les rappellera. […] Ce jeune capitaine nous paraît bien peu affirmé. S'il réussit, on lui fera sa carrière, sinon. […] Heureusement que j'ai déjà le galon, se met à penser Tanguy, tandis que ce naïf de Sesmat[3]… »

Pure médisance, évidemment, mais puisque nous sommes sur ce registre, voyons quel jugement porte le commissaire sur le travail des gendarmes, bien qu'il ne soit pas le mieux placé pour raconter une enquête qu'il n'a pas vécue. Du moins pas directement, puisque

---

1. Jacques Corazzi, *Le Secret de la Vologne*, *op. cit.*, p. 12.
2. *Ibid.*, p. 61.
3. Jacques Corazzi, *Le Secret de la Vologne*, *op. cit.*, p. 57, 58, 94.

à l'époque il ne pouvait observer notre travail qu'à travers le prisme de Bezzina et celui de maître Welzer. Il semble également, à lire son texte, que la police ait disposé dès le début de notre enquête d'une « taupe » au sein de la gendarmerie. Ce qui n'est pas impossible, nous-mêmes avions d'ailleurs une idée de celui qui pouvait jouer ce rôle à Épinal… Un gradé antipathique et peu compétent qui, compte tenu de son manque de fiabilité, était relégué à des tâches techniques annexes. Ce qui pourrait expliquer sa rancune, et ce qu'il faut bien appeler sa trahison.

Dans la préface du livre de Corazzi rédigée par l'éditeur, on lit : « Ce livre raconte chronologiquement le déroulement des enquêtes successives, avec la *rigueur* qu'imposent les faits et la fonction de son auteur […], point de vue d'un commissaire exigeant, ne négligeant aucun détail et souvent confronté au doute. […] Seuls quelques paragraphes, au début du récit, sont du domaine de la *fiction.* » Le mélange des genres peut surprendre. Mais, que je sache, la calomnie n'est pas une licence poétique…

Plus de la moitié de l'ouvrage est consacrée aux trois mois de notre enquête. Selon l'auteur, les gendarmes se sont montrés en dessous de tout dans leur travail en raison d'une incompétence intrinsèque, de leur bêtise, de leurs querelles internes, de leur cynisme et de leur intempérance… Ils ont été d'autant plus mauvais qu'ils étaient commandés par un jeune officier fébrile, carriériste, vaniteux, fourbe et revanchard. Fermez le ban.

Qu'on veuille bien se souvenir que ce n'est pas un romancier à la Frédéric Dard qui a commis les perles qui vont suivre, mais un commissaire chargé de découvrir le meurtrier d'un enfant. Florilège : « Lamirand ? Gendarme gros et couperosé », page 15. « [...] des questions pertinentes que même les gendarmes peuvent comprendre », page 16. « [...] deux gendarmes réchauffés par un café à la mirabelle », page 40. « Ils sont si bêtes ces gendarmes, se dit le juge... », page 88. « Lamirand avait surtout l'intention de ne rien faire ou de visiter son épouse opérée à Épinal et de se taper quelques bières ensuite », page 88. « Quelques gendarmes regardent passer le troupeau de vaches, indifférents », page 89. « [...] un coupable à tout prix, pour le prestige de l'Armée », page 99. « Celui-là ou un autre, peu importe, mais il en faut un », page 101. « L'honneur de la gendarmerie est en cause et, dans ce cas-là, un gars comme Laroche ne va pas peser lourd », page 103. « Les képis s'agitent, ils doivent maintenant conclure à tout prix », page 107. « Les amateurs ont voulu jouer en D1 », page 114. « On attend le procureur de la République, Sesmat est fébrile, les yeux humides. Il tente de contenir son émotion et serre dans sa main gauche une paire de gants en cuir marron qui ne le quitte jamais », page 16. « Voyez Sesmat, nous enquêtons, lui est là pour la conférence de presse et, j'ajouterai, la parade. C'est dans les campagnes que ça se passe, pas dans les salons de la préfecture », page 47. « Ainsi Sesmat aura une longueur d'avance sur Tanguy ou Chaillan car il n'entend pas leur servir de faire-valoir », page 60. « L'entrée de Sesmat dans la voie médiatique est donc ratée, pauvre capitaine », page 79. « On va parler du capitaine Sesmat et cette procédure va faire l'objet de commentaires à l'École des officiers », page 81. « Maintenant, Grégory doit être au ciel, se plaît à rêver Sesmat. Mais c'est surtout le capitaine qui est dans les nuages, ou plutôt dans le brouillard, celui de la Vologne », page 88. « Sesmat, dans son cerveau de saint-cyrien bien protégé par le képi, se pose enfin la question », page 94. « Cette nuit-là, Étienne Sesmat a changé d'avis sur un coupable possible ; il fallait désormais que ce soit un coupable probable », page 102.

Comme la littérature est une bonne fille qui permet toutes les fantaisies, Corazzi invente que, le soir de l'autopsie de Grégory, je me serais retrouvé dans une pizzeria d'Épinal avec Jean-Michel Lambert, ce qui est absurde – je n'ai jamais déjeuné avec Lambert ailleurs que chez moi, où je l'ai invité une fois, et au mess avec des gradés. Et nous prête un dialogue grotesque : « Mon capitaine, cette pizza m'emporte la gueule, positivement. Heureusement, un bon dessert me calmera les muqueuses. Et vous, que prendrez-vous ? – Un colonel, monsieur le juge ! – Eh bien, Aldo, deux colonels pour un lieutenant et un capitaine[1]. »

Outre ses inimaginables révélations sur l'enquête de « Coco », le seul mérite de ce vrai faux polar est d'avoir condensé les diatribes qui faisaient l'ordinaire d'une presse obsédée par l'impossible et donc fascinante culpabilité de « la mère ».

Il arrive ainsi à Corazzi de confiner à l'odieux : « Grégory n'aimait pas voir sa mère partir au travail. Une fois c'était son père, une fois sa mère, jamais les deux en même temps. Petite angoisse du départ. On ne voit plus sa mère. Avant, c'était un jeu. Avec son bonnet de laine Christine lui abaissait brusquement devant les yeux et le remontait aussitôt [sic]. Grégory était dans le noir mais il savait que l'instant d'après il revoyait le jour et sa maman. C'était seulement un

1. Jacques Corazzi, *Le Secret de la Vologne*, *op. cit.*, p. 57.

jeu, un jeu qui s'est arrêté le 16 octobre et là, Grégory n'a plus vu personne. Et son assassin n'a pas voulu croiser le regard de cet enfant aimé des Villemin. C'est un jeu, Grégory, seulement un jeu[1]... »

Christine Villemin n'est évidemment pas davantage épargnée. « Enceinte, mais pas trop, [...] quelle protection contre les attaques de toutes sortes : presse, police, avocats ! Une femme dans cet état, on ne l'accuse pas d'avoir tué un enfant. C'est incongru. Elle est en train d'en fabriquer un autre. Pour remplacer le premier ? Mais qui peut remplacer le premier ? Le premier-né, depuis la nuit des temps, c'est l'enfant unique ; les autres, c'est un peu de l'habitude : on reproduit, on ne crée pas[2]. » « Il lui a fait un enfant pour la garder : "Comme cela, tu ne partiras plus", [...] et le 24 août 1980, Christine Villemin accouche à Saint-Dié[3]. » Elle ne se plaît pas à Lépanges : « Qui aurait l'idée de venir s'installer là[4] ? »

Peu importe si Christine et Jean-Marie, en 2003, au moment de la sortie de ce livre, ont trois enfants et sont restés unis. Peu importe l'absence de témoignage évoquant une quelconque hostilité de Christine envers son fils ou son mari. Peu importe l'instruction et le procès de Dijon qui ont démoli les fantasmes de Corazzi. Ce dernier persiste et signe : la mère a tué son fils parce que l'épouse détestait son mari et que Grégory était un obstacle à sa liberté !

J'en finirai par une anecdote qui concerne une perquisition chez le couple, à Lépanges. Celle-ci donne

---

1. Jacques Corazzi, *Le Secret de la Vologne*, *op. cit.*, p. 119.
2. *Ibid.*, p. 165.
3. *Ibid.*, p. 22.
4. *Ibid.*, p. 24.

la dimension du personnage : « Christian Jacob n'est pas en grande forme, il tente de réprimer une toux de fin d'hiver, recule de quelques pas dans le garage des Villemin et lâche un pet dont la vallée se souvient encore. […] Cette affaire, c'est que du vent, en conclut l'inspecteur Kimmel[1]. »

Si certains écrits sont un tissu de mensonges, en rédigeant le sien, Corazzi n'a pas lésiné sur le fil. Mais non, je ne me suis pas rendu chez le colonel Argoud pour le presser de nous désigner un premier suspect ; je n'ai jamais fait de randonnée avec le juge Lambert pour m'attirer ses faveurs ; aucune discorde n'a surgi parmi les enquêteurs de la gendarmerie et il n'y a jamais eu de tensions entre les gendarmes d'Épinal et ceux de Nancy ; nous n'avons pas convoqué l'ensemble de la famille Villemin au lycée Jean-Lurçat à Bruyères pour une dictée générale ; je n'ai jamais eu la moindre pression de ma hiérarchie nous sommant d'en finir coûte que coûte ; nous n'avons nullement cherché à influencer les experts ; etc.

Pour ce que le commissaire Corazzi a vécu en personne, je lui en laisse la responsabilité. Ajoutons que son récit s'arrête au 5 juillet 1985. La suite de l'histoire est expédiée dans un épilogue de trois pages, en particulier l'instruction du président Simon et le procès de Dijon, durant lesquels il sera appelé à fournir des explications pour le moins embarrassées.

Mais revenons à l'enquête de la police. Le 4 février 1985, le juge Lambert, avant de signifier à Bernard Laroche son ordonnance de mise en liberté, se rend au

1. Jacques Corazzi, *Le Secret de la Vologne*, *op. cit.*, p. 141.

siège de la PJ à Nancy afin de prévenir les policiers qu'il va leur confier l'enquête. Le commissaire Andrieu en rend compte à son directeur à Paris, Pierre Richard, qui lui répond : « Bien joué Gégé[1] ! »

La plupart des commentateurs se félicitent de cette décision dont la saisine officielle ne sera pourtant signée que le 20 février. Maître Garaud souligne nos « erreurs de bonne foi » et salue l'arrivée d'« hommes neufs et non grillés ». Est-il conscient du fait qu'il laisse le loup entrer dans sa bergerie ?

Dès le 5 février, « Coco » monte son équipe. Elle comprend les inspecteurs Hubert Kimmel, Jean-Pierre Pesson, Hervé Bartolozzi et Jérôme Finance. Vu les enjeux, le directeur de la police judiciaire, Pierre Richard, se déplace à Nancy le 14 février pour donner ses directives : « Interdit de rencontrer un quelconque protagoniste : juge (?), gendarmes, avocats, et surtout pas la presse[2] ! » S'il avait pu lire dans les pensées des policiers du SRPJ, peut-être aurait-il formulé autrement ces beaux principes. Le lendemain, il se rend avec Corazzi au parquet : « Cette affaire, monsieur le procureur général, je vous l'apporterai sur un plateau d'argent[3]. »

La presse, qui suit la visite, annonce l'arrivée des « grands flics ». On va voir ce qu'on va voir ! Deux jours après la libération de Bernard Laroche, l'ancien directeur central de la police judiciaire, Honoré Gévaudan, célèbre pour ses enquêtes sur Mesrine et Spaggiari, vient sur place et s'autorise à livrer ses premiers commentaires. Commandité par *Le Parisien libéré*, il nous donne une

---

1. *Ibid.*, p. 128.
2. Jacques Corazzi, *Le Secret de la Vologne*, *op. cit.*, p. 137.
3. *Ibid.*, p. 136.

leçon de police judiciaire et, dans ce qui est décrit comme un « implacable réquisitoire » à l'égard des gendarmes, il analyse « les sept erreurs d'une enquête ratée[1] ». Si, dans la forme, ses propos sont modérés, et si, sur le fond, certaines de ses réflexions sur la police technique ne manquent pas d'intérêt, l'analyse s'appuie sur trop de contrevérités. Peu importe, son message est clair : la police judiciaire reste une affaire de spécialistes. Sous-entendu, les gendarmes n'en sont pas.

Puis c'est au tour du journal des turfistes, *Le Meilleur*, de dépêcher sur le terrain durant tout le mois d'avril 1985 l'ex-commissaire Pierre Ottavioli, ancien patron de la brigade de répression du banditisme. À lui de mener son enquête et d'en tenir la chronique. Cette fois-ci, le ton se veut incisif et le jugement catégorique. Tantôt cet envoyé spécial « innocente Bernard Laroche à 100 % », tantôt il se penche sur le cas de Christine Villemin pour mieux enfoncer les gendarmes. Ces opérations de communication ne visent qu'à convaincre le public de la supériorité de la police dans l'exercice du métier.

Ces oracles rendus, l'équipe Corazzi se met au travail. Tout d'abord, éplucher le dossier qu'on lui a remis et passer au crible notre procédure. Auditions, relevés d'écoutes téléphoniques, perquisitions, saisies, chronométrages sont examinés à la loupe. On y cherche la petite bête. Car il est hors de question, même si les policiers s'en défendent mollement, de reprendre l'affaire pour déboucher sur une conclusion qui donnerait raison aux gendarmes. Le moindre petit problème, la moindre imprécision, la moindre contra-

1. *Le Parisien libéré*, 6 février 1985.

diction sont relevés. Il faut à tout prix démontrer que les gendarmes ont travaillé de manière incohérente, mais surtout malhonnête en orientant délibérément leurs recherches sur Bernard Laroche et en préservant Christine Villemin ! Rien n'a été écarté, si j'en juge leur synthèse, que j'ai pu lire. Mais leurs efforts resteront vains. Corazzi en conviendra lui-même, non sans amertume : « Au fond d'eux-mêmes, l'équipe Grégory est un peu surprise – et même déçue – de ne pas relever plus d'erreurs[1]. »

La preuve de cette partialité – et des connivences qui la fondent – se retrouve une fois encore sous la plume de Corazzi, lorsqu'il décrit la réunion tenue le 6 mars 1985 avec le commissaire divisionnaire Gérard Andrieu et le patron de la PJ, Pierre Richard, ce dernier venant d'apprendre sa nomination comme préfet de police à Marseille. Corazzi rapporte à ses supérieurs une conversation téléphonique qu'il a échangée quelques jours plus tôt avec maître Welzer :

« Gérard Welzer à l'appareil. Excuse-moi de te déranger, mais j'ai le résultat des expertises manuscrites. C'est Buquet[2] qui me les a communiquées en direct avant Lambert. C'est la mère.

– Pas possible, c'est sûr ?

– C'est elle qui est désignée.

– Cela va faire du bruit.

– Maintenant, vous savez où vous allez. »

Informé de ces propos, les patrons de Corazzi ne manifestent aucune surprise. Mieux, Gérard Andrieu

---

1. Jacques Corazzi, *Le Secret de la Vologne*, *op. cit.*, p. 138.

2. L'expert en écriture saisi par le juge Lambert après l'annulation du travail de Mmes Jacquin-Keller et Berrichon-Sedeyn qui avaient désigné Bernard Laroche.

approuve. « C'est à cet instant, ajoute Corazzi, que le sort de Christine Villemin a été scellé[1]. »

Le SRPJ a été saisi du dossier voici moins de quinze jours, mais il connaît déjà le coupable !

Le travail d'enquête des policiers va se dérouler sur deux axes : rechercher et exploiter tout ce qui peut nuire à Christine Villemin tout en neutralisant les éléments à charge contre Bernard Laroche.

Avant de se lancer dans des investigations, la PJ recourt aux bonnes vieilles méthodes : les écoutes téléphoniques. Comme l'écrit Corazzi : « En PJ, on "branche", et après, on décide, surtout quand on ne sait pas trop quoi faire d'autre[2]. » Nous ne saurons jamais précisément qui a été placé sur écoutes, entre celles demandées par le juge et celles décidées d'autorité par les policiers, mais ils ont ratissé large. D'après mon cousin policier à Nancy, les propres lignes de la gendarmerie seront écoutées. Les policiers iront jusqu'à installer leurs liaisons et magnétophones dans la cave du logement de fonction du sous-préfet de Saint-Dié, dont « une partie, plus aérée, sert à l'étalage du linge de la sous-préfète : petites culottes et soutien-gorge font l'admiration des enquêteurs qui se disputent le plaisir d'aller relever les écoutes[3] ». Bref, tout cela se fait dans la bonne humeur. Pour un résultat nul. Du moins est-il toujours intéressant de glaner des renseignements sur l'ambiance régnant au sein des familles, et de découvrir des petits secrets afin de déstabiliser les gens si nécessaire…

1. Jacques Corazzi, *Le Secret de la Vologne*, *op. cit.*, p. 144.
2. Jacques Corazzi, *Le Secret de la Vologne*, *op. cit.*, p. 146.
3. *Ibid.*, p. 145.

Mais la priorité des enquêteurs de la PJ consiste à décortiquer l'emploi du temps de Christine Villemin pour révéler des incohérences avec les déclarations des différents témoins de Lépanges, autour de la maison et à la poste. Il faut d'abord entendre la mère.

Les policiers vont donc voir les époux Villemin à Bruyères, chez la mère de Christine. Ils parviennent à convaincre le couple de se déplacer au siège de la PJ sans avocat, comme leur statut de partie civile les y autorise. Maître Garaud ayant naïvement consenti à leur requête, ils se présentent, le 21 mars 1985 à 14 heures, à l'hôtel de police de Nancy. Et tombent dans un piège…

Corazzi questionne d'abord Christine sur sa vie sexuelle : ses amants, leur participation à des partouzes, toutes ces choses « que la rumeur a colportées jusqu'aux oreilles des enquêteurs ». Ceux-ci s'étonnent que la jeune femme réagisse « comme une tigresse » ! Puis, le récit qu'elle donne de son emploi du temps correspondant à ses déclarations précédentes, ils décident de la pousser à bout. « L'auriez-vous fait ? L'avez-vous fait ? » Elle les injurie, éclate en sanglots. Et Corazzi de constater, faussement indigné : « Elle en devient presque vulgaire […]. Ce n'est pas ce que l'on attend d'une mère éplorée[1]. »

Les Villemin sont interrogés jusqu'à 23 heures. Christine n'a rien lâché. Mais le couple a bien senti le piège qui se refermait autour de lui.

Huit jours plus tard, le 29 mars 1985, survient l'assassinat de Bernard Laroche. Le SRPJ souhaite en profiter

---

1. Jacques Corazzi, *Le Secret de la Vologne*, *op. cit.*, p. 158-160.

pour accentuer la pression sur Christine en l'inculpant pour complicité du meurtre de son enfant. Mais comment la PJ va-t-elle procéder à cet acte, sachant que, le jour du drame, elle était hospitalisée ? Tout simplement en établissant que celle-ci a signé le chèque qui a servi à Jean-Marie à acheter un fusil, l'arme du crime. Fort de cet élément, les policiers insistent auprès du juge, mais le procureur se refuse à cautionner un tel biais. Commentaire de Corazzi : « Après le juge, voilà le procureur qui marche à côté de ses pompes[1]. » Alors autant retourner sur le terrain et démontrer que Christine Villemin a eu le temps matériel de commettre le meurtre. Les témoignages des « filles de la poste » tiennent, il faut absolument les faire concorder avec ceux des autres personnes qui ont vu la mère entre 17 heures et 17 heures 30. Le mieux est d'aller interroger Christine Jacquot, la nourrice. Notons que celle-ci se plaindra plus tard d'avoir fait l'objet de pressions de la part des policiers, qui voulaient lui faire modifier ses premières déclarations en essayant de lui faire dire que Christine Villemin lui avait paru nerveuse cet après-midi-là, qu'elle portait bien les mêmes vêtements que ceux décrits par les filles de la poste, et que Grégory avait son bonnet dans son sac…

Ce dernier point est important. Le scénario échafaudé par les policiers pour que les chronométrages soient justes exige que Christine, aussitôt sa lettre postée et son fils récupéré, soit allée directement à Docelles pour jeter le corps de l'enfant dans la rivière. Or Grégory a été retrouvé avec son bonnet rabattu sur le visage. De plus, il ne le portait pas à l'école, et la nourrice affirme qu'il ne l'avait pas davantage dans son sac !

1. *Ibid.*, p. 176.

Christine, quant à elle, dit simplement l'avoir coiffé d'un bonnet de retour à la maison, avant de le laisser jouer dans le jardin.

Dans la course échevelée que veut reconstituer le SRPJ, Christine Villemin ne dispose que de vingt minutes pour récupérer son fils chez la nourrice, effectuer l'aller et retour entre Lépanges et Docelles – quatorze kilomètres au minimum –, attacher Grégory et le jeter dans la rivière. Car, à 17 heures 32, elle doit être en mesure de passer le coup de fil de revendication du meurtre ! Le tout alors qu'elle est vue par ses voisins, MM. Méline et Colin, et Mme Claudon, à partir de 17 heures 20.

Pour compresser ce temps, les policiers ne vont pas hésiter à reprendre en compte la première hypothèse de notre enquête à propos de l'endroit où le corps avait été immergé dans la Vologne, alors que celle-ci avait été formellement invalidée par les reconstitutions opérées avec un mannequin. Qu'à cela ne tienne ! Sans autres vérifications, Corazzi et ses hommes vont décréter que le corps de Grégory a été jeté à cet endroit, qui deviendra le « lieu privilégié » ! Ce lieu, situé à l'entrée du village, est un argument idéal pour étayer leur thèse : il leur permet ainsi de raccourcir les temps de chronométrage pour Christine. Par ailleurs, on y a observé des empreintes de chaussures et de pneus de voiture. Mieux encore, les moulages de ces traces, devenues pour nous inutiles, refont surface pour se muer en empreintes de semelles de « bottes de femme ». Quant aux traces de pneus, elles sont identifiées comme étant celles d'une Renault 5, modèle utilisé par Christine Villemin.

La ficelle est tellement grosse que Corazzi se garde de l'évoquer dans son livre.

Las, le SRPJ va finalement orienter l'essentiel de ses investigations sur les appels téléphoniques et les cordelettes ayant servi à ligoter l'enfant.

Recoupant tous les témoignages et exploitant le fameux cahier de Monique Villemin sur lequel la mère de Jean-Marie tenait le registre des appels du corbeau, ils en arrivent à des conclusions accablantes pour Christine. Elle seule aurait eu la possibilité matérielle de donner tous ces coups de fil. En fait, seuls quatre-vingt-sept appels seront pris en compte sur plus de huit cents recensés au total… Les policiers relèvent par ailleurs que la consommation téléphonique de Jean-Marie et Christine Villemin indique, entre 1981 et 1983, des hausses anormales qui peuvent être mises en corrélation avec les défoulements du corbeau.

Mais un autre indice va retenir l'attention des enquêteurs : la cordelette de couleur blanche qui a servi à ligoter le corps du petit Grégory. Je l'ai dit, nous-mêmes, dès le 17 octobre, en avions retrouvé une du même type à Aumontzey, chez Georges Jacob, un frère de Monique Villemin, oncle de Bernard Laroche. Mais cet élément, nous l'avons précédemment souligné, n'avait pas livré les informations espérées. Les policiers auront plus de chance. Le 15 avril 1985, passant par hasard devant la maison des Villemin à Lépanges, qui vient d'être déménagée de ses meubles, ils découvrent, dans le garage ouvert, une paire de chaussures de chantier dont les lacets ont été remplacés par de la cordelette. Ils remarquent aussi que la gouttière de la maison est attachée à un endroit par une cordelette semblable. Corazzi raconte la scène :

« Chef, regardez !

– Des chaussures de chantier, et alors ?

– Et ça, c'est quoi, chef ? en montrant les lacets.
– Vous avez trouvé ça où ?
– Les lacets, chef, c'est plus des lacets, c'est de la cordelette.
– Et cette cordelette, c'est celle qui entourait le cou, les mains et les pieds de Grégory.
– Plus que sûr, chef[1]. »

Le juge, informé de la trouvaille, donne son accord pour des perquisitions. Le 23 avril, les policiers se rendent aux domiciles de deux amis du couple Villemin, Martial Davide et Mme Billiet, à Grandvillers, où Jean-Marie Villemin a entreposé du mobilier à la suite de leur départ de Lépanges, où ils ont laissé leur maison tant de souvenirs de malheur et de bonheur saccagé. Les policiers fouillent toutes les affaires, sans la présence des Villemin et sans même les avoir avisés. Mais passons… Rien n'est trouvé chez Martial Davide, mais en revanche, chez Mme Billiet, ils mettent la main sur un tuyau d'arrosage maintenu enroulé par deux bouts de cordelette. Ils le saisissent.

Le 25 avril, une autre perquisition est effectuée dans la maison vide des Villemin. Cette fois-ci, Christine est présente, accompagnée de son beau-frère, Gérard Dittinger, qui reste à l'extérieur. Les policiers ont toujours dans l'idée de provoquer un événement qui la ferait craquer. « Patron, je veux emmener Christine dans cette maison, peut-être que cela créera un choc[2]. » Et là, quelle chance : « Il y a de la ficelle un peu partout ! C'est l'arme du crime ! C'est fabuleux[3] ! »

---

1. Jacques Corazzi, *Le Secret de la Vologne*, *op. cit.*, p. 187.
2. *Ibid.*, p. 190.
3. Jacques Corazzi, *Le Secret de la Vologne*, *op. cit.*, p. 194.

Dehors, le beau-frère de Christine Villemin remarque que des tuiles du toit se chevauchent, créant une ouverture. Il en fait la remarque aux policiers, qui l'écartent. « C'est le vent ! » Du vent qui empile des tuiles… C'est ce qu'affirmera Corazzi devant le juge Simon lors de l'instruction ayant conduit au procès de Dijon : « Il n'y avait pas deux tuiles enlevées et posées l'une sur l'autre, mais deux tuiles légèrement soulevées de leur logement, vraisemblablement par l'effet d'un coup de vent[1]. » Soit, mais dans son livre, le même explique que c'est l'inspecteur Bartolozzi qui les avait déplacées pour « avoir un peu plus de lumière […] et qui oubliera de les replacer dans l'enthousiasme de la découverte de la ficelle[2] ».

Pourquoi deux versions différentes ? Les policiers auraient-ils des doutes sur ce point très sensible ? C'est en tout cas cette contradiction qui permettra à certains journalistes de laisser entendre que ces brins de cordelette avaient été posés par les enquêteurs eux-mêmes après s'être introduits dans la maison par le toit. Un témoin, Régine Thellier, rapportera d'ailleurs avoir aperçu un homme sur le toit de la maison des Villemin peu de temps avant cette perquisition. Cette histoire de cordelettes est décidément étrange… N'est-il pas troublant de constater qu'un assassin présenté comme « supérieurement intelligent, calculateur et machiavélique », ait pu laisser derrière soi, dans une maison vidée, autant d'indices.

Mais il y a plus grave. Concentrant leurs efforts sur cette question, les policiers effectuent des saisies en se mettant gravement en porte à faux : ils se rendent

1. Procès-verbal de déposition du 15 novembre 1988.
2. Jacques Corazzi, *Le Secret de la Vologne*, *op. cit.*, p. 194.

une deuxième fois chez Georges Jacob, l'oncle de Laroche, pour prendre un morceau de cordelette d'une pelote lui appartenant, mais ils ne l'actent pas dans un procès-verbal officiel. Quant aux échantillons saisis chez Mme Billiet parmi les affaires des Villemin, ils ne sont pas mis sous scellés devant elle. La propriétaire contestera même avoir signé l'étiquette du scellé qui porte pourtant son nom… On découvrira aussi que les policiers ont refusé de relever d'autres cordelettes qu'ils avaient pourtant trouvées à Lépanges, lors de la perquisition de la maison vide des Villemin, notamment celle qui tient la gouttière… Bref, ils n'ont apparemment pris que ce qui les intéressait…

Surgissent alors d'autres points troublants concernant les expertises de tous ces brins de cordelette.

Les policiers demandent au juge Lambert de saisir des experts, ce qu'il fait, le 6 mai 1985, en requérant Paul Rochas, expert en « textiles », et Jean-Jacques David, directeur du laboratoire de police scientifique de Lyon. Ceux-ci vont travailler sur une comparaison des échantillons qu'on leur présente : la cordelette du crime, et celle découverte chez les Billiet. En juillet, alors que le second collège d'experts en écriture est sur le point de rendre ses conclusions, le juge pousse MM. Rochas et David à accélérer la remise de leur rapport, car il espère bien que celui-ci va apporter une nouvelle charge déterminante contre Christine Villemin. Mais il se rend compte que la police n'a pas donné aux experts *tous* les échantillons. Un beau désordre… Il demande donc que l'échantillon de cordelette saisi par les gendarmes en 1984 chez Georges Jacob leur soit envoyé et également expertisé en urgence. Mais les conclusions des experts Rochas et David ne sont pas celles espérées : il y a autant de similitudes entre les liens de Grégory, la ficelle ayant servi à attacher le tuyau d'arrosage, et l'échantillon de cordelette prélevé sur la pelote retrouvée chez Georges Jacob ! Toute l'opération est réduite à néant.

Certains journalistes, qui s'intéresseront de près à cette histoire très compliquée et pour le moins troublante – que Corazzi « omet » également de raconter dans son livre –, dénonceront le « complot du SRPJ », qui a « fabriqué des preuves pour faire accuser Christine Villemin »[1]. Ils seront poursuivis et condamnés pour ces propos. Ce qui n'empêchera pas la chambre d'accusation de Dijon de préciser en 1993 dans son arrêt que, sur ce point, « les enquêteurs de la police judiciaire ont certes déclaré que leur procédure avait été parfaitement régulière, mais qu'un doute est néanmoins permis à ce sujet en raison de la concordance des affirmations contraires ».

Bien entendu, les enquêteurs du SRPJ de Nancy ne manquent pas d'entendre la jeune Murielle Bolle. Mais ils ne s'y emploient que le 14 mai 1985, pressés en réalité par le parquet général qui s'inquiète de les voir se focaliser sur la piste Christine Villemin au détriment de la piste Bernard Laroche. Cette audition se déroule dans des conditions qui laissent pantois.

Le directeur du SRPJ, Gérard Andrieu, s'en charge lui-même, en compagnie de Corazzi et de l'inspecteur Pesson. L'audition se passe « en présence de ses parents et dans un lieu familier [...] afin de ne pas impressionner cette adolescente ». Le commissaire divisionnaire Gérard Andrieu se soucie moins de savoir si elle a dit

1. *Le Républicain lorrain*, 19 février 1988.

la vérité que de « se faire une idée de ce qui a pu se passer à la gendarmerie »[1] !

Comme cela était prévisible, Murielle renouvelle ses protestations d'innocence et reprend la litanie des accusations portées contre nous. La conviction des trois policiers est vite faite. « Coco n'en peut plus, Jean-Pierre est stupéfait. Gérard Andrieu, parlant des gendarmes, explose : "Des cons pareils, j'en ai jamais vu !" Et Corazzi de conclure : "Murielle dit la vérité ce 14 mai. Elle a fait l'objet de pressions de la part des gendarmes."[2] »

Rappelons encore une fois que Corazzi écrit ces mots en 2003, alors que la justice a rendu un non-lieu en notre faveur en 1988, qui sera confirmé en appel, puis en cassation, en 1989.

Quant aux autres témoignages en relation avec les déclarations de Murielle, une simple reconnaissance à la sortie de son collège, le 21 mai, suffira pour prétendre qu'il y a eu une telle cohue, une telle « invasion d'adolescents » sur place qu'il aurait été impossible à Bernard Laroche de voir sortir Murielle[3] ! Le chauffeur du car, quant à lui, ne sera même pas entendu !

Voilà l'essentiel de l'enquête menée par « Coco » et ses hommes, sous le contrôle du directeur régional de la PJ en personne. Ajoutons que ces investigations ont été menées sur fond de tapage médiatique intense dont je reparlerai plus loin, entretenu par ceux-là mêmes auxquels Pierre Richard, le grand patron de la police

---

1. Jacques Corazzi, *Le Secret de la Vologne*, *op. cit.*, p. 202 et 203.
2. Jacques Corazzi, *Le Secret de la Vologne*, *op. cit.*, p. 207.
3. *Ibid.*, p. 209.

judiciaire, avait demandé une totale discrétion. Les fuites ont été si nombreuses que « même » le juge Lambert a fini par en être agacé. « Les policiers du SRPJ ont parfois manqué de discrétion. Ils sont à l'origine de certaines fuites. Cela m'agace. Ils ont parfois pu donner l'impression qu'ils menaient l'enquête à ma place, mais je n'ai jamais été dupe. Je suis toujours resté le patron des investigations. Je n'en rends pas moins hommage à l'équipe qui n'a compté ni son temps ni sa peine[1]. » Quant à maître Garaud, qui pouvait se mordre les doigts d'avoir souhaité que les gendarmes soient dessaisis au profit du SRPJ, il explosera le 24 juin 1986 devant les micros d'Europe 1 : « Les fuites de la police ? Mais c'est les chutes du Niagara ! »

Pendant toute l'enquête du SRPJ, la presse « Bezzina » va ainsi mener un véritable matraquage médiatique. Il n'y aura pas un seul jour sans que Bezzina et ses alliés reprennent, accompagnent, et même parfois précèdent chaque investigation des policiers. Le tandem Corazzi-Bezzina va fonctionner à fond et tournera ainsi pendant deux ans encore, jusqu'à ce que l'affaire arrive à Dijon. Outre son aspect lucratif que j'évoquerai plus loin, cette campagne médiatique va servir à mettre la pression à la fois sur Christine Villemin – la faire craquer coûte que coûte, tel est l'objectif du SRPJ –, sur l'opinion publique chauffée à blanc contre celle qui est présentée comme l'évidente coupable, et sur le juge Lambert qui temporise et tergiverse aux yeux des enquêteurs pressés d'en finir…

Sur les révélations intentionnelles qui ont jalonné son enquête, Corazzi sera questionné le 15 novembre

1. *Le Figaro*, 10 avril 1986.

1988, à Dijon, par le juge Simon. Il aura le culot de déclarer à ce magistrat, après avoir « prêté serment de dire toute la vérité, rien que la vérité » : « Vous savez aussi bien que moi ce qu'a été la couverture médiatique de cette affaire et ce qu'elle est encore, aussi avons-nous évité tout contact avec les journalistes qui nous suivaient pas à pas. »

Sans aucune retenue ni aucune crainte de se dédire, Corazzi raconte par ailleurs dans son livre que, durant la semaine de Pâques 1985, il était descendu à Marseille pour rendre visite à sa famille et répondre à une invitation de Pierre Richard, l'ancien patron de la PJ devenu préfet de police. Il relate le déroulement du repas et le but de l'entretien : « Mais on n'est pas là pour parler cuisine. Richard veut un exposé complet sur l'affaire. Il l'aura. Mais il veut savoir aussi qui renseigne Bezzina... Alors là, il ne l'aura pas son renseignement[1] ! »

Aujourd'hui, Pierre Richard sait...

Jacques Corazzi conclut enfin son édifiant livre-témoignage en exprimant sa satisfaction d'avoir « accompli sa mission », allant jusqu'à préciser : « Seul le SRPJ a tenté de maintenir une cohérence, d'éviter les écueils[2]. » Coco, et lui seul, suivi par son équipe et son patron, avait vu juste ! « Gendarmes, journalistes, juge, procureur, tous dans le même sac[3] ! »

Dix ans après les assises de Dijon et après l'instruction du président Simon – « l'anti-Lambert », comme

1. Jacques Corazzi, *Le Secret de la Vologne*, *op. cit.*, p. 185.
2. *Ibid.*, p. 231.
3. *Ibid.*, p. 180.

l'appelleront certains journalistes –, qui apporteront un désaveu cinglant au SRPJ de Nancy, je me contenterai, pour en finir avec cette pantalonnade, de citer l'arrêt du 3 février 1993, dans lequel la cour d'appel mentionne que « les investigations du service régional de police judiciaire n'ont certes apporté aucune charge nouvelle contre Laroche, car elles ont été essentiellement orientées en direction de Christine Villemin », et que « le commissaire responsable de l'enquête du SRPJ est le principal artisan des accusations portées contre elle ». Des observations qui seront reprises dans l'arrêt de la cour d'appel de Paris du 28 juin 2004, par lequel l'État sera condamné, à la demande de Jean-Marie et Christine Villemin, pour dysfonctionnement du service de la justice…

Corazzi n'a donc pas un seul regret, pas un seul remords… Malgré cet arrêt du 3 février 1993, il ressortira dix ans plus tard son fiel de haine et d'orgueil. N'a-t-il aucune conscience qu'il a déshonoré la police et trahi la justice ? Et que penser du désastre dans lequel il a entraîné son équipe ?

Le lecteur jugera…

IX

L'œuvre du président Simon

Les plus hautes autorités judiciaires souhaitaient que l'affaire Grégory soit soumise à un verdict populaire. Chacun espérait d'un jury d'assises qu'il puisse clore ce dossier, dans un sens ou dans un autre.

Par son arrêt en date du 9 décembre 1986, la chambre d'accusation de la cour d'appel de Nancy renvoie Christine Villemin devant la cour d'assises des Vosges sous l'accusation d'assassinat. Mais cette décision est annulée le 17 mars 1987 par la chambre criminelle de la Cour de cassation, qui renvoie la cause et les parties devant la chambre d'accusation de la cour d'appel de Dijon. Une décision logique, celle-ci ayant déjà instruit les plaintes déposées contre les gendarmes.

Plus de deux ans après le « crime de la Vologne », le procès de « la mère », attendu par les uns, redouté par les autres, s'éloigne soudain à l'horizon.

Le 20 mai 1987, la chambre d'accusation de Dijon tient audience pour entendre les parties en prévision de sa décision ultérieure, qu'il s'agisse de permettre l'ouverture d'un procès ou d'y surseoir dans l'attente d'un supplément d'information. En général, dans ces hautes instances judiciaires qui siègent à huis clos, les débats portent sur des points techniques, le ton reste modéré et tient davantage de la litote que de la diatribe. Mais le président de la chambre d'accusation, Maurice Simon, n'est pas homme à refermer le couvercle sur la marmite. Durant quatre mois, il a lu dans le détail l'ensemble du dossier. En juriste pointilleux, il a noté toutes ses carences, ses imprécisions, ses contradictions. Cet examen critique l'amène à s'interroger sur le bien-fondé des décisions prises, les voies suivies, et la valeur de certaines pièces. En clair, il faut tout reprendre à zéro.

Le délibéré est rapide. Moins d'un mois plus tard, le 25 juin, la chambre rend un arrêt qui ordonne un supplément d'information, avant de se prononcer sur le fond, et le renvoi devant la cour d'assises. Elle annule au passage une cinquantaine de pièces. Le dossier de Lambert commence à ressembler à du gruyère. Enfin des magistrats qui s'accordent à chercher la vérité, au risque de mécontenter ! Et, pour ajouter à l'effet de surprise, la chambre d'accusation désigne son propre président, Maurice Simon, pour procéder à une nouvelle instruction !

La loi autorise cette mesure, mais cette décision est sans précédent dans une affaire pénale de ce genre. Habituellement, un dossier est confié à l'un des conseillers de la chambre ou, plus certainement, à un juge d'instruction. Le président Simon a préféré s'en charger lui-même. Ayant vu d'emblée les failles du dossier et mesurant la catastrophe judiciaire à venir, il a réussi à convaincre ses assesseurs et la Chancellerie de la nécessité de reprendre le fond de la procédure. Le caractère éminemment sensible de l'affaire justifie qu'un haut magistrat s'en saisisse, d'autant que les juges ne se battent pas pour monter dans cette galère. Seul un magistrat chevronné, qui plus est en fin de carrière, peut assumer cet emploi.

Maurice Simon est l'homme de la situation…

Âgé de 64 ans, il a suivi un parcours professionnel qui témoigne d'une forte personnalité. Après avoir été peu de temps avocat, il intègre la magistrature en 1949. Il exerce ses premières responsabilités importantes comme procureur militaire en Algérie et part, en 1960, pour une période de deux ans à Tiaret, une ville située à deux cents kilomètres au sud d'Oran. La situation est alors confuse. La bataille d'Alger a pris fin deux ans plus tôt, la pacification s'achève, et des tractations politiques sont en cours qui mèneront à l'indépendance du pays. Après le lancement de la procédure d'autodétermination et les barricades d'Alger, l'OAS se développe, puis survient le putsch des généraux en 1961. L'armée se débat dans une crise de conscience, et les procureurs militaires, confrontés à deux terrorismes, ceux de l'OAS et ceux des activistes du Front national de libération, le FLN, n'ont pas la tâche facile. Maurice Simon, qui aurait pu faire un remarquable officier, et qui partage avec ce corps un certain sens de l'honneur et du devoir, n'en reste pas moins un magistrat qui ne transige pas avec les principes du droit. Il ne montrera ainsi aucune complaisance envers la torture, ce cancer qui a rongé les armées et les forces de sécurité durant cette guerre sans nom et sans gloire. Refusant toute compromission, il réussit dans sa mission, tout en gardant l'estime des militaires. Les personnes qui l'ont côtoyé à cette époque et que j'ai pu rencontrer m'ont dressé le portrait d'un homme courtois, discret et chaleureux, apte à la conciliation, mais possédant une grande rectitude morale, une farouche indépendance de caractère, se montrant résolu en toutes circonstances à défendre le droit et l'équité. Ajoutons qu'il est déjà réputé pour sa puissance de travail et ses qualités d'organisation et de méthode.

En 1969, au moment où la magistrature tente de s'affranchir davantage du pouvoir politique, il sera l'un des créateurs du Syndicat de la magistrature et son premier président. Avant de quitter ce mouvement qui lui paraît céder à une dérive idéologique. Toujours cette indépendance d'esprit, qui lui vaudra par ailleurs d'être pénalisé par les pouvoirs en place et les magistrats du sérail… Cela ne veut pas dire que cet homme était une « grande gueule », bien au contraire. Il pouvait même se montrer emprunté, presque timide, du moins se voyait-il ainsi. Cette réserve apparente en a trompé plus d'un.

Longtemps juge d'instruction à Dijon, de 1962 à 1976, il se voit confier à cette date la direction de l'École des greffes dans cette même ville, poste qu'il occupera jusqu'en 1985, année de sa nomination à la tête de la chambre d'accusation. C'est donc un magistrat expérimenté et peu malléable qui entre à son tour dans l'affaire Grégory. En quelque sorte un anti-Lambert, même si l'esprit de corps et le respect de sa fonction le retiendront d'émettre des opinions désobligeantes à l'égard de son prédécesseur.

En se saisissant personnellement du supplément d'information, Maurice Simon se fait aussi plaisir. Il retrouve une fonction qui l'a passionné dans sa jeunesse et qui correspond à sa nature profonde. Instruire ce dossier miné par tant d'erreurs et de préjugés sera sa dernière contribution à un idéal dont il a fait son métier. Pressentait-il qu'il serait aussi son requiem ?

Durant plus de deux ans et demi, ce magistrat s'investira corps et âme dans sa mission, lui consacrant tout son temps. À la veille de prendre sa retraite, il demandera un premier report de départ, fin 1987, puis un second, jusqu'en 1991, compte tenu de l'ampleur de la tâche. Il savait pourtant qu'il avait une santé fragile et souffrait de problèmes cardiaques, mais il était pris par cette affaire.

L'arrêt du 25 juin 1987 formule les trois objectifs qu'il entend poursuivre : déterminer les preuves de la culpabilité ou de l'innocence de Christine Villemin, prendre en compte le résultat de la plainte contre les gendarmes pour mesurer quel crédit accorder au témoignage de Murielle, et, enfin, remonter toutes les pistes, y compris celles du début, qui avaient été écartées par le SRPJ.

Un détail qui a son importance : lors du lancement des auditions, en juillet 1987, la greffière en titre étant en congé, le juge Simon fait appel à une remplaçante, Édith Gaudin. Entre lui et cette personne, tout aussi expérimentée et scrupuleuse dans son travail, la collaboration va s'avérer fructueuse. Le juge Simon obtient de la garder à ses côtés. Digne de confiance et d'une grande disponibilité, Édith Gaudin jouera un rôle important dans cette instruction dont elle deviendra la mémoire. Ses capacités d'observation et sa parfaite connaissance du dossier garantiront par la suite la cohérence et la continuité du travail entrepris par le juge Simon.

Ensemble, le juge et sa greffière remettent en ordre la procédure léguée par Jean-Michel Lambert. Toutes les pièces qu'elle contient sont passées au crible, les éléments déterminants répertoriés, les points à vérifier annotés.

Le 20 juillet 1987, le juge Simon convoque Christine Villemin à Dijon et l'entend deux jours d'affilée. Son procès-verbal d'audition comporte plus de cinquante pages. Une semaine plus tard, il se rend à Saverne où se trouve incarcéré Jean-Marie Villemin et l'interroge pendant une douzaine d'heures. Christine autant que Jean-Marie sont interloqués. Enfin quelqu'un qui les laisse parler et qui les écoute, alors qu'en deux ans d'instruction le juge Lambert ne les a jamais questionnés sur le fond mais seulement sur des points particuliers en rapport avec des accusations les visant ! Quant à Bernard Laroche, il ne l'aura entendu que quelques minutes…

En deux ans de prison, Jean-Marie Villemin a tellement cogité sur cette affaire et tellement pris de notes sur son gros cahier d'écolier qu'il se montre intarissable. Il se libère d'un poids qui l'accable, devant un juge qui n'oublie pas la victime derrière l'inculpé. « Maurice Simon nous a redonné la vie et la fierté. Il m'a appris l'humanité, la tolérance, le respect des autres, la persévérance », dira Jean-Marie Villemin[1].

Le juge Simon auditionne les époux Villemin des dizaines de fois, notamment Jean-Marie Villemin, car il acquiert peu à peu la conviction – qui avait été la nôtre – que la vérité est à chercher de ce côté-là, du côté du « chef » que le corbeau visait.

À l'automne 1987, Maurice Simon a fixé son plan d'action. Il reprend tout de l'affaire, témoins, reconstitutions, chronométrages, expertises… Les enquêteurs et les magistrats qui ont travaillé sur ce dossier sont

1. Jean-Marie et Christine Villemin, *Le Seize Octobre*, *op. cit.*, Plon, 1994.

entendus un par un. En préalable à cet énorme travail, il veille à planifier le terrain. Pour ce faire, il convoque les parties – d'un côté les avocats de Jean-Marie et Christine Villemin, maîtres Garaud, Chastang, Moser et Robinet, de l'autre ceux des grands-parents Villemin, maîtres Lombard, Lagrange et Bourdelle –, et leur impose la plus grande réserve à l'égard de la presse. Il leur rappelle avec fermeté que le secret de l'instruction s'applique également à eux. Ce rappel à l'ordre modifie la donne. Plus question de se répandre dans les médias et de commenter le déroulement des enquêtes et du supplément d'information ! Le juge Simon a prévenu : il sera intransigeant sur la question. Autre précaution, encore plus inhabituelle : la présence demandée du procureur général, Bruno Estrangin, lors de tous les actes importants. Il arrivera même au juge Simon de demander à ses assesseurs de la chambre d'être à ses côtés. Ce strict respect des règles du Code de procédure pénale n'était pas un luxe, mais une nécessité. Aucune pièce du dossier conduit par Maurice Simon ne sera annulée…

Cependant, Maurice Simon ne peut mener seul toutes les investigations, et il doit en déléguer certaines à des officiers de police judiciaire. Pour faire bonne mesure, il adresse ses premières commissions rogatoires à la fois à la gendarmerie et à la police. Le SRPJ et la section de recherches de Dijon se voient saisis pour aller effectuer diverses vérifications et auditions. Mais cette apparente collégialité ne dure pas. Le juge finit par s'en remettre exclusivement à la gendarmerie, les policiers renâclant à reprendre un travail qu'ils estiment achevé. En outre, ce supplément d'information constitue pour eux une forme de désaveu. Ils ne sont pas masochistes au point de le cautionner.

Deux gendarmes de la section de recherches – les adjudants Besson et Defix – sont désignés pour cette mission qu'ils mèneront de bout en bout. Ponctuellement, le chef Rebourg vient les renforcer. Leur travail est suivi avec attention par le patron de la SR, le lieutenant-colonel Gilles Lamy, qui rencontre fréquemment le juge Simon pour faire le point et préparer les opérations importantes, comme ses déplacements dans les Vosges. Tous sont soumis à un secret absolu. Ce principe compliquera parfois la tâche du lieutenant-colonel Lamy, pressé par ses chefs qui souhaitent suivre de leur côté l'évolution de l'affaire, mais l'attelage tiendra la route, et le juge Simon s'en félicitera en plusieurs occasions.

Pourtant, le chemin sera long et les rênes tenues courtes. De septembre 1987 à novembre 1991, pas moins de soixante-huit commissions rogatoires seront délivrées aux adjudants Besson et Defix ! Le président Simon, contrairement à la plupart des magistrats instructeurs, ne se contente pas, selon la formule consacrée, de donner à ces gradés enquêteurs la mission générale de « poursuivre l'enquête en cours en procédant à toutes les auditions, confrontations, perquisitions, saisies, réquisitions et tous actes utiles à la manifestation de la vérité ». Avec lui, chaque commission rogatoire est formulée dans le détail, et les objectifs des actes à accomplir sont strictement délimités. Certaines commissions rogatoires en viendront à compter plusieurs pages, tant elles étaient précises.

Le compte rendu des investigations revêt la même minutie que l'ordre de mission. Chaque jour, les gendarmes font leur rapport au juge Simon, soit directement, soit par téléphone. Lorsqu'ils sont amenés à entendre un témoin intéressant, le magistrat les convoque aussitôt.

Fidèle à sa méthode et à son « plan de bataille », Maurice Simon commence par se rendre dans les Vosges durant une semaine, en octobre 1987. Il est accompagné du procureur général et de ses assesseurs, Geneviève Richard et Dominique Bray. C'est une première. Jamais une chambre d'accusation ne s'était déplacée au complet sur le terrain. Maurice Simon a poussé le souci d'exactitude jusqu'à programmer les reconstitutions à la même période de l'année que celle du crime !

Partout, des dispositions sont prises pour éloigner les journalistes et les photographes revenus quadriller la région. Elles n'empêchent pas un hélicoptère loué par des photographes de survoler Lépanges, autour de la maison des Villemin où a été enlevé Grégory. Leurs téléobjectifs vont alors saisir la silhouette et les attitudes de celui que la presse va surnommer « le Sphinx ». Des clichés publiés montreront le juge sanglé dans son imperméable beige, imperturbable, donnant des instructions à un gendarme, dictant des notes à sa greffière, mettant en situation des témoins.

Rien ne semble le troubler dans son travail de vérifications. Mais celles-ci ne sont pas toujours concluantes. Ainsi, une nouvelle reconstitution dans la rivière avec un mannequin, qu'il a voulu aussi réaliste que possible, tourne court car ce dernier coule aussitôt. Il faut recommencer avec un autre mannequin sous l'œil des avocats des deux parties, chacun tirant de l'expérience des enseignements radicalement opposés. Maître Lombard, assez inquiet de la tournure de l'instruction, tente de faire bonne figure en vantant les mérites du magistrat qui est pourtant en train de démolir sa thèse : « Il a fait ce que le juge Lambert aurait dû faire il y a trois ans. Nous sommes enfin sortis de l'ère de l'amateurisme pour entrer dans celle du professionnalisme[1] ! » Cette reconstitution finira par confirmer celle des gendarmes…

Durant cette longue et dense semaine, il procède à toutes les vérifications nécessaires, notamment à Lépanges, pour établir l'emploi du temps de Christine Villemin et remettre en situation les témoignages des « filles de la poste ».

Au retour de son expédition vosgienne, fort de tous les chronométrages et reconstitutions qu'il a pu faire, le juge Simon est convaincu que Christine Villemin n'a pas pu matériellement commettre le crime dont elle est accusée. Et ce malgré le témoignage des « filles de la poste » qui, pour certaines, maintiennent leur position et continuent d'affirmer qu'elles ont bien vu Christine Villemin devant la poste de Lépanges le 16 octobre 1984 – et non le 15 –, peu avant 17 heures. Mais il a pu mettre en lumière des contradictions et des incompatibilités flagrantes qui lui apportent à son tour la certitude qu'elles se trompent.

Cette conviction, le juge se garde bien d'en faire part à quiconque. Elle guide pourtant la première décision, hautement symbolique, qu'il prend dans ce dossier. À la veille de Noël 1987, en effet, il accède à la demande de remise en liberté de Jean-Marie Villemin et le place sous contrôle judiciaire, avec assignation à résidence dans l'Essonne, en région parisienne, où ses employeurs précédents sont prêts à lui donner un emploi. Maître Garaud ne manque pas d'exploiter

1. *L'Est républicain*, 14 octobre 1987.

l'événement à son profit : « Si la chambre d'accusation nourrissait le moindre doute relatif à la culpabilité de Christine Villemin, elle n'aurait pas accordé la liberté à son mari ni favorisé leurs retrouvailles au travers de l'aménagement de son contrôle judiciaire[1]. » En face, la mesure provoque stupeur et colère de la famille Bolle-Laroche. Leurs avocats crient au scandale. Ils crient d'autant plus fort qu'ils sentent que l'affaire est en train de leur échapper. Maîtres Prompt, Welzer et de Montille ont alors beau jeu de dénoncer les lenteurs de la justice qui tarde à juger Jean-Marie Villemin, le meurtrier de Bernard Laroche, une justice qui le rend à sa famille pour passer les fêtes de fin d'année alors que Marie-Ange Laroche se trouve seule avec ses enfants… Paul Prompt, déchaîné, reprend son couplet politique de circonstance : « On se croirait à Nouméa, où les juges acquittent les Caldoches qui tirent sur les Kanaks. C'est un défi à la justice[2] ! » La trêve est rompue, et on ressort les procédés qui ont déjà fait leurs preuves : dramatiser, polémiquer, et attaquer les personnes pour affaiblir leurs idées et saper leurs positions.

Comme nous le verrons plus loin, la manœuvre sera payante.

Pour ma part, j'ai rencontré Maurice Simon dès le 21 septembre 1987. Il m'avait envoyé une lettre de convocation à Berlin, me précisant qu'il souhaitait consacrer toute la journée à mon audition. À ce moment-là, le président Simon n'avait pas encore fait beaucoup parler de lui, si ce n'est par l'arrêt de juillet que les journalistes n'avaient pas manqué de commenter

1. *Le Républicain lorrain*, 26 décembre 1987.
2. *L'Est républicain*, 26 décembre 1987.

en le qualifiant déjà de troublant. J'avais lu dans la presse qu'il avait procédé à des « auditions marathons », mais sans y prêter longuement attention. J'étais saturé par cette affaire et ses prolongements. L'instruction sur les plaintes contre nous s'éternisait et les médias repassaient en boucle les mêmes attaques et mensonges contre les gendarmes et contre moi dès que l'occasion s'en présentait.

À Berlin, éloigné de ces turbulences, je n'étais pas sans appréhender mon retour en France. Tel est mon état d'esprit, en tout cas, quand je traverse ce qui est encore le « rideau de fer » dans le train militaire français qui m'emmène à Strasbourg, puis à Dijon. Un juge de plus à rencontrer…

Dès mon entrée dans le cabinet, je suis frappé par le maintien à la fois prévenant et assuré de l'homme qui me reçoit. S'il excelle à mettre son interlocuteur en confiance, son regard n'en est pas moins pénétrant. Sa technique est étonnante : il ne prend pas de notes, il écoute et, régulièrement, propose une synthèse de ce qui vient d'être énoncé et dont il se souvient au mot près.

Au fur et à mesure d'une audition que je finis par ressentir comme un entretien, je mesure à quel magistrat j'ai affaire. Sa connaissance du dossier me sidère. Enfin quelqu'un qui comprend les faits, qui en perçoit les lignes de force et possède une vision claire du rôle joué par chacun de leurs acteurs. Nous discutons pendant de longues heures de l'enquête que j'ai menée. Je lui expose librement mes analyses, mes arguments, mes interrogations. Nous décortiquons le contexte familial, qui semble avoir à ses yeux, et à juste titre, une importance capitale. Il prend congé de moi en m'exprimant ce qu'il a coutume de dire aux personnes qu'il reçoit : « Je suis déterminé à faire éclater la vérité dans cette affaire. Ayez confiance… » Réconforté par cette audition, je me hâte d'écrire à mon avocat, Jean Kopf, pour lui annoncer la bonne nouvelle : il y a enfin un pilote dans l'avion !

Dès mon retour à Berlin, j'adresse au juge Simon les documents qu'il m'a demandés : fiches de travail personnelles, analyses des lettres du corbeau, archives de journaux… Cette lettre sera la première d'un long échange épistolaire. Je n'aurai l'occasion de rencontrer le juge Maurice Simon que quatre fois, mais notre correspondance prendra au fil du temps un tour amical et me permettra d'apprécier son courage et ses profondes qualités humaines. Plus tard, quand je rencontrerai des difficultés avec ma hiérarchie, il sera l'un de ceux qui m'apporteront un soutien actif et désintéressé. En écrivant cet ouvrage, je mesure mieux encore l'âpreté du combat qu'il a dû livrer et la force d'âme qui a dû être la sienne pour s'y engager si pleinement.

L'année 1988 se déroule sans temps morts. Le juge Simon avance ses pions comme il avait prévu de le faire. Les avocats qui le pressent de s'expliquer, il les renvoie au plan qu'il s'était fixé au départ. Tirer les fils de la pelote un par un et débrouiller ce qui doit l'être. Respectueux du travail des journalistes, il ne les éconduit jamais, se contente de les écouter avec un sourire malicieux, oppose à leurs questions un silence dubitatif, et finit par leur dire : « J'ai un programme, je m'y tiens. Je n'ai rien à dire ni même à penser tant que je ne l'ai pas mené à terme. »

Ses vérifications et recherches portent sur l'entourage de Christine Villemin, le contexte familial, et sur le corbeau. Il parvient à réunir les membres de la famille Villemin, ce qui n'est pas aisé car Jean-Marie et Christine sont alors en froid avec leurs parents, qu'ils accusent notamment de faire le jeu de leurs détracteurs et de mener campagne contre Christine par l'intermédiaire de leurs avocats, maîtres Lombard et Lagrange.

Cette année 1988 est également celle de l'audition de tous les gendarmes et policiers qui ont collaboré à la première instruction, ainsi que de l'adjudant Féru, qui commande la brigade de Corcieux et avait mené les premières investigations contre le corbeau en 1983. Précisons que le juge Lambert avait négligé de l'entendre. C'est dans ce cadre également qu'il entend le gendarme Klein, en septembre 1988, et découvre que le fameux foulage dont on a tant parlé a bien été photographié. Le dossier du juge Lambert étant vide des pièces établies, il demande à Denis Klein de lui faire parvenir une nouvelle copie de ses travaux.

Mais Maurice Simon fait par ailleurs une découverte importante en la personne de Mme Golbain, l'infirmière de la famille Bolle qui, matin et soir, passait administrer à Mme Bolle, la mère de Murielle, son traitement d'insuline. Comme souvent en pareil cas, elle était devenue sa confidente. Outre les indications troublantes qu'elle donne sur la seringue d'insuline trouvée à Docelles, Mme Golbain déclare au juge Simon que Mme Bolle lui aurait confié que Murielle n'avait pas menti, que Bernard Laroche était bien venu la chercher à la sortie du collège le 16 octobre, et qu'il avait bien enlevé Grégory. Mais pour la mère de Murielle, il était impossible qu'il l'ait tué. Elle lui avait également confirmé que Murielle avait bien fait l'objet de pressions de la part de sa famille, particulièrement de sa sœur Marie-Ange, et que ces pressions persistaient[1]. Ces informations sur ce point-clef du dossier rendent évidemment l'audition de Murielle des plus nécessaires.

Dans un premier temps, le juge souhaite entendre la jeune femme sans la présence de ses avocats, afin de la libérer de toute influence. Jusqu'alors, cette situation était difficile à envisager, car Murielle est au cœur de deux procédures opposées, à la fois comme partie civile dans la série de plaintes contre les gendarmes, et en défense dans une plainte déposée contre elle en 1985 par Jean-Marie et Christine Villemin pour complicité d'assassinat, non-dénonciation de crime et non-assistance à personne en danger. Ces deux procédures constituent une sorte d'alternative : si les gendarmes n'ont pas extorqué son témoignage, c'est que celui-ci est crédible et qu'elle est impliquée dans l'enlèvement de Grégory. Inversement, si les gendarmes sont reconnus coupables de subornation de témoin, c'est qu'elle est étrangère à toute cette affaire…

Les termes de la plainte portée contre elle seront évidemment rejetés et la justice prononcera un non-lieu dans les deux affaires, en 1988, en juin pour les gendarmes, en octobre pour Murielle. Les Villemin renonceront à faire appel, mais la nôtre ira jusqu'en cassation, pour se conclure définitivement en notre faveur le 30 mars 1989. Il n'empêche, ces décisions de justice confortent Maurice Simon dans sa volonté d'entendre Murielle, tout comme Marie-Ange, afin d'établir le degré de ses responsabilités sur les rétractations de sa jeune sœur. Au début de l'année 1989, il les convoque toutes les deux, mais elles refusent de

1. Procès-verbaux de déposition des 6 décembre 1988 et 21 novembre 1989.

se présenter à lui, arguant du fait qu'elles sont l'une et l'autre enceintes, ce qui est la vérité[1]. Le juge devra patienter jusqu'au mois de juin…

Entre-temps, il continue de labourer chacune des parcelles laissées en jachère par son prédécesseur. En deux ans, il entendra lui-même plus de cent cinquante personnes différentes, certaines à plusieurs reprises, et enverra « ses gendarmes » aux quatre coins de l'hexagone et jusqu'en Allemagne. L'adjudant Besson estimera avoir parcouru avec son collègue Defix plus de 54 000 kilomètres pour les besoins de l'enquête !

Le juge Simon se penche aussi sur les appels du corbeau. Il examine les dépenses téléphoniques des uns et des autres, convoque de nouveau la famille pour écouter les cassettes, demande de nouvelles expertises. Il découvre de troublantes anomalies, dont celles touchant au cahier vert utilisé par Monique Villemin pour répertorier les appels du corbeau : son procès-verbal de saisie par les gendarmes, daté du 19 octobre 1984, a disparu, plusieurs pages ont été arrachées, d'autres ont été soigneusement découpées au rasoir pour être recollées plus loin. Manifestement, quelqu'un a détérioré ce cahier et supprimé une partie de son contenu pour nuire à son exploitation. Qui ? Pourquoi ?

Un peu plus tard, dans le même registre, le juge constate qu'une partie des cordelettes qui attachaient la victime a disparu ; la longueur ne correspond plus au scellé initial fait lors de l'autopsie ! Mais je pense que plus rien ne l'étonne dans cette affaire…

Progressant du côté des déclarations de Murielle, il

1. Marie-Ange Laroche s'est remariée en 1988 avec Denis Jacob, un des cousins de son défunt mari. Ils se sépareront en 1993.

entend le chauffeur du car scolaire de Bruyères, ainsi que ses camarades de collège et toutes les personnes ayant concouru à leurs dépositions. Il en arrive à la conclusion que Murielle n'avait pas pris place dans le car le soir du 16 octobre, et qu'elle était bien montée dans la voiture de Bernard Laroche. Monsieur Galmiche, le chauffeur, est catégorique. Son témoignage avait été écarté par la police et par le juge Lambert au motif qu'il affirmait également que, la semaine suivante, le 23, Murielle était dans le car alors que leurs vérifications montraient qu'elle avait séché l'école ce jour-là. Le chauffeur avait alors fait remarquer, avec bon sens, qu'elle pouvait très bien, pour diverses raisons, avoir manqué les cours et pris tout de même le car pour rentrer chez elle, une pratique fréquente parmi les fugueurs de l'établissement. Quant aux collégiennes qui nous avaient déclaré avoir vu Murielle partir dans une voiture, non seulement elles confirment, mais elles apportent des précisions complémentaires. On leur présente une planche portant plusieurs modèles similaires, et elles reconnaissent formellement dans une Peugeot 305 de couleur verte tirant vers le kaki le véhicule conduit par Bernard Laroche. Elles précisent aussi la direction prise par la voiture et son passage dans une certaine rue, qui corroborent les premières indications fournies par Murielle.

Durant cette période, deux autres témoins importants sont entendus par le juge Simon. Il s'agit d'abord de la tante Louisette, chez laquelle Bernard Laroche et Murielle s'étaient retrouvés le 16 octobre. Étant un peu simple d'esprit, nous avions refusé, sans doute à tort, de prendre en compte son témoignage qui nous paraissait fragile par nature et sujet à critiques. Dépêchés auprès de cette dame, les adjudants Besson et Defix, surpris par son bon sens et son excellente mémoire, jugent ses déclarations très intéressantes. Le juge Simon l'entend à son tour à deux reprises. Elle lui raconte que Murielle lui a confié, « en pleurant beaucoup, beaucoup », qu'elle était avec Bernard Laroche et qu'elle a vu Grégory dans sa voiture. L'autre témoin est une personne de Lépanges, Mme Hatton, une retraitée qui habite dans le voisinage de la gardienne de Grégory, Christine Jacquot. Maurice Simon la convoque et apprend qu'elle a remarqué par trois fois, dans la semaine précédant le crime, la présence d'un homme « aux moustaches tombantes, aux cheveux mi-longs ondulés et aux yeux globuleux », observant la sortie de l'école et le domicile de Mme Jacquot. Quand le portrait de Bernard Laroche a été diffusé dans la presse, elle a vu qu'il s'agissait du même homme. Comme d'autres témoins, Mme Hatton n'avait pas jugé utile de se manifester auprès des gendarmes puisque l'enquête semblait avoir abouti. Ensuite, elle a eu peur…[1].

Les vérifications faites par les gendarmes établiront que, durant cette semaine-là, Bernard Laroche travaillait de nuit et se trouvait donc en mesure de circuler dans les rues de Lépanges aux heures indiquées.

Le juge revient aussi sur les expertises se rapportant aux circonstances de la mort de Grégory, aux lettres et à la voix du corbeau, et, enfin, aux cordelettes qui entouraient le corps de l'enfant.

Sur le premier point, il en arrive, avec les professeurs Marin et Gisselmann, deux nouveaux experts médicaux saisis, à un triple constat. L'heure de la mort se situe dans un créneau de deux à quatre heures avant

1. Procès-verbal de déposition du 7 juin 1989.

la découverte du cadavre, soit entre 17 heures 15 et 19 heures 15. Grégory n'est peut-être pas mort noyé dans la Vologne – car on n'a retrouvé aucune particule minérale ou végétale dans ses poumons. S'il a été drogué à l'insuline, il fallait un délai de trente à quatre-vingt-dix minutes pour que le produit agisse.

Bien que ces avis soient relatifs et ouvrent sur des débats sans fin, leur conjonction conduit Maurice Simon à envisager un scénario inédit : Grégory aurait pu être d'abord enlevé, puis tué bien plus tard. Plusieurs personnes, et non plus une seule, seraient alors impliquées. Cette hypothèse écarterait formellement Christine Villemin, à moins de l'imaginer complice, mais aucun élément n'apporte le moindre indice en ce sens. Elle placerait également la « piste Laroche » dans une tout autre perspective.

En matière de lettres et d'expertises en écriture, le juge analyse avec circonspection les travaux du collège Buquet-Ricci, puis Glénisson-Laufer, et enfin Ourliac-Petit et De Mirbeck-Gille. Ces rapports, demandés par Lambert après ceux rendus, puis annulés pour vice de forme, par les experts qui nous avaient été conseillés, présentent tous des lacunes. Leur méthode est contestable, leurs conclusions contradictoires et leur champ d'étude trop restreint. Maurice Simon demande au gendarme Klein, devenu expert inscrit en 1986 sur la liste de la cour d'appel de Metz, de reprendre ces travaux à la lumière de ses observations sur le foulage découvert sur la lettre de revendication du crime. Une fois encore, les résultats seront forcément longs à venir, mais ils iront dans le sens de son analyse…

Pour ce qui concerne les voix, il saisit un nouvel expert, M. Jonesco, qui établit que plusieurs personnes ont été enregistrées lors des appels du corbeau, et que la fameuse voix rauque pourrait appartenir en fait à deux hommes différents, l'un d'âge moyen, entre quarante-cinq et cinquante-cinq ans, l'autre plus jeune, d'environ trente ans. Mais les cassettes ont été écoutées si souvent qu'elles sont détériorées. Difficile d'en tirer des déductions probantes.

Quant aux cordelettes, les « armes du crime », dixit le commissaire Corazzi, le juge Simon ne peut qu'en établir le caractère extrêmement douteux, qu'il s'agisse des circonstances de leur découverte, de leur saisie ou de leur exploitation. Refusant de s'aventurer sur un terrain polémique, Maurice Simon imagine que l'assassin, ou des complices, aurait pu placer ces indices chez les Villemin… Mais aucune explication n'est apportée au problème de la disparition d'une partie de la cordelette saisie sur le corps de la victime.

Au printemps 1989, Maurice Simon a fait le tour de son supplément d'information. Sa philosophie est faite depuis plusieurs mois quant à l'innocence de Christine Villemin, et il a rassemblé des indices lui permettant d'imaginer que l'enlèvement et le meurtre de Grégory peuvent être le fait de plusieurs personnes. Un enlèvement qui a peut-être mal tourné… En tout cas, toutes ses investigations et analyses l'ont ramené sur la piste de Bernard Laroche. Pour révéler cette vérité qui semble à la fois si proche et si fuyante, il lui paraît plus que jamais indispensable de faire sauter les derniers verrous de l'affaire : Murielle, et le secret de famille qui peut expliquer l'histoire de cette haine.

Le congé de maternité de Marie-Ange et Murielle ayant pris fin, le juge Simon décide de les convoquer les 21 et 22 juin 1989 à Gérardmer, dans les Vosges.

Il entend d'abord Murielle pendant cinq heures. Une longue audition que Maurice Simon mène à son train coutumier : d'un ton égal, avec douceur et persuasion. Murielle se montre extrêmement tendue et bloquée. On le voit aux réponses sèches et répétitives, entrecoupées de longs silences, qu'elle apporte aux questions du magistrat. Quand il la place devant ses multiples incohérences et contradictions, il s'entend à chaque fois répondre : « Je ne me souviens pas », ou « J'avais peur des gendarmes ». Mais la patience et l'habileté de Maurice Simon n'y pourront rien : Murielle ne fendra pas l'armure qui, sans doute, la protège et l'emprisonne à la fois. C'est un échec.

L'affaire Grégory se fige définitivement à l'issue de cette audition.

Le juge Simon aurait-il dû se montrer plus agressif ou plus retors ? Il aurait pu l'inculper, l'incarcérer… Mais ce n'est pas dans ses principes. Tout au long de sa carrière, ce magistrat a défendu une éthique professionnelle qui passe par le respect absolu de la personne. Par ailleurs, forcer des aveux aurait probablement entraîné de nouvelles rétractations. Sa conscience comme sa fierté s'y refusaient. Or, dans une affaire aussi perverse, ce devoir d'honneur le rendait fragile.

Le lendemain, 22 juin, le juge entend Marie-Ange, notamment sur des points concernant la vie de son premier mari, Bernard Laroche, sans réels bénéfices. Mais il fallait que cette ultime audition ait lieu pour boucler la procédure.

À l'été 1989, le président Simon a quasiment rempli sa mission. Il doit encore attendre le résultat de certaines expertises et vérifications en cours avant de faire la synthèse de la procédure qu'il présentera à la chambre d'accusation. À cette juridiction de se prononcer ensuite sur le renvoi de Jean-Marie Villemin devant les assises de la Côte-d'Or, aux côtés ou non de Christine, son épouse.

Mais Maurice Simon commet alors deux imprudences qui lui vaudront de tomber à son tour dans le piège mortel de cette affaire : le tourbillon médiatique.

En septembre 1989, il accepte de rencontrer un chroniqueur judiciaire, Paul Lefèvre, qui suit les débats relatifs aux projets de réforme du secret de l'instruction. Ayant été entendu par la commission Delmas-Marty chargée de cette mission d'étude, Maurice Simon entend n'aborder que ce sujet. Mais pour le journaliste, la tentation est trop grande de faire parler le « Sphinx ».

Après l'avoir entretenu durant une heure sur le thème du secret de l'instruction, Paul Lefèvre en vient à lui poser quelques questions d'ordre général sur l'affaire Grégory. Maurice Simon se dérobe, mais finit par laisser entendre que l'affaire « implique un ou plusieurs personnages » et ne se conclura « sûrement pas sans rebondissement ». Rien de précis, donc, mais le journal de 20 heures de la Cinq ne retient de l'interview que ce passage et le présente comme un scoop.

Les allusions faites à la tournure de la procédure et à ses conclusions font alors bondir les avocats de Bernard Laroche, qui remontent aussitôt au créneau : le juge a failli à son devoir de protection du secret de l'instruction ! Ces mêmes avocats, qui proclamaient que la violation du secret de l'instruction leur avait permis de sauver la vérité, dénoncent dans un communiqué le magistrat « qui a disjoncté ». Et Jean-Michel Caradec'h de relayer leur indignation dans *L'Express*, qui titre son article : « Les dérapages du juge Simon ». « Décidément, écrit-il, l'affaire Villemin ne réussit pas aux magistrats. […] Devra-t-on inscrire un jour son nom

[Maurice Simon] au martyrologe de l'affaire Grégory aux côtés du capitaine de gendarmerie Sesmat, exilé à Berlin, du procureur Lecomte, muté à Mayotte, du juge Lambert, "promu" à Bourg-en-Bresse[1] ? »

Pour avoir la peau du juge, il suffirait d'un nouveau faux pas… Qui ne tardera pas.

Le 14 octobre, Maurice Simon rencontre Jean-Paul Pradier, un journaliste du *Nouveau Détective*, un hebdomadaire à sensation spécialisé dans les faits-divers. En dépit de la mauvaise réputation du titre auquel il collabore, ce reporter est probablement l'un des meilleurs connaisseurs de l'affaire Grégory. Il l'a couverte depuis le début. Jamais on ne l'a vu quémander des informations à la porte de la brigade ou échanger ragots et rumeurs avec ses collègues. Sur le terrain, il se montrait discret, mais toujours placé au bon endroit et avec les bons témoins. Comme Jean Ker, mais avec moins d'éclat, il est allé partout, a conquis la confiance de tous grâce à sa réserve et son amabilité. À plusieurs reprises, il a eu l'occasion de rencontrer Maurice Simon lors de ses déplacements dans les Vosges. Le magistrat l'a écouté comme il le faisait avec la plupart des journalistes. Mais il a pu constater que celui-ci possédait une connaissance très large et approfondie de l'affaire.

Sans doute est-ce la raison pour laquelle le juge Simon consent à voir Pradier, même si le prétexte invoqué est, selon Laurence Lacour[2], un article paru peu de temps avant dans un journal britannique, le *Sunday Times*, qui révélait que le magistrat avait reçu des menaces précises le visant, lui et sa famille.

1. *L'Express*, 15 septembre 1989.
2. Laurence Lacour, *Le Bûcher des innocents*, *op. cit.*

Maurice Simon commet l'erreur de fixer rendez-vous à Pradier un samedi matin, et de le recevoir en l'absence de sa greffière, Édith Gaudin, contrairement à sa manière habituelle de procéder dans ses contacts avec la presse. Ce tête-à-tête est un traquenard. La discussion, donnée pour officieuse, est enregistrée sur un magnétophone de poche à l'insu du magistrat. À son retour à Paris, *Le Nouveau Détective* décide d'exploiter les propos du juge pour doper les ventes.

Le 20 octobre 1989, l'hebdomadaire titre en couverture : « Interview exclusive du juge Simon ». L'article couvre deux pleines pages. Maurice Simon, en réponse aux questions posées, exprime longuement sa conception du métier de magistrat – « un juge qui n'éprouve pas la peur de se tromper est un mauvais juge ». Il évoque aussi les menaces de mort qui lui ont été adressées au cours des derniers mois et qui le minent, celles-ci émanant de quelqu'un de bien renseigné sur son enquête et sa situation personnelle. Puis, presque incidemment, il revient sur l'affaire, suggérant que le meurtre n'a sans doute pas été commis aussitôt après l'enlèvement, et que plusieurs personnes seraient impliquées dans le crime. Il affirme enfin que Christine Villemin est certainement innocente – « ce qu'elle a enduré est effroyable » –, et avance que « Bernard Laroche a peut-être enlevé Grégory[1] ». Ces propos n'occupent que quelques lignes, mais ils seront de trop.

Jean-Paul Pradier affirmera plus tard n'avoir jamais voulu mettre le juge Simon en difficulté, mais le mal est fait…

---

1. *Le Nouveau Détective*, 26 octobre 1989 (en kiosque le 20 octobre).

Devant l'ampleur des réactions suscitées par des confidences qui lui ont été volées, Maurice Simon tente de réagir. Il se défend d'avoir donné une interview. « Le pire de mes défauts, c'est d'être courtois[1] », répond-il pour expliquer son imprudence.

Maîtres Prompt et Welzer ne s'en satisfont évidemment pas. L'occasion est trop belle. Non seulement ce juge, qui passait pour incarner la vertu et la rigueur, a manqué à ses principes en accordant une interview, mais en plus, il s'est fait piéger comme un débutant. Pire, il s'est compromis avec la « presse de caniveau ». « Haro sur le juge Simon ! » résume *France-Soir* le 25 octobre, mais tous les médias s'interrogent sur un tel écart.

Maître Prompt, quant à lui, s'en va proclamer partout qu'il s'apprête à lancer une procédure de dessaisissement du juge Simon, tandis que maître Welzer, alors directeur du cabinet de Pierre Mauroy qui a repris la direction du parti socialiste, demande à être reçu par le garde des Sceaux de l'époque, Pierre Arpaillange. Une rencontre qui a lieu le 31 octobre 1989, au cours de laquelle les avocats Prompt, Welzer et consorts expriment non sans toupet au garde des Sceaux « leurs inquiétudes sur les violations répétées du secret de l'instruction, les débordements médiatiques qui s'en suivent et sur la nécessité d'une instruction sereine[2] ». Pour ajouter au tableau, précisons que l'interview du *Nouveau Détective* paraît six jours après une sortie intempestive de maître Garaud, l'avocat de Christine et Jean-Marie Villemin, qui, après une audition de ses clients par le juge Simon, a cru bon d'annoncer un

1. *Le Bien public*, 21 octobre 1989.
2. *Le Républicain lorrain*, 1er novembre 1989.

futur non-lieu en leur faveur. De quoi placer le juge Simon dans l'embarras.

La fin de l'année 1989 est d'autant plus éprouvante pour ce dernier qu'il perd l'un de ses meilleurs soutiens en la personne du procureur général Bruno Estrangin. Obligé de prendre position contre le juge, le procureur lui communique les messages de déception et d'agacement de la Chancellerie devant les erreurs commises. Par ailleurs, Bruno Estrangin doit prendre sa retraite en décembre 1989. Or Maurice Simon s'était fixé cette date pour clore son instruction complémentaire. D'avoir trébuché si près du but lui donne le sentiment d'avoir échoué.

Le président Simon savait pourtant qu'il n'avait pas droit à l'erreur. Le 8 janvier 1988, il m'écrivait : « Je suis patient et rien ni personne ne pourrait m'intimider ni m'arrêter dans la poursuite de cette vérité que je voudrais tellement faire surgir. » Dans une autre lettre, datée du 24 décembre de la même année, au milieu des soucis qui l'accablent, il me confie : « J'ai des amis mais aussi des ennemis à tous les niveaux. Cette sorte d'isolement progressif ne me fait pas peur. J'ai déjà vécu cela il y a vingt ans à peine, ce qui ne m'a pas empêché cependant de mener jusqu'à son terme une certaine affaire qui embarrassait bien les pouvoirs publics. Je l'ai payé d'une perte totale d'avancement pendant cinq ans, mais cela m'était égal. » Il évoquait là un dossier qu'il avait instruit au début des années soixante-dix et qui l'avait conduit à mettre gravement en cause un haut fonctionnaire de police en poste à Lyon.

Le 18 janvier 1990, en réponse à une lettre d'encouragement que je lui avais adressée, il m'écrit encore : « La bataille est rude et sans merci. Il faut des nerfs d'acier pour tenir, je vous l'assure, car tous les obstacles imaginables sont jetés sur ma route. La haine et la rage sont au rendez-vous et s'expriment de toutes les façons. La pression est énorme parce que la vérité est découverte et vous la connaissez. Tous les coups sont permis de la part de gens qui se font une curieuse idée de la liberté d'expression qui appellerait l'honnêteté, tout simplement. »

Le 22 janvier 1990, alors qu'il se trouve en audition dans son cabinet, un huissier se présente sans prévenir et sans qu'aucune autorité, comme le veut l'usage, l'ait autrement averti. L'huissier notifie au juge une assignation établie par maître Prompt au nom de sa cliente, Marie-Ange Laroche, qui le cite devant un tribunal et lui réclame 450 000 francs (63 000 euros) de dommages et intérêts pour son interview publiée dans *Le Nouveau Détective*. Édith Gaudin, sa greffière, le voit signer le reçu, livide et pétrifié, puis le ranger sans un mot dans un tiroir. Cette procédure ne sera finalement pas instruite car maître Prompt avait commis une erreur de procédure en assignant nommément le magistrat au lieu de citer l'État, qui est responsable de ses agents en pareilles circonstances.

Mais le coup a porté… Quelques jours après cette assignation, le 29 janvier, alors qu'il se repose en famille, un violent infarctus frappe Maurice Simon qui tombe dans le coma. Il reprendra conscience deux jours plus tard, partiellement amnésique, et gravement diminué sur le plan intellectuel.

Le 22 juillet 1990, il m'écrira, depuis le centre de réadaptation cardiaque où il était soigné, qu'il espérait reprendre son travail le 3 septembre. « J'aurai beaucoup de travail à faire pour reprendre le fil de mes pensées et entreprendre l'action que je désire conduire – si Dieu m'en donne la force – pour parvenir aussi près que possible à la vérité dans cette affaire Villemin qui me tient tant à cœur. »

Ce désir ne sera pas exaucé. Maurice Simon ne sera plus en état d'exercer sa fonction, et il mourra des séquelles de son accident cardio-vasculaire quatre ans plus tard, le 24 mai 1994.

Le 20 septembre 1990, son successeur à la tête de la chambre d'accusation, Jean-Paul Martin, reprend le dossier. Ce magistrat de 61 ans a bien connu le président Simon, alors juge d'instruction à Dijon quand lui-même était substitut du procureur. Ils avaient travaillé ensemble sur de nombreuses affaires et s'appréciaient mutuellement. Jean-Paul Martin n'a pas l'expérience de son prédécesseur en matière d'instruction, mais il a été longtemps en poste dans une chambre d'accusation, à Colmar puis à Dijon, et est donc suffisamment armé pour conduire à son terme la procédure. Familier du cadre de l'affaire pour avoir rédigé les deux arrêts de non-lieu en faveur de Murielle et en faveur des gendarmes, il peut compter à son tour sur l'aide précieuse d'Édith Gaudin, la greffière. Durant la vacance du poste, celle-ci avait mis en ordre toute la procédure et répertorié les notes de synthèse établies par le président Simon, préparant ainsi la fin du dossier. Cela dit, en ce mois de septembre 1990, plus personne ne croit que la vérité pourra en surgir, y compris la presse, l'un des chroniqueurs allant même jusqu'à saluer l'arrivée du juge Martin en titrant un de ses articles par : « Mission impossible[1] ».

1. *La Croix*, 21 septembre 1990.

D'un caractère très différent de celui de Maurice Simon, Jean-Paul Martin possède également un tout autre profil professionnel. Quand il se voit confier l'affaire, il n'est pas au terme de sa carrière – il ne quittera la magistrature qu'en 1998. Mais sa détermination ne fait aucun doute. Il doit boucler le dossier et rendre un arrêt confirmant ou infirmant le renvoi de Christine Villemin devant les assises afin de permettre que Jean-Marie soit enfin jugé pour le meurtre de Bernard Laroche. Il sait quelle orientation a pris le travail de Maurice Simon et vers quelles conclusions il tendait. Mais il ne veut pas être le simple greffier de son prédécesseur. Conscient que celui-ci avait trop investi de lui-même dans sa tâche, s'exposant peut-être à ce qui relèverait « d'actes manqués », le juge Martin entend contenir son travail dans un cadre strictement professionnel et s'astreindre à une totale discrétion.

Cette pratique lui réussira puisqu'il parviendra à clore le dossier en lui apportant des amendements et des compléments fort intéressants. Quelques semaines à peine après s'en être saisi, la chance lui sourit en effet. Le 29 octobre 1990, il reçoit par fax un courrier de l'un des avocats de Jean-Marie et Christine Villemin, Thierry Moser, qui lui indique avoir recueilli un renseignement du plus grand intérêt. L'une de ses clientes, Charlotte Conreaux, venue le consulter pour une affaire personnelle, l'a informé à l'issue de son entrevue qu'elle avait racheté avec son mari le pavillon des Villemin, à Lépanges. Le couple a sympathisé avec les voisins, notamment avec Marcelle Claudon, la fermière, qui lui a confié que le jour de l'enlèvement du petit Grégory, vers 17 heures, alors qu'elle passait à proximité du pavillon, elle avait croisé une voiture verte dans laquelle elle avait clairement reconnu Bernard Laroche. Ce dernier se tenait au volant avec une personne à son côté. Mais à ce moment-là, Marcelle Claudon se trouvait en compagnie d'un ami, Claude Colin, dont il était préférable d'ignorer la présence. Tous deux étaient donc convenus, à l'époque de notre enquête, de ne pas mentionner cet élément pourtant capital. Par la suite, dans la crainte des représailles, notamment celle que sa ferme soit incendiée, Marcelle Claudon s'était enferrée dans son mensonge. Ce qui ne l'avait pas empêchée de confier son secret à diverses relations, qui attendaient que ces révélations soient enfin portées aux oreilles de la justice. Ce sera chose faite, incidemment, ce jour d'octobre 1990, dans le cabinet de maître Moser. Six ans exactement après les faits !

Dès le 31 octobre, le président Martin envoie les adjudants Besson et Defix dans les Vosges. Ils prennent l'audition sur procès-verbal officiel de Charlotte Conreaux, qui confirme tout et désigne les personnes au courant de ces confidences. Quelques jours plus tard, les deux gendarmes retrouvent et entendent Claude Colin, l'ami de Marcelle Claudon, qui leur exprime d'emblée son soulagement de pouvoir enfin témoigner. Il reconnaît être passé le 16 octobre 1984 au domicile des Claudon, à Lépanges, vers 16 heures 30. Il ajoute qu'après avoir bu un café avec Marcelle Claudon, il l'a conduite avec sa voiture, une Volkswagen Polo blanche, vers la pâture où se trouvait le bétail qu'elle devait ramener à la ferme. Il était environ 17 heures. Alors qu'ils avaient emprunté un chemin étroit entre la ferme et la maison des Villemin, ils ont croisé une voiture qui s'est garée à l'entrée d'un pré pour les laisser passer. Roulant au pas, ils ont eu le temps d'observer que le conducteur était un homme assez corpulent et qu'une femme aux cheveux roux se tenait assise à côté de lui. Le lendemain, ayant appris le crime qui s'était produit à l'heure et sur le lieu où lui-même se trouvait, Claude Colin est retourné chez les Claudon pour les prier de ne pas révéler sa présence, car il ne voulait pas d'ennui avec son employeur ni avec son épouse, qui l'imaginaient ailleurs. Tous trois ont alors décidé de dire que Marcelle Claudon était allée chercher son troupeau avec son mari dans leur voiture, une Méhari, et qu'ils n'avaient vu personne. Plus tard, celle-ci précisera à Claude Colin que c'était bien Bernard Laroche et Murielle Bolle qui se trouvaient dans l'auto qu'ils avaient croisée, justifiant son silence par des menaces qu'elle aurait reçues.

Poursuivant leur enquête, les gendarmes entendent le mari, Jean-Louis Claudon, et son fils Christian. Tous deux reconnaissent qu'ils ont menti pour rendre service à Claude Colin. Le père ajoute que Claude Colin et sa femme lui avaient effectivement précisé qu'ils avaient croisé une voiture sur leur trajet.

Marcelle Claudon est à son tour entendue par les adjudants Besson et Defix. Elle commence par nier que Claude Colin se trouvait avec elle lorsqu'elle était allée chercher son bétail, puis, avertie des déclarations faites par celui-ci, elle admet finalement avoir été emmenée dans la voiture de son ami. Mais elle affirme catégoriquement qu'ils n'ont croisé personne durant le trajet. De toute évidence, Marcelle Claudon a peur. Lors des reconstitutions d'octobre 1987 par le président Simon, beaucoup de personnes avaient remarqué sa nervosité. Les témoins, ceux qui avaient reçu ses confidences, avaient alors pensé qu'elle allait « vendre la mèche ». Mais son fils l'avait calmée, lui ordonnant de se taire.

Les voisins qui étaient dans la confidence, notamment Alfred Goffeney, mais surtout les époux Méline, avaient bien été interrogés à de multiples reprises dès les premières heures de notre enquête, en 1984, mais ils n'avaient rien révélé. Après bien des réticences, Gilbert Méline finira par reconnaître qu'il avait menti. Il ajoutera que, au cours d'un déplacement à Remiremont, Marcelle Claudon lui avait raconté, ainsi qu'à son épouse, les circonstances véritables du croisement des deux voitures. Mme Méline affirmera quant à elle avoir reçu par deux fois les confidences de Marcelle Claudon qui, parlant du conducteur de l'autre véhicule, avait ajouté : « Il portait un pull-over jacquard et avait des moustaches. On aurait dit Bernard Laroche[1]. » Pour expliquer ces silences et ces mensonges, Mme Méline avancera « qu'ils ne voulaient pas moucharder… qu'entre voisins on ne se critique pas et que, quand on vous confie un secret, on le garde[2] ».

Toutes ces informations, directes et indirectes, sont confirmées par le gendarme Lachaussée. Dès le mois de janvier 1985, celui-ci avait en effet appris que du côté des Claudon, on avait vu quelque chose d'important le jour du crime. L'information, imprécise mais facile à creuser, était remontée jusqu'à moi, mais le juge Lambert avait sèchement interdit que l'on poursuive les investigations dans cette voie. À cette époque, déjà obnubilé par le cas de Christine Villemin, il estimait ces recherches stériles… J'ai évidemment regretté plus tard de n'avoir pas consigné tous ces éléments par

1. Arrêt du 3 février 1993.
2. Procès-verbal d'audition, 5 décembre 1990.

écrit. Mais cela aurait-il changé le cours désespérant de cette histoire ?

Outre l'exploitation de ces témoignages, Jean-Paul Martin procède à la synthèse de la procédure de Maurice Simon en vue de soumettre une décision à la chambre d'accusation. Il se rend alors compte que le dossier pèche gravement dans un domaine particulier : celui des expertises en écriture et de la police technique en général.

En effet, derrière la série des trois collèges d'experts successivement saisis par le juge Lambert – chacun étant parvenu à la conclusion plus ou moins catégorique que Christine Villemin était l'auteur des lettres anonymes –, le président Simon s'était limité à saisir le gendarme Klein, devenu expert agréé auprès de la cour d'appel de Metz. Dubitatif devant les contradictions répétées des experts, sans doute ne voulait-il pas ajouter à la confusion… Mais son successeur aperçoit les inconvénients d'un tel choix. Les avocats récuseront d'ailleurs les conclusions de Klein, présenté comme juge et partie dans ce dossier. Jean-Paul Martin en saisit donc un nouveau, Isabelle Davidson, également agréée à Metz, afin qu'elle assiste le gendarme Klein dans ces ultimes travaux.

Tous deux, « au terme d'une étude très approfondie et minutieuse, illustrée par de nombreuses photographies[1] », adressent leurs rapports au président Martin le 10 décembre 1991. À les suivre, les deux premiers documents du corbeau – ceux écrits en lettres capitales d'imprimerie – ne peuvent être attribués avec certitude à Bernard Laroche, contrairement aux deux autres lettres

1. Arrêt du 3 février 1993.

– celle du 17 mai 1983, et surtout celle revendiquant le crime, toutes deux rédigées en écriture cursive – qui seraient de sa main.

Jean-Paul Martin aurait-il dû confirmer ces résultats en saisissant un sixième collège d'experts ? Il ne l'a pas souhaité compte tenu, une fois encore, du caractère aléatoire de ces travaux et des risques de nouvelles contradictions. Il a eu raison. Mais il a pris la sage précaution de prendre en considération, tout comme l'avait fait Maurice Simon, les avis des premiers experts, Mmes Jacquin-Keller et Berrichon-Sedeyn, dont les travaux avaient été annulés pour vice de forme.

Les conclusions des experts Denis Klein et Isabelle Davidson, la présence avéré du foulage « L B » sur la lettre de revendication du meurtre, et les avis méticuleusement étayés de Mmes Jacquin-Keller et Berrichon-Sedeyn permettent au magistrat de contrer clairement les positions des collèges Buquet, Glénisson et Gille, en soulignant le manque de cohérence et de fiabilité des résultats de ces derniers.

Jean-Paul Martin souhaite également que des recherches soient menées dans d'autres domaines techniques et scientifiques. Sept ans après le meurtre, des progrès considérables ont été accomplis et de nouvelles analyses, inimaginables en 1984, sont envisageables en 1991. Mais il s'avère que les pièces à conviction – notamment les vêtements de Grégory – ont été si mal conservées qu'elles ne sont plus exploitables. Par ailleurs, de nouvelles analyses retarderaient encore la remise du dossier, or la Chancellerie veut conclure.

Par acquit de conscience, Jean-Paul Martin convoque une dernière fois Murielle à Dijon, le 8 février 1991. Le magistrat souligne qu'elle arrive escortée par trois de ses frères et beaux-frères. Protection pour les uns, pression pour les autres… Murielle, rompue aux auditions et confrontations, ne varie pas d'un iota dans son témoignage.

En avril 1991, le juge convoque les grands-parents Villemin, Albert et Monique, dans l'espoir de percer un éventuel secret familial qui pourrait fournir un mobile aux agissements initiaux du corbeau, avant de les confronter une dernière fois avec Jean-Marie et Christine pour clore les investigations. Si la première audition est un échec, la rencontre entre le couple Villemin et les parents de Jean-Marie leur permet de se réconcilier après des années d'incompréhension et de suspicion entretenues par le jeu ambigu des avocats Lombard et Lagrange. Deux mois avant cette entrevue, en février 1991, un nouveau drame avait endeuillé la famille : Lionel, le plus jeune des enfants, s'était tué dans un accident de la route. Il avait vingt ans et était resté très attaché à la fois à ses parents et à son frère Jean-Marie. Chacun des couples ayant perdu un enfant, cette tragique disparition les rapproche.

Cette confrontation offre aussi l'occasion à Jean-Marie et Christine Villemin de découvrir le nouvel avocat entré dans le dossier : maître Jacques Léauté, un ancien éminent professeur de criminologie dont j'ai eu l'honneur et le plaisir de suivre les cours. C'est grâce à lui que ce rapprochement a été possible, tout comme le non-lieu clair et définitif qui sera prononcé en faveur de Christine Villemin. Un dénouement en demi-teinte pour le couple, qui aurait souhaité que l'innocence reconnue de Christine soit confortée par des aveux de Murielle. Révoltés par le mutisme de la jeune femme, ils envisageront d'ailleurs de relancer une action contre elle, cette fois-ci avec le soutien de leurs parents, mais les magistrats les en dissuaderont. Pour eux, l'essentiel était d'avoir établi l'innocence de Christine Villemin.

Au cours de l'année 1992, Jean-Paul Martin consacre de longs mois à finaliser son dossier, en concertation avec le procureur général Stéfani, le successeur de Bruno Estrangin. La chambre d'accusation se réunit les 21 et 22 septembre 1992. Les parents et grands-parents de Grégory, enlevé et assassiné huit ans plus tôt, sont présents.

Le président Martin présente son rapport, le procureur général Stéfani expose ses réquisitions, et les avocats des deux parties, maîtres Garaud, Chastang, Moser et Robinet pour Christine et Jean-Marie Villemin, maîtres Lombard, Lagrange et Léauté pour Albert et Monique, font leurs plaidoiries. Les avocats du couple Villemin parviennent tous à la même conclusion : Christine Villemin est innocente du meurtre de son enfant. Ils demandent qu'un non-lieu soit rendu en sa faveur par la chambre d'accusation. Les avocats des grands-parents, notamment Lombard et Lagrange, qui s'étaient proclamés « la partie civile de la vérité », sont obligés de faire amende honorable et de reconnaître leurs erreurs après avoir tant œuvré contre Christine Villemin. « Il faut que la justice réhabilite Christine Villemin. Elle doit le faire[1] ! », exhorte maître Lagrange devant une Christine « écœurée par ces cyniques revirements[2] ». Jacques Léauté, lui, crée la sensation en demandant que le non-lieu conclue sur une autre formule que l'habituelle « faute de charge suffisantes ». Il demande que

1. Laurence Lacour, *Le Bûcher des innocents, op. cit.*
2. Jean-Marie et Christine Villemin, *Le Seize Octobre, op. cit.*

la jurisprudence évolue afin de ne pas confondre des innocents accusés à tort et des inculpés qui profitent du doute. Au procureur général, qui se montre réticent et lui dit que la vérité appartiendra à l'histoire judiciaire, il répond : « Mme Villemin s'en fiche de l'histoire ! Le devoir de la justice est de réparer ses torts. Je vous demande un acte de courage[1]. » Il obtiendra gain de cause.

L'arrêt rendu le 3 février 1993 par la chambre d'accusation de la cour d'appel de Dijon est conséquent. Long de quatre-vingt-treize pages, il se termine en affirmant « qu'il n'y a pas de charges contre Christine Blaise, épouse Villemin, d'avoir assassiné son fils Grégory Gilbert Villemin ».

Après avoir rappelé les faits et résumé la chronologie de la procédure, depuis les premières manifestations du corbeau jusqu'à la saisine de la chambre d'accusation de Dijon, l'arrêt fait le point sur les différentes charges pesant sur les principaux protagonistes du dossier. Mais, en une sorte de préambule à ce développement, les magistrats énumèrent toutes les difficultés rencontrées : le grand nombre de suspects possibles, les dissensions au sein de la famille, les erreurs de procédure, les lacunes et insuffisances de l'enquête initiale, la rivalité opposant le SRPJ à la gendarmerie, les liens unissant certains enquêteurs à des témoins et des journalistes, les querelles d'experts, les violations répétées du secret de l'instruction et, enfin, la médiatisation extrême de l'affaire. Celle-ci, qui a divisé l'opinion publique – y compris en fonction de critères politiques sans rapport avec la réalité – et qui a influencé de nombreux témoins

1. *Ibid.*

en les dissuadant de témoigner ou en les incitant à fournir des renseignements dénués de fondement, explique pour une bonne part l'échec de la justice, butant sur de « multiples interrogations restant sans réponse malgré les investigations innombrables et les efforts immenses pour découvrir la vérité ».

L'arrêt stipule que l'on ignore l'heure exacte du décès de Grégory, les causes précises de sa mort – a-t-il été assommé ? anesthésié ? a-t-il reçu une injection d'insuline ? –, la nature réelle de l'eau dans laquelle il a été noyé – rivière ? baignoire ? seau ? –, ainsi que le lieu précis d'immersion de la victime dans la Vologne. Reprenant les interrogations de Maurice Simon, le coup de téléphone de revendication du crime qu'affirme avoir reçu Michel Villemin le 16 octobre, vers 17 heures 30, est lui-même remis en question…

Puis les magistrats de la chambre d'accusation décortiquent une à une les vingt-cinq charges recensées par le SRPJ de Nancy, reprises par le juge Lambert et retenues par la chambre d'accusation de Nancy contre Christine Villemin. Toutes ces charges sont démontées. Seuls deux éléments résistent à un examen sérieux : les expertises des lettres et le témoignage des collègues de travail de Christine Villemin, les « filles de la poste ».

Mais l'arrêt met clairement en exergue de multiples contradictions et invraisemblances qui relativisent, voire annihilent la portée de leur témoignage et donc des soupçons sur lesquels ils s'appuient : Anne-Marie Texeira, qui a vu Christine Villemin mettre une enveloppe dans la boîte aux lettres de la poste, donne un point de repère, la présence d'une personne dans la voiture, Annie Mougenel. Mais celle-ci n'était pas avec elles le 16, mais le 15. Tout comme Danielle Cordier, qui reconnaît rapidement son erreur, elle finit par exprimer des doutes sur le jour précis des faits. Les reconstitutions ont en outre démontré que la chronologie des témoignages était incohérente. Il apparaît alors que, de bonne foi certainement, ces filles se trompent de jour, toutes les vérifications faites montrant que Christine Villemin est bien passée à la poste le 15 octobre. Seule, Sandrine Loups – la première d'ailleurs à témoigner, plus de dix jours après les faits – maintient sa position, mais l'arrêt souligne qu'elle n'est pas en bons termes avec Christine Villemin… Autre élément étonnant, la question des vêtements de Christine. Les « filles de la poste » affirment qu'elle était habillée d'un blouson jaune le 16 octobre. Une tenue portée effectivement par Christine, mais le 15, alors que le 16, il est avéré qu'elle était habillée d'un sweet de couleur grise.

L'arrêt conclut sur cette partie en soulignant l'absence de mobile et en affirmant : « En définitive, aucun des vingt-cinq éléments de conviction initialement retenus par le ministère public à l'encontre de l'inculpée ne justifie le renvoi de celle-ci devant la juridiction de jugement… Toutes les investigations menées en direction de Christine Villemin sont demeurées infructueuses et tendent au contraire à rendre à la fois invraisemblable et impossible sa participation à l'assassinat. »

En revanche, la chambre d'accusation revient sur les charges pesant sur Bernard Laroche. Rappelant le rejet des plaintes déposées contre les gendarmes, les magistrats mettent en avant la faiblesse des argumentations utilisées et constatent que les compléments d'enquête initiés par le juge Simon puis par Jean-Paul Martin « ont apporté contre Bernard Laroche des charges nouvelles de culpabilité ».

L'arrêt s'appuie en grande partie sur le témoignage de Murielle Bolle, soulignant sa personnalité affirmée, les précautions avec lesquelles les gendarmes ont recueilli son témoignage, les précisions qu'elle apporte dans ses dépositions – qui ont été vérifiées et qui n'ont pas pu être inventées par les enquêteurs –, les confidences qu'elle a faites à l'une de ses amies, celles de sa mère à Mme Golbain, l'infirmière, celles encore de sa sœur Isabelle à deux de ses amies, le témoignage de la tante Louisette, celui du chauffeur de car scolaire, celui de ses trois camarades de classe. L'arrêt relève aussi tous les éléments et indications recueillis à charge : les divers témoignages des personnes qui ont vu Bernard Laroche à Lépanges – Mme Hatton, M. Deruder, Claude Colin et, indirectement mais vraisemblablement, Marcelle Claudon –, les déclarations de Jean-Pierre Zonca, qui détruisent tout alibi, les premières expertises, puis celles de Denis Klein et d'Isabelle Davidson, et la découverte du foulage sur la lettre de revendication du crime.

L'arrêt reprend ensuite tous les points susceptibles de conforter les soupçons envers Bernard Laroche : ses relations avec Michel et Ginette Villemin, les efforts faits pour diriger les soupçons vers les Jacquel, la longue-vue et la cassette que l'on a retrouvées chez lui, les bruits entendus sur les enregistrements des appels anonymes – escalier, métier à tisser…

Si ce récapitulatif constitue un véritable réquisitoire à charge, les magistrats ont cependant la précaution de rappeler qu'« il n'est pas question de proclamer la culpabilité de Bernard Laroche, ce n'est pas le rôle de la chambre d'accusation, juridiction d'instruction, et l'extinction de l'action publique mise en mouvement contre cet inculpé l'interdit », mais ils déduisent de toute leur analyse « qu'en définitive, il existe contre

Bernard Laroche des charges très sérieuses d'avoir enlevé Grégory Villemin le 16 octobre 1984 ». Une position extrêmement grave quand on sait que la justice doit marcher sur des œufs en raison de la disparition de l'intéressé.

Compte tenu des accusations portées par les avocats de Jean-Marie et Christine Villemin contre Murielle Bolle et Marie-Ange Laroche, la chambre a étudié également les charges pesant sur les deux femmes : elle souligne l'absence évidente d'intention criminelle pour Murielle Bolle – établissant toutefois qu'« en dépit de ses dénégations, elle a bien assisté à l'enlèvement de Grégory Villemin[1] » – et d'alibi précis pour Marie-Ange Laroche. Elle écarte donc ces charges et conclut sur l'impossibilité d'envisager toute investigation complémentaire en leur direction.

Ce long et minutieux arrêt s'achève par l'évocation de divers points ayant incité Maurice Simon à concevoir une hypothèse qu'il n'est jamais parvenu à démontrer : celle d'un crime qui aurait été commis par plusieurs personnes et qui se serait déroulé en plusieurs temps.

L'arrêt reprend le témoignage d'un certain René Hairay, un chauffeur routier mosellan circulant souvent dans les Vosges, qui s'est accusé d'avoir été payé par Bernard Laroche pour tuer le petit Grégory. Ce chauffeur, atteint d'une grave maladie, est décédé en 1989 avant que ce témoignage puisse être retenu ou invalidé. Une autre histoire, non moins troublante, est également évoquée : circulant le 16 octobre 1984 près de Docelles, un dénommé Jean-Gustave Descy aurait remarqué un véhicule inoccupé stationné sur le

1. Arrêt du 3 février 1993.

bord de la route. Quatre jours plus tard, il aurait revu ce véhicule quasiment au même endroit, et remarqué quatre ou cinq personnes s'engouffrer dedans puis partir précipitamment. L'une des personnes ressemblait, selon le témoin, à Roger Jacquel. Outre ces indications, Jean-Gustave Descy avait attiré l'attention des magistrats pour deux raisons : d'une part, parce qu'il semblerait que le SRPJ de Nancy ait refusé de le prendre en considération alors qu'un fonctionnaire de police parisien affirme leur avoir adressé le procès-verbal d'audition de ce M. Descy. D'autre part, parce que le lendemain du jour où cette histoire a été relatée par la presse, dans *Le Figaro Magazine* du 27 février 1988, son domicile a été ravagé par un incendie d'origine criminelle. On a retrouvé ses initiales peintes en noir sur la porte de l'immeuble.

S'agissait-il d'anecdotes venues parasiter le dossier, ou d'éléments apparents d'un scénario qui serait resté inaperçu au bout de huit ans ? Pour ma part, et j'y reviendrai plus loin, ils me semblent caractériser le vice de l'affaire : on a compliqué les faits à l'excès, s'obnubilant sur des questions de détail qui ont fini par nuire à la compréhension de l'ensemble.

L'arrêt du 3 février 1993 résulte d'un supplément d'information de quatre ans et sept mois, sans compter les neuf mois d'interruption entre l'accident cardiaque de Maurice Simon et la reprise du dossier par Jean-Paul Martin. Un supplément trois fois plus long que l'instruction initiale ! Pourtant, aujourd'hui encore, on ne parle que de l'action du juge Lambert, négligeant l'œuvre colossale accomplie par les présidents Simon et Martin ! Or, sans eux, la justice aurait probablement failli de bout en bout dans ce dossier.

Pour être complet et objectif, il convient de préciser que le supplément d'information et l'arrêt du 3 février 1993 seront fortement critiqués par certains à l'intérieur même du système judiciaire.

Ainsi, en mai 2002, la cour d'appel de Versailles sera saisie d'une procédure lancée en 1997 par la famille Bolle et mettant en cause la responsabilité de l'État dans la mort de Bernard Laroche. Rejetée en première instance, puis en appel, à Paris, la requête sera finalement envoyée par la Cour de cassation devant la cour d'appel de Versailles. Cette cour donnera raison aux demandeurs, jugeant qu'il y a eu faute lourde de la part de l'État en raison d'une « déficience généralisée traduisant l'inaptitude du service public de la justice à remplir sa mission ». Cet arrêt se montrera assez sévère sur le supplément d'information mené à Dijon, particulièrement à l'endroit du président Simon. Il lui sera reproché de n'avoir pas su maîtriser les débordements médiatiques, d'avoir manqué de réserve et de sérénité, et d'être apparu trop intime avec les époux Villemin. Il sera également critiqué sur la conduite de son travail, trop orienté contre Bernard Laroche alors que celui-ci était mort et que, n'étant plus représenté dans la procédure, ses intérêts n'étaient pas défendus contre les suspicions établies à son encontre.

Cet arrêt de 2002 montrera aussi que certains magistrats – et responsables à la Chancellerie – estimaient que le juge Simon aurait dû limiter son travail au constat de l'innocence de Christine Villemin, sans chercher plus loin. Pour son malheur, Maurice Simon avait pris ce risque car pour lui, tant que la vérité ne serait pas atteinte ou approchée au plus près, les suspicions contre Christine Villemin persisteraient. Et cela lui était intolérable. Il est cependant étonnant que la décision de la cour d'appel de Versailles ait oublié son successeur, Jean-Paul Martin, qui a travaillé plus de deux ans sur le dossier en reprenant ses orientations.

Mais la position des magistrats versaillais se situe dans un autre contexte, dans une autre logique : reconnaître le préjudice évident que les familles Bolle et Laroche ont subi avec la mort tragique et insupportable de Bernard Laroche. En 2004, la cour d'appel de Paris prendra une décision similaire en faveur des époux Villemin, sur la base d'arguments comparables, visant cette fois-ci plus particulièrement l'instruction du juge Lambert à Épinal.

Remarquons pour finir que l'arrêt de la cour de Dijon n'a guère reçu d'écho dans la presse. Certains grands hebdomadaires d'information générale, comme *Le Point*, *L'Express* ou *Le Nouvel Observateur*, n'en ont même pas fait mention dans leurs colonnes ! Et aujourd'hui encore, quand j'évoque cette affaire, même avec des personnes qui disent s'y être intéressées de près, la plupart avoue ignorer l'existence de cet arrêt.

C'est oublier qu'en février 1993, la justice reprenait son cours normal. L'instruction relative à l'assassinat de Grégory Villemin étant close, le procès de son père, Jean-Marie Villemin, coupable de l'assassinat de Bernard Laroche, allait pouvoir enfin s'ouvrir…

X

Un théâtre d'ombres

Le procès de Jean-Marie Villemin s'ouvre le mercredi 3 novembre 1993 au palais de justice de Dijon. Olivier Ruyssen a été désigné pour présider la cour. Ce magistrat siège ordinairement au civil, mais il a été préféré au titulaire. On a craint en effet que ce dernier n'ait pas assez d'autorité pour tenir des débats qui s'annoncent houleux… Or il en va de la réputation d'une institution judiciaire passablement ternie par les péripéties qui ont émaillé l'instruction du dossier.

Plusieurs mois sont d'abord consacrés à la préparation du procès. Celui-ci doit-il se limiter à l'assassinat de Bernard Laroche ? ou prendre en compte les éléments relatifs à l'enlèvement et l'assassinat de Grégory ? Dans le premier cas, il serait bref, cinq à six jours tout au plus. Dans le second, plusieurs semaines risqueraient de s'écouler avant le verdict.

Compte tenu des enjeux, le président Ruyssen renonce à ses prérogatives habituelles et convoque les deux parties pour connaître leur opinion. Les avocats des époux Villemin penchent pour la « formule complète ». Il ne veulent pas d'une justice à la sauvette qui n'offrirait aucune possibilité de réhabilitation à

Christine Villemin. Il s'agit pour eux du « procès de la dernière chance[1] ».

À l'inverse, les conseils des familles Laroche et Bolle penchent pour la « formule économique ». Pas question d'évoquer le rôle de Bernard Laroche dans la mort de l'enfant, encore moins de contraindre Murielle à venir témoigner devant le tribunal. Maître Garaud, l'avocat du couple Villemin, finit par emporter la décision du magistrat. En face, maître Prompt réplique : « Dans ce cas, nous ferons le procès de la mère. Le non-lieu ne compte pas[2] ! » Pour lui, l'histoire s'est arrêtée en 1986, avec la clôture de l'instruction du juge Lambert.

La famille Villemin redoute plus que tout cette perspective. Pour Jean-Marie et Christine Villemin se pose alors un terrible dilemme. La réaction de maître Prompt leur fait craindre que la campagne de diffamations des années 1985-1987 ne reprenne. Or, au moment où va s'ouvrir le procès, ils ont deux enfants, ont refait leur vie en région parisienne et, depuis deux ans, les médias se montrent enfin discrets. Mais renoncer au procès de l'affaire revient à faire le deuil de la vérité. « Il faut tout tenter. Si Murielle se libère, tout peut basculer. Si elle ne parle pas ce jour-là, elle ne parlera plus jamais[3]. » Le président Ruyssen, quant à lui, ne peut qu'acquiescer à ce choix. Autant faire défiler devant la barre les acteurs de cette saga judiciaire. Le public appréciera.

Les mois qui suivent, chacune des parties établit la liste de ses témoins. Nous verrons que les critères

---

1. Jean-Marie et Christine Villemin, *Le Seize Octobre*, *op. cit.*
2. Jean-Marie et Christine Villemin, *Le Seize Octobre*, *op. cit.*
3. *Ibid.*

de sélection des uns et des autres aboutiront à des « oublis » surprenants. Mais un procès d'assises est un théâtre dans lequel la qualité d'une prestation dépend moins du texte que l'on sert que de l'impression que l'on donne.

Les débats auront lieu dans la grande salle du palais et pourront être suivis par soixante-dix journalistes accrédités, le public, lui, n'ayant droit qu'à une trentaine de places. À côté du président Ruyssen et de ses assesseurs, l'avocat général Jacques Kohn représentera le ministère public. Il se manifestera peu, mais observera beaucoup.

Le premier jour du procès est consacré à des points techniques et à la mise en place des neuf jurés – cinq hommes et quatre femmes – auxquels se joignent cinq suppléants, compte tenu de la durée du procès. D'habitude, peu d'incidents surviennent lors de cette séance. Mais ici, la tension monte d'emblée entre les parties, qui s'accrochent sur une question de procédure. Les avocats de Bernard Laroche et de la famille Bolle demandent en effet que Murielle puisse se constituer partie civile. L'enjeu n'est pas mince. En pareil cas, non seulement elle peut demander des dommages et intérêts, mais, surtout, elle ne sera plus entendue comme simple témoin. Ce qui signifie qu'elle aura le droit d'assister à l'ensemble des débats, qu'elle n'aura pas à prêter serment avant de parler, et qu'elle pourra refuser de répondre aux questions qui lui seront posées. Après un rapide délibéré, la cour lui accorde ce statut. Décision étonnante, vu l'influence qu'elle peut exercer sur le cours du procès.

« Je n'attends qu'une chose, c'est que Murielle Bolle dise la vérité », déclare Jean-Marie Villemin à l'issue de cette première escarmouche. Mais le camp Laroche-Bolle vient de marquer un point psychologiquement décisif.

Au deuxième jour du procès, l'un des plus poignants, Jean-Marie Villemin prend la parole et, devant un auditoire pétrifié, entame un monologue ininterrompu de plus d'une heure, où il raconte avec des mots simples et justes sa vie avec Christine et son amour pour Grégory. Il décrit leur bonheur, puis leur immense douleur. Par moments, son récit est insoutenable, particulièrement lorsqu'il évoque les jours les plus sombres, quand le couple, harcelé par la presse, traqué par la police, trahi par le juge, abandonné par les parents, bascule dans le désespoir. L'assistance est sous le choc. Celui que l'on avait dépeint comme une brute, un primaire borné, se révèle être un homme brisé et bien plus réfléchi qu'il ne le paraissait à ses détracteurs de la veille. Il résume en quelques mots ses pensées et ses certitudes : « J'étais diabolisé de haine… » Pour autant, il avoue n'avoir « aucun doute sur la culpabilité de Bernard Laroche ». Son seul regret est qu'il aurait préféré « que Laroche soit dans ce box, à ma place ».

Les avocats de la famille Bolle-Laroche s'efforcent d'atténuer l'effet produit sur le jury par l'inculpé. « Villemin est un grand comédien, cela fait huit ans qu'il s'y prépare », affirme maître Welzer. Mais les journalistes ne s'y trompent pas, et certains commencent enfin à mesurer le poids de leurs responsabilités. Franz-Olivier Giesbert présente dès le lendemain, sur Europe 1, les excuses de la presse à Jean-Marie, mais surtout à Christine Villemin, tandis que Paul Lefèvre confesse que « les journalistes et d'autres ont été dégueulasses ».

Le 5 novembre, Christine vient témoigner à son

tour. Mais le rôle est trop lourd pour elle. Tétanisée par l'émotion, elle peine à s'exprimer. Agrippée à la barre, ne quittant pas des yeux son mari, elle décrit d'une voix chancelante les « neuf années d'enfer et son long chemin de croix ». On découvre à cette occasion une femme « liquéfiée de chagrin et de souffrance[1] ».

La suite du procès est consacrée à l'examen de la personnalité de Jean-Marie Villemin. Les psychiatres attribuent à ce dernier un caractère entier mais influençable, qui ne révèle aucun trouble particulier. Ils estiment que l'inculpé a agi « dans un état d'ordre passionnel, sur fond de dépression ». Puis toute la famille Villemin vient témoigner. Le président Ruyssen les exhorte à ne rien dissimuler : « Il n'y a que la vérité qui puisse apporter un peu de paix dans tous ces malheurs. » Mais rien n'émerge…

Le face à face entre Monique Villemin et son fils est tendu. Depuis l'arrêt de non-lieu, leurs relations se sont à nouveau dégradées. Monique Villemin s'attendait à une simple confirmation de l'innocence de sa belle-fille, or elle constate que ce procès revient sur Bernard Laroche, donc sur Michel, le deuxième de la fratrie, et Ginette, son épouse. Jean-Marie ne peut admettre que sa mère ne veuille pas le suivre dans sa quête de la vérité. Lui et ses avocats pensent que Monique Villemin cherche à protéger l'un de ses enfants. Elle s'en défend, sans les convaincre. Chacun reste sur ses positions.

La cour aborde enfin la question de l'assassinat de Bernard Laroche, soit le fond du procès. Jean Ker est le premier à venir déposer. Le journaliste de *Paris-*

1. *Le Républicain lorrain*, 6 novembre 1993.

Match déclare qu'il avait communiqué à Christine et Jean-Marie Villemin le procès-verbal des aveux de Murielle à la gendarmerie et qu'il était prévenu de leurs intentions meurtrières. Son témoignage surprend par sa franchise et ses révélations. Jean Ker assume également sans détour ses relations avec les époux Villemin et expose sa propre enquête. Il se dit convaincu de la culpabilité de Laroche, qu'il avait rencontré sept jours seulement après la mort de Grégory, aucun soupçon ne pesant alors sur lui. Bernard Laroche lui aurait dit : « Les salauds de Villemin, ils ont payé pour ce qu'ils ont fait. Ils m'ont mis de côté, complètement à l'écart, je n'avais pas le droit de monter le dimanche dans la famille[1]. »

Puis, l'adjudant Lamirand, le gendarme Bardot et moi-même sommes appelés à témoigner. Nous avons été si longtemps vilipendés et calomniés que nous avons le devoir de convaincre. Pour ma part, l'image de « directeur de conscience d'un assassin » me poursuit toujours. Et si les avocats des parties civiles parviennent à me déstabiliser, c'est toute notre enquête – et, partant, le témoignage central de Murielle – qui s'en trouvera fragilisée, de même que l'ensemble de la procédure conduite par les présidents Simon et Martin. On peut imaginer l'état de mes pensées à l'instant où je dois me présenter à la barre. Il est prévu que j'y sois appelé quatre fois, soit pour déposer seul, soit pour être confronté à d'autres témoins.

---

1. *Le Bien public*, numéro spécial, décembre 1993. Ce procès a été repris dans de multiples médias qui l'ont suivi au jour le jour. Le journal local en a fait une synthèse détaillée qui reprend de manière fidèle le déroulement des débats et les diverses interventions.

La direction de la gendarmerie redoute ce procès qui peut nuire à l'institution. Un an plus tôt, en décembre 1992, aux assises de Grenoble, elle a été en effet gravement désavouée dans l'affaire Richard Roman. Cet homme, qui avait été arrêté pour le viol et le meurtre d'une fillette, Céline Jourdan, avait toujours proclamé son innocence après ses aveux passés devant les gendarmes enquêteurs. Au cours du procès, le véritable assassin, qui n'était présenté que comme complice, avait tout avoué et innocenté Roman. L'histoire avait fait scandale, pas question qu'un tel affront se reproduise !

Pour s'en prémunir, ma direction m'a rappelé dix jours avant l'ouverture du procès. J'étais alors en poste en Nouvelle-Calédonie. À Paris, on me remet le dossier qui a été constitué, des photocopies de toutes les pièces de procédure établies par la gendarmerie, et on me confie à quatre lieutenants-colonels, choisis pour leur compétence en police judiciaire et chargés de m'entraîner à ce « grand oral ». Leur méthode est simple : toute la procédure, rien que la procédure ! Une approche strictement professionnelle censée donner une image de rigueur et de parfaite observance des textes réglementaires. Il me faut lire le document dans le détail et apprendre par cœur les éléments les plus importants. Autre consigne : me référer strictement aux directives du juge d'instruction et du procureur de la République lors des questions délicates.

Dès les premières « colles », je sens que je cours à la catastrophe. Me retrancher derrière des procès-verbaux et les magistrats dans une affaire qui s'est souvent jouée en marge du dossier et des cadres formels de la procédure risque, à mon sens, d'être mal perçu.

De plus, je n'ai pas l'intention de me montrer « bête et discipliné » alors que j'ai à dire les faits et à faire front, y compris pour signaler les carences observées dans l'instruction.

Je contacte mon avocat, Jean Kopf, qui partage mon analyse et se propose de m'aider à préparer mes interventions. J'abandonne mes « répétiteurs », certes pleins de bonne volonté à mon égard, mais qui ne sentent pas comme moi la charge émotionnelle du dossier.

Jean Kopf, outre sa vision acérée de la procédure, connaît bien Gérard Welzer et la position parfois incommode qu'il tient dans l'affaire. Les outrances de son associé, maître Prompt, peuvent le mettre en difficulté. Jean Kopf me rejoint donc à Dijon pour m'assister durant le procès. Nous passons nos soirées à décortiquer les auditions en cours et à mettre au point une stratégie adaptée. Je lui dois d'avoir franchi sans chuter ce parcours d'obstacles.

Lors de ma première déposition, j'ai à m'expliquer sur mes relations avec Jean-Marie Villemin, ma connaissance de ses précédentes tentatives de tuer Bernard Laroche, et le prétendu refus des gendarmes de protéger ce dernier.

Jamais je n'oublierai mon entrée dans la salle des assises. Étant appelé en dernier, j'avais attendu six heures durant enfermé dans une salle, voyant partir l'un après l'autre les témoins qui m'entouraient. L'huissier arrive enfin, je lui emboîte le pas après avoir enfilé mes gants et mis mon képi. Dans la salle d'audience, pas un bruit, mais une multitude de regards qui me guettent. La barre est au centre, face à la cour qui siège en haut de l'estrade, les avocats se tenant en vis-à-vis, sur les côtés. Je sens la présence des journalistes et du public dans mon dos. Le président et ses assesseurs sont revêtus de leurs robes à parements d'hermine. Tout le monde est assis, je reste seul debout. Le décorum est là pour en imposer. Et il m'impressionne, comme tous ceux qui ont à témoigner devant une cour d'assises. C'est une rude épreuve.

Ce 10 novembre 1993, je reste une heure et demie à la barre. Le président ne se montre pas particulièrement directif et me pose une question d'ordre général, avant de me laisser m'exprimer à ma guise. D'emblée, j'explique notre enquête, l'esprit de cohérence et d'objectivité qui l'a animée, son évolution logique, les résultats auxquels nous sommes arrivés. Je reconnais notre compassion à l'égard de Jean-Marie Villemin, mais je rappelle qu'il nous fallait gagner sa confiance pour découvrir qui pouvait lui en vouloir autant, et pourquoi. Puis, passant outre à la modération que m'ont conseillée mes supérieurs, j'expose les difficultés rencontrées avec le juge d'instruction, ses négligences répétées, sa défiance à notre égard… Je déplore enfin la disparition tragique du suspect. À l'adresse des avocats de la défense, je demande : « À qui sert la mort de Bernard Laroche ? Certainement pas à Jean-Marie Villemin ! Certainement pas à nous ! Certainement pas à la vérité ! »

J'ai le sentiment d'avoir livré le fond de ma pensée. Il est plus de 19 heures quand ma déposition s'achève. Il est tard, pour une veille de jour férié, et la combativité de maîtres Prompt et Welzer semble s'être émoussée. Sans doute me savent-ils bien conseillé. Ajoutons que l'adjudant Lamirand et le gendarme Bardot se sont très bien défendus de leur côté. En tout cas, cette première manche est gagnée, la gendarmerie n'est pas mise en cause. Il est d'ailleurs surprenant que les deux gendarmes qui avaient rencontré Jean-Marie Villemin en février 1985 et qui, pour au moins l'un des deux, lui auraient laissé entendre qu'à sa place ils auraient su ce qui leur restait à faire, n'aient pas été convoqués.

Quand, deux jours plus tard, Marie-Ange Laroche se présente à son tour à la barre, elle se dit écœurée de ce qu'elle a lu dans la presse. « J'ai le sentiment qu'on tue mon mari une seconde fois. » Formule qu'on peut croire sincère et qu'elle renouvellera souvent. Mais sa sortie est d'autant plus singulière qu'elle a refusé d'assister aux audiences précédentes, qui concernaient pourtant la mort de son mari. Murielle ne s'est pas davantage montrée alors qu'elle a obtenu d'être considérée comme partie civile… Prétextant la cherté des hôtels, toutes deux ne viendront que les jours où elles seront citées à témoigner.

Les enquêteurs du SRPJ de Nancy viennent ensuite décrire leur enquête sur l'assassinat de Bernard Laroche. Corazzi affirme : « Ce n'était pas à la police judiciaire d'assurer la protection de Laroche[1] ! » Exact. Mais qui se trouvait saisi au moment des faits, qui était en situation d'empêcher Jean-Marie d'agir ? Les avocats de Jean-Marie Villemin interrogent ensuite le commissaire sur la philosophie générale de son action. Corazzi reste évasif. Quand maître Garaud lui rappelle l'arrêt de non-lieu qui a mis en cause ses méthodes de travail, il se dérobe : « C'est loin, pour moi… »

Mais ce septième jour de procès est surtout marqué par une violente passe d'armes entre les avocats des deux parties. Quand Christine Villemin apporte son

1. *Le Bien public*, numéro spécial, *op. cit.*

témoignage sur le 29 mars 1985, jour de l'assassinat de Bernard Laroche par son mari, elle rappelle que le défenseur de la victime, maître Prompt, s'était vanté peu de temps avant des bienfaits de la violation du secret de l'instruction. Piqué au vif, l'avocat éructe : « Elle a trempé dans deux assassinats ! Cette femme manie le sang et la boue ! » Réaction immédiate de maître Garaud, qui bondit de sa chaise et réplique : « Vous injuriez une innocente ! Que faites-vous de l'arrêt de non-lieu dont elle a bénéficié ? » Mais Prompt avait prévenu : pour lui, cet arrêt ne compte pas…

Le président Ruyssen est obligé d'intervenir : « Cessez ces hurlements, ce n'est pas cela qui fera avancer la vérité », avant de décider d'une suspension de séance. À ce moment-là, le procès de Jean-Marie Villemin est terminé. Il n'a pas apporté grand-chose sur les responsabilités indirectes qu'on peut imputer aux uns et aux autres dans la mort de Bernard Laroche. Curieusement, ses avocats ne se sont guère montrés curieux et pugnaces sur ce point.

Nous entrons alors dans le fond du dossier.

Au juge Lambert de s'expliquer sur son travail, maître Garaud l'ayant cité à témoigner. Son ingénuité ne l'a pas quitté et il se montre, au mieux, inconsistant. Quand on lui pose des questions précises sur des points importants, comme le foulage, les chronométrages, les scellés…, sa mémoire lui fait défaut. Quand on lui demande de se justifier sur ses contacts avec des journalistes, il s'y refuse. Il continue d'arranger l'histoire à son goût et avance une théorie qui devrait figurer dans tous les manuels de police judiciaire : « Il existe des crimes qui obéissent à l'irrationnel, des crimes qui n'ont pas de mobile apparent. » Comme si, en la circonstance, la lettre de revendication du meurtre n'avait jamais été envoyée…

Derrière Lambert sont appelés les officiers qui ont dirigé l'enquête initiale : le lieutenant-colonel Chaillan, en retraite au moment de ce procès, et moi-même. Mais nous ne sommes pas les seuls gendarmes à être cités. Maître Prompt a exigé la présence du directeur général de la gendarmerie, Régis Mourier, ainsi que celle de deux hauts généraux, Gabriel Geillon et Jean-François Sardet, occupant ou ayant occupé les fonctions de major général – c'est-à-dire adjoint au directeur général. Tous trois se demandent ce qu'ils font dans cette aventure… Rien ne justifie leur venue, sinon la volonté de maître Prompt de brouiller les pistes et de compromettre l'institution tout entière à travers ses plus hautes autorités. L'avocat les interroge sur la déontologie du gendarme, le secret de l'instruction, le rôle des experts. Il essaie d'enfoncer un coin entre leurs dépositions et les nôtres. Personnellement, je pense qu'il avait en tête d'utiliser ces citations pour resservir son postulat du complot politique, notre enquête ayant visé à ses yeux à nuire la à CGT et au parti communiste. Mais ses associés, excédés par ses lubies, sauront apparemment le convaincre d'y renoncer.

Arrive mon tour, après une journée entière passée à mijoter dans la salle d'attente et trois heures d'audition, pour revenir sur le détail de notre enquête. Je n'y ménage pas le juge Lambert, qui me semble « s'être surtout investi quand les médias ont commencé à s'intéresser à lui. C'est un constat… ». Je laisse entendre que ce juge était sous influence, mais le président Ruyssen me demande d'attendre une confrontation avec celui-ci avant de pousser plus avant. Je n'en aurai pas l'occasion, et cet aspect de l'instruction, pour moi si important, restera en suspens.

La deuxième partie du procès se clôt avec les dépositions des autres enquêteurs et des magistrats qui ont travaillé sur le dossier, les adjudants Besson et Defix, le juge Vignes, les ex-procureurs généraux Estrangin et Reygrobellet, le président Jean-Paul Martin, ainsi que le témoignage de journalistes et responsables de presse. Sans s'esquiver, Laurence Lacour et Isabelle Baecheler décrivent l'arrivée massive des journalistes, « attirés comme dans un roman policier », puis l'ambiance survoltée des premières semaines où chacun faisait sa propre enquête. Enfin, le « travail en triangle » de certains de leurs confrères avec le SRPJ et les avocats de Laroche pour faire craquer la mère de Grégory. « Impossible de parler au juge si on était pro-Christine », rappelle Isabelle Baecheler. Patrick Mahé, le rédacteur en chef de *Paris-Match* de l'époque, s'abrite quant à lui derrière la vocation de son journal : « Nous sommes au service exclusif de nos lecteurs. » Ce qui, certes, est une nécessité pour une entreprise commerciale, mais pas forcément un principe moral. Puis, refusant de jouer les boucs émissaires, il ajoute : « J'ai l'impression que c'est toute la presse qui devrait être à mes côtés ici…[1]. »

Le dixième jour du procès laisse la place aux experts, qui vont se quereller pendant une semaine. Le délicat sujet de l'autopsie suscite un premier désaccord entre les professeurs de Ren et Le Breton. Le trouble s'empare de l'assistance quand le professeur Le Breton affirme,

1. *Le Bien public*, numéro spécial, *op. cit.*

d'après des résultats dont pourtant il ne se satisfait pas, que Grégory a été noyé ailleurs que dans la Vologne. Cela produit son effet.

La question des cordelettes oblige le commissaire Corazzi à revenir à la barre. Quant à l'inspecteur qui travaillait sous ses ordres, il n'a pas répondu à la convocation. Il est malade… L'anecdote des deux tuiles déplacées sur le toit, « empilées l'une sur l'autre » par le vent, jette un froid. Le président Ruyssen rappelle au commissaire qu'il a « fait l'objet d'accusations gravissimes », mais, une fois encore, le sujet n'est qu'effleuré. On passe.

La confusion s'installe pour de bon avec les expertises en écriture. Bien que leurs méthodes aient été critiquées, les trois collèges qui ont désigné Christine Villemin comme l'auteur des lettres anonymes se montrent catégoriques. Le corbeau, c'est elle. Maître Garaud se démène pour démontrer qu'un ton péremptoire n'a jamais garanti la fiabilité d'un propos. Il rappelle aux experts Buquet et Ricci qu'en 1984, à Orléans, leurs conclusions avaient fait accuser une personne qui s'est révélée innocente cinq ans plus tard. « Ah bon ! Je me suis planté ? » répond Buquet sans se démonter.

En face d'eux, le gendarme Denis Klein paraît bien seul. Il reprend méticuleusement chacun de ses travaux, en particulier la découverte du foulage que l'on a tendance à oublier ou à minimiser. Mais, critiqué lui aussi pour avoir changé d'opinion sur l'une de ses expertises, sa position s'en trouve affaiblie. D'autant que Mme Davidson, qui l'avait assisté, ne témoigne pas, pas plus que Mme Berrichon-Sedeyn, ni Mme Jacquin-Keller, hélas décédée l'année précédente. In extremis, maître Garaud a recours à un nouvel expert, Francine Colpin. Celle-ci fait litière des rapports chargeant Christine Villemin, mais, n'ayant jamais été saisie officiellement dans le dossier, elle ne parvient pas à rétablir la balance. Dès le lendemain, la presse a tranché : « Les experts accablent Christine Villemin. » En une seule séance, on a reculé de sept ans.

Arrive le pire moment du procès pour la mère de Grégory : les dépositions des « filles de la poste ». Remontées comme des pendules – elles ressassent depuis tant d'années cette histoire –, et décidées à « ne pas passer pour des menteuses[1] », elles réaffirment haut et fort avoir vu Christine Villemin devant la poste de Lépanges le 16 octobre, à la sortie de l'usine. Le face à face entre elles et Christine, tour à tour livide et empourprée de colère, est extrêmement tendu. À ses anciennes collègues, qui décrivent en chœur « l'image choc qui a fait tilt[2] », elle hurle : « Je n'ai pas tué mon enfant, cessez de m'accuser ! » Anne-Marie Texeira, qui s'était montrée hésitante sur la date devant le président Simon, a retrouvé son assurance. C'était le 16, « sans hésitation aucune » ! Quant à Danielle Cordier, qui avait admis s'être trompée, elle n'est pas là pour témoigner…

Les reconstitutions minutieuses opérées lors du supplément d'information et qui démontraient la fragilité de ces témoignages sont impossibles à présenter et à remettre en perspective. Balayées… Ce sera paroles contre paroles. Ce nouveau cafouillage rallume les braises de la suspicion.

Par la suite, Jean-Pierre Zonca revient à son tour sur ses déclarations faites devant Maurice Simon, et il

1. *Le Bien public*, numéro spécial, *op. cit.*
2. *Ibid.*

dédouane Laroche. Maître Prompt se saisit de l'aubaine. « Forfaiture ! vocifère-t-il. Cet arrêt de non-lieu du 3 février n'est pas une bible ! Il a été fait en famille ! Il faut l'annuler[1] ! » Et de réclamer que Maurice Simon, dont il n'ignore pas le triste état de santé, soit convoqué devant la cour ! Pourquoi ne s'adresse-t-il pas au président Martin, venu quelques jours plus tôt à la barre ? Ce magistrat aurait pu aisément lui répondre. Mais maître Prompt ne dispose sans doute pas de failles qui puissent être exploitées. L'avocat général finit par contrer l'avocat et le ramener à la raison. Qu'importe, le venin du doute a été instillé. Déjà méconnu, l'arrêt de non-lieu prononcé au bénéfice de la mère de Grégory devient négligeable, voire inopérant.

Pourtant, la suite du procès va s'annoncer moins défavorable à Christine Villemin. On aborde la piste Laroche. La cour examine le témoignage de Murielle Bolle. Le chauffeur du car scolaire, Jean-Marie Galmiche, campe fermement sur ses positions : Murielle n'était pas dans son car ce soir-là. Les cinq camarades de collège de l'adolescente se montrent pareillement assurées. Puis vient notre confrontation avec Murielle. Tout le monde est présent, depuis le lieutenant-colonel Chaillan jusqu'aux gendarmes de Bruyères. Pour ma part, je m'efforce d'atténuer la pression que Murielle pourrait ressentir, en affirmant que je ne la crois pas coupable de complicité, qu'elle a été embarquée dans cette histoire malgré elle. Peine perdue. Celle qui est devenue une jeune femme maintient son système de défense, fruste mais efficace. Le docteur Rousseau vient lui aussi apporter son témoignage, ainsi que Jacqueline

1. *Le Bien public*, numéro spécial, *op. cit.*

Golbain, l'infirmière de la famille Bolle, qui rapporte les confidences faites par la mère de Murielle. Dans le climat ambiant, sa déposition ne manque pas de courage.

Mais, en dépit des témoignages venus éclairer les contradictions et les causes probables du déni de Murielle, les aveux tant attendus ne se produiront pas. À son sujet, toute l'assistance a remarqué qu'elle est arrivée au procès accompagnée par l'épouse de maître Prompt, qui la couvait comme sa protégée. Pourquoi ce mélange des genres ? L'avocat général n'a pas manqué, lui non plus, d'observer ce manège. Lors de son réquisitoire, il en viendra à décrire Murielle comme « corsetée, chaperonnée, encadrée, maternée à l'intérieur comme à l'extérieur de la salle d'audience, débitant une leçon apprise d'avance ».

Ce procès est aussi le cadre de ma confrontation avec Jacques Corazzi afin de déterminer le lieu précis où Grégory a été jeté dans la Vologne. À ce moment précis, je ne mesure pas encore le caractère outrancièrement anti-gendarme du travail qui avait été effectué par le SRPJ. Le dossier qu'on m'avait préparé n'apportait pas d'élément sur ce point. Et les consignes étaient strictes : pas question de compliquer davantage la situation en mettant en avant des rivalités entre les services, mais concentrer plutôt les critiques contre le juge sans se mettre les autres à dos. Et je me suis plié à ces ordres, à mille lieues d'imaginer que Corazzi attaquerait les gendarmes sans ménagement ni mesure dix ans plus tard dans un livre…

Pourtant, sa position est plus que malaisée au sujet de la Vologne, balayée par les reconstitutions que nous avions parfaitement faites, photos à l'appui, alors que, de toute évidence, les policiers ne s'étaient jamais rendus sur le terrain. Pourtant, c'est finalement moi qui vais le tirer d'affaire en déclarant : « Il n'y a pas eu de guerre des polices. Je n'étais pas le détective de maître Garaud, pas plus que le commissaire Corazzi n'était celui de maître Prompt. Nous avons connu les mêmes difficultés avec l'absence de magistrat instructeur. Nous avons joué chacun notre partition, et s'il y a eu cacophonie, cela vient peut-être du chef d'orchestre. » Corazzi s'en est bien tiré, je regrette ma naïveté aujourd'hui…

Les ultimes auditions concernent les « témoins de la dernière heure », en particulier Marcelle Claudon et Claude Colin dont j'ai longuement parlé au chapitre précédent. Si la première nie devant la cour avoir fait les confidences qu'on lui prête, ses voisins et amis les confirment. Quant à Claude Colin, il ne se défausse pas. Il se souvient d'une « voiture verte conduite par un homme corpulent avec une femme rousse à ses côtés » alors qu'il conduisait Marcelle Claudon vers la pâture où l'attendait son troupeau. Il n'a pas eu le temps de bien regarder ces personnes car il était au volant, concentré sur sa manœuvre, mais il est certain de ces faits. Il le jure. « Cela fait neuf ans qu'elle me tracasse, ma conscience[1] », avoue-t-il, et il explique dans quelle impasse il s'est trouvé : « Quand Bernard Laroche et Murielle Bolle ont été arrêtés […], je me suis dit : "C'est fini, le juge a les éléments." Et puis, après, je n'ai pas voulu aller dans la fourmilière… »

Enfin le témoin direct tant attendu. Pas un « témoin de seconde main », comme a ironisé la partie civile au récit des confidences de Marcelle Claudon. Ce qu'a

1. *Le Bien public*, numéro spécial, *op. cit.*

vu Claude Colin est capital : combien d'autres voitures vertes avec un homme corpulent et une femme rousse peuvent se trouver dans le village de Lépanges à cette heure précise et sur cette route vicinale ? Cité à son tour, le mari de Marcelle Claudon, Jean-Louis, reconnaît qu'ils ont tous menti dans la famille, mais ne fournit aucune explication crédible. « On a été assez salis comme cela, y en a marre ! On a dit que j'étais un cocu content, que ma femme était la maîtresse de Claude Colin ! Ma femme, ce n'est pas une surfemme, elle ne pouvait pas aller chercher ses vaches, croiser Laroche et baisouiller dans la montagne[1] ! » dit-il avec des accents campagnards qui réjouissent l'auditoire. Mais le fils, Christian, appuie sa mère qui s'obstine à dire que Claude Colin se trompe et que les autres mentent. Devant Jean Ker, qui affirme, preuves à l'appui, être venu à de multiples reprises chez les Claudon, Marcelle soutient : « C'est la première fois que nous voyons cet homme ! » « Mais je rêve ! s'écrie le journaliste. Regardez-moi ! C'est une plaisanterie ! » Il en suffoque. Maître Garaud ajoute, dépité : « On en a vu en cour d'assises, mais là, c'est le top niveau ! », tandis que l'avocat général Kohn soupire : « Je suis édifié…[2]. »

L'heure des plaidoiries est venue. Les avocats de la famille Laroche interprètent chacun le thème de la partition qu'il maîtrise le mieux. Maître de Montille s'en prend à Jean-Marie Villemin : « L'accusé s'est transformé en accusateur » ; maître Welzer s'efforce de démonter l'enquête menée contre Bernard Laroche ; et

1. *Le Bien public*, numéro spécial, *op. cit.*
2. *Le Quotidien de Paris*, 10 décembre 1993.

maître Prompt pourfend avec sa véhémence coutumière toutes ses marottes, les gendarmes, Christine Villemin et l'arrêt de non-lieu.

Suit le réquisitoire très attendu de l'avocat général, car Jacques Kohn ne s'est manifesté qu'en de rares occasions et avec une causticité qui laisse présager le meilleur… ou le pire. Personne ne sera déçu. Avant même de requérir, l'avocat général décoche ses flèches. Chacun reçoit la sienne. Du juge Lambert, « fort sans doute de ses notes élogieuses qu'il a eu l'outrecuidance de présenter à cette barre, qui a de plus accumulé des erreurs trop nombreuses pour qu'il me soit possible d'en dresser une liste », à Marguerite Duras, pour son article paru dans *Libération* à propos de l'affaire et qui restera dans les mémoires, ainsi qu'à ses thuriféraires qu'il se fait un plaisir d'épingler : « Dérisoire intelligentsia que celle qui se prosterne devant la prêtresse d'une telle perversité hystérique. » L'avocat général continue son réquisitoire avec la presse, pour lui coupable de « mercantilisme », visant plus particulièrement Jean Ker, le « metteur en scène d'une mort en direct ». Suivent les enquêteurs du SRPJ, dont il déplore « le refus de toute concertation avec les gendarmes et son obstination à faire avouer à des témoins que le couple Villemin est dépravé… L'attitude de ce service me paraît inexcusable ».

Les gendarmes ne sont pas épargnés, loin de là : « Honnêtes mais gaffeurs […], qui ont commis une très grave erreur en arrêtant Laroche sous les caméras […] et en entendant Murielle sans la présence d'un membre de sa famille ou d'un témoin moral. » Sur ce dernier point, l'avocat général oublie que le Code de procédure pénale n'a jamais fait mention d'une telle obligation ! Plus grave, il suggère implicitement que les aveux de Murielle ont pu lui être extorqués, malgré les décisions de justice en notre faveur ! Il avance ensuite une explication générale qui reprend des idées que j'estime assez fumeuses : « Les protagonistes de ce drame ont été emportés par la passion de vouloir comprendre ce qui, peut-être, était de l'ordre de l'incompréhensible… », et livre ses convictions personnelles : « Je suis profondément convaincu de l'innocence de Christine Villemin ; je ne suis nullement convaincu de l'innocence, ni de la culpabilité de Bernard Laroche. » Et, à son tour, il avance ses hypothèses : « Peut-être qu'un homme est effectivement venu chercher Murielle à la sortie du collège, et pourquoi pas à des fins sentimentales. Quant au corbeau, il s'agit peut-être d'une troisième personne sur laquelle on n'a jamais jeté de soupçons, un faussaire de génie qui aurait pu imiter l'écriture de la mère, un grand manipulateur continuant de tétaniser une famille… »

Après ces considérations, Jacques Kohn entreprend d'analyser le geste meurtrier de Jean-Marie Villemin. Le ton s'est durci. « Il ne faut pas succomber à la tentation de tenir le meurtre de Laroche pour un appendice dérisoire du meurtre de Grégory. Il doit être puni sans faiblesse. Blanchir Villemin reviendrait à introduire une notion nouvelle dans notre droit, celle de légitime assassinat ! » Et, devant un auditoire médusé, il assène : « Vous n'avez pas affaire à un crime passionnel. C'est un criminel dangereux, froid, méthodique. Il représente un danger latent car il n'a pas épuisé la fureur et l'agressivité encore enfouies en lui. »

Puis c'est le coup de grâce pour Jean-Marie Villemin et ses avocats, qui ne s'attendaient pas à une telle sévérité : « Il ne peut bénéficier de circonstances atténuantes exceptionnelles. Le verdict que vous allez prononcer devra tenir compte de la nature de cet assassinat, le plus grave qui soit. Il est impossible de le rendre immédiatement à la liberté ! » Après trois heures de discours, il réclame une peine « qui ne saurait être inférieure à dix ans » ! Son réquisitoire stupéfie l'assistance. Les avocats de la partie civile eux-mêmes n'avaient pas osé se montrer aussi intraitables. Jean-Marie Villemin est assommé. Christine, en larmes, tente de s'approcher de lui…

Pourquoi tant d'intransigeance ? À mon sens, pour écarter toute perspective d'acquittement qui aurait dérogé au principe même du droit et de la justice. Jean-Marie Villemin avait commis un assassinat inadmissible. D'autre part, puisqu'il avait déjà été emprisonné, le renvoi en cassation suivi d'un nouveau procès aurait été inévitable. Face à ce risque de verdict, l'avocat général a forcé sciemment le trait.

Après une telle philippique, la tâche des défenseurs s'annonce ardue. Le premier à prendre la parole est maître Thierry Moser. Il plaide avec méthode et marque un point en posant cette simple question : « Moralement parlant, un homme qui a tant souffert peut-il être encore puni ? » Le lendemain, maître François Robinet reprend ce thème : « Au crime innommable d'un enfant est venu s'ajouter ce scandale assourdissant faisant de la mère de cet enfant la suspecte. »

Puis c'est la charge contre Jean-Michel Lambert : « La justice de ce juge à la pensée oblique qui pousse au désespoir, c'est la justice médiatique où l'imagination gomme la réalité. Il n'est pas trop fort de parler de trahison pour Jean-Marie et sa femme. Et la trahison, ça se châtie ! » Maître Marie-Christine Chastang insiste :

« Comment auriez-vous réagi à cette antijustice ? » Dramatisant ses effets, elle déplie soudain un grand portrait de Grégory et lance : « Sans le meurtre de Grégory, il n'y aurait pas eu l'assassinat de Bernard Laroche ! » avant de demander que l'accusé soit rendu à ses enfants pour Noël. Henri-René Garaud est le dernier à plaider. Se posant en « mémoire de ce dossier », il rappelle sa promesse : « Je vous défendrai comme mes enfants », et exprime ses regrets de n'avoir pas réagi au coup de téléphone de son client qui, le 29 mars 1985, quelques heures avant l'assassinat de Bernard Laroche, avait sollicité un rendez-vous. Il revient sur la traque contre Christine Villemin : « On disait : "Elle craquera, elle craquera, cracra, cracra..." Mais c'est le père qui a craqué ! Beau résultat ! » Et il défend son innocence en prévenant : « Certains irréductibles penseront toujours qu'elle a assassiné son enfant. Tant pis, on n'y pourra jamais rien. Mais pas vous, mesdames et messieurs les jurés, qui avez compris l'ampleur du drame qu'ils ont vécu ! » En conclusion, il lance à l'adresse de Jacques Kohn : « Vous avez dit qu'il est impossible que Christine Villemin soit la meurtrière. C'est bien. Mais à votre place, je lui aurais dit aussi : "Madame, au nom de la justice, je vous demande pardon..." »

Avant que la cour se retire, Jean-Marie Villemin s'exprime une dernière fois. Le réquisitoire de l'avocat général l'a marqué. Sa voix hésitante trahit son angoisse. Il regrette son geste. « Mais quel est l'homme ici qui peut me dire ce qu'il aurait fait à ma place ? Tous les jours, des gens boivent et tuent sur la route. Moi, ce n'est pas de l'alcool que j'avais dans le sang, mais du chagrin. » Et, s'adressant aux jurés, il termine par un cri qui arrache des larmes au policier assis à côté de lui : « Je vous en supplie, ne me séparez plus de Christine ! Assez de souffrances ! »

Les délibérations seront brèves : moins de quatre heures.

Le verdict est rendu le 16 décembre, à 15 heures 30, par le président Ruyssen. Aux trois questions posées, les jurés répondent par l'affirmative : oui à l'homicide volontaire, oui à la circonstance aggravante de la préméditation, oui aux circonstances atténuantes. La condamnation tombe : cinq ans de prison, dont quatre ferme.

Au sein des familles, le dépit l'emporte. Les uns espéraient l'acquittement pur et simple, les autres une peine sévère, conforme à celle réclamée par l'avocat général. Les avocats, qui prévoyaient cette issue, paraissent quant à eux s'en satisfaire. Ceux de Jean-Marie Villemin saluent un « verdict d'apaisement ». Ils ont rapidement calculé qu'avec le temps qu'il a déjà passé en prison – trente-quatre mois en préventive –, l'année de sursis dont il bénéficie et une démarche auprès du juge d'application des peines, leur client a de bonnes chances d'être définitivement libre avant la fin de l'année. Et ils annoncent, sans attendre le délai des cinq jours, qu'ils ne se pourvoiront pas en cassation.

Maître Prompt, brûlant la politesse à ses associés, s'en félicite presque. Jean-Marie Villemin n'a pas été acquitté, et la culpabilité de Bernard Laroche n'a pas été établie.

De part et d'autre, aucun triomphalisme. La presse soulignera un « verdict de raison », tout en restant sur sa faim : « Justice inachevée » selon *L'Humanité*, « Verdict en trompe l'œil » pour *Le Quotidien de Paris*.

Jean-Marie Villemin sortira de prison le 31 décembre 1993.

Dans leur livre[1], Jean-Marie et Christine Villemin racontent qu'à l'issue du procès le président Ruyssen, déçu de n'avoir pas pu faire éclater la vérité, a réuni leurs avocats dans son bureau pour leur dire : « Vous ferez part à Mme Villemin, au nom de la justice française, de nos excuses pour ce qu'elle a enduré depuis des années, et de mes excuses personnelles pour ce qu'elle a vécu pendant six semaines. » Ce que l'avocat général n'avait pas pu ni voulu dire, c'est le président de la cour d'assises lui-même qui l'a exprimé. Mais en catimini…

Dès le lendemain du verdict, dans un prétoire devenu vide, les avocats se sont retrouvés pour l'audience civile, destinée à fixer les dommages et intérêts infligés au condamné en réparation des préjudices moraux et matériels subis par les parties civiles. Jean-Marie Villemin doit leur verser 908 000 F (environ 140 000 €). Un peu plus d'un an plus tard, en février 1995, nouvelle condamnation civile de Jean-Marie Villemin qui doit encore verser 450 000 F (68 000 €) à Marie-Ange Laroche et à ses enfants dans le cadre d'une autre procédure. Et il reste à régler les honoraires des avocats présents durant les six semaines qu'a duré le procès, après des années de travail et des montagnes de dossiers…

Où trouver l'argent nécessaire ? Durant toute l'affaire, maître Garaud a recouru aux médias, sachant qu'une photo pour *Paris-Match* peut atteindre 30 000 €. Mais ces reportages, nous l'avons vu, ont entraîné d'autres

1. Jean-Marie et Christine Villemin, *Le Seize Octobre*, *op. cit.*

procédures, l'avocat de Bernard Laroche, maître Prompt, n'ayant accordé aucun répit aux Villemin. Au lendemain du procès de Dijon, le couple, qui ne veut plus entretenir ce vedettariat ambigu, souhaite que leur réhabilitation médiatique se fasse dans la dignité.

En mai 1994, Jean-Marie et Christine Villemin passent devant la commission d'indemnisation des victimes d'infractions pénales, qui leur allouent 660 000 F (100 000 €) en dédommagement de la mort de leur enfant. La moitié partira vers les parties civiles, l'autre vers les avocats. Mais cela ne suffit évidemment pas, et la question pécuniaire devient insupportable, car il y a encore de nouveaux procès et de nouveaux dommages et intérêts à verser. Avec un maître Prompt qui les poursuit dès que l'occasion s'en présente, ou leur envoie un huissier. Au début de l'année 1995, les Villemin ont calculé que cet avocat les a assignés pour près de six millions de francs (900 000 €) au cours des mois précédents !

Un nouvel avocat va leur apporter la solution, Arnaud Montebourg, qui réussira à contenir Paul Prompt. Il est vrai que Montebourg a de quoi l'amadouer : il a une sensibilité de gauche. En outre, maître Garaud, que Prompt traitait en adversaire politique, se retire du dossier. La discussion redevient donc possible. En avril 1995, un protocole d'accord solde toutes les condamnations, en échange de l'arrêt et du renoncement à toutes les procédures contre les Villemin. Ceux-ci retrouvent enfin la paix de ce côté-là.

Mais leur combat juridique n'est pas fini pour autant. Toujours en 1995, Christine Villemin se présente devant la commission des détentions abusives pour demander le dédommagement de son incarcération. Avec l'aide d'Arnaud Montebourg, elle obtient la somme de 410 000 F (63 000 €), une indemnisation exceptionnelle si l'on s'en réfère à ses onze jours de détention à Metz. Dans leur décision, les magistrats de la commission ont certainement pris en compte le calvaire de ses huit années d'inculpation. Cette reconnaissance implicite des torts de la justice ne trouvera pourtant pas d'écho dans la presse, celle-ci ayant déserté l'affaire quand les clameurs se sont tues…

En parallèle à ces procédures matérielles, Jean-Marie et Christine Villemin vont s'attacher à leur réhabilitation. Elle sera d'abord médiatique, avec une émission spéciale de « La marche du siècle », de Jean-Marie Cavada, en avril 1994, puis avec la publication de leur livre, *Le Seize Octobre.* Chaque fois, la sincérité et la sobriété de leurs propos forcèrent l'empathie. Puis elle sera morale quand, en juin 1994, ils seront les invités de la commission des lois du Sénat qui planche sur le thème de la présomption d'innocence. Cette journée n'a pas eu beaucoup d'écho mais pour eux, après les frustrations du procès de Dijon, ce geste de nos plus hautes institutions et les mots de compassion du garde des Sceaux ont eu une importance considérable.

Aujourd'hui, le résultat du procès de Dijon me semble plus que mitigé. Les débats eux-mêmes n'ont pas été satisfaisants. Ils étaient difficiles à conduire dès lors que l'on avait choisi de passer toute l'affaire en revue. Pourtant, il en ressort clairement que l'instruction supplémentaire menée par les juges Simon et Martin donnait raison à l'orientation prise par notre enquête initiale. Mais qui s'en souvient encore ? Même Kohn, l'avocat général, a davantage souligné nos erreurs et nos difficultés que rappelé la justesse de nos investigations… Dix ans après ces assises ressortent encore des contrevérités, des jugements tronqués, des affirmations péremptoires démenties par des vérifications pourtant établies. Personne n'a fait l'analyse de ce procès. Les chroniqueurs ont préféré en marquer les incertitudes pour mieux entretenir la confusion et le mystère entourant le « crime de la Vologne ».

Or, ce procès appelle des observations conséquentes.

Tout d'abord, il n'a pas permis de bien expliquer les circonstances de la mort de Bernard Laroche. C'était pourtant l'un des objectifs majeurs : désigner ceux qui avaient contribué, par action ou par omission, au geste criminel de Jean-Marie Villemin. Les avocats ont dit qu'ils avaient alerté les autorités, par lettre et oralement. Le procureur de la République a affirmé avoir envoyé une correspondance aux services préfectoraux. Rien de tout cela n'a été examiné sérieusement. Pas une autorité administrative de l'époque n'a été citée. Là encore, seuls les gendarmes – et moi le premier – ceux qui avaient « porté le képi », ont dû s'expliquer. Nous nous sommes montrés sous un jour conforme à la réalité : des enquêteurs honnêtes, mais désorientés par une instruction incohérente et déstabilisés par des accusations pernicieuses auxquelles nous n'avons pas su faire face. Or, ni le juge Lambert ni la police n'ont été placés devant leurs responsabilités.

Le directeur de la gendarmerie, accompagné de deux généraux, a été convoqué alors que pas un seul instant, et pour cause, le rôle de la haute hiérarchie n'avait été évoqué dans le dossier. Que n'a-t-on demandé au sous-directeur des affaires criminelles de l'époque, Pierre Richard, de venir s'expliquer sur les prétendues directives qu'il aurait données au SRPJ de Nancy, ainsi que Corazzi l'a affirmé dans ses dépositions en 1988 et répété aux assises ? Pourquoi le commissaire Corazzi a-t-il été le seul policier cité au procès alors que tant de gendarmes, pour des raisons parfois sans rapport avec les faits, ont été appelés à la barre ? Pourquoi la police a-t-elle été ménagée ? Je pense que maître Garaud a, une fois encore, manifesté une attitude ambiguë sur ce point.

Quant à la presse, ses responsabilités n'ont été qu'effleurées. Pourtant, celle-ci a tenu à un moment de l'affaire un rôle dépassant largement le sien. Deux journalistes sont venus témoigner avec détermination de leur expérience et dénoncer un système pervers, mais pas une des personnes incriminées n'a été entendue. Il aurait été notamment intéressant que Jean-Michel Bezzina, ne serait-ce que lui, soit cité à comparaître pour s'expliquer sur ses relations avec le commissaire Corazzi et maître Welzer. Ou qu'un Caradec'h vienne répéter ce qu'il avait écrit dans *Paris-Match*, à savoir qu'il obtenait ses informations directement auprès du juge d'instruction…

Le procès me semble être également passé à côté de certains aspects importants du dossier. Comment espérer en effet que Murielle, qui n'avait pas cédé durant deux très longs tête-à-tête avec Maurice Simon, puis Jean-Paul Martin, puisse flancher devant une cour d'assises ? C'était illusoire. Même erreur sur la question du secret de famille. On souhaitait qu'une vérité apparaisse, quelle qu'elle soit, qui soudain aurait permis d'identifier le corbeau en faisant apparaître ses mobiles. Le président Ruyssen a beaucoup misé sur cette sorte de révélation. Il a laissé des situations tendues s'installer et se développer dans l'espoir qu'elles provoqueraient un clash salutaire. « La vérité peut jaillir des affrontements », a-t-il dit. Utopie, là encore. Dans le cadre solennel des assises, les personnes ont plus souvent tendance à hésiter dans leurs déclarations ou à rester en deçà de leurs témoignages.

Et pourquoi ce secret de famille ? Quel secret ? Quand on relit les lettres du corbeau, on découvre une haine vouée de manière diffuse à l'égard de certains membres de la famille, mais qui se fait plus précise envers Jean-Marie, « le chef ». C'est surtout sa réussite professionnelle et sociale, « son argent » et son bonheur familial qui attisent cette haine. La famille Villemin a été triturée de tous les côtés pour que surgisse ce secret… Est-il alors concevable que, parmi autant de personnes ayant des intérêts parfois opposés, aucun n'ait vendu la mèche ?

Sous ce rapport d'ailleurs, le personnage de Monique Villemin est apparu central et énigmatique. Les propos très vifs et les remarques acerbes de son fils à son adresse ont renforcé l'impression qu'elle cachait quelque chose. En fait, le plus probable – et c'est ce que lui a reproché Jean-Marie –, est qu'elle a cherché à protéger quelqu'un de la famille, en l'occurrence un autre de ses fils : Michel. C'est essentiellement pour cette raison qu'elle est entrée dans le dossier, parce que Jean-Marie a bâti – avec notre raisonnement il est vrai – sa conviction de la culpabilité de Bernard Laroche en s'appuyant sur ses relations privilégiées avec Michel. Mais rien ne dit qu'il y ait eu UN secret de famille, un fait bien précis, ancien ou contemporain des faits, qui expliquerait tout. Cela ne ressort pas des actions du corbeau.

Ce dernier, justement, a été bien mal étudié lui aussi au cours de ce procès. On a vu des experts parler de la voix et de l'écriture du corbeau, mais on a très peu examiné la teneur de ses propos et le fond de ses idées. Or celles-ci possèdent une certaine cohérence, surtout dans les trois lettres principales, dont celle de revendication du meurtre. Certains se sont gaussés de ma volonté de parler de psychologie dans cette affaire, comme si le fait de tuer un enfant de quatre ans, sans aucun autre mobile que la haine, la jalousie et la vengeance, ne relevait pas d'un trouble mental évident ! Il aurait été très intéressant de lire ces lettres, d'en montrer ce qu'elles disaient et ce qu'elles ne disaient pas. Peu d'affaires livrent de tels indices sur la personnalité et les mobiles d'un meurtrier. Et ces documents réclamaient une attention particulière, tant sur le fond que sur la forme. J'avais d'ailleurs écrit au président Ruyssen pendant le procès pour lui proposer de contribuer à cette analyse. J'avais même préparé des diapositives à projeter comme support d'un court exposé. Mais les débats avaient pris du retard et ce travail n'a pas été programmé dans le calendrier. Et il m'a répondu que cette intervention était impossible. Dès lors, un pan essentiel de cette affaire, le plus spécifique à mon sens, a été négligé.

Du fait de ses lacunes, le procès de Dijon n'a pu résorber l'impression de mystère qui a fait tant de dupes et de victimes dans cette affaire. Pour le verdict, si beaucoup de commentateurs ont conclu sur un « score à égalité », j'estime pour ma part qu'il a été gagné « aux points » par Christine Villemin. Mais tant que l'on ne saura pas avec une certitude absolue qui a commis le meurtre de Grégory, les doutes subsisteront. Des doutes qui nuisent à Christine Villemin. Treize ans après le procès, on le constate encore. Car il en faudrait peu pour relancer la machine à calomnier.

Les Villemin, qui restent vigilants, le savent bien.

Les médias aussi…

XI

Le grand dérapage médiatique

Dès le début de notre enquête, les journalistes sont là. Les premiers sur le terrain seront des correspondants de la presse locale avec lesquels nous avons l'habitude de travailler. Ceux-ci, en effet, nous contactent régulièrement ou passent nous voir pour se tenir au courant des événements survenus dans le secteur : rixes, petits délits particuliers, anecdotes, opérations de sécurité routière… En échange, ils nous rapportent des informations qui peuvent, sur une enquête précise, se révéler intéressantes. Mais ce jour-là, chacun comprend qu'un fait-divers à la fois très rare et particulièrement odieux vient de se produire.

Ces localiers sont vite rejoints par leurs confrères des quotidiens régionaux, puis nationaux. Tous ont été alertés par une dépêche de l'Agence France-Presse, qui annonçait pourtant le crime en termes laconiques. José Benjamin, reporter à *France-Soir*, raconte que son rédacteur en chef l'a aussitôt envoyé sur place alors qu'il jugeait lui-même l'affaire « pas emballante » à première vue.

Dès le lendemain, *La Liberté de l'Est*, le journal d'Épinal, paraît avec un titre choc en première page : « Ignoble assassinat à Lépanges-sur-Vologne », illustré par la photo d'un magnifique petit garçon au sourire éclatant. Trois autres clichés sont diffusés par le même quotidien dans ses éditions du lendemain, ceux pris au moment du retrait du corps de la rivière par le photographe Patrick Gless et qui feront le tour de la planète. On y voit l'enfant dans les bras de l'homme qui le sort de l'eau ; un plan plus serré permet de distinguer parfaitement ses pieds et ses mains attachés, ainsi que le bonnet rabattu sur son visage. La scène s'inscrit dans le cadre lugubre de la Vologne, avec ses eaux froides et sombres… La dernière image montre les pompiers et les gendarmes, l'air abattu, portant le corps de Grégory enroulé dans une couverture vers le local où il doit être examiné par le médecin. À la fois bouleversantes et effrayantes, ces photos sont des documents rarissimes, la découverte d'un corps n'étant presque jamais photographiée, surtout de manière aussi crue et précise. Le contraste entre ces clichés sinistres et le visage rayonnant de Grégory va frapper l'opinion…

D'emblée, cette affaire échappe à la représentation commune d'un fait-divers. Dès l'après-midi du 17 octobre, les gendarmes observent d'heure en heure l'afflux croissant des journalistes. Mais nous n'y prêtons pas attention, tout entiers à notre travail et déjà concentrés sur notre enquête. Nous les écartons d'un salut poli mais ferme lorsqu'ils bloquent le passage en nous tendant leurs micros. De leur côté, les correspondants locaux essaient de préserver un contact privilégié avec nous, mais finissent par y renoncer. L'enquête ne fait que commencer, nous leur faisons comprendre que les circonstances de ce crime nous obligent à la plus grande réserve.

Durant ces premiers jours, la présence des journalistes n'entrave apparemment pas nos investigations. Certes, ils nous filent et se ruent chez les personnes que nous venons d'interroger, mais ils ne nous empêchent pas de poursuivre nos auditions. En réalité, leur empressement dissuadera certains témoins de se manifester ou de dire la vérité par crainte d'« avoir des histoires », quand d'autres en rajouteront pour « tenir la vedette ».

Bientôt, une cinquantaine de correspondants et d'envoyés spéciaux couvrent l'enquête. Ils s'attroupent le plus souvent devant la brigade de Bruyères, en début et fin de journée, s'égaillant le reste du temps dans la nature. Nous finissons par remarquer qu'ils travaillent par équipes, sans trop savoir à quoi correspondent ces alliances. Ils font leur métier, et nous le nôtre. Mais entre les deux, la frontière peut être perméable si l'on n'y prend pas garde. De par leur culture, qui les astreint notamment à un devoir de réserve, les gendarmes se méfient de la presse, qu'ils savent critique à l'égard des forces de l'ordre et de l'armée. Nous n'ignorons pas non plus que la moindre parole, le moindre geste peuvent être repris et exploités, voire amplifiés, au préjudice de celui qui a péché par imprudence. Notre hiérarchie, très sourcilleuse quant à la discrétion de ses hommes sur le terrain, est généralement impitoyable lorsque ce genre d'écart se produit, qu'il soit involontaire ou non. Nous restons donc très prudents et évitons tout contact direct.

Cependant, au fur et à mesure qu'avancent nos investigations, nous pensons que la presse peut nous servir de relais en diffusant notamment les portraits-robots que nous avons établis. En même temps, il nous faut communiquer sur les moyens mis en œuvre pour couper court aux critiques naissantes, et donner du matériel aux journalistes afin de les occuper…

En concertation avec les magistrats et avec l'aval de nos supérieurs, nous décidons d'organiser des « points presse » à la brigade de Bruyères, et non des conférences de presse, comme il nous le sera reproché plus tard, puisque nos interventions se limiteront à la lecture d'un communiqué et quelquefois à des réponses à des questions touchant aux faits évoqués. Ces communiqués sont rédigés par le commandant Chaillan et moi-même.

Voici deux d'entre eux :

Le 20 octobre 1984 : « L'enquête dans le milieu familial se poursuit. De nombreux membres de la famille ont déjà été entendus, leurs dépositions confirment les hypothèses de départ. L'auteur des correspondances anonymes, de toute évidence, était parfaitement au courant des histoires de la famille Villemin. En revanche, les investigations dans le milieu professionnel du père de la victime ne permettent pas d'établir des jalousies dont il aurait été victime dans ce cadre. Certaines personnes nous ont déjà fait parvenir des renseignements intéressants, d'autres peuvent encore le faire rapidement. Je vous remercie. »

Le 24 octobre 1984 : « Dans la soirée du 23 octobre, nous avons procédé à un chronométrage, à partir d'un film passé à la télévision, afin de préciser le déroulement chronologique des faits depuis l'enlèvement jusqu'à la découverte du corps de la victime. Les investigations se poursuivent plus activement que jamais et nous comprenons l'impatience de la famille qui voit que l'assassin court toujours. Des moyens supplémentaires en hommes et en techniques d'investigation ont été mis en place, ceux initialement déployés étant déjà importants. Tout le monde doit bien comprendre que, pour que le personnel de la gendarmerie puisse faire efficacement son travail, il est nécessaire qu'on ne lui mette pas des bâtons dans les roues, même involontairement. Le prochain communiqué aura lieu le jeudi 25, à 11 heures 30. »

En les relisant aujourd'hui, il est certain que nous en disions déjà trop, mais rien n'était divulgué qui n'était déjà connu des journalistes. Ceux-ci, par les contacts noués avec les membres des familles concernées, suivaient toutes les phases d'investigations, et il nous était impossible d'interdire aux gens de parler. Dès le 18 octobre, Jean-Marie a donné des interviews. Jacky, l'aîné des Villemin, a suivi, puis les grands-parents, Monique et Albert. Jean-Marie et Christine Villemin ont ouvert leur porte – et parfois leurs albums de photos – à certains journalistes, dont Jean Ker de *Paris-Match*. Ils se sont confiés sans retenue ni arrière-pensée, inconscients du rôle qu'on leur faisait jouer.

Nous ferons huit « points presse », avant de décider de tout arrêter. Nous nous étions en effet aperçus que nous étions doublés par d'autres canaux. Les journalistes tenaient leurs informations d'autres intervenants, y compris les plus confidentielles, notamment à Épinal… Même s'il s'agissait parfois de ragots, ces renseignements leur permettaient de nourrir leurs papiers et d'entretenir le suspense. Le feuilleton était lancé.

Je suis certain qu'aucune fuite sérieuse n'est venue de la gendarmerie. Pourtant, les journalistes ont parlé de « geysers d'informations » ! Fantasmant sur le rapport de force entre eux et nous – « nous étions soixante journalistes pour cinquante gendarmes[1] ! » –, ils auraient mis une telle pression que nous aurions accédé à leurs prières. Or nous n'étions que vingt enquêteurs à peine ! Et aucun d'entre nous n'a livré de secrets sur le dossier en cours. Ni à ce moment, ni plus tard, réserve faite de « petites phrases » que j'ai pu lâcher dans un contexte précis. Ainsi, un soir, très tard, au moment où je quittais la brigade pour rejoindre mon domicile à Épinal, deux journalistes m'ont abordé. Ils avaient patienté si longtemps que je me suis laissé amadouer. Par politesse, mais aussi par curiosité, j'ai écouté leurs analyses avant d'échanger quelques mots avec eux. Recourant à des images qui ne trahissaient rien de nos hypothèses de travail, je leur ai dit notre confiance de résoudre cette enquête, car le criminel avait laissé des traces derrière lui. Je pensais évidemment aux lettres. Mes propos ont été résumés quelques jours plus tard dans *Libération* du 22 octobre 1984, sous la plume alerte de Denis Robert, citant cette « parabole du capitaine Sesmat qui fait tilt : "Nous sommes dans une jungle où il y a un loup qui hurle, tant qu'il continuera à hurler, nous le suivrons à la trace." »

Certains journalistes, comme Laurence Lacour, ont avancé que les « gendarmes affirmaient que tout allait être rapidement bouclé[2] ». Ce qui est faux, puisque à aucun moment nous n'avons dit que notre enquête aboutirait rapidement, nous étions simplement confiants quel que soit le temps qu'il aurait fallu pour aboutir. Mais les envoyés spéciaux se montraient impatients d'en finir et de quitter une vallée guère attrayante,

1. *L'Événement du jeudi*, 16 décembre 1993.
2. *L'Événement du jeudi*, 16 décembre 1993.

surtout en cette fin d'automne. Pour eux, tantôt nous tournions en rond, tantôt nous agissions dans la précipitation. Un jour, « les gendarmes sont sur le point d'aboutir », un autre, « retour à la case départ ». Ne voyant rien déboucher, les reporters se sont mis peu à peu à mener leur propre enquête. « On s'est amusés à jouer les Tintin, on a cherché les indices… C'était comme un grand jeu de piste… Et là, c'est vrai qu'on a passé de bons moments », reconnaît encore Laurence Lacour, qui travaillait à l'époque pour Europe 1[1].

Avec la première garde à vue de Bernard Laroche, la presse sent que le dénouement est proche. La pression sur les gendarmes augmente et les renseignements que certains journalistes obtiennent d'Épinal leur permettent d'anticiper les événements, comme l'interpellation précipitée de Laroche sur son lieu de travail, qui sera excessivement médiatisée en dépit de toutes les précautions que nous avions prises auparavant. Après son inculpation, le 5 novembre, officialisée par la conférence de presse très irresponsable du juge Lambert, tous se réjouissent que le « monstre de la Vologne » soit enfin arrêté. Oubliée la présomption d'innocence, chacun le présente comme étant assurément l'auteur de l'assassinat de Grégory.

Cela dit, nous sommes pareillement soulagés. Des articles élogieux saluent notre action et nous n'y sommes pas insensibles. Mais nous savons aussi que cette arrestation n'est qu'une étape, et qu'il nous reste à rassembler les preuves. Or les rouages de l'instruction sont en train de s'enrayer…

---

1. *Ibid.*

Quand arrivent les rétractations de Murielle et l'entrée en lice des avocats de l'inculpé, le « crime de la Vologne » devient l'« affaire Grégory », avec une nouvelle hypothèse qui agite les rédactions : « Si ce n'est pas le cousin, c'est… la mère. » Une hypothèse qui avait en fait germé très tôt sur une simple intuition. Voici comment.

Le 17 octobre, en fin de matinée, je rentre à la brigade de Bruyères et tombe sur un homme en imperméable façon Columbo, se comportant comme s'il était chez lui. J'apprends que c'est un journaliste. Devant ma colère – j'avais ordonné que personne ne pénètre à l'intérieur des locaux –, on me précise qu'il a d'autorité forcé notre porte en profitant de la sortie d'un gendarme. Je me dirige vers l'intrus et lui demande de sortir. Il me toise : « Vous ne me connaissez pas ? Je suis Jean-Michel Bezzina, de RTL. Je connais tous vos patrons à Metz. J'ai l'habitude de travailler avec la gendarmerie… » J'insiste pour qu'il quitte les lieux. Il prend la mouche et nous lance, en pointant son doigt avec arrogance : « Vous voulez que je vous dise ? J'ai connu une affaire similaire en Normandie, c'était la mère. Ici, c'est pareil. Je le sens, j'en suis sûr. Je vous parie le champagne que c'est la mère ! » Nous le poussons dehors tandis qu'il nous menace d'en référer au colonel de gendarmerie à Metz… Nous n'avons pas gagné un allié ce jour-là.

Pour Jean-Michel Bezzina, c'est le début d'une longue traque qui, à mes yeux, lui fera perdre toute mesure et l'enverra se fourvoyer pas très loin de l'enfer. Cet homme a une responsabilité particulière dans l'évolution chaotique de l'affaire. Même s'il n'a pas été le seul, Bezzina sera l'un des artisans principaux de la dérive médiatique qui va se développer en marge du fiasco judiciaire que l'on sait. Rarement, il me semble, un journaliste a autant utilisé son métier pour faire passer ses convictions personnelles avant l'examen des faits. Il n'a pas enquêté selon les règles de sa profession, il a fait œuvre de propagande. Après les vaticinations qu'il nous avait servies à la brigade de Bruyères, Jean-Michel Bezzina n'aura de cesse de démontrer qu'il avait raison, que Christine Villemin était coupable de l'abject meurtre de son enfant.

S'appuyant d'abord sur les lentes mais prudentes avancées de notre enquête, puis sur le témoignage des « filles de la poste », Bezzina s'attache à critiquer et à dévaloriser notre travail pour ouvrir la voie à ses convictions. Certains de ses confrères pensent de même, faute de disposer des éléments initiaux du dossier qui montrent, sinon l'impossibilité absolue, du moins l'incongruité et l'improbabilité d'une telle hypothèse. Mais les infanticides existent, et des mères s'en rendent coupables. Et puis les corbeaux sont presque toujours des femmes ! Ajoutez à cela une impression vague mais persistante : Christine Villemin n'en fait-elle pas trop ? Bizarre, vous avez dit bizarre ? La tentation est si grande de s'engouffrer par là.

Pour faire passer ses idées, Jean-Michel Bezzina a l'avantage de pouvoir s'appuyer sur un véritable réseau médiatique. Depuis des années, ce pigiste multicarte se trouve « à la tête d'un empire local où il fait la loi avec neuf casquettes[1] ». Jean-Michel Bezzina signe en effet ses articles Jean-Michel Jeandon dans *France-Soir*, Jean-Marc Eulry dans *Le Figaro*, ou Arnaud Laurence dans *Le Journal du dimanche*. Sans compter ses repor-

1. Laurence Lacour, *Le Bûcher des innocents*, *op. cit.*

tages sur RTL, dont il est un des correspondants les plus actifs. Il interviendra quatre cents fois en deux ans sur cette antenne, qui bénéficie par ailleurs du tiers de l'audience dans l'est de la France. Son épouse, Marie-France Bezzina, est également journaliste. Elle n'est jamais venue dans les Vosges, semble-t-il, et n'a rencontré aucun des protagonistes du dossier, mais elle partage entièrement l'opinion de son mari sur la culpabilité de Christine Villemin. Tout aussi virulente, elle collabore au *Parisien* et au *Quotidien de Paris*, à l'Associated Press et à l'Agence centrale de presse, dont les dépêches sont reprises par des dizaines de quotidiens régionaux ainsi que par les radios françaises et de nombreux médias étrangers.

Certes, les journaux publiant les papiers du couple Bezzina envoient par ailleurs leurs propres rédacteurs dans les Vosges : Lucien Miard pour *Le Figaro*, José Benjamin pour *France-Soir*… Mais ces envoyés spéciaux ne suivent pas l'enquête au quotidien. Bezzina, lui, occupe le terrain et finit par imprimer sa marque sur la ligne rédactionnelle.

Il faut dire que le champ de manœuvre couvert par le personnage est impressionnant. Un système dévastateur, démonté et expliqué par Laurence Lacour dans son livre remarquable de précision. La presse quotidienne nationale, sous influence « bezzianesque » estime-t-elle, affiche des ventes records de 1 500 000 exemplaires par jour, auxquelles il faut ajouter un tirage de 250 000 exemplaires pour *L'Est républicain*, le principal quotidien régional. Quant aux hebdomadaires, le *Journal du dimanche* tirera à 465 000 exemplaires, et *Paris-Match*, qui fera onze fois sa couverture avec l'affaire Grégory entre 1985 et 1989, arrivera en tête avec une estimation d'un million d'exemplaires vendus !

Laurence Lacour rapporte que Bezzina a lancé une fois à Christine Villemin, qui faisait mine de l'ignorer : « Sachez qu'un jour l'opinion publique vous jugera, et l'opinion publique, c'est moi qui la fais[1] ! »

Plusieurs de ses confrères, dont quelques-uns pourvus d'une certaine notoriété, vont s'investir avec la même ardeur dans le combat contre Christine Villemin. Parmi ceux-là, citons Lionel Raux, de *L'Est républicain*, mais aussi Jean-Michel Caradec'h, de *Paris-Match*, Pierre Georges, du *Monde*, et Philippe Jéchoux, de *La Liberté de l'Est*. Ce dernier se repentira plus tard : « J'aurais dû me méfier davantage[2]. » Il n'empêche, à l'époque, ils prendront parti au point de figurer dans le camp de ceux qu'on appelait dans le milieu les « anti-Christine ».

Le terme de conjuration peut sembler excessif, mais certains journalistes ont bel et bien exercé une influence sur le cours de l'instruction mené par Lambert, grâce notamment à leurs relais au sein même du système judiciaire. Corazzi, le directeur de l'enquête du SRPJ, et maître Welzer, l'un des avocats de Bernard Laroche, n'ont-il pas conjugué leurs forces avec celles de certains représentants des médias pour mener bataille ? Pour eux, l'éviction des gendarmes a été une première victoire. Jean-Michel Bezzina avait prévenu : « Le jour où la PJ est sur le coup, moi, je travaille dans un fauteuil[3]. »

Lui et Corazzi font la paire. Chaque étape de l'enquête est précédée, accompagnée et suivie de toute une série

1. *L'Événement du jeudi*, 16 décembre 1993.
2. Laurence Lacour, *Le Bûcher des innocents*, *op. cit.*
3. *Ibid.*

d'articles et reportages radio qui apparaissent d'autant plus crédibles qu'ils sont signés Jeandon, Eulry, Laurence… De multiples exemples laissent à penser que Bezzina est au courant de tout. Leur tandem fonctionne en tout cas à plein rendement. Je n'en citerai que deux exemples. Quand, le 19 mars 1985, Christine Jacquot, la nourrice, est entendue, *Le Figaro* titre le lendemain : « Grégory, les soupçons les plus fous », et reprend son audition en la déformant en défaveur de Christine Villemin. Et *France-Soir* d'ajouter le même jour : « Christine Jacquot, la nourrice du petit garçon assassiné, longuement entendue. Les policiers se posent une question essentielle : où était le bonnet de l'enfant ? N'était-il pas plutôt dans son sac ? » Le 23 avril, le jour même de la perquisition chez Davide et Billiet, *France-Soir* affirme : « La découverte par les policiers d'un morceau de cordelette identique à celle utilisée par l'assassin du petit garçon est essentielle et pourrait être lourde de conséquences. »

Quel lecteur ou auditeur peut associer tous ces pseudos à la personne de Bezzina ? Enfin, comment mettre en doute une version des faits avancée dans *Le Figaro* et corroborée par *Le Monde* ? Que peut croire le lecteur, sinon que Christine Villemin est coupable ? Ainsi cet ami de ma famille, banquier de profession, un homme cultivé et pondéré qui, un jour, me lancera avec une animosité et une vulgarité surprenantes venant de lui : « Alors, quand est-ce qu'elle va craquer cette salope ? Ah ! Étienne, t'as pas eu de chance, elle est forte, cette garce ! C'est le diable ! » Lui comme les autres sera trompé par des analyses consternantes, erronées, mais provenant de journaux respectés et parfois opposés dans leurs philosophies politiques.

Un de mes meilleurs baromètres de l'opinion locale sur cette affaire sera le cabinet dentaire de Hervé Bontemps, un de mes amis à Épinal. Un endroit qui se prête aux conversations. Et quand le praticien se montre habile et l'homme cordial, les langues se délient facilement. Ce sera le cas avec mon ami dentiste. Neuf patients sur dix l'entretenant de l'affaire Grégory, il finira par établir des statistiques. Ainsi, en janvier 1985, 50 % de ses clients sont convaincus de la culpabilité de Christine Villemin, en avril, 75 %, et en juillet, 90 %…

À l'échelle des souvenirs que les gens ont pu conserver de l'affaire, la tendance a dû s'inverser, mais je doute qu'aujourd'hui 90 % des avis soient en faveur de la mère de Grégory. Dans son livre, Laurence Lacour a résumé l'effet d'une campagne de presse pareillement orchestrée et couvrant l'action judiciaire : « Les vieux démons médiatiques auront toujours plus de portée que des milliers de pages patiemment accumulées depuis cinq ans par les magistrats instructeurs de Dijon[1]. »

Pourtant, en face du réseau Bezzina, des journalistes sont convaincus de l'innocence de la mère et, pour certains, de la culpabilité de Bernard Laroche, et ils continuent de faire entendre leurs voix. Parmi ceux-là, Jacques Expert de France Inter, Jean-Charles Marchand de RMC, Éric Darcourt de l'AFP, et Laurence Lacour, d'Europe 1. Plus en marge, mais partageant peu ou prou les mêmes idées, on trouve Jean Ker de *Paris-Match* et Jean-Claude Hauck du *Républicain lorrain*. Il est à noter que le clivage correspond parfois à la concurrence que se livrent des médias : RTL et

1. Laurence Lacour, *Le Bûcher des innocents*, *op. cit.*

Europe 1, ou *L'Est républicain* de Nancy et son rival de Metz, *Le Républicain lorrain*.

Les journalistes n'ont pas tous une position arrêtée. Ceux-là se sont contentés de faire leur métier, contrairement à l'affirmation de Marie-France Bezzina : « Dans cette affaire, on n'a pas le choix : c'est l'un ou l'autre. Ceux qui prétendent ne pas prendre parti sont des hypocrites[1]. » Disons plutôt des observateurs intellectuellement honnêtes… Tels Denis Robert de *Libération*, François Caviglioli du *Nouvel Observateur*, ou Denis Poncet de France Inter, qui, dès 1985, fera une émission juste et complète sur l'affaire.

Il s'est trouvé également des rédacteurs en chef pour s'interroger sur l'objectivité de leurs correspondants. Notamment à RTL, qui a dépêché discrètement une autre journaliste sur le terrain, Frédérique Lebelley, parce que la station se méfiait du travail de Bezzina. À *L'Est républicain*, le correspondant local, Jean-Paul Vanson, ne partageait pas du tout les positions de Lionel Raux. Il m'exprimera clairement son indignation devant les tentatives de manipulation opérées par les avocats de Bernard Laroche et le parti pris outrancier de son confrère. Cependant, à l'heure de la curée, les Bezzina, Raux, Caradec'h et consorts ont emporté le morceau. Ils disposaient apparemment des meilleures informations, et leur thèse se vendait mieux.

Il faut savoir que le travail des correspondants et des chroniqueurs qui n'appartenaient pas au réseau Bezzina a été rendu très difficile durant ces années, l'accès aux sources leur étant verrouillé. Selon Isabelle Baecheler, qui travaillait à Antenne 2, il était « impossible de parler avec le juge quand on était pro-Christine, et les avocats

1. *L'Événement du jeudi*, 16 décembre 1993.

tenaient des conférences de presse discriminées[1] ». Inversement, selon Laurence Lacour, « pour obtenir une interview de Christine, c'était bien de dire du mal des Laroche ». Mais la comparaison ne vaut guère, entre une Christine Villemin conseillée par un maître Garaud qui louvoie encore dans ce dossier, et le trio Lambert-Corazzi-Welzer qui contrôle tout ! Une balance somme toute pas très égale entre des professionnels adoubés par le système, et les suppliques et accès de colère d'une « suspecte » qui semblait aux abois.

Du fait du retentissement de l'affaire, nous verrons également débarquer dans la vallée de la Vologne des correspondants de la presse étrangère : la BBC, des chaînes de télévision américaines, des journalistes allemands, scandinaves, italiens, belges, espagnols, japonais, et même brésiliens. Ces derniers, avec leurs chemises à fleurs, feront sensation auprès de leurs confrères français en allant dans les cimetières filmer des tombes sans rapport avec l'affaire…

En dépit des articles discordants, les coups de boutoir de Bezzina et de ses alliés ont payé. Les nouveaux venus qui compulseront les dossiers de presse seront impressionnés par tant d'informations détaillées et répétées mille fois. Leurs références s'en trouveront faussées. Combien de grandes signatures et d'éminents éditorialistes se fourvoieront dans leurs commentaires ? Frédéric Pottecher, flamboyant chroniqueur judiciaire, terminera ainsi sa carrière en se compromettant lui aussi dans l'affaire. Aveuglé par les projecteurs du mensonge, il n'y verra qu'un accident maquillé en crime. Je me permettrai de lui écrire personnellement – en voisin

1. Laurence Lacour, *Le Bûcher des innocents*, *op. cit.*

vosgien. S'il ne m'a jamais répondu, on ne l'entendra plus sur le sujet, sinon pour exprimer son embarras.

Christine Villemin va devenir au fil du temps un phénomène de société. Ménie Grégoire, qui anime à l'époque une tribune sur RTL, l'allonge sur son divan : « Christine Villemin a abîmé notre image de la justice[1] », tandis qu'une autre voix de la radio, l'humoriste Laurent Ruquier, la brocarde et diffuse à son propos les blagues sordides – et conjuratoires – qui vérolent tous les drames humains. La dérision convient également aux *Guignols*, qui s'emparent du sujet sur Canal +. Christine Villemin fait même l'objet d'un sondage sur le minitel : « Qui est selon vous la femme la plus scandaleuse : Madonna, la Cicciolina, ou Christine Villemin ? » Voilà pour les bas-côtés.

Il y aura aussi le chœur antique des imprécations. Et l'on en vient ici aux « visions » de Marguerite Duras, qui écrira dans les colonnes de *Libération* : « Dès que je vois la maison, je crie que le crime a existé. Je le crois au-delà de toute raison… », pour finir sur le « sublime, forcément sublime », qui résonne encore comme un mantra et symbolise le caractère hallucinatoire qu'a pu prendre l'affaire dans l'imaginaire collectif. Cette phrase est terrible car elle semble inspirée par le talent ou le génie, un mauvais génie en l'occurrence. Une formule si malheureuse qu'elle est entrée aujourd'hui dans le langage commun. Un autre écrivain, Yann Queffélec, la reprendra pour la tourner en faveur de l'accusée dans *Paris-Match*, en novembre 1995 : « Christine Villemin était coupable, forcément coupable… »

1. *France-Soir*, 10 décembre 1986.

Car tout va changer en mars 1987, après la décision de la Cour de cassation d'annuler le renvoi de Christine Villemin devant les assises des Vosges et de transférer le dossier à Dijon. Le réseau Bezzina n'a plus la partie aussi facile. Non seulement il n'a plus accès aux pièces du dossier, mais il se retrouve en porte à faux avec les directeurs de rédaction qui sentent le vent tourner.

La presse et l'opinion publique doivent en convenir : Christine Villemin n'a pas craqué, elle n'a rien lâché. Le magistrat chargé de compléter l'instruction manifeste d'emblée son scepticisme sur les orientations précédentes… Mais ce crime ne fait plus l'actualité, la lassitude l'emporte. « Ras le bol de l'affaire Grégory ! » Le rejet est d'autant plus fort que beaucoup ont le sentiment d'avoir été dupés. Très souvent, je rencontre des personnes qui sont considérablement gênées de leurs convictions de l'époque. À chaque fois, je leur demande d'où ils tiraient leurs informations, et je constate une corrélation entre les supports de presse qui leur étaient familiers et leur degré de certitude. Si on effectuait un sondage comparatif entre Metz et Nancy, couvertes chacune par deux quotidiens régionaux ayant défendu des thèses opposées sur l'affaire, je fais le pari que le résultat viendrait illustrer ce contraste.

Dans ce nouveau contexte, qui conduira au procès de Dijon, Bezzina et ses alliés se montreront de plus en plus discrets. Le premier sera dessaisi du sujet par RTL, et les autres ne remonteront à la surface qu'au moment du procès.

Entre-temps, les avocats de Christine et Jean-Marie Villemin prennent conscience que leur communication a été mauvaise, voire calamiteuse, ainsi des photos d'une Christine Villemin maquillée, habillée comme un mannequin et posant avec son bébé… Pour regagner l'appui de l'opinion, ils entendent revenir sur le cas Bernard Laroche et s'assurer à leur tour de relais médiatiques. Avec des méthodes pas moins condamnables.

Ils trouvent des oreilles attentives chez Catherine Lévitan et Michel Serres, parfois associés à Jean-Claude Hauck du *Républicain lorrain*. La première connaît déjà l'affaire pour être venue dans les Vosges en 1985, mais sans avoir réussi à s'intégrer dans une équipe. Le second est photographe. Ils travaillent tous les deux en free-lance et vendent leurs reportages aux plus offrants. Leurs articles paraîtront essentiellement dans *Paris-Match, Ici Paris, Détective* et *Minute*, ainsi que sur la Cinq, la chaîne de Berlusconi, disparue depuis du paysage audiovisuel français.

Grâce à certains liens dans les milieux familiaux des Villemin et des Bolle, et aux informations transmises par certains avocats, ces journalistes se lancent sur la piste Laroche en y ajoutant au passage, de manière souvent abusive et invérifiée, toutes les personnes ayant gravité autour de lui : Michel et Ginette, Murielle, Marie-Ange… Les allégations les plus infondées et les insinuations les plus débridées sont développées autour du thème d'un Bernard Laroche coupable entouré de divers complices. Leur engagement partisan provoquera les réactions courroucées de la famille Bolle et de leurs avocats. Et leurs actions, comme celle déjà évoquée de Jean-Paul Pradier, nuiront au travail des magistrats dijonnais, en premier lieu le juge Simon.

Mais le temps est passé des croisades médiatiques. Tout le monde est saturé. Le non-lieu rendu en février 1993 en faveur de Christine Villemin passe quasiment inaperçu. Isabelle Baecheler, de France 2, avait raison : « On vend effectivement bien mieux le crime d'une mère que la jalousie d'un cousin. »

Vendre, voilà le but de guerre. Il n'y a pas d'accusations ou de plaidoyers gratuits. Des sommes d'argent colossales sont en jeu. Car, outre les augmentations de tirage et d'audience observées dès le début de l'affaire, chaque rebondissement fait l'objet de reportages et de dossiers spéciaux… qui rapportent gros. Toujours d'après Laurence Lacour, la photo de Bernard Laroche sur son lit de mort, par exemple, aurait été vendue 350 000 F (48 000 €) au *Figaro Magazine* et 150 000 F (18 000 €) à *Paris-Match*. Celle de Christine Villemin avec son bébé se serait vendue 500 000 F (76 000 €). En plus de ces paiements directs, les contentieux jugés par des tribunaux – ou négociés en amont par des transactions entre les parties concernées – se comptent par dizaines. Au procès de Dijon, Patrick Mahé, le directeur de la publication à *Paris-Match*, affirmera avoir versé 1,16 million de francs (180 000 €) à la famille Laroche dans ce cadre[1].

Quels ont été les responsables de ce « cirque médiatico-judiciaire », pour reprendre le titre d'un ouvrage de maître Soulez-Larivière ? Nous-mêmes, enquêteurs de terrain, aurions dû à l'évidence écarter la communication du centre de l'enquête, comme cela se fait aujourd'hui. Mais ce manquement relevait de l'imprévoyance et non d'une intention manipulatrice ou d'une légèreté coupable. La faille, ne l'ai-je pas suffisamment évoquée pour y revenir encore, s'est ouverte du côté du juge d'instruction. « Tout le monde parlait, tout le monde dînait à Épinal », rappelle Denis Robert,

1. *Le Bien public*, édition spéciale, décembre 1993.

l'envoyé de *Libération*. Le palais de justice était un moulin à vent – et à paroles. Pour s'en assurer, il n'est que de revoir les images de la cohue qui régnait dans les escaliers tandis que les gendarmes escortaient Bernard Laroche vers le cabinet du juge. Dans ce registre, le procureur Lecomte a lui aussi été gravement critiqué. Pensant maîtriser des flots médiatiques toujours plus forts, il avait tenté d'organiser une communication judiciaire officielle, mais la vague l'avait rapidement balayé. Dans ce tohu-bohu, ses explications et mises au point, condensées et déformées, n'ont fait le plus souvent qu'amplifier la confusion.

Pour autant, le narcissisme de Jean-Michel Lambert dédouane-t-il les journalistes de leurs propres responsabilités ? Ce serait trop facile. Certains se sont comportés comme des paparazzi, piétinant les tombes, dérobant des clichés dans les albums de familles, confectionnant de faux ex-voto ou déposant des objets factices pour décorer la sépulture de Grégory et ajouter à l'émotion.

Dans la chaîne de production médiatique, qui doit-on incriminer ? Le photo-journaliste, qui doit placer à tout prix son travail pour rembourser ses frais et gagner sa vie ? le rédacteur en chef et son directeur artistique, qui ont besoin de scoops et d'images pour justifier leur choix éditorial ? le directeur de la publication, qui doit faire grimper les ventes et négocier ses espaces publicitaires ? ou le lecteur, qui en veut pour son argent ? Et je ne parle ici que de la presse écrite. La logique est la même sur les autres supports.

Vaste débat… Du moins pouvait-on souhaiter que la « religion des faits » comptât plus de fidèles. Or les médias les plus honorables n'ont pas toujours été à la hauteur de leurs principes fondateurs. Prenons l'exemple de *La Croix*, quotidien catholique peu suspect de faire dans le sensationnel. Le 10 décembre 1984, un journaliste, que je connaissais pourtant personnellement car il était le mari d'une amie de lycée, m'a décrit comme « ayant moins de vingt-huit ans » alors que j'en avais plus de trente, m'a affecté à Épinal « depuis moins d'un an » alors que j'étais en poste depuis quatorze mois, et « limité à l'intelligence du combat » alors que j'avais reçu une formation en criminologie et que j'étais en gendarmerie depuis six ans. Tous ces détails, en altérant les faits, suggéraient que j'étais trop tendre à ce poste, et que ma formation de saint-cyrien ne m'avait pas préparé à la police judiciaire. Je pourrais multiplier cet exemple à l'infini, y compris parmi des chroniqueurs soucieux d'impartialité, comme François Caviglioli qui, dans *Le Nouvel Observateur* du 18 décembre 1993, accuse les gendarmes d'être responsables « par rancune » de la mort de Bernard Laroche.

Certains journalistes ont fait leur examen de conscience. C'est l'un des exercices obligés de la profession et cela passe le plus souvent par la parution d'un ouvrage plutôt que par des rectificatifs circonstanciés publiés dans les périodiques en cause. Mais vingt ans plus tard, la leçon n'est apparemment toujours pas retenue. Dans *Le Figaro* du 16 octobre 2004, Patrice Burnat[1], qui avait pourtant couvert l'affaire, la résume dans un article titré : « Grégory : vingt ans après, le mystère demeure ». Son article, qui est une succession de contrevérités, d'omissions et de raccourcis fallacieux, reprend une fois de plus des accusations infondées contre la gendarmerie. Ainsi, j'apparais comme hier

1. À l'époque de l'affaire, envoyé spécial du *Matin de Paris*.

sous les traits du « jeune » capitaine Sesmat, frais émoulu de Saint-Cyr, et « douteux tacticien en matière criminelle ». Mais le plus navrant tient dans l'oubli de l'instruction menée par les juges Simon et Martin, renvoyés aux oubliettes de l'histoire ! Citons également le *Quid*, publié chez Robert Laffont[1], une bible en matière de connaissances générales, qui commet l'erreur invraisemblable d'affirmer que Christine Villemin a été condamnée à vingt ans de prison !

Quant à la télévision… Je me suis fait piéger dans une émission de M6, *Secrets d'actualité*[2], à laquelle j'avais accepté de participer en me soumettant à trois heures d'interview. Au montage, il n'en subsistait que quelques phrases sorties de leur contexte. De quoi asséner : « L'enquête n'est qu'une succession d'erreurs, […] un scénario catastrophe dû à l'inexpérience du capitaine Sesmat qui dirige les investigations, et du juge d'instruction. » De la perquisition qui n'a pas été faite chez les parents de Grégory à la lettre rendue inexploitable, me voilà responsable de tout ! La suite de l'instruction et le procès aux assises seront évoqués en moins d'une minute. Pour tous ces journalistes, l'histoire semble s'être arrêtée en 1986…

En face de ces constats, le système judiciaire, à mon humble avis, reste grandement responsable de ce désastre. Il n'a pas su marquer les limites de son action et signifier son propre pouvoir pour équilibrer

1. Édition de 1992.

2. Diffusions les 10 octobre 2004, 26 décembre 2004 et 28 août 2005, cette dernière diffusion ayant été légèrement modifiée après mes réactions.

celui de la presse. Cette dernière, comme j'ai essayé de l'expliquer lors du procès de Dijon, « occupe le vide qu'on lui laisse ». Quand un juge ne dicte pas une règle de conduite, ne procède pas aux rappels à l'ordre nécessaires et, de surcroît, entre dans le jeu, la porte est ouverte à tous les abus.

Aujourd'hui, ce drame judiciaire fait partie de notre histoire contemporaine. Doit-on pour autant l'exploiter à sa guise, comme s'y emploie Philippe Besson dans son dernier roman[1] ? C'est toute la question de l'autofiction, du récit déguisé en roman. Besson travestit les faits et prétend sonder la conscience des hommes et des femmes qui ont vécu une tragédie et en souffrent encore. On y retrouve la vision misérabiliste d'une « province moisie, Vosges suppliciées, vallées encaissées enveloppées de brouillard [...], familles détraquées où on se marie entre soi, où on se reproduit sans compter. » Où l'héroïne, taciturne, traîne une « tristesse secrète », même s'il lui « arrive d'être gaie ». Décidément la littérature aime « chasser les ombres », pour citer une fois encore l'auteur, mais sa lampe promène ici une clarté trop falote pour les dissiper.

L'histoire de ce crime n'a intéressé et n'intéresse encore que pour son atmosphère, son parfum de scandale, son énigme, tous ces matériaux d'une fiction à l'œuvre venue saper les réalités, gommer la complexité des procédures, et phagocyter la mémoire. Après avoir construit des coupables, il a fallu construire un mythe.

1. *L'Enfant d'octobre, op. cit.*

XII

Et pendant ce temps-là, en coulisses…

Les comportements individuels ont pesé lourd sur le cours de l'affaire. Dans l'emploi qui lui était réservé, chacun des protagonistes a réagi avec son tempérament, mais aussi au travers d'affinités personnelles ou de coalitions d'intérêts déterminées par les circonstances, autre figure du destin. D'un côté, un juge déboussolé et manquant à ses obligations, un policier sans scrupules allié à un journaliste manipulateur et acharné à faire valoir ses préjugés, un avocat réglant des comptes politiques dans un dossier pénal, un autre louvoyant entre son fonds de commerce et la cause qu'il était censé défendre, et des experts aussi catégoriques dans leurs avis que contestés pour leurs méthodes. En face, un magistrat épris de justice au point de mourir à la tâche, une journaliste révoltée par le spectacle médiatique, et un gendarme idéaliste. Telle fut la répartition des rôles.

Le facteur humain a joué, incontestablement. Mais il ne suffit pas à expliquer tous les problèmes rencontrés et les péripéties du drame. Ses acteurs ont agi dans le cadre de leurs fonctions, au sein d'institutions qui ont eu leur part de responsabilité dans l'évolution des événements. Si l'on ne prend pas en compte leur fonctionnement, on ne peut mesurer les degrés d'implication individuels. Certains professionnels – journalistes, avocats, experts – ont un code de déontologie et peuvent dépendre d'un ordre, mais ils ne sont pas soumis à une tutelle administrative. Ce qui n'est pas sans préjudice, en particulier pour les experts. En revanche, les magistrats, les policiers ou les gendarmes sont astreints à un contrôle étroit quant au respect des règlements institués. En retour, ne l'oublions pas, ces agents ont droit, dans l'exercice normal de leurs fonctions, au soutien de leurs institutions respectives.

Dans le système judiciaire, tout est prévu, en principe, pour garantir le bon fonctionnement du dispositif et veiller au respect des usagers… De mon point de vue, ces mesures de régulation n'ont pas été mises en œuvre ou n'ont pas opéré dans ce dossier criminel. Pour quelles raisons ? La question vaut d'être posée, car y répondre aidera à comprendre, au-delà des cas personnels, comment se sont enchaînées les phases successives et souvent contradictoires de l'affaire.

Je rappelle que, par trois fois, en 2000, 2002 et 2004, l'État a été condamné pour faute lourde de ses services. Il a dû verser environ 90 000 € aux familles Laroche et Bolle, et 70 000 € aux époux Villemin ! L'affaire Grégory a finalement coûté cher à la justice et au contribuable.

L'arrêt du 28 juin 2004 rendu par la cour d'appel de Paris est particulièrement instructif car il remet en lumière les origines de l'instruction. Il souligne des carences au niveau de l'autopsie, des expertises et de certaines phases de l'enquête – au détriment du SRPJ –, et se montre sévère à l'égard de Jean-Michel Lambert. Il en ressort en effet que non seulement il n'a pas su soutenir l'action des enquêteurs qu'il avait saisis, mais qu'en outre il a commis de multiples fautes personnelles. Malgré ces critiques, les magistrats de Paris feront preuve d'une grande mansuétude, la cour refusant d'imputer au juge la violation du secret de l'instruction. Sans doute aurait-il été fort embarrassant pour la justice, vingt ans après les faits, d'admettre un délit aussi grave.

Pourtant, chaque partie avait lourdement insisté sur ce manquement, qui a été la cause de la dérive judiciaire qui s'en est suivie. On notera à ce propos que les avocats des familles Laroche et Bolle, maîtres Prompt et Teyssonière, ont développé les mêmes arguments dans leur demande de condamnation de l'État en 1997 et 2002, dénonçant « les déclarations du juge Lambert ayant [entre autres] contribué à la médiatisation désastreuse de l'affaire[1] », la violation du secret de l'instruction, alors qu'ils s'en félicitaient quelques années plus tôt, ainsi que de multiples erreurs et défaillances de sa part, comme son absence lors de la garde à vue de Murielle, ses retards divers, son inaction et son indécision en diverses occasions. Que n'ont-ils réagi plus tôt ! Mais leur logique de 2002 n'était plus celle de 1984…

Pourquoi Jean-Michel Lambert a-t-il bénéficié d'une telle indulgence ?

Certes, il n'a pas été le seul à faire l'objet de remontrances. On a notamment reproché au procureur de la République et aux enquêteurs, dont j'étais l'un des décisionnaires, d'avoir commis des maladresses. Cependant, leurs effets ont été sans commune mesure avec ceux produits par les écarts du juge d'instruction. Or le système judiciaire n'a pas réagi en temps et en

1. Arrêt de la cour d'appel de Versailles, 15 mai 2002.

heure devant ces manquements répétés. Les dispositifs hiérarchiques de contrôle n'ont pas agi.

La fonction de juge d'instruction remonte à 1810. Son ancêtre est le fameux lieutenant criminel créé par François Ier au moment de la séparation de la justice civile et de la justice pénale. C'est un magistrat du siège, distinct des magistrats du parquet, choisi parmi les juges du tribunal de grande instance et nommé par décret du président de la République sur proposition du garde des Sceaux. Le juge d'instruction est un magistrat puissant, mais il n'est pas tout-puissant, ni au-dessus des lois. Ses attributions sont définies et délimitées dans le Code de procédure pénale et il doit s'y conformer strictement. Son impartialité doit prévaloir et il doit en premier se soumettre au secret de l'instruction. Le Code pénal est particulièrement sévère sur ce dernier point : « La révélation d'une information à caractère secret par une personne qui en est dépositaire, soit par état, soit par profession, est punie d'un an d'emprisonnement et de 15 000 € d'amende[1]. »

Comme tous les magistrats du siège, le juge d'instruction est protégé, car il est indépendant et inamovible. Mais il n'est pas inattaquable. La loi prévoit que les parties peuvent demander sa récusation, selon une procédure dite « en suspicion légitime », si l'une d'entre elles constate des « manifestations assez graves pour faire suspecter son impartialité[2] ». L'instance qui statue sur ce genre de requête est la chambre d'accusation, à l'échelon de la cour d'appel. Cette chambre peut être amenée à constater l'empêchement du juge d'instruction

1. Article 226-13 du Code pénal.
2. Article 668 du Code de procédure pénale.

en cas d'absence, de maladie ou de sanction disciplinaire, et peut décider de sa propre initiative ou en réponse à une requête le dessaisissement du magistrat instructeur.

Cette sanction est extrêmement rare. Mais nous disposions ici d'éléments suffisants pour qu'elle soit envisagée. À mon sens, elle aurait pu s'appliquer à plusieurs moments. Dès le mois de décembre 1984, après les deux conférences de presse irresponsables et absolument inadmissibles faisant suite à l'inculpation de Bernard Laroche, après le constat des premières nullités de procédure, ou en janvier 1985, lors du second refus de remise en liberté de l'inculpé, alors qu'il apparaissait que l'instruction piétinait du fait de l'impéritie du juge. Le sursaut des instances de contrôle aurait très certainement évité le drame du 29 mars et ses conséquences. En juillet 1985, enfin, quand Christine Villemin est remise en liberté dix jours après avoir été inculpée. Ce désaveu cinglant aurait dû être suivi d'une mesure de dessaisissement, car il faisait le constat de huit mois d'erreurs et de carences. Or aucun mécanisme de sauvegarde de l'institution judiciaire n'a été enclenché.

Pour comprendre cette léthargie, il faut se replacer dans le contexte politique de l'époque. En 1984, François Mitterrand, élu trois ans plus tôt à la présidence de la République, symbolise une alternance qui n'est pas encore entrée dans les habitudes. Il a nommé au poste de garde des Sceaux Robert Badinter. Qu'un avocat prenne les commandes du ministère de la Justice est très mal ressenti par une majorité de magistrats pour lesquels on a confié la bergerie au loup… À leurs yeux, cette personnalité incarne une conception de la justice différente de celle qu'ils assument. Le magistrat défend l'intérêt général de la société, et l'avocat des intérêts particuliers.

Dans son livre *Seule la vérité blesse*[1], André Giresse, qui a été président de la cour d'assises de Paris de 1975 à 1985, décrit bien cette situation : « L'accession de Me Badinter à la tête du ministère de la Justice sera l'aboutissement et le symbole le plus étonnant de cette dérive : le triomphe des avocats sur les magistrats. » Il rappelle aussi la mesure symbole de cette évolution : la loi promulguée en juin 1982 qui modifie le serment de l'avocat. Auparavant, l'avocat jurait « d'exercer la défense dans le respect des tribunaux, des autorités publiques, des règles de son ordre », « de ne rien dire ni publier qui soit contraire aux lois, aux règlements, aux bonnes mœurs, à la sûreté de l'État et à la paix publique ». Le nouveau serment est beaucoup plus condensé et il montre parfaitement la liberté accordée aux avocats : « Je jure, comme avocat, d'exercer la défense avec dignité, conscience, indépendance et humanité. » « Les garde-fous sont tombés », déplore André Giresse. Son livre provoquera un grand émoi dans la magistrature.

Cette analyse de la situation générale de la justice et de la délicate position de Robert Badinter a également été faite en novembre 1985 par Dominique Jamet, qui se demandait : « Allons-nous vers une justice à l'américaine, où l'avocat influe de mille manières sur le cours de l'instruction, des débats et la suite des sentences ? Le garde des Sceaux, promu au rang de juge-arbitre, est-il capable d'oublier qu'il fut avocat[2] ? »

---

1. Éditions Plon, 1987.
2. *Le Quotidien de Paris* du 15 novembre 1985.

À travers la nomination de cet éminent avocat, bon nombre de magistrats ont vu un coup d'arrêt porté à leurs tentatives déjà anciennes de s'émanciper du pouvoir politique. Ils ont redouté également que ce ministre ne fasse évoluer le système en faveur de sa corporation d'origine. En fait, Robert Badinter, conscient des enjeux, s'est montré pragmatique. Si son action est restée attachée à la loi d'abolition de la peine de mort, ce garde des Sceaux avait aussi le projet de réformer le fonctionnement de l'instruction. Il souhaitait y introduire des notions de collégialité et retirer au juge son pouvoir de détention pour le confier à un autre magistrat. Cette démarche n'aboutit pas en raison d'une nouvelle alternance politique survenue en février 1986.

Mais en 1984-1985, le projet de révision de l'instruction est en préparation. Ce chantier va indirectement interférer avec l'affaire Grégory. En effet, celle-ci débute alors que Robert Badinter avance prudemment pour expliquer ses intentions sans braquer la magistrature. Or un juge d'instruction est en train de faire l'actualité… Pas question de le transformer en martyr dans un tel contexte ! Un désaveu officiel provoquerait un tollé parmi les magistrats, syndiqués ou non. Le juge Lambert devient alors un symbole intouchable. La cour d'appel de Nancy reçoit de sa hiérarchie des directives claires : le laisser terminer son instruction. Et le plus tôt sera le mieux pour l'image de l'institution.

Cet attentisme, en partie dicté par des contingences politiques et un réflexe corporatiste, procédait d'une analyse à courte vue. Le gâchis était patent. En ménageant le juge Lambert, la justice se mettait en porte à faux et se discréditait. Le sursaut n'est venu qu'en mars 1987, avec la décision de la Cour de cassation de Paris de renvoyer le dossier devant la chambre d'accusation de la cour d'appel de Dijon, soit l'ultime verrou de sécurité qu'offrait le système. Mais ce dernier n'a pu fonctionner que parce qu'il était entre les mains de hauts magistrats soucieux de leur indépendance et clairvoyants. Sous ce rapport, le président Simon a été l'honneur de sa profession.

Pour autant, Jean-Michel Lambert n'a jamais réellement eu de comptes à rendre. Sa carrière s'est poursuivie. On l'a vu en avril 2006 à la télévision, fier de souligner qu'il était vice-président de tribunal au Mans. Rien de mirobolant, mais rien de misérable non plus. Il se peut que cette fonction, moins exposée aux regards des médias, lui convienne davantage. C'est tout le mal que je lui souhaite.

On a fait le rapprochement entre le juge Lambert et le juge Burgaud, qui a instruit l'affaire de pédophilie à Outreau entre 2002 et 2004. Mais les situations ne sont pas comparables. Dans son instruction, Fabrice Burgaud était soutenu par l'ensemble de la chaîne judiciaire. Le procureur de la République partageait ses idées et a appuyé ses décisions, le juge des libertés et de la détention, qui n'existait pas au moment de l'affaire Grégory, a suivi ses positions. De nombreux organismes et tous les experts ont poussé dans le même sens. Jean-Michel Lambert, lui, s'est opposé seul au procureur Lecomte. Ce dernier n'a jamais fait mystère de son désaccord chaque fois qu'il a été sollicité, et ce en dépit des pressions dont il a pu être l'objet.

Lambert nous a souvent servi la complainte du juge esseulé. Or, dans un palais de justice où règne une bonne ambiance, ce qui était le cas à Épinal, les magistrats se serrent les coudes. Aucun ne refuse le conseil ou l'avis d'un collègue. Si Jean-Michel Lambert s'était ouvert de ses interrogations à ses pairs plutôt que de se confier à des journalistes, il se serait senti moins seul.

La justice n'est pas la seule institution ayant fait preuve d'une coupable inertie dans l'affaire Grégory. La gendarmerie, à travers ses propres instances, n'a pas mieux réagi. Je suis bien placé pour en parler.

Dès le départ, force est de constater que notre enquête s'inscrivait dans un contexte exceptionnel. Pour autant, notre hiérarchie, qu'il s'agisse du commandement régional à Metz ou de la direction générale à Paris, suivra notre action selon les canaux habituels, essentiellement par messages et quelques rares contacts téléphoniques. Autrement dit, d'assez loin.

Afin de comprendre le récit qui va suivre, il me faut décrire le mode d'organisation de l'Arme, dénomination employée par ses personnels, et sa chaîne de commandement.

À cette époque, la gendarmerie a déjà intégré et centralisé au niveau régional ses services de gestion – personnels, matériels, budget –, mais cette restructuration n'a pas affecté le domaine opérationnel. Les compagnies[1] forment encore l'échelon essentiel dans l'organisation générale du service et l'animation du renseignement. Les missions des brigades territoriales sont coordonnées et les messages établis à ce niveau. Les capitaines sont alors libres de commander à leur main « leur » compagnie et d'y imprimer leur marque.

À l'échelon départemental, les commandants de groupement s'occupent principalement des relations

1. Unité couvrant un arrondissement. On en trouve en moyenne entre trois et cinq par département.

publiques et de l'administration. Au-dessus, dans les états-majors territoriaux intermédiaires et à la direction, il n'existe pas de commandement direct, pas de centre opérationnel, ni de cellules de renseignement. Les bureaux du service et de l'organisation sont surtout chargés d'établir des directives pour les différentes missions et d'en assurer un contrôle a posteriori sur la base de rapports d'inspection. Ce suivi s'exerce donc à distance et avec un délai d'inertie conséquent.

Néanmoins, le commandement supérieur n'ignore pas la façon dont nous agissons sur le terrain, et avec quels résultats. Chaque année, les compagnies sont inspectées par le commandant de groupement et le commandant de légion, terme désignant en fait la région – la gendarmerie a toujours eu des problèmes de sémantique…

La police judiciaire constitue un cas particulier. Les sections de recherches, unités spécialisées dont le champ d'action équivaut à celui des cours d'appel, relèvent directement du commandant de légion. Dans notre affaire, la SR de Nancy, placée sous les ordres du chef d'escadron Chaillan, dépend du commandant de légion, à Metz. Ce dernier est en rapport direct avec le procureur général et le premier président de la cour d'appel de Nancy.

Durant notre enquête, nous aurons fréquemment la visite du commandant de groupement, le lieutenant-colonel Tanguy, qui suivra de près nos investigations et n'hésitera pas à répondre à nos demandes en matière de renfort ou de besoin spécifique. Il s'investira beaucoup dans les contacts avec le parquet et les autorités préfectorales. Plus tard, l'institution lui reprochera hypocritement de ne pas nous avoir suffisamment suivis, et il servira de fusible pour protéger les échelons supérieurs. Il est vrai qu'en ce temps-là, hormis le lieutenant-colonel Tanguy, peu de monde se bouscule pour nous assister et nous conseiller…

Le commandant de légion, le colonel Bazard – un patronyme malheureux en la circonstance – ne passera qu'une seule fois à Bruyères, et en coup de vent. Les gendarmes de la brigade se souviennent qu'il ne les a entretenus que de la question des indemnités de repas, sujet de première importance, on en conviendra. Cette visite a dû se produire le jour de la réunion à Nancy qui traitait des expertises en écriture, ou après l'inculpation de Bernard Laroche. Ni le commandant Chaillan ni moi-même ne l'avons rencontré ! Pas plus ce jour-là, d'ailleurs, que par la suite. Il ne m'a jamais contacté et ne s'est pas davantage manifesté auprès du commandant Chaillan dont il était le supérieur direct, ce qui est plus ennuyeux…

Pourtant, ce colonel réagissait vite quand il y trouvait son intérêt. Quelques mois auparavant, le 9 mars 1984, nous avions monté une vaste opération pour intercepter une équipe de gitans qui agressaient des personnes âgées dans l'est de la France, et que nous avions réussi à coincer au terme de poursuites mouvementées, avec usage des armes. Le colonel Bazard était alors descendu de Metz en hélicoptère pour se faire prendre en photo à côté des chefs du gang, menottés et encadrés par des gendarmes.

L'affaire Grégory le rendra invisible. Il faut dire qu'elle tombe mal, en pleine période d'élaboration de ce que l'on appelle la « liste d'aptitude », à savoir la promotion des colonels destinés à devenir généraux l'année suivante. Que l'on se rassure, Bazard sera promu.

Le seul coup de téléphone que je reçois de Metz

émane d'un officier d'état-major, qui m'enguirlande au nom de son patron parce qu'il a vu dans le journal une photo de gendarmes de la brigade de recherches d'Épinal en train d'effectuer un moulage de traces de pneu. Et ces gendarmes ne portaient pas le képi ! Leur faute : avoir été surpris en train de recourir à des procédés techniques qu'on imagine ultra-secrets et, pire encore, têtes nues…

Le 7 décembre 1984, alors que nous sommes encore saisis, je prends l'initiative de rédiger un premier rapport que j'adresse au lieutenant-colonel Tanguy, qui le transmet au colonel Bazard. Dans ce document de sept pages, je rends compte des problèmes rencontrés dans les domaines de la police technique et scientifique, des relations avec les journalistes et des rapports avec le juge d'instruction. J'indique clairement : « Les rapports entre les enquêteurs et le juge d'instruction sont toujours restés bons dans leur forme. Cependant, dans leur fond, ils ont laissé à désirer. En effet, il n'y a jamais eu d'échanges d'idées, de mise au point en commun, de réflexions entre eux. Les enquêteurs ont parfois eu l'impression que chacun menait une enquête différente[1]. » Je précise plus loin : « Ce manque de concertation a même pris parfois les aspects d'une certaine défiance à l'égard des enquêteurs… Ce point [nos rapports avec le juge Lambert] est peut-être celui qui a le plus perturbé le bon déroulement de l'enquête. Mais il s'agit surtout d'une question de personne. »

De son côté, le 10 décembre 1984, le chef d'escadron Chaillan, le patron de la SR, prend sur lui de rédiger un rapport traitant de la question spécifique

1. Rapport 1972/2 de la compagnie d'Épinal, 7 décembre 1984.

des expertises en écriture qui sont sur le point d'être annulées. Relatant notre visite au juge d'instruction au sujet des « réquisitions à personnes qualifiées » que nous avions établies dans l'urgence et qu'il fallait adapter, Chaillan écrit : « Je précise que j'ai bien insisté auprès du juge mandant pour savoir s'il n'y avait pas d'impair possible en établissant ces réquisitions, j'ai même dit qu'il vaudrait peut-être mieux qu'il les annule et les remplace par des ordonnances, mais il s'en tint à sa position. L'établissement des ordonnances aurait, je pense, régularisé la situation et évité un vice de forme dans la procédure[1]. » Au lieu de quoi, je le rappelle, ces pièces seront annulées, ruinant le travail des premiers experts.

À la vue de tels rapports, n'importe quel chef conscient de ses responsabilités aurait demandé, pour le moins, des explications. Il aurait même été logique qu'il convoque les officiers concernés pour les entendre, compte tenu de la sensibilité du sujet. Mais le commandement garde le silence, à Metz comme à Paris, où ces rapports ont été transmis. À ces niveaux-là, il y a pourtant des officiers qui ont l'habitude de travailler avec les médias, tandis que d'autres ont une grande expérience de la police judiciaire… Leurs avis et conseils auraient certainement été utiles, la situation sur place se dégradant de jour en jour… Là encore, pas de réaction.

Les avocats de Bernard Laroche, quant à eux, ne perdent pas de temps et ferraillent de plus belle. Ils auraient tort de s'en priver : cela fait un mois que les

---

1. Rapport 17/4 de la section de recherches de Nancy, 10 décembre 1984.

pandores prennent des gifles sans broncher. Mieux, ils semblent prêts à tendre l'autre joue. Après les expertises, les avocats s'attaquent à l'audition de Murielle et portent plainte contre les gendarmes de Bruyères.

Un rapport nous est cette fois demandé en urgence par le commandant de légion, qui commence à s'affoler de la tournure prise par les événements. Nous devons nous justifier sur-le-champ. Je rends compte du déroulement de la garde à vue dans ses moindres détails. J'explique que le juge Lambert nous a donné l'autorisation verbale de prolonger la garde à vue et qu'il lui incombe la faute de n'avoir pas joint au dossier la confirmation écrite. Puis, sans déguiser les faits, j'ajoute : « La plainte [...] paraît donc bien spécieuse. En fait, selon des personnes très proches du palais de justice, cette manœuvre n'a qu'un seul but : discréditer le travail des gendarmes et les faire dessaisir de l'affaire afin que l'enquête soit reprise entièrement par le SRPJ... Cette manœuvre procédurière va de pair avec une campagne de presse absolument incroyable et inadmissible. En effet, certains journalistes ont avoué aux enquêteurs connaître TOUT le dossier : ils sont constamment sollicités par les avocats des deux parties, mais surtout ceux de la défense, pour divulguer certains points de l'enquête... Ces faits ont été rapportés au juge d'instruction – sans résultat[1]. » Difficile d'être plus clair.

Dans le même temps, Chaillan rédige un autre document sur la question des expertises, dans lequel il insiste sur nos difficultés. Mais son rapport et le mien sont transmis de façon édulcorée à la direction, le 27 décembre 1984. Plus rien n'apparaît des carences

1. Rapport 2068 de la compagnie d'Épinal, 24 décembre 1984.

du magistrat dont la gendarmerie fait les frais. Plus rien sur la nécessité de répliquer. Profil bas. Résultat : faute d'arguments à opposer aux avocats de la famille Laroche, la justice accepte la plainte présentée contre les gendarmes. De la débâcle qui suivra, ni la gendarmerie ni la justice ne s'en remettra, sinon bien tard pour la dernière.

Pourtant – et je le tiens du procureur Lecomte en personne –, il aurait suffi que notre hiérarchie réagisse, à Metz ou à Paris, « tape du poing sur la table » pour que la plainte soit rejetée. Un chef digne de ce nom, à la lecture de nos rapports, serait immédiatement venu à Épinal et aurait rassemblé tous les éléments, témoignages et documents, sur le déroulement de cette instruction et de notre enquête. Il aurait contacté le procureur qui l'aurait encouragé à réagir. Il serait allé voir le parquet général et l'aurait menacé, au vu des vérifications obtenues sur place, de retirer la gendarmerie de cette enquête et de l'annoncer par un communiqué qui en aurait expliqué les raisons aux médias.

Mais j'invente un conte… À l'époque, une telle réaction était inimaginable. Les gendarmes sont formés dans la dévotion aux magistrats. De nombreux officiers et sous-officiers les craignent et les respectent plus que leurs propres chefs !

Les mois de février et mars 1985 sont éprouvants. La police s'est saisie du dossier, avec les « grands flics » envoyés en éclaireurs et l'appui du réseau Bezzina. Je suis le seul à tenter de me défendre, comme je l'ai déjà rapporté, en convoquant le journaliste Lionel Raux. Le commandement n'apprécie pas. Le colonel Bazard me reprochera, dans sa notation de 1985, « quelques erreurs de jugement dues en particulier à un manque de maturité, en ne faisant pas preuve en l'occurrence de toute la réserve qu'il convenait à l'égard des médias ». La réserve ! En voilà un qui n'en a pas manqué !

Fin mars, Jean-Marie Villemin abat froidement Bernard Laroche. Cette fois, c'est l'hallali. Nous touchons le fond.

Pour la première et la dernière fois, après m'avoir demandé moult rapports et justifications pour être sûre, au cas où…, la hiérarchie se manifeste enfin et dénonce les accusations portées contre un officier de gendarmerie. Le directeur général de la gendarmerie, Olivier Renard-Payen, fait diffuser, le dimanche 31 mars en fin de journée, une déclaration dans laquelle « il s'élève avec indignation contre les propos tenus lors d'interviews qualifiant un officier de gendarmerie de "directeur de conscience" d'un meurtrier. Quels que soient les éléments d'une douloureuse affaire qu'il appartient à l'autorité judiciaire de trancher, l'auteur de ces propos ne pouvait s'autoriser à faire état publiquement d'aussi graves accusations. »

Mais, entre l'indignation et le courage, la nuance tient dans le « quels que soient… » et le « publiquement », comme s'il s'agissait de dénoncer la forme, excessive dans ses termes, et non le contenu de l'accusation. À ce moment-là, la direction nourrit encore des craintes que cette accusation se révèle fondée, au moins en partie. À Metz, le colonel Fressy, chef d'état-major du général Boulé, qui commande la VIe région[1], n'hésite pas, lui, à s'engager, dénonçant les « mensonges » et affirmant que « le capitaine Sesmat n'a absolument

1. Niveau de commandement correspondant à la zone de défense.

pas failli à son devoir[1] ». Le jour suivant, 1er avril, le général et le colonel descendent en personne à Épinal pour me voir et rencontrer le procureur général. Il ne s'agit plus de discuter des méandres de l'instruction, mais d'évaluer le risque de mon inculpation.

C'est dans ce contexte que je fais appel à un avocat, Jean Kopf, qui va essayer de provoquer un sursaut de ma hiérarchie. Le 26 avril 1985, il se rend à Paris pour répondre à une demande d'entrevue d'Olivier Renard-Payen. La direction s'étonne que j'aie pris un avocat avant même d'être officiellement mis en cause et éventuellement inculpé. Elle se méfie de maître Kopf, connu pour sa combativité, et craint une polémique à la suite de ses premières déclarations, pourtant mesurées. Cette attitude me sidère. Cela fait des mois que la gendarmerie est quotidiennement prise à partie, et on n'ose pas même lever un petit doigt pour la défendre !

Dès le lendemain de leur rencontre, maître Kopf adresse un courrier au directeur pour acter les termes de leur discussion. Il commence par le rassurer : « Je vous confirme que je n'envisage dans l'immédiat aucune action précise, et ce afin d'éviter qu'il soit dit que le capitaine Sesmat relance lui-même une quelconque polémique, malheureusement déjà engagée[2]. » Mais il prévient : « De nombreuses attaques émaneront [...] très certainement du juge d'instruction Jean-Michel Lambert qui, dès à présent, laisse sous-entendre dans ce dossier qu'il a été trahi par la gendarmerie, et notamment par le capitaine Sesmat. »

1. *Libération*, 1er avril 1985.
2. Lettre de Jean Kopf, 27 avril 1985.

En mai 1985, mon avocat communique à la direction de la gendarmerie une note détaillée sur la situation générale et les perspectives d'évolution de l'affaire. Il formule une alternative : soit le débat en reste là, « la gendarmerie ne sera jamais accusée formellement mais les soupçons qui ont été portés ne seront jamais démentis », soit la gendarmerie « cherche à sortir de cette impasse » et prend des initiatives. « Que le juge d'instruction s'explique une bonne fois pour toutes avec le capitaine Sesmat et avec moi-même, en présence de qui l'on voudra, dans le plus grand secret. Qu'à la suite de cet entretien, pour mettre fin à tous les ragots, le juge d'instruction convoque lors d'une journée de travail les responsables du SRPJ, de la gendarmerie et le procureur de la République. Après cette réunion de travail, le SRPJ continuerait bien entendu seul l'enquête, sous l'autorité de M. le juge d'instruction. J'ai déjà fait part de ce souhait à M. Lambert, à M. le procureur Lecomte et à M. le procureur général Descharmes[1]. »

Cette proposition peut paraître aujourd'hui utopique, connaissant les dispositions d'esprit dans lesquelles la police a abordé l'enquête, mais elle n'était pas absurde. Elle aurait démontré la bonne volonté de la gendarmerie et son sens du service public. Jean Kopf lui-même, qui a déjà pu mesurer la frilosité de nos responsables, ne se fait guère d'illusions. Il recevra une réponse polie à sa première lettre, aucune à la seconde.

En arrière-plan, un tel immobilisme peut s'expliquer par la culture et les mentalités propres à ce corps militaire. Fiers de leur appartenance originelle à la maison du roi, les gendarmes se considèrent comme

1. Lettre de Jean Kopf, 7 mai 1985.

des serviteurs au sens le plus honorable, mais aussi le plus étroit du terme. De fidèles et zélés serviteurs qui redoutent plus que tout d'être pris en défaut et de se voir tancés par leurs maîtres. C'est leur faiblesse, mais aussi leur force, car cette loyauté leur a permis de survivre à tous les régimes.

Étant soumis au pouvoir en place et respectueux des cadres stricts du statut militaire, le lobbying n'a jamais été notre fort… Mais nous étions injustement attaqués. Il était du devoir du commandement de protéger la réputation de l'Arme et de considérer les hommes, les individus servant sous cet uniforme, comme bafoués dans leur honneur avec leur famille. Sans oublier leurs compagnons d'arme, solidairement blessés par des griefs et des insultes qui entachaient leur propre service. On a toujours dit que, dans les armées, les syndicats ne sont pas nécessaires car les chefs ont l'obligation de défendre et d'aider leurs subordonnés. Ce principe valait bien que l'on risque une étoile à son képi.

Les seules réactions viendront des gendarmes retraités, libérés de leur obligation de réserve. Le général René Omnès, ancien commandant de la région de gendarmerie à Metz, donne une interview dès le mois de mars 1985 au *Républicain lorrain* pour exprimer les « frémissements » dans la gendarmerie et dénoncer « les coups fourrés, les coups tordus, les machiavels… et les spéculations externes auxquelles elle est confrontée[1] ». Les frémissements se font bientôt « rififi », la grogne des « généraux en deuxième section[2] » s'amplifie.

1. *Le Républicain lorrain*, 17 mars 1985.

2. Terme utilisé pour les généraux ayant quitté le service actif. Ils ne sont jamais en retraite et peuvent être appelés.

Mon entourage familial, quant à lui, est révolté par la passivité de mes supérieurs alors que mon nom s'étale à la une de *L'Est républicain* avec des accusations graves. L'un de mes frères, directeur d'entreprise, me demande, déconcerté : « Mais où sont tes chefs ? Vous n'avez pas de généraux dans la gendarmerie ? On n'entend parler que de capitaines chez vous ! » Pour comprendre cette allusion, il faut savoir qu'à l'époque se produisent deux événements importants et controversés qui impliquent directement des gendarmes : l'affaire des Irlandais de Vincennes et les troubles en Nouvelle-Calédonie. À chaque fois, ce sont des capitaines qui sont en première ligne : le capitaine Barril du GIGN dans le premier cas, et le capitaine Saffray[1], commandant de la compagnie de La Foa dans le second. Tous deux apparaissent également abandonnés par le commandement et sacrifiés sur l'autel des intérêts politiques et de l'image de l'institution.

En avril, la grogne s'amplifie. Pas moins de sept généraux en retraite « montent au créneau » pour protester contre cette situation. Fait unique dans l'histoire de la gendarmerie, et qui ne se reproduira pas, ils occupent pendant plusieurs jours les médias. « Les gendarmes se rebiffent », « la gendarmerie défend son honneur perdu », lit-on un peu partout.

Nos associations de retraités s'en font l'écho, en particulier l'Union nationale de personnels en retraite de la gendarmerie (UNPRG), dont le bulletin mensuel, *L'Essor*, est lu par la plupart des personnels d'active.

1. Le capitaine Saffray est rendu responsable de l'affaire de Thio, où des indépendantistes et des loyalistes se sont opposés. Il a exécuté les ordres verbaux qui lui ont été donnés et qui n'ont pas été assumés par leur auteur.

Son rédacteur en chef, Jacques Revise, supplie la direction de se bouger : « On ne peut plus être accusé à tort sans avoir le droit de riposte, car tous ces noms – Barril, Saffray, Sesmat –, jetés en pâture au public, représentent des hommes, des familles, l'honneur. Il ne suffit plus de dire que l'on est indigné, il faut aussi combattre[1]. »

Le mouvement prend une telle ampleur que le ministre de la Défense, Charles Hernu, est obligé d'intervenir pour rassurer les gendarmes « qui servent la France avec loyauté et compétence » et qui « ont l'entière confiance du président de la République et du gouvernement[2]. » Ces mots ne suscitent pas l'apaisement souhaité. Comme en témoignera cette réaction d'un lecteur de *L'Essor* : « Pandore, défends-toi, ce genre de pommade ressemble à de la vaseline[3] ! »

Du côté des officiers en activité, la seule intervention vient encore du colonel Fressy, qui adresse un communiqué à ses unités de Lorraine, en réponse au mécontentement grandissant des hommes qui s'interrogent sur « le mutisme volontaire de la hiérarchie face aux attaques incessantes ». Invoquant le calme des vieilles troupes, il résume le sentiment des chefs, du moins celui qui les arrange le mieux : « Nous n'avons pas besoin d'être défendus, nous avons le bon droit pour nous[4]. »

Puis l'orage s'éloigne. Le capitaine Saffray est parti en Côte-d'Ivoire, le capitaine Barril a menacé de mettre

1. *L'Essor*, mai 1985.
2. *Le Monde*, 27 avril 1985.
3. *L'Essor*, mai 1985.
4. Communication du 17 avril 1985.

les pieds dans le plat s'il n'était pas défendu dans son épineuse affaire, et j'ai été muté à Berlin. L'affaire Grégory dérive alors vers la fantasmagorie : inculpation de Christine Villemin, campagne intensive de désinformation par le réseau Bezzina, instruction de la plainte contre les gendarmes… J'essaie d'en fuir l'absurdité dans le commandement qui m'a été confié à la tête de la compagnie de gendarmerie prévôtale, l'unité chargée de la police militaire et judiciaire dans le secteur français de Berlin.

Mon institution a laissé la crise s'estomper d'elle-même. Mais celle-ci laissera des traces, comme en attestent les faits qui vont suivre. Je ne puis en témoigner qu'à travers mon cas personnel, et sans me poser en victime dans une affaire qui en a compté d'autres et de manière bien plus tragique. Les déconvenues qui m'attendent refléteront le traumatisme vécu par la gendarmerie.

Avant de m'envoyer en Allemagne, le directeur général me reçoit et m'assure : « Nous n'avons rien à vous reprocher, vous n'aurez pas à pâtir de cette histoire. » Je n'y crois qu'à demi. Des sous-officiers de retour de stage de formation en police judiciaire me rapportent que les cadres présentent l'affaire Grégory comme « l'exemple de tout ce qu'il ne faut pas faire », me fustigeant nommément. Ces « camarades » bien intentionnés ne connaissent l'affaire qu'au travers des médias. Malgré tout, je compte sur le temps pour que les rumeurs cessent et que la vérité finisse par s'imposer. Mais je me trompe…

En 1987, alors que je suis en poste depuis deux ans à Berlin, un nouveau patron est nommé à la tête de la gendarmerie des forces françaises en Allemagne, le général Guilloux, succédant au général Devémy. Ce dernier, l'un des meilleurs juristes que la gendarmerie ait eus, s'était intéressé à l'affaire Grégory et m'avait longuement reçu pour que je lui expose tous ses aspects. Il m'avait encouragé à me battre, s'étonnant que « rien n'ait été encore fait par la DGGN[1] ». Pendant deux ans, ses notes seront excellentes à mon égard, allant jusqu'à me décerner un témoignage de satisfaction pour « avoir dirigé une longue et difficile enquête judiciaire » conclue par « une procédure digne d'éloges en étroite collaboration avec la police allemande[2] ». Tout ceci, non pour me vanter, mais pour marquer le contraste avec l'épisode à venir.

Je n'aurai le privilège de rencontrer le successeur du général Devémy qu'une seule fois, mais je ne l'oublierai pas de ma vie.

Le 24 novembre 1987, le général Guilloux vient inspecter ma compagnie. C'est son premier déplacement à Berlin. Dès le départ, je sens une certaine raideur chez lui, mais comme il n'a pas la réputation d'être un comique troupier, je n'y prête guère attention. Après lui avoir rendu les honneurs, je l'accueille dans mon bureau pour lui présenter mon unité. Ayant de bons états de service à ce poste, j'expose mon bilan avec assurance, trop apparemment, car le général m'interrompt en me pressant de questions sur un ton de plus en plus agressif, avant de me piéger sur des points de service qui ont cours en France mais pas ici. Puis, au bout d'une vingtaine de minutes, alors que nous évoquons les problèmes rencontrés en police judiciaire

1. Lettre personnelle, 7 avril 1986.
2. Témoignage de satisfaction, 3 mars 1986.

dans le contexte très particulier de Berlin – le statut d'occupation, jamais dépoussiéré, prévoit encore la peine de mort – et des soucis de procédure sur une enquête compliquée, mon interlocuteur explose : « Mais c'est comme pour cette lamentable affaire Grégory où, par votre faute, la gendarmerie a été bafouée et déconsidérée ! Vous avez fait des erreurs inadmissibles dans tous les domaines, avec les médias et sur le plan judiciaire ! Vous êtes responsable de ce fiasco ! » Suivent dix minutes d'admonestations. J'essaie de me défendre, de lui expliquer qu'il s'est laissé abuser par les campagnes de presse. Je prends à témoin le colonel Crenner[1], présent dans la pièce, car il connaît le détail de l'affaire. Mais impossible de raisonner ce général. « Je sais de quoi je parle ! » réplique-t-il sèchement. Puis il met fin à la présentation et s'en va.

Quelques mois plus tard, en mai 1988, me parvient par courrier ma notation annuelle. Guilloux m'a descendu d'un niveau avant de m'exécuter d'une phrase assassine : « Officier d'allure brillante, qui s'exprime très bien mais qui manque encore de maturité et de solidité. » Je me précipite chez le colonel Crenner pour lui demander des explications et son avis. Cette appréciation est à l'opposé de la sienne : « S'impose sans difficulté en faisant preuve d'une autorité marquée et d'une personnalité affirmée. [...] N'a cessé d'apporter des innovations et de relancer les axes d'effort de son unité. »

Dans un premier temps, je refuse de signer cette notation, que son auteur n'a même pas eu le courage

1. Commande le détachement de gendarmerie de Berlin, auparavant en poste à Metz.

de me signifier de vive voix, mais le colonel Crenner, embarrassé, me met en garde : « Attention, vous allez encore vous faire remarquer et vous avez beaucoup d'ennemis qui vous attendent au tournant. Et vous êtes en proposition d'avancement, ne l'oubliez pas ! Même avec cette baisse de niveau, vous êtes encore bien placé, rassurez-vous ! » Je finis par céder.

Sept mois plus tard, alors que je suis en poste en état-major à Lille, le tableau d'avancement est publié : je n'y figure pas, contrairement à tous mes camarades, à une exception près. À mes yeux, n'ayant pas démérité dans mon commandement et menant une vie personnelle des plus posées, l'affaire Grégory peut seule en être la cause. Je me sens mis au pilori.

Sur les conseils de mes chefs, je demande audience à l'inspecteur général de la gendarmerie, le général Armand Wautrin, qui me reçoit quelques semaines plus tard. Il s'emploie d'abord à me rassurer : L'« affaire » n'a rien à voir dans cette décision. C'est de la mécanique administrative pure : pas d'appui du chef dernier notateur, et la commission vous écarte ! Puis il me laisse entendre benoîtement que je n'ai pas eu de chance en tombant sur Guilloux, dont personne n'ignore la réputation. Il suffit donc qu'un général vous juge en trente minutes, en prenant le contre-pied de ses pairs, pour être « barré ». Pour ma part, je reste convaincu que ma non-inscription au tableau d'avancement, alors que l'instruction des plaintes portées contre nous n'était pas close, ménageait une porte de sortie à l'institution en cas de problème.

Le plus grand regret de ma vie professionnelle est de ne pas avoir engagé de recours contre cette décision objectivement inique. Moins pour des raisons de carrière – j'avais bien conscience que l'affaire Grégory l'affecterait irrémédiablement – que pour signifier, une fois encore, en quoi l'institution s'était trompée et continuait de se tromper vis-à-vis de ce dossier.

J'ai préféré baisser les bras. Désabusé, je quitterai un temps la gendarmerie et prendrai la direction d'un club de golf en Tunisie, avant de me ranger aux conseils du colonel Desjardins. Je réintègre alors le rang avec la promesse de futures mutations outre-mer. Gérard Desjardins tiendra parole. Je vivrai de beaux moments à ces postes.

Reste tout de même un sentiment d'amertume. À cinq reprises, j'ai fait le voyage Berlin-Dijon pour m'expliquer devant des juges. À chaque fois, je retrouvais à la gare ou aux abords du palais de justice des gendarmes de Bruyères, d'Épinal ou de Nancy. Nous jetions tous des regards alentour pour vérifier si des journalistes n'étaient pas encore à l'affût… Mais à aucun moment nous n'avons rencontré un officier de la direction s'enquérant de notre situation. Après chaque convocation, il fallait établir un rapport retransmis aussitôt à Paris. Jamais je n'ai reçu le moindre signe en retour, ne serait-ce que de soutien. Nous étions devenus des parias. Quand j'en discute aujourd'hui avec des sous-officiers qui ont travaillé sur l'enquête initiale, tous m'expriment leur tristesse d'avoir été lâchés.

« La gendarmerie, une force humaine », est l'un des slogans de la maison…

Plus tard, quand le commissaire Corazzi a sorti son livre avec la diatribe que l'on sait à notre égard, j'ai rédigé et envoyé un nouveau rapport à Paris. « Qui sait quelle exploitation pourrait être faite de ce livre dans cinq, dix ou vingt ans si aucun démenti n'est apporté ou si aucune réaction n'est observée ? Quelle que soit la conjoncture, quels que soient les effets indésirables, peut-on laisser quelqu'un dire n'importe quoi, déshonorer des personnes, bafouer une institution, surtout si apparemment cet individu est autorisé à apporter un témoignage pertinent sur le sujet[1] ? »

Aucune réponse ne m'a été donnée, sinon par téléphone, et pour me gratifier d'une antienne cent fois reprise : « Si on réagit, cela va créer une polémique ! » Le seul espace qui m'a été offert pour répondre a été le mensuel de la Société d'entraide des élèves et anciens élèves de l'École des officiers de la gendarmerie nationale, *Le Trèfle*, non sans quelques coupes sur des passages jugés trop directs. Mais qui lit *Le Trèfle* ?

Ces faits sont anecdotiques au regard des drames qui jalonnent l'affaire Grégory, mais ils illustrent le malaise provoqué au sein de l'institution et des personnels de la gendarmerie.

Pour être juste, il faut noter que l'affaire aura des conséquences positives, car elle a fait prendre conscience du retard pris par notre pays en matière de police scientifique, qu'il s'agisse des moyens ou de la formation des agents. La gendarmerie saura en tirer la leçon et créera un laboratoire de police scientifique. « Vous n'oublierez surtout pas de parler de notre institut de recherches criminelles ! » me serinait-on au SIRPA gendarmerie[2] chaque fois que j'étais autorisé à m'exprimer sur le dossier Grégory !

1. Rapport du 14 novembre 2003.
2. Service d'information et de relations publiques des armées-gendarmerie.

Le fait est qu'aujourd'hui ce service, qui a rapidement acquis une renommée mondiale, excelle justement dans le domaine des expertises qui nous ont coûté tant de déboires. En 2006, il fixera des normes de travail qui apporteront une solution au problème des différentes écoles et chapelles, chacun devant valider ses méthodes et ses résultats. La gendarmerie s'est également attachée à revoir radicalement les méthodes et l'organisation des unités dans les enquêtes judiciaires. Elle a pris aussi des mesures pour mieux traiter l'aspect médiatique de son action.

Cette institution est la seule, il me semble, à s'être réformée de la sorte. Que je sache, je ne crois pas que la police nationale ait agi de même en réponse à sa propre expérience de l'affaire. Malgré tout, il semble illusoire de croire que la gendarmerie soit en capacité d'agir autrement que par le passé concernant ses représentants. Alors qu'aucune analyse ne nous fut jamais demandée, à nous, enquêteurs, le paradoxe a voulu par exemple que ce soit la journaliste Laurence Lacour qui soit invitée pendant des années à venir faire des conférences dans nos écoles, notamment au Centre national de formation de la police judiciaire de Fontainebleau… Son témoignage a certes une grande valeur, mais il n'est pas suffisant pour informer du déroulement d'une affaire qui ne se réduit pas à sa dimension médiatique. Toujours ce complexe qui nous pousse à préférer un regard et une critique externes plutôt que d'assumer notre action en interne, au risque de quelques prises de position gênantes pour nos partenaires.

Ni les préjugés ni les mentalités n'ont évolué au point d'inciter ce corps militaire à prévenir et à remédier en temps utile aux difficultés liées à l'exercice de certaines missions ou à la mise en situation d'affaires similaires. Pourtant, ses cadres sont compétents, la plupart d'entre eux sortent de Saint-Cyr dans les toutes premières places. Mais la culture interne de l'institution les bride ou les inhibe, les officiers consacrant plus de temps à serrer les boulons de la machine qu'à l'améliorer, y compris pour la rendre « compétitive ». Dans un monde en mutation, la docilité n'est plus une garantie suffisante de pérennité pour cette arme.

La gendarmerie est plus fragile qu'il ne paraît. Vu de l'extérieur, son statut militaire s'avère de plus en plus incongru alors qu'elle évolue au cœur de la société civile. Si ses responsables ne savent pas mieux faire valoir sa place au sein des forces de l'ordre, il est à craindre qu'elle ne fasse les frais des mesures chocs prises par les politiques pour lutter contre l'insécurité. Mais nos chefs, échaudés par la « grogne » qui a fait descendre des gendarmes dans la rue en 2001, ne songent qu'à garantir la paix sociale dans les unités. Pour le reste, l'institution s'arc-boute sur des dogmes dépassés – l'unicité de doctrine, de Dunkerque à Ajaccio en passant par Papeete et Cayenne, la mobilité de ses cadres, la polyvalence de la majorité de ses agents –, et un centralisme toujours plus renforcé et de plus en plus archaïque, que je ne suis pas seul à constater et à déplorer.

Les dernières réformes entreprises et présentées comme innovantes n'ont réglé des problèmes de détail que pour en susciter de nouveaux. Elles ont été imposées par les incompatibilités et les incongruités de nos règlements, sans concertation suffisante ni débats sur le fond. Certes, la gendarmerie est une institution riche d'un personnel de grande qualité et animée de vraies valeurs, mais elle ne doit pas fermer les yeux sur ses faiblesses. En ce sens, l'affaire Grégory en a révélé l'une des plus graves.

Si je me réfère aux dysfonctionnements observés, sachant qu'ils trouvent essentiellement leur origine dans les fautes commises par un seul magistrat, il me semble que l'un des enseignements majeurs à en tirer concerne la capacité de nos services à intervenir en interne. Leur vigilance devrait s'exercer avant que des défaillances individuelles ne soient portées sur la place publique, minant le fondement des institutions qui ont négligé ces fautes, voire les ont couvertes. La confiance accordée par la justice à ses auxiliaires ne peut aller sans un contrôle effectif de leur action ni sans sanctions appropriées.

La fonction de bouc émissaire disparaît quand les responsabilités sont identifiées à temps, et les décisions assumées devant l'opinion.

XIII

Les derniers pas vers la vérité

Plus de vingt ans après les faits, peut-on espérer connaître un jour la vérité sur la mort de Grégory Villemin ? Des éléments de certitude ou de probabilité existent. Ils ont été clairement établis par des décisions de justice. Le puzzle n'est pas complet, mais nous disposons d'un nombre suffisant de pièces pour voir se dessiner l'image d'ensemble et lui trouver un sens.

Que sait-on exactement ?

D'abord, que Christine Villemin est innocente. INNOCENTE. Je ne me lasserai pas de le répéter tant cette personne a eu à souffrir d'une épouvantable accusation des années durant. Je veux croire que tous ceux qui entretiennent encore au fond d'eux-mêmes cet « Alien » de la suspicion finiront par l'extirper de leur conscience.

Christine Villemin n'avait aucune raison valable de faire disparaître son fils. On ne tue pas sans mobile, à moins d'être psychologiquement malade. Christine ne l'est pas. Pas un seul fait, pas une seule parole rapportée, pas un seul geste observé ne viennent jeter une ombre sur son équilibre psychique et son attachement à son fils. Et ce pendant quatre années, depuis la naissance de Grégory jusqu'à sa mort. Peut-on imaginer une mère chérir un petit garçon décrit par tous comme resplendissant de santé et de joie de vivre, tout en nourrissant le projet de le tuer ? C'est impossible. Si quelqu'un pense le contraire, qu'il vienne me l'expliquer.

Encore une fois – j'insiste là-dessus car c'est essentiel –, l'affaire Grégory est à considérer dans la durée. Le drame n'a pas surgi du néant. C'est un assassinat qui a longuement mûri dans l'esprit de son auteur puisqu'il profère cette menace plus d'un an et demi avant de passer à l'acte. Et cette menace s'inscrit dans le prolongement d'actions malveillantes étalées sur plusieurs mois. Or, pour cette période, tous les témoignages convergent pour souligner l'attention et l'affection que portait Christine à son fils et le bonheur qui se dégageait de lui. Grégory se montrait espiègle, intelligent et ouvert, pas du tout effacé ni replié sur lui-même. Bref, un enfant visiblement épanoui et choyé.

Le gendarme Jean-François Lachaussée a rapporté au président Simon dans quelles circonstances il avait rencontré les Villemin à Lépanges, au tournant de l'année 1982. Jean-Marie Villemin avait été convoqué pour une période militaire de trois jours dans le cadre des réserves. Comme il ne pouvait s'y rendre, le gendarme Lachaussée s'était rendu chez lui pour l'entendre afin d'en rendre compte aux autorités militaires. « Nous avons été très bien reçus, précise-t-il. Je me souviens d'un intérieur coquet, bien tenu. Je revois encore le petit Grégory tournant autour de nous avec curiosité, nullement effarouché, et à qui sa maman demandait de se tenir tranquille. Elle parlait à son enfant avec gentillesse, comme une mère normale s'adresse à un tout jeune enfant[1]. » Est-ce là l'image d'un enfant

1. Procès-verbal du 14 juin 1988.

qui nuit au bonheur de sa mère, comme on l'a laissé croire ? Un enfant qui aurait été imposé par le mari pour garder sa femme ? Ou encore un « enfant devenu un tiers gênant pour son couple et son inconscient[1] » ?

Pas une seule confidence, réelle ou déformée, rapportée par exemple par des collègues de travail de Christine – or plusieurs d'entre elles n'étaient pas en excellents termes avec elle – n'a donné la moindre consistance à ces théories. Le couple Villemin nourrit au contraire plusieurs projets dont celui d'un second enfant. La maison s'agrandit, le mobilier est changé… Et c'est Christine qui tient les comptes et signe les chèques. Elle participe à toutes ces dépenses sans marquer de réticences. Par ailleurs, cette épouse aime son mari. Elle l'a montré à travers leurs années d'épreuves. Elle l'a aussi montré avant que la tragédie ne les frappe. Là encore, les témoignages concordent pour affirmer qu'ils ne se quittaient pas et manifestaient tous les signes d'une bonne entente conjugale. Pas une fausse note, sinon une dispute quelques mois après leur mariage, en 1979, soldée par une gifle et une bouderie de Christine qui était partie deux jours chez sa mère. Maître Prompt en fera une fugue, n'hésitant pas à prétendre qu'elle s'était enfuie dans le sud de la France.

Il suffit de lire l'arrêt du 9 décembre 1986 de la chambre d'accusation de Nancy, qui décide du renvoi de Christine Villemin devant les assises, pour être effaré par la légèreté, pire, par la vacuité des éléments à charge qui tentent de motiver un geste meurtrier de sa part. Les experts psychiatres auxquels le juge Lambert

1. Arrêt de la chambre d'accusation de Nancy du 9 décembre 1986 renvoyant Christine Villemin devant les assises.

a demandé des éclaircissements au sujet de l'inculpée se montrent à court d'arguments… Pour éluder le problème, on n'hésite pas à soutenir que « le meurtre de l'enfant est le plus archaïque et le plus naturel qui soit, qu'il peut émerger moins rarement qu'on ne le pense, lors de circonstances extrêmement diverses, et qu'il n'implique pas de constitution psychopathologique spécifique[1] ». Autant ouvrir la porte à tout, et se passer des expertises.

Rappelons ici que Christine Villemin, en plus de n'avoir aucune raison de supprimer son enfant ni d'en vouloir à ce point à son mari, se trouvait également dans l'impossibilité matérielle de commettre le crime.

À ce sujet, il n'est pas inutile d'évoquer la fameuse thèse de l'accident qui aurait été maquillé en crime, thèse abusivement étayée par les doutes formulés sur l'origine de l'eau trouvée dans le poumons de la victime. Christine aurait découvert son enfant noyé dans la baignoire et monté un subterfuge invraisemblable plutôt que d'alerter les secours. Pourquoi ? Parce qu'elle se trouvait en situation compromettante avec un amant. Pour s'en disculper, elle serait parvenue en vingt minutes à rhabiller son enfant, à l'attacher, à le jeter dans une rivière, et, pour faire plus vrai, à écrire une lettre vengeresse et donner un coup de téléphone… Le pire ici n'est pas que ce roman ait pu voir le jour, mais qu'il se soit trouvé des gens pour y donner crédit ! Et il en sera de même pour les scénarios la faisant complice d'un Bernard Laroche ou d'un autre meurtrier présumé.

Dans le registre du pittoresque, citons les élucubrations d'un gendarme en retraite qui, fort d'avoir mené sa propre enquête, n'aura de cesse de communiquer

1. Arrêt cité page précédente.

au président Simon ses lumières et de l'abreuver de rapports. À l'en croire, Grégory aurait été victime d'un jeu d'enfants : attaché par ses camarades, il aurait été transporté dans une charrette jusqu'à la rivière où il serait tombé. Témoin des faits, le corbeau en aurait profité pour s'attribuer l'accident et le transformer en crime afin d'assouvir sa vengeance.

Et pourquoi pas des Martiens ?

Si Christine Villemin ne peut être la meurtrière, elle n'entre pas mieux dans le costume du corbeau. Tous les membres de la famille qui ont eu affaire à ce dernier ont toujours fait état entre eux d'une voix masculine. Une « voix rauque », celle-là même identifiée par Michel Villemin lorsque le corbeau, devenu assassin, l'a appelé pour revendiquer son geste. Tant de personnes peuvent-elles se tromper ensemble et aussi longtemps sur le timbre et le sexe d'une voix ?

Pour autant, une voix féminine a lancé des appels anonymes, notamment pour envoyer des tierces personnes, garagiste, médecin, pompier, entrepreneur de pompes funèbres… chez les grands-parents Villemin. Christine pouvait-elle être cette voix ? Et si oui, qui était le corbeau homme ? Cette question n'a jamais été soulevée, les détracteurs de Christine affirmant de manière simpliste – en s'appuyant sur des appels choisis de manière partiale – qu'elle aurait été l'unique auteur de tous les appels du corbeau. Il a été démontré que la chose était impossible pour de multiples raisons, tels les bruits de fond, le cliquetis d'un métier à tisser notamment, alors que son usine n'en abritait pas, ou les bruits de pas dans un escalier alors que leur maison n'avait qu'un seul niveau. Christine ne pouvait pas connaître certains faits relatés par le corbeau, et nous avons vu, dates et horaires à l'appui, qu'il lui aurait été impossible de donner autant de coups de téléphone, y compris ceux répertoriés sur le « registre du corbeau ». Enfin, le 24 avril 1983, lors de l'un de ses derniers appels, le corbeau s'est entretenu plus d'une demi-heure avec Jean-Marie sur son lieu de travail. Est-il concevable qu'une femme puisse parler si longtemps à son conjoint de façon aussi déguisée et sans se trahir ?

D'autres invraisemblances apparaissent également à la lecture des lettres du corbeau. Pourquoi Christine s'en serait-elle prise à son beau-père et aurait-elle épargné sa belle-mère, alors qu'elle entretenait visiblement plus d'affinités avec lui qu'avec elle ? Quant à la lettre de revendication de l'enlèvement et du meurtre, il est possible d'affirmer qu'elle n'a pas pu être écrite par Christine Villemin, et pour deux raisons essentielles qui n'ont malheureusement pas été examinées. Nous l'avons évoqué, la lettre est rédigée à l'improviste : les mots, tracés hâtivement, sont plus gros, moins alignés, la forme générale est plus brouillonne que dans les lettres précédentes. Or Christine Villemin a un « avantage » capital par rapport aux autres suspects possibles : elle dispose de sa victime. Elle maîtrise donc son temps et peut tout organiser à sa guise. Dans cette hypothèse, sa lettre aurait pu être rédigée à l'avance. Les « filles de la poste » ne l'ont-elle pas vue poster du courrier dès la sortie de l'usine, bien avant l'enchaînement des faits ? Dès lors, pourquoi cette écriture chaotique, alors que Christine a tout loisir d'écrire ce message calmement, comme les précédents ? Par ailleurs, en postant cette lettre, elle signerait un crime qui n'est pas encore commis et qui peut-être ne pourra pas avoir lieu, pour diverses raisons. On sait qu'il est impossible de récupérer un courrier posté. Ce qui veut dire que si le plan ne fonctionne pas, cet envoi n'a plus de sens. Pis, son mari serait le premier à ouvrir la boîte aux lettres le lendemain du crime puisqu'il n'embauche qu'à 13 heures 15 alors qu'elle commence son travail le matin, dès 7 heures 15. Comment pourrait-elle commettre une erreur si lourde de conséquences ?

Dans le même ordre d'idées, puisque ses accusateurs la soupçonnent d'être « machiavélique et supérieurement intelligente », pourquoi prendre le risque de poster cette lettre dès la sortie de l'usine, sachant qu'elle a des chances d'être aperçue par ses collègues ? Si tout procède du plan diabolique qu'on lui prête, pourquoi ne parle-t-elle pas de la Vologne dans ce courrier anonyme alors que ce détail est précisé dans l'appel téléphonique ?

Quel que soit l'angle d'attaque visant « la mère », on se heurte à des impossibilités et à des invraisemblances. Restent les expertises, fortement contestées, et le témoignage « des filles de la poste », qui n'est pas fiable et dont la portée, on l'a vu, n'est que relative. Inversement, Christine Villemin ne s'est jamais dérobée aux explications qui lui ont été demandées, et elle n'a jamais varié dans ses propos. Ses réponses ont été spontanées, sans tergiversation ni revirement. Elle s'est soumise de bon gré à toutes les expertises et dictées, y compris sur son lit d'hôpital…

Il se peut qu'on trouve chez elle, au long des années qu'a duré l'affaire, des réactions ou des paroles singulières, mais on doit se souvenir du harcèlement médiatique dont elle a fait alors l'objet, et de la dépression dont elle a souffert.

Puisque Christine Villemin n'est pas coupable, qui pourrait l'être ? Dans son arrêt du 3 février 1993, la chambre d'accusation de la cour de Dijon observe « qu'en définitive, il existe contre Bernard Laroche des charges très sérieuses d'avoir enlevé Grégory Villemin le 16 octobre 1984 ». Toutefois, elle ne se prononce pas sur son éventuelle implication dans la mort de l'enfant. Les mêmes conclusions ressortent du supplément d'information du président Simon, complété et mis en forme par le président Martin. Par sa durée, sa rigueur, la crédibilité de ses auteurs et sa force juridique, ce travail est difficile à réfuter. Trop d'éléments, vérifiés et convergents, ont orienté les juges vers cette conviction…

Bernard Laroche était encore inculpé au moment de son assassinat, et son décès a provoqué l'extinction de l'action publique à son encontre. La justice en a pris acte, mais elle ne s'est pas interdit d'examiner les charges pesant contre lui, leurs insuffisances ayant précisément orienté les investigations vers Christine Villemin. Je n'ai pas l'intention de pousser mes réflexions au-delà de la position des juges, encore moins d'attaquer un mort qui ne peut se défendre et dont la loi protège la mémoire.

Reste l'élément le plus exceptionnel et le mieux avéré de l'affaire, s'agissant d'un document qu'on ne peut mettre en doute : la lettre du corbeau criant sa victoire et signant son crime. Dans ces mots rageurs, rédigés sur le vif, tout est dit du mobile, tout est suggéré des actes déments commis dans l'urgence d'une irrépressible pulsion. Pourtant, même si ce corbeau avait été confondu par la justice, il n'est pas dit qu'il aurait avoué son meurtre. Les psychologues avec lesquels j'ai pu m'entretenir de la question m'ont affirmé que ce type de passage à l'acte pouvait être totalement refoulé et oublié par la suite.

Dans leur dossier, les présidents Simon et Martin ont avancé l'idée que d'autres personnes avaient pu prendre part à l'enlèvement de Grégory, mais sans qu'elles aient pour autant envisagé sa mort, accidentelle ou pas. C'est ce qui ressort de l'arrêt du 3 février 1993 qui constitue la synthèse de leurs travaux. Cette conception du crime n'a pu être démontrée et possède à mon sens le grave inconvénient de vouloir pallier des incertitudes : l'heure exacte de la mort de Grégory, le lieu précis où son corps a été immergé, et la nature de l'eau dans laquelle il a été noyé… Elle pourrait n'avoir été formulée que pour éviter aux juges une impasse juridique. En supposant un complot et des complices, la justice se donnait le moyen de poursuivre dans d'autres directions et se ménageait une chance d'établir la vérité complète sur l'affaire.

Aucune certitude ne s'est donc imposée. Les témoignages sont figés. Il se peut qu'un jour quelqu'un fournisse un renseignement, un indice ou un aveu qui permettra d'approcher un peu plus la vérité. À condition que la démarche soit probante et ne vienne pas ranimer les braises d'une suspicion sans fondement. Car il est probable que certaines personnes connaissent l'identité de l'assassin, ou s'en doutent… Il est tout aussi probable que beaucoup soupçonnent cet assassin d'avoir, pour le moins, pris part à l'enlèvement. Mais de là à imaginer commettre un tel crime ! Alors soit on le nie avec force en préférant s'arranger de l'inexplicable, soit on l'admet, mais on s'abstient de revenir là-dessus pour ne pas réveiller les fantômes, innocents ou pas, et ne pas s'attirer d'ennuis ou risquer de raviver les souffrances, voire d'en créer de nouvelles.

Nous restons dans cette zone grise.

Bien qu'il soit permis et légitime de l'espérer, les derniers pas vers la vérité ne se produiront peut-être jamais. Le regard, sans doute, pourra s'y porter… Mais le désire-t-on seulement ? À chacun de répondre à cette question. À chacun de calmer ses passions, si le temps est enfin venu.

Annexes

Billet du corbeau glissé dans les volets
de la maison de Jean-Marie et Christine Villemin
le 4 mars 1983.

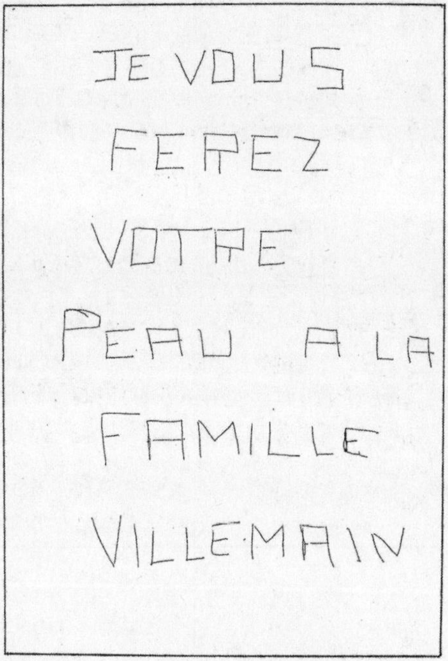
JE VOUS
FEREZ
VOTRE
PEAU A LA
FAMILLE
VILLEMAIN

Lettre du corbeau adressée aux parents
de Jean-Marie Villemin le 27 avril 1983.

SI VOUS VOULER

QUE JE M'ARRETE

JE VOUS PROPOSE UNE
SOLUTION.
VOUS NE DEVER PLUS
FREQUENTER LE CHEF,
VOUS DEVER LE CONSIDERÉ
LUI AUSSI COMME UN
BATARD, LE METTRE
ENTIEREMENT DE COTÉ, PAR
VOUS ET SES FRERES
ET SOEUR.
SI VOUS NE LE FAITE
PAS, J'EXECUTERAI
MES MENACES QUE J'AI
FAIT AU CHEF POUR LUI
ET SA PETITE FAMILLE
JACKY ET SA PETITE FAMILLE
A ETE ASSEZ MIS DE CÔTÉ.

↦

AUTOUR DU CHEF D'ÉTRE
CONSIDERER COMME UN
BATARD.
IL SE CONSOLERA
AVEC SON ARGENT.

A VOUS DE
CHOISIR.

LA VIE OU LA

MORT.

TOURISME
VACANCES
AIR PUR
Forêts de sapins
Séjour agréable
DANS LES VOSGES
BRUYÈRES 27-4-83

88 ...
VOSGES

M^r ET Me VILLEMIN ALBERT

ROUTE DE FRAMBEMENIL

AUMONTZEY [88600]

Deuxième lettre du corbeau adressée aux parents de Jean-Marie Villemin le 17 mai 1983.

je vois que rien à changer chez vous
il n'y en a toujour que pour les mêmes.
et le chef vient toujour.
vous pourez montrer l'autre lettre et
celle-là à Jacky car j'arrete.
il est toujour mis de côté, cela ne
sert à rien que je les défende.
il n'y a que votre salope de fille et
son vieux qui ont le droit de salir
vos assiettes le dimanche.
il n'y en a que pour le gendre, il
compte plus que vos fils, surtout
pour toi la vieille c'est ton
((NONOCHE)) et il se permet tout à
aumontzey...
et le petit con de granges, il n'est
pas une journée sans descendre chez
vous et il faut toujour qu'il mette son
grain de sel partout quand il devrait
fermer sa grande gueule, mais pas d'effet,
et sa connasse de gonzesse, elle fait
toujour la grande malade avec sa

salle gueule de cochon ((le CINEMA))
autour du chef, du balaise, il
peut arrêter de chier dans son slipp,
je ne veux pas lui faire de bobo au
balaise de maman ni à sa pimbêche
de gonzesse ni à son mioche.
jacky ne serai pas mâri estima
pour ça. et il sera toujour
considerer comme un bâtard, le
pauvre mec.
eh! toi le vieux, tu en as prise
un coup de vieux, tu m'as l'air
bien malade.
eh oui le vieux, j'arrête et tu ne
sauras jamai qui t'as fais chié
pendant deux ans.
je me suis vengé car je vois que tu
te rumines, tu ne te penderas peut-
être pas mais je m'en fou car ma
vangence est faite.
je te hais au point d'aller cracher
sur ta tombe, le jour ou tu creveras

jacky n'est peut être pas plus estimer mais je m'en fou je me suis venger.

ceci est ma dernière lettre et vous n'aurez plus aucune nouvelle de moi. vous vous demanderez qui j'étais mais vous ne trouverez jamai que le tout fou d'à côté arrête de fumer car il prend un coup de poing dans la gueule et il se sauve

ADIEU MES CHERS

CONS

Forêts de sapins
Séjour agréable
DANS LES VOSGES
BRUYÈRES 17-5-83
88 VOSGES

M. et Me Villemin Albert
route de Rambervillers
(88600) Aumontzey

Lettre de revendication du crime de Grégory postée par le corbeau le jour du meurtre, le 16 octobre 1984, reçue le lendemain au domicile des parents.

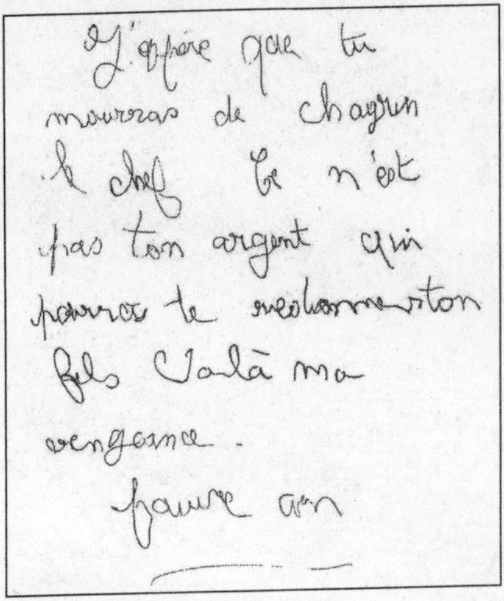
J'espère que tu
mourras de chagrin
le chef Ce n'est
pas ton argent qui
pourra te redonner ton
fils Voilà ma
vengeance.
pauvre con

Mr Villemin Jean-Marie
Rue des Champs
Lépanges sur Vologne
(88600)

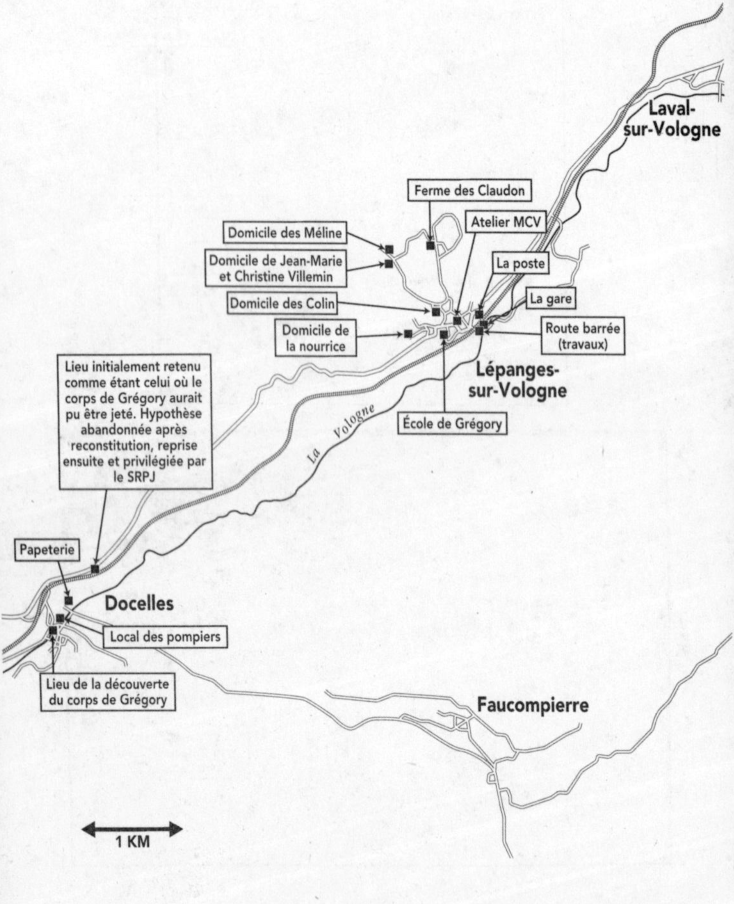

Laval-
sur-Vologne
Ferme des Claudon
Atelier MCV
Domicile des Méline
Domicile de Jean-Marie
et Christine Villemin
La poste
Domicile des Colin
La gare
Domicile de
la nourrice
Route barrée
(travaux)
Lieu initialement retenu
comme étant celui où le
corps de Grégory aurait
pu être jeté. Hypothèse
abandonnée après
reconstitution, reprise
ensuite et privilégiée par
le SRPJ
Lépanges-
sur-Vologne
La Vologne
École de Grégory
Papeterie
Docelles
Local des pompiers
Lieu de la découverte
du corps de Grégory
Faucompierre
1 KM

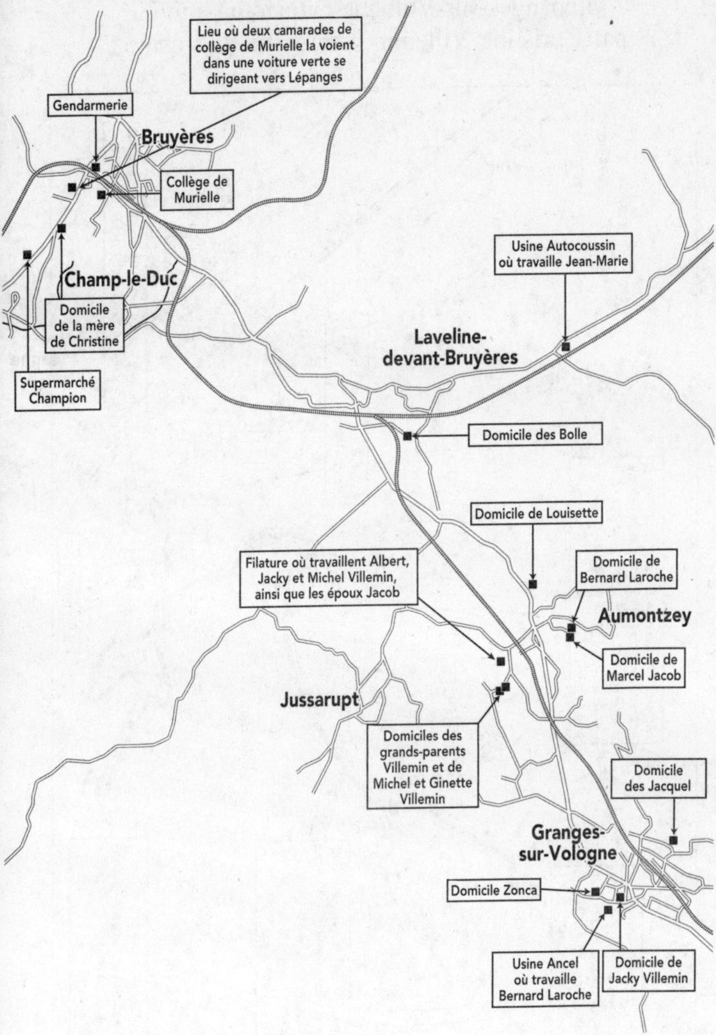
Lieu où deux camarades de collège de Murielle la voient dans une voiture verte se dirigeant vers Lépanges
Gendarmerie
Bruyères
Collège de Murielle
Champ-le-Duc
Domicile de la mère de Christine
Supermarché Champion
Usine Autocoussin où travaille Jean-Marie
Laveline-devant-Bruyères
Domicile des Bolle
Domicile de Louisette
Domicile de Bernard Laroche
Filature où travaillent Albert, Jacky et Michel Villemin, ainsi que les époux Jacob
Aumontzey
Domicile de Marcel Jacob
Jussarupt
Domiciles des grands-parents Villemin et de Michel et Ginette Villemin
Domicile des Jacquel
Granges-sur-Vologne
Domicile Zonca
Usine Ancel où travaille Bernard Laroche
Domicile de Jacky Villemin

Lépanges-sur-Vologne : itinéraire suivi par Christine Villemin à sa sortie de l'usine.

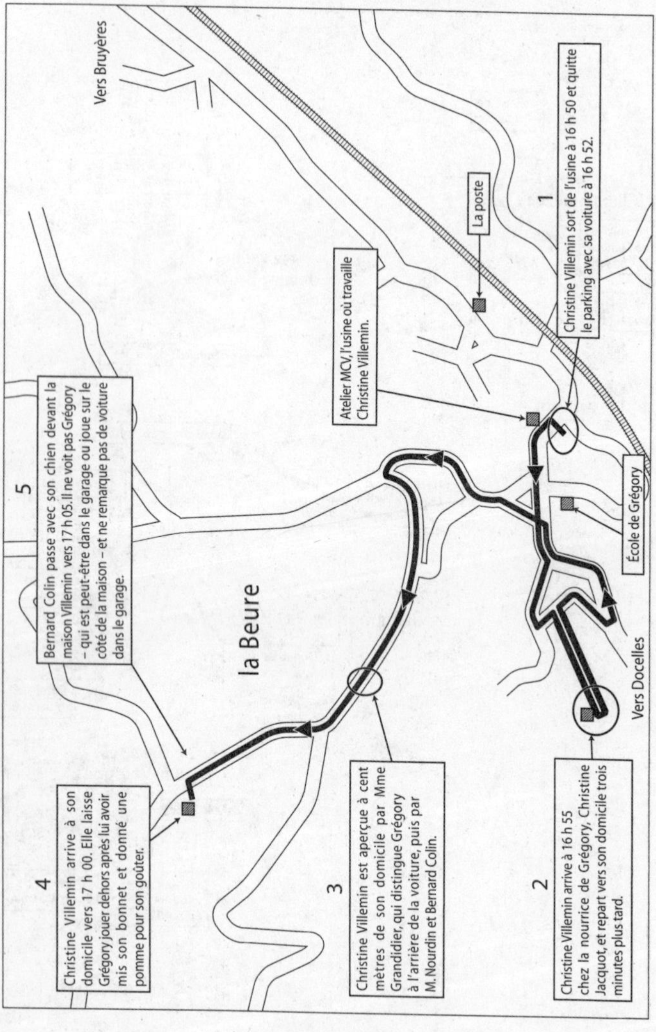

Lépanges-sur-Vologne : itinéraire suivi par Christine Villemin pour retrouver son fils Grégory.

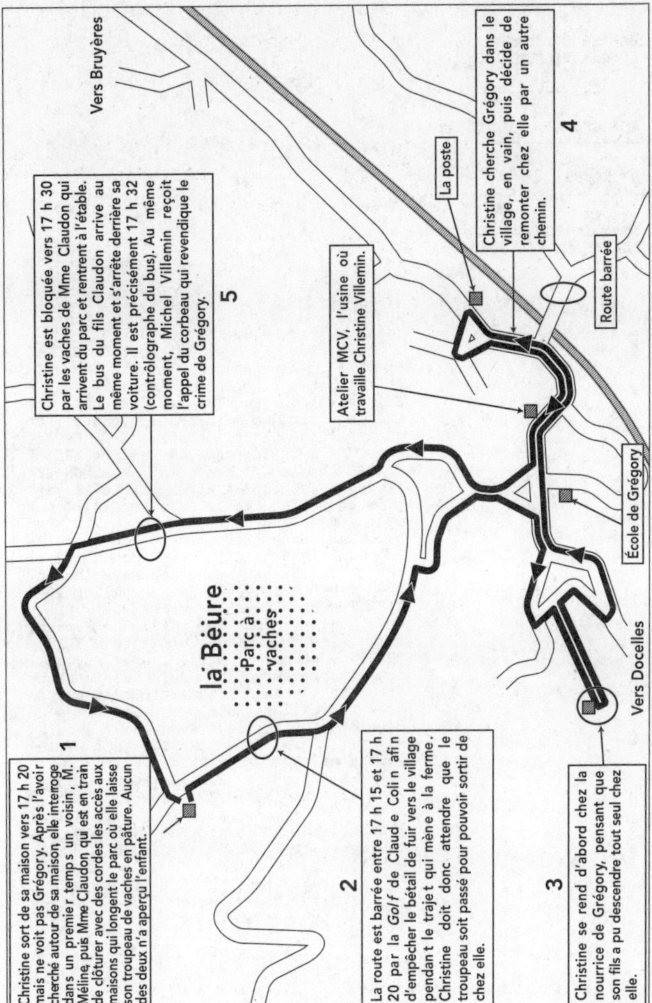

EXTRAIT DES MINUTES ET ACTES DU SECRETARIAT
GREFFE DE LA COUR D'APPEL DE DIJON

DU 3 FEVRIER 1993

BLAISE Christine
épouse VILLEMIN

ASSASSINAT

N° 32/93

Non-lieu C/ Christine
BLAISE ép.VILLEMIN

VU, par la Cour d'Appel de DIJON, Chambre d'Accusation, réunie en la Chambre du Conseil, les pièces de l'information suivies au Tribunal de Grande Instance d'EPINAL (Vosges), du chef d'assassinat, contre X... devenu LAROCHE Bernard, né le 23 mars 1955 à EPINAL (Vosges), demeurant à AUMONTZEY (Vosges), décédé à AUMONTZEY le 29 mars 1985 (non-lieu intervenu à son égard par ordonnance du 18 avril 1985 en application de l'article 6 du Code de Procédure Pénale) puis contre X... devenu BLAISE Christine Jeanne Gilberte, épouse VILLEMIN, née le 13 juillet 1960 à PETITMONT (Meurthe-et-Moselle), fille de Lucien et de CHATEL Gilberte, domiciliée 40, rue de la Pâture à SAINT-CHERON (Essonne), mariée, deux enfants, sans profession, de nationalité française, jamais condamnée, détenue du 5 au 16 juillet 1985, en liberté sous contrôle judiciaire, ayant pour avocats Maîtres Henri-René GARAUD et Marie-Christine CHASTANT-MORAND, 17, rue de la Ville-l'Evêque à PARIS 8ème, Maître François ROBINET, 27, avenue Foch à NANCY (Meurthe-et-Moselle) et Maître Thierry MOSER, résidence Marigny, 33, boulevard de l'Europe à MULHOUSE (Haut-Rhin),

avec constitution de parties civiles de :

L'inculpée et ses avocats ont eu la parole en dernier.

SUR QUOI, les débats étant terminés, la Chambre d'Accusation de la Cour a mis l'affaire en délibéré sans précision de date.

Et le MERCREDI TROIS FEVRIER MIL NEUF-CENT QUATRE-VINGT TREIZE, la Chambre d'Accusation, après en avoir délibéré conformément aux dispositions de l'article 200 du Code de procédure pénale, étant composée des mêmes magistrats qu'à l'audience du lundi 21 septembre 1992, vidant son délibéré, a rendu, en Chambre du Conseil, l'arrêt dont la teneur suit :

[...]

C'est alors que les révélations d'un témoin, Madame CONREAUX, ont donné un nouvel essor à l'enquête. Après l'exploitation des renseignements recueillis, une nouvelle audition de Murielle BOLLE, une confrontation des époux Jean-Marie VILLEMIN et Albert VILLEMIN, l'exploration d'autres pistes de recherches non encore étudiées et l'organisation de nouvelles expertises en écritures, un arrêt de dépôt a été rendu par cette chambre le 3 juin 1992.

[...]

Elle ne pouvait donc être l'auteur de l'appel téléphonique adressé au même instant à Michel VILLEMIN et, compte-tenu de la durée des recherches de son fils qu'elle avait entreprises au préalable dans sa maison, aux abords de celle-ci, chez ses voisins qu'elle avait interrogés puis au centre de l'agglomération de LEPANGES et qui avaient certainement duré plus de dix minutes, il apparaît impossible qu'elle ait disposé du temps nécessaire pour commettre le crime qui lui est imputé.

[...]

- que les enquêteurs de la police judiciaire ont certes déclaré que leur procédure avait été parfaitement régulière, mais qu'un doute est néanmoins permis à ce sujet en raison de la concordance des affirmations contraires ;

En définitive aucun des vingt-cinq éléments de conviction initialement retenus par le ministère public à l'encontre de l'inculpée ne justifie le renvoi de celle-ci devant la juridiction de jugement.

Et la longue instruction complémentaire menée à DIJON, bien qu'elle ait été conduite dans toutes les directions possibles, sans parti pris, non seulement n'a pas apporté de charges nouvelles contre Christine VILLEMIN, mais a mis encore davantage en évidence l'une des faiblesses de l'accusation, à savoir l'absence de mobile du crime qui lui est imputé.

[...]

Cette absence de mobile à l'assassinat de l'enfant par sa mère dont le commissaire CORAZZI du service régional de police judiciaire de NANCY, principal artisan des accusations portées contre l'inculpée, a dû convenir au cours du supplément d'information, a conduit la presse, l'opinion publique et les magistrats chargés de l'affaire à envisager d'autres éventualités, tout d'abord celle d'une crise de folie ou d'un moment d'aberration.

[...]

CHARGES PESANT SUR BERNARD LAROCHE

Il n'est pas question de proclamer la culpabilité de Bernard LAROCHE. Ce n'est pas le rôle de la Chambre d'accusation, juridiction d'instruction, et l'extinction de l'action publique mise en mouvement contre cet inculpé l'interdit.

Il est toutefois nécessaire d'examiner les charges pesant sur celui-ci puisque la Chambre d'accusation de NANCY dont le ministère public avait, un temps, adopté les motifs, a considéré qu'elles étaient inexistantes afin de concentrer tous les soupçons sur Christine VILLEMIN et, le cas échéant, en vue de rechercher s'il n'aurait pas eu des complices ou des coauteurs qui resteraient à découvrir.

[...]

En l'état il n'est pas démontré que Bernard LAROCHE soit le Corbeau mais, contrairement à l'opinion du juge d'instruction d'EPINAL, il n'est pas exclu qu'il le soit ou qu'il soit l'un des Corbeaux s'il y en a eu plusieurs.

En définitive, à l'issue de l'instruction, il existe contre Bernard LAROCHE des charges très sérieuses d'avoir enlevé Grégory VILLEMIN le 16 octobre 1984. En revanche les raisons profondes de la haine qui semble avoir dicté ce crime demeurent incertaines pour ne pas dire inconnues et en l'état il est impossible d'affirmer que Grégory VILLEMIN dont la mort demeure toujours entourée de mystère, a été tué par Bernard LAROCHE sur lequel d'excellents renseignements ont été recueillis et que ses proches disent incapable d'avoir assassiné un enfant.

[...]

Même si elle a percé tout ou partie du secret de la mort de Grégory VILLEMIN, il serait vain d'espérer en obtenir la révélation par de nouvelles auditions de ce témoin.* A l'heure actuelle aucune investigation ne saurait être entreprise utilement dans sa direction.

* Marie-Ange LAROCHE

[...]

<u>Demandes de nouvelles auditions de témoins et de confrontations</u> :

Tant que les témoins qui prétendent ne rien savoir ou donnent des faits des versions apparemment contraires aux autres résultats de l'instruction, notamment Murielle BOLLE et les membres de la famille CLAUDON, demeureront soumis aux pressions qui s'exercent sur eux, aucune nouvelle audition, confrontation ou autre investigation ne réussira à vaincre leur obstination et à dissiper les brumes épaisses qui subsistent encore..

PAR CES MOTIFS,

LA COUR,

Dit et juge qu'en l'état il n'y a pas de charges contre Christine BLAISE épouse VILLEMIN d'avoir assassiné son fils Grégory Gilbert VILLEMIN,

Rejette les demandes de nouveau supplément d'information et dit n'y avoir lieu à suivre plus avant contre quiconque,

Donne mainlevée du contrôle judiciaire auquel l'inculpée est soumise,

Ordonne le dépôt du dossier de la procédure au greffe de la Cour d'appel de DIJON,

En raison de la bonne foi des parties civiles, les décharge des frais qui seront supportés par le Trésor Public.

Ainsi fait, jugé et prononcé à l'audience de la Chambre d'accusation de la Cour d'appel de DIJON, tenue en la Chambre du conseil, au Palais de Justice de ladite ville, le MERCREDI TROIS FEVRIER MIL NEUF CENT QUATRE VINGT TREIZE, par :

- Monsieur MARTIN, Président de Chambre, Président de la Chambre d'accusation ;

- Monsieur JACQUIN, Conseiller ;

- Madame KALUZNY, Conseiller ;

désignés conformément aux dispositions de l'article 191 du Code de Procédure Pénale,

En présence de Monsieur KOHN, Avocat Général;

Assistés de Madame GAUDIN, Greffier divisionnaire.

Le Greffier divisionnaire, Le Président,

E. GAUDIN J.P. MARTIN

SECRETARIAT GREFFE * COUR D'APPEL DE DIJON

POUR EXPÉDITION CONFORME LE GREFFIER EN CHEF

G E N D A R M E R I E   N A T I O N A L E

Légion de Lorraine
Groupement des Vosges

COMPAGNIE d' EPINAL

2, rue Grennevo - 88020 EPINAL CEDEX
Tél: 82 48 62

Le 7 décembre 1984

n° 1970/2

RAPPORT

du Capitaine SESMAT, Commandant la Compagnie de Gendarmerie d' EPINAL (Vosges).

*

OBJET : Affaire GRÉGORY.

DESTINATAIRE : - Lieutenant-Colonel, Commandant le Groupement de Gendarmerie des Vosges,

à EPINAL.

L'affaire GREGORY constitue un fait criminel qui sans nul doute fera date dans les annales judiciaires. Ce fait divers a connu et connaît encore un grand retentissement pour des raisons évidentes qu'il n'est pas nécessaire de souligner.

Indépendemment de l'affaire en général, il est d'ores et déjà possible de faire le point sur l'enquête que la Gendarmerie a menée pendant 3 semaines, jusqu'à l'inculpation de Bernard LAROCHE.

Cette enquête a été marquée par trois faits importants qui ont eu une influence sensible sur son déroulement.

- le rôle joué par la police scientifique dans l'exploitation d'indices matériels essentiels;
- la présence permanente de nombreux journalistes sur le terrain;
- les relations entre le magistrat instructeur chargé de l'affaire et les enquêteurs.

I. ANALYSE DE CES DONNEES

11. Police scientifique.

Dans cette affaire, les enquêteurs ont trouvé très peu d'indices matériels : 3 lettres et un billet, quelques cassettes denregistrement de voix et une cordelette. Les traces de pas et de véhicule qui ont été relevées ne peuvent pas être raccrochées avec certitude aux faits.

Si minces qu'ils soient, ces éléments matériels prennent aujourd'hui une place essentielle et il apparaît qu'au départ, les enquêteurs n'ont pas su protéger et exploiter parfaitement ces indices. C'est ainsi que la lettre postée le jour du crime a été hâtivement passée à la poudre noire afin de faire ressortir d'hypothétiques empreintes digitales. Ce faisant, les spécialistes de Police Technique des unités de recherches ont gêné et finalement empêché l'exploitation des foulages apparaissant sur le document; la photographie d'une signature (que les spécialistes ont pu apercevoir à l'oeil nu) aurait été déterminante dans cette enquête. Par ailleurs, ces travaux ont dû être faits à l'étranger par manque de moyens et de spécialistes en France.

L'exploitation des cassettes enregistréesa quant à elle été longue à commencer parce que les enquêteurs ignoraient comment et où les voix pouvaient être analysées.

Enfin, les travaux qui ont été adressés au Laboratoire de Police Technique du Professeur CECCALDI (comparaison de 2 cordelettes, détermination du groupe sanguin par l'intermédiaire de la salive déposée sur un timbre-poste) n'ont à ce jour donné aucun résultat, ni positif, ni négatif.

Dans ce domaine de la police technique et scientifique, il

apparaît que la Gendarmerie ne dispose pas des personnes et des moyens nécessaires aux investigations modernes. La police ne paraît pas plus en avance que nous dans ce domaine.

12. Les journalistes.

Dès le début de l'affaire, les journalistes sont apparus en nombre sur le terrain, avec l'obligation faite par leurs rédactions respectives de devoir chaque jour fournir un reportage quantitativement et " qualitativement " imposant. D'où une surenchère rapide entre tous les mass-médias et une course au "scoop" éfreinée.

Or, l'affaire est en elle-même très compliquée, très touffue; très rapidement, les journalistes ont avancé dés hypothèses ou fait des comptes-rendus s'appuyant sur des choses fausses ou incomplètes qui n'en ont pas moins perturbé le déroulement de l'enquête.

De plus, il y a eu des " fuites " qui ont parfois précipité les événements(perquisition et mise en garde-à-vue des époux LAROCHE le 31 Octobre) ou influencé certaines personnes directement liées à l'affaire.

Par leur présence permanente, par leur pression, les journalistes ont gêné le travail des enquêteurs sur le terrain et à la Brigade de BRUYERES. Exploitant certains " tuyaux " confiés par des tierces personnes, ils les ont même parfois mis dans l'embarras (divulgation de la lettre du 16.10.1984).

En bref, les mass-médias, qui auraient pu être d'une certaine utilité dans cette affaire (demande de renseignements, recherche de témoignages), n'ont représenté en fait qu'une gêne aux enquêteurs. Le droit à l'information, tel que les journalistes le conçoivent, est devenu une nécessité impérieuse que rien ne saurait empêcher. Le rôle de la presse dans les affaires judiciaires est à revoir.

13. Le Juge d'Instruction.

Une information a été ouverte dès le 17 octobre à midi et un juge d'instruction a été chargé de l'enquête.

Les rapports entre les enquêteurs et ce magistrat sont toujours restés bons dans leur forme. Cependant, dans leur fond, ils ont laissé à désirer. En effet, il n'y a jamais eu d'échange d'idées, de mise au point en commun, de réflexion entre eux. Les enquêteurs ont parfois eu l'impression que chacun menait une enquête différente.

Une communication plus grande aurait pourtant empêché bien des erreurs de procédures et assurément aurait permis une meilleure exploitation de certains témoignages importants (Muriel).

Ce manque de concertation a même pris parfais les aspects d'une certaine défiance à l'égard des enquêteurs. Il est évident que le rôle du magistrat instructeur n'est pas le même que le leur: son travail va se poursuivre jusqu'au procès alors que les enquêteurs voient leur initiative disparaître dès lors qu'une personne est inculpée. Cependant, jusqu'à ce moment, la concertation entre enquêteurs et juge d'instruction devrait être très grande et absolument franche: d'une part parce qu'il est utile que le magistrat connaisse le déroulement des recherches, les axes d'efforts arrêtés, les raisonnements suivis; d'autre part parce qu'il n'est pas inutile aux enquêteurs de recevoir l'avis d'une personne ayant une vue un peu plus détachée de l'affaire.

Ce dernier point est peut-être celui qui a le plus perturbé le bon déroulement de l'enquête. Mais il s'agit surtout d'une question de personne.

II. PROPOSITIONS

Découlant de l'analyse de la situation, voici, sous de grands développements, quelques propositions :

21. Police judiciaire - Police scientifique.

- spécialisation des personnels servant dans les unités de recherches en général(avec sélection et formation particulières);

- spécialisation non exclusive de certains personnels ou de certaines équipes au niveau des S.R. (stupéfiants, manouches, écritures et voix, psychologie, enfance ...);

- organisation rationnelle de la police judiciaire au niveau Groupement ou Légion (utilisation de l'informatique);

- création de laboratoire de police scientifique aux niveaux Légion, Région et Direction Générale (cf. Allamagne Fédérale) et dotation en matériels modernes (ex: tables d'écoute).

- création d'une cellule de police judiciaire au niveau Direction destinée à suivre l' évolution des techniques, des méthodes et des données dans tous les pays et à informer et instruire les unités de recherches;

- divulgation jusqu'au niveau compagnie des listes de spécialistes (régionaux et nationaux - Gendarmerie et autres) pouvant être consultés (cf. Gendarme KLEIN - S.R. METZ - expert en écritures - inconnu jusqu'à ces faits);

- formation initiale des commandants de compagnie à leur prise de commandement : stage bloqué destiné à revoir toutes les notions acquises (?) à l' E.O.G.N. (cf. Armée de Terre: cours des Capitaines);

- concertation avec les services des Télécommunications (civiles) afin que le branchement de lignes nouvelles dans une caserne destinées à installer des tables d'écoute se fasse de façon beaucoup plus discrète: utilisation de véhicules banalisés, travail de nuit ... (N.B: une camionnette bleue avec des inscriptions Télécom - Téléphone ... est venue 3 jours de suite à la Brigade ..

- reprises de la Revue d'Etude et d'Information afin de la rénover et de revoir sa présentation qui n'a pas changé depuis des années (possibilite de mettre l'accent de façon plus marquée sur l'étude de certains cas concrets à caractère très instructif);

- désignation dans chaque enquête d'un sous-officier supérieur chargé exclusivement de la procédure et de la tenue des dossiers.

22. Mass-médias

-dénonciation des méthodes de certains journalistes (certains ont tenté d'obtenir des renseignements en se faisant passer pour des policiers);

- prise de conscience du rôle que tend à jouer la presse dans les affaires judiciaires en cours afin de provoquer un débat de fond destiné éventuellement à promulguer une loi sur ce problème

- formation des officiers dans le domaine des relations publiques (pourrait être abordée au cours du stage de préparation aux fonctions de commandant de compagnie);

- désignation d'une cellule relations publiques, indépendante des enquêteurs, dans les grandes affaires judiciaires; cette cellule, en liaison avec les magistrats, serait chargée des communiqués de presse (dans le cas présent, installée à EPINAL d'où elle aurait fait 2 communiqués par jour, cette cellule aurait détourné de BRUYERES un certain nombre de journalistes);

Les journalistes disposent aujourd'hui d'un matériel de plus en plus sophistiqué qui leur permet d'enregistrer des communications à distance, d'écouter à travers les murs, d'intercepter des liaions radios. Il semble difficile, techniquement, de faire face à cette évolution. Les seuls remèdes possibles semblent être :

- une protection juridique des personnels en enquête (ainsi que des terrains);

- une meilleure formation des enquêteurs (discrétion, connaissance des techniques et des méthodes employées par les journalistes ...).

23. Rapports avec les magistrats.

Comment faire comprendre à un magistrat que les enquêteurs travaillent avec lui, pour lui ? Qu'il est nécessaire dans une affaire complexe de se rencontrer régulièrement pour faire le point, réfléchir sur la situation, définir certains axes de recherches ?

Encore une fois, il s'agit là essentiellement d'une question de personne.

Mais il semble qu'aujourd'hui les magistrats instructeurs ont sensiblement changé; pour faire face à des avocats de plus en plus procéduriers, ils tendent à s'attacher plus à la forme de leurs dossiers qu'à leur fond; ils sont devenus moins opérationnels plus détachés des enquêteurs sur le terrain. Celà nuit à l'enquête Dans la première phase de l'instruction, enquêteurs et magistrats devraient travailler avec une plus grande concertation.

Peut-être est-ce possible d'amener cette idée jusqu'à l'Ecole de la Magistrature ?

III. REMARQUES DIVERSES

Outre ces problèmes soulevés, quels sont les points que l'on peut souligner dans cette affaire ?

En premier lieu, il faut souligner l'excellente ambiance dans laquelle s'est déroulée l'enquête. Réunissant des personnels d'unités différentes (S.R. de NANCY, B.R. d' EPINAL, B.T. de BRUYERES et d'autres unités : B.Mo - B.T. des Compagnies de SAINT-DIE et EPINAL), cette affaire a fait la preuve pendant trois semaines que ce type de travail pouvait concrètement se réaliser sans difficulté majeure. C'est un point important qu'il faut rappeler.

Ensuite, il apparaît bon qu'il y ait au moins deux officiers ensemble dans ce genre d'enquête. Cela permet une meilleure suite dans les investigations et une réflexion plus grande dans l'analyse des éléments recueillis. Il est bon que le commandant de compagnie concerné suive directement l'affaire mais la présence d'un autre officier, comme le commandant de la Section de Recherches, apparaît comme étant un gage de sérieux et de compétence.

Enfin, il faut remarquer que les casernes des brigades territoriales ne se prêtent pas toujours au travail d'une importante équipe d'enquêteurs dans ce genre d'affaire, heureusement exceptionnelle. Mais ces installations ont l'avantage d'être sur le terrain, très près des zones d'investigations; cette proximité économise les longs déplacements qu'une décentralisation du " P.C. " de l'enquête entraînerait.

En conclusion, cette affaire montre que la Gendarmerie est arrivée à l'heure d'un choix : si elle veut continuer d'avoir la responsabilité d'enquêtes judiciaires intéressantes, elle doit impérativement s'adapter. D'une part, en se dotant des moyens modernes que la technologie apporte et que les services de police en France n'ont pas encore; d'autre part, en réorganisant les services de recherches où des personnels spécialisés seraient parfaitement en mesure de pratiquer les méthodes modernes de police judiciaire.

Ces moyens, ces personnels, alliés aux traditionnelles qualités des enquêteurs de la Gendarmerie (disponibilité, connaissance des populations, capital de confiance) donneraient sans nul doute d'excellents résultats.

En outre, il ne s'agit pas de concurrencer les services de la police judiciaire qui souffrent des mêmes et d'autres problèmes, mais d'occuper tout simplement un créneau malheureusement libre. Tout le monde peut être bénéficaire dans ce domaine : la population, la justice et la Gendarmerie.

C. R. G. LORRAINE

SECTION DE RECHERCHES
DE NANCY

102, Avenue Général Leclerc
Case Officielle n° 130
54037 NANCY CEDEX

Téléphone : 27.40.23

A N A N C Y , le 22 Décembre 1984

N° 19/4

RAPPORT

dù Chef d'Escadron C H A I L L A N ,
Commandant la Section de Recherches de Gendarmerie de NANCY

OBJET : Enquête sur le meurtre de Grégory VILLEMIN.

RÉFÉRENCE : Procés-verbal n° 1139/84, de la Brigade Territoriale de BRUYERES (88) , en date du 17 Octobre 1984.

PIÈCES JOINTES :

DESTINATAIRE : COLONEL , Commandant la Légion de Gendarmerie de Lorraine

à...... M E T Z .

2 7 ... 1984

Dans le cadre de l'enquête, citée en objet , des experts ont été désignés afin de procéder à l'étude de documents manuscrits rédigés par des personnes susceptibles d'être mises en cause dans le meurtre.
En effet, une comparaison avec l'écriture des lettres anonymes et une étude graphologique pouvaient amener la découverte de l'anonymographe.

Le 17 Octobre, le directeur d'enquête a pris contact avec le juge d'instruction mandant pour lui soumettre le projet d'expertises et lui demander son accord pour l'établissement de réquisitions à personnes qualifiées. Le magistrat donna son accord, dictant la mention suivante à porter sur la réquisition :

" Vu l'extrême urgence et l'impossiblité de désigner un deuxième expert dans l'immédiat "".

Deux réquisitions ont donc été établies le 17 Octobre :

La première adressée à Monsieur Antoine ARGOUD, de DARNEY, expert graphologue agréé auprés de la Cour d'Appel de NANCY.

La seconde adressée à Madame JAQUIN-KELLER , de STRASBOURG, experte en écriture, agréée auprés de la Cour de Cassation.

Ces deux réquisitions ont été établies et signées par le Capitaine SESMAT.

Le 30 Octobre, sur la proposition de Madame JAQUIN-KELLER et avec l'accord du juge d'instruction, une réunion a eu lieu à NANCY, à laquelle participaient :

- Monsieur LAMBERT, juge d'instruction, et son greffier Monsieur BERTRAND.
- Madame JAQUIN-KELLER, déjà citée plus haut.
- Madame BERRICHON-SEYDEN, experte graphologue auprés de la Cour d'Appel de PARIS.
- Le Chef d'Escadron Commandant la Section de Recherches de NANCY.
- Le Capitaine Commandant la Compagnie d'EPINAL.

Cette réunion avait pour objet d'étudier en commun les documents recueillis, notamment trois lettres anonymes et des lettres saisies lors de perquisitions.

Madame BERRICHON-SEYDEN étant venue à la réunion à l'invitation de Madame JAQUIN-KELLER, une réquisition fut établie en date du même jour, avec l'accord du juge mandant.

Le 3 Novembre, le directeur d'enquête adressa à un expert de SAINT-DENIS des cassettes contenant l'enregistrement des voix de personnes au nombre desquelles était susceptible de se trouver l'auteur des appels téléphoniques anonymes. Cet expert ayant été commis par ordonnance du juge d'instruction, la question se posa de savoir si les experts en écritures et graphologie n'auraient pas dû également être saisis par voie d'ordonnance.

Tout au début de Novembre, sans qu'il soit possible de préciser la date exacte, le directeur d'enquête, accompagné du Commandant de Compagnie d' EPINAL se rendit chez le juge d'instruction afin de lui soumettre la question de la validité des réquisitions. Le magistrat répondit d'un air sûr de lui qu'il n'y avait aucune objection à ce que des experts soient désignés par voie de réquisition délivrée par un Officier de police judiciaire. Le directeur d'enquête suggéra alors au juge, mais en vain, de délivrer des ordonnances pour éviter toute difficulté éventuelle.

Les enquêteurs ne peuvent être mis en cause dans la nullité des actes effectués par les experts en écriture et en graphologie, du fait que les réquisitions ont été établies avec l'accord préalable du juge mandant. L'attention de celui-ci avait même été attirée, à posteriori il est vrai, sur les risques de nullité que pouvait éventuellement entrainer une telle procédure.

GENDARMERIE NATIONALE

Légion de Lorraine
Groupement des Vosges

COMPAGNIE D' EPINAL
2, rue Grennevo-88020 EPINAL CEDEX
Tél : 82 48 62

EPINAL, le 24 Décembre 1984.

N° 2068/2

RAPPORT

du Capitaine SESMAT, commandant la Compagnie de Gendarmerie d'EPINAL (Vosges).

*

OBJET : Affaire Grégory VILLEMIN.
Garde-à-vue de BOLLE Muriel.

DESTINATAIRE: Chef D'escadron, commandant par intérim le Groupement de Gendarmerie des Vosges, à EPINAL.

Le témoignage de BOLLE Muriel, belle-soeur de LAROCHE Bernard, a été déterminant dans l'inculpation de ce dernier pour l'assassinat du petit Grégory VILLEMIN.

Les conditions dans lesquelles ce témoignage a été recueilli sont aujourd'hui vivement critiquées par les avocats de l'inculpé et par une certaine presse dont le présent rapport reparle plus loin.

Après avoir exposé quand, où et comment la jeune Muriel BOLLE a été entendue à la Gendarmerie de BRUYERES, le problème de la prolongation de garde-à-vue sera abordé.

I - GARDE-A-VUE de BOLLE Muriel

Muriel , dont le nom a été avancé par LAROCHE lui-même lors de sa mise en garde-à-vue les 31 Octobre et 1er Novembre 84 ~~heures~~ à EPINAL, a été une première fois entendue le soir du 1er Novembre au domicile de ses parent à LAVELINE -devant-BRUYERES. Elle a alors confirmé l'alibi avancé par LAROCHE Mais son audition est apparue incomplète et étrange. C'est pour cette raison que les enquêteurs ont décidé de la réentendre plus en détail et au calme le lendemain .
Le 2 Novembre 84, à 9heures 30, les gendarmes sont donc allés la chercher au domicile de ses parents et l'ont ramenée à la brigade de BRUYERES. Elle a été immédiatement placée en garde à vue et entendue à diverses reprises au cours de la journée.(En fait, elle a été enten due à partir de 9h30 et les enquêteurs n'ont décidé sa mise en garde à vue qu'à 13h30 , à la suite de ses aveux ; cependant la mesure de garde à vue prend effet à partir de son interpellation , c'est à dire à 9h30, comme l'indique le registre des gardes à vue)
Ce registre précise qu'elle a été entendue dans les créneaux suivants :

le 2 de 9h30 à 13h30 , de 14h10 à 14h15 , de 16h15 à 18h45 ; le 3 de 8h30 à 9h00 .

Elle a bénéficié de temps de repos , le 2 de 13h30 à 14h10, de 14h15 à 18h15 de 18h45 à 8h30 le 3 ; le 3 de 9h à 10h.00

Toutes ses auditions se sont déroulées dans un bureau de la brigade (bureau chauffé et confortable).

Son audition a , dans ses grandes lignes, été menée par deux gradés OPJ. , l'adjudant LAMIRAND et le MDL-chef BURTON de la BT. de BRUYERES assistés par trois gendarmes APJ., les gendarmes LACHAUSSEE et HENRY, C. (BT. BRUYERES) et le gendarme LEVASSEUR (en renfort de la BT. de SAINT DIE). Ce sont les noms qui figurent sur le procés-verbal d'audition.
Mais il faut savoir que d'autres enquêteurs, à commencer par les officiers, ont eux aussi participé ponctuellement à son audition quand ils n'étaient pas pris par d'autres occupations . Il est également possible que l'un des cinq enquêteurs dont le nom figure en entête du PV. ait pu s'absenter plus ou moins longuement pendant une audition. Tout ceci est normal et parfaitement habituel .

Les auditions en elles-même ont toujours été trés calmes et courtoises. Jamais Muriel n'a été menacée de ""maison de correction"" , jamais elle n'a fait l'objet de question violente ou menaçante. Au contraire, quand elle a commencé à avouer que sa première déposition était fausse , que les faits s'étaient déroulés différemment et que LAROCHE l'avait emmenée chercher Grégory, les enquêteurs se sont montrés extrêmement prudents. Bien sûr, il lui a été demandé s'il elle avait eu des rapports sexuels avec son beau-frère mais cette question, simple et logique, a été posée tout-à-fait normalement. En bref, son audition s'est déroulée de façon parfaitement correcte, les enquêteurs prenant conscience de l'importance capitale de ses révélations.

Muriel a d'ailleurs dit à son père qui,le 2 au soir,était venu lui rendre visite à la brigade : ""je suis ici mieux que chez nous"" et au médecin venu l'examiner le 3 au matin ""les gendarmes sont des copains, ils sont sympas"".

On peut enfin souligner que Muriel a dessiné plusieurs croquis à la demande des enquêteurs ; ces croquis, difficiles à obtenir sous la menace, on en convient, ont recoupé les témoignages recueillis ultérieurement auprés de ses camarades de classe.

Quant aux conditions de garde à vue, elles ont été légales et marquées par le souci de ne traumatiser en rien l'adolescente. Tous ses temps de repos ont été passés dans le local où elle était entendue ; ce local disposait effectivement d'un lit de type militaire, à matelas épais, destiné au planton de nuit. Cette caserne en effet, posséde la particularité d'avoir des locaux de service distincts et éloignés des logements ; par mesure de sécurité, il avait été décidé que le planton pass-erait la nuit dans un bureau. Et c'est donc sur ce lit que Muriel s'est reposée et non pas dans le logement d'un des gendarmes comme certains l'ont faussement annoncé. Les sanitaires se trouvant prés du bureau où elle était entendue, JAMAIS Muriel n'est sortie des locaux de service pendant TOUT le temps de sa garde à vue. Pendant ses temps de repos, et notamment pendant la nuit, elle a été en permanence surveillée par deux gendarmes, ainsi que le prévoient les textes ; le cahier de service de la brigade de BRUYERES le montre parfaitement.
Elle n'a pris qu'un repas au cours de ces 24 heures ; ce repas lui a été préparé par l'épouse d'un gendarme.
Enfin, un poste téléviseur portatif a été mis à sa disposition le soir du 2 Novembre.

Tout ceci est donc clair et précis. Les enquêteurs ont agi à son égard avec le souci de rendre sa garde-à-vue aussi confortable que possible afin qu'on ne puisse pas dire que psychologiquement elle a été choquée par son séjour dans la brigade et que ses aveux ont été obtenus sous une quelconque pression.

D'où vient donc le bruit que Muriel aurait passé la nuit dans le logement d'un gendarme ? Sans doute d'une déformation de propos aprés que les enquêteurs aient aux-mêmes souligné qu'elle n'avait pas dormi da ns une chambre de sûreté. Sans écouter la suite des explications , on (les journalistes) aurait alors affirmé qu'elle a donc dormi au domicile d'un gendarme, hors des locaux de service.

II - PROLONGATION DE LA GARDE A VUE

Les aveux de Muriel sont arrivés dès la fin de la matinée du 2. Cependant, la jeune fille se montrant peu bavarde, son audition dut être prolongée dans l'après-midi et la soirée afin d'obtenir des renseignements plus précis.
Puis, en accord avec le juge d'instruction, informé de l'évolution des faits heure par heure, il fut décidé de la garder la nuit afin de la soustraire aux pressions de sa famille et de reprendre son audition aprés une longue période de repos. Ce qui fut fait ; son audition fut interrompue le 2 à 18h45 pour ne reprendre que le lendemain à 8h30. La nuit se passa comme il l'est expliqué plus haut.
Lors de son audition du matin, elle confirma point par point ses révélations de la veille. Informé, le magistrat instructeur prescrivit alors de la remettre en liberté jusqu'à lundi, en lui demandant formellement de ne rien dire à personne sur ses aveux. Cependant, pour plus de précaution, l'un des enquêteurs, le Commandant de Compagnie, décida de la faire examiner par un médecin avant de la remettre en liberté. Il était environ 9h00 et le délai de garde à vue touchait à sa fin ; pour être parfaitement à l'aise dans les horaires, il appela une nouvelle fois le magistrat instructeur afin de demander une prolongation de garde à vue. Il l'obtint évidement aussitôt, la motivation semblant parfaitement normale et justifiée. Le médecin arriva vers 10h00 et examina la jeune fille pendant une dizaine de minutes. Puis elle fut remise en liberté ; le Commandant de Compagnie la raccompagna chez elle avec un gradé de la brigade de recherches. Au domicile parental, ils s'entretinrent tous deux avec le père de Muriel et elle-même. Le père prit connaissance des dépositions de sa fille puis, à la demande des enquêteurs, jura de ne rien dire à personne de tout cela. Muriel fit de même.
Le juge d'instruction ayant décidé d'entendre à son tour Muriel le lundi 5 Novembre en matinée, la pièce de procédure relatant son audition lui fut adressée aussitôt.
Depuis plusieurs jours en effet, le magistrat se faisait remettre les pièces importantes au fur et à mesure de leur rédaction. C'était donc au juge ou à son greffier que revenait le soin de joindre à la procédure, dont ils étaient en possession directement, la pièce autorisant par écrit la prolongation de la garde-à-vue de BOLLE Muriel.
Ce point est important à souligner : jamais les enquêteurs n'ont pu reprendre le dossier original car celui-ci était directement adressé au magistrat instructeur à la rédaction de chaque pièce importante. L'autorisation écrite de prolongation de garde à vue ne devant figurer que dans le premier exemplaire de la procédure et celui-ci se trouvant directement entre les mains du juge, les enquêteurs n'étaient pas en mesure de vérifier la présence de cette pièce. Il leur paraissait évident que le magistrat, ou son greffier la ferait joindre dès réception du procès-verbal d'audition.
Il faut enfin remarquer que la prolongation de garde à vue n'a été demandée QUE pour faire passer un examen médical à la jeune fille. AUCUNE audition n'a été prise dans le temps de cette prolongation.

La démarche des avocats s'inscrit donc essentiellement dans une querelle procédurière de pure forme.

La plainte de LAROCHE Bernard que Maître WELTZER a déposée au nom de l'ensemble de ses avocats contre les gendarmes pour ""faux et usage de faux"" paraît donc bien spécieuse. En fait, selon des personnes trés proches du Palais de Justice, cette manoeuvre n'a qu'un seul but : discréditer le travail des gendarmes et les faire dessaisir de l'affaire afin que l'enquête soit reprise entièrement par le S.R.P.J.

Après avoir fait annuler les expertises qui désignaient LAROCHE de façon formelle, sesavocats s'attaquent au témoignage de Muriel que même les magistrats de la Chambre d'Accusation ont considéré comme essentiel. Toute l'enquête accable leur client, ils cherchent donc purement et simplement à l'annuler. Trois mois aprés les faits, les nouveaux témoignages ne péseront alors plus lourd et leur client sera libéré....
Cette manoeuvre procédurière va de pair avec une campagne de presse absolument incroyable et inadmissible . En effet, certains journalistes (comme J.M. BESINA de RTL.) ont avoué aux enquêteurs connaître TOUT le dossier : ils sont constamment sollicités par les avocats (des deux parties, mais surtout de ceux de la défense) pour divulguer certains points de l'enquête . M. BESINA a même dit : ""je n'ai jamais vu une affaire pareille; il n'y a aucun secret dans cette instruction"". Il faut ajouter que les experts euxmêmes ont téléphoné plusieurs fois aux responsables de l'enquête pour se plaindre des pressions que ces avocats (M. WELTZER) exerçaient sur eux pendant leurs travaux. Ces faits ont été rapportés au juge d'instruction - sans résultat.

En conclusion, les conditions dans lesquelles Muriel BOLLE a été placée en garde à vue les 2 et 3 Novembre 1984 paraissent parfaitement légales et justifiées. Rien ne permet d'avancer que ses aveux ont été obtenus par la force ou par une quelconque pression psychologique.
Au contraire, devant la gravité de ses révélations, les enquêteurs se sont entourés des plus grandes précautions.
Il ressort :

- que Muriel BOLLE n'a jamais quitté les locaux de service pendant toute la durée de sa garde à vue ;
- que la prolongation de sa garde à vue a été uniquement motivée par la volonté des enquêteurs de la soumettre à un examen médical avant sa remise en liberté ;
- qu'aucune audition n'a été prise pendant cette prolongation de garde à vue;
- que les enquêteurs ont transmis sans délai (dès le lundi matin, le magistrat étant absent pendant le week-end à partir du samedi midi) le procèsverbal d'audition de Muriel BOLLE, où il est écrit à la fin que l'autorisation de prolongation de garde à vue est motivée par une pièce écrite du juge (pièce en fait absente) et qu'ils n'étaient pas en mesure de vérifier la présence de cette pièce dans le dossier du juge d'instruction.

A l'heure actuelle, en l'absence du Procureur de la République, il n'est pas possible de dire quelle sera la suite donnée à la plainte présentée le 21 décembre 84 par les avocats au nom de leur client. S'inscrivant dans une démarche générale de dénigrement du travail des enquêteurs, elle est vivement ressentie par ces derniers comme insultante et humiliante à cause de l'écho qu'en font les mass-médias. Ce genre de démarche doit être dénoncé.

E. Chaumeson

A classer Dossier GREGORY

GENDARMERIE NATIONALE

LEGION DE LORRAINE
Etat-Major : Bureau Service Organisation

2 rue Albert Bettannier - 57038 METZ CEDEX
Tél (8) 762 11 00

Le 27 décembre 1984

N° 1250/2.BSO.

ANALYSE : Enquête Grégory VILLEMIN - Articles de presse.
- Rapport n° 19/4 du 22 décembre 1984 du Chef d'Escadron CHAILLAN commandant la section de recherches de NANCY.
- Rapport n° 2068/2. du 24 décembre 1984 du Capitaine SESMAT commandant la compagnie de Gendarmerie d'EPINAL.

1420/2 BOAT/OE/DEF 28.12.1984

TRANSMIS

- à Monsieur le MINISTRE de la DEFENSE
Direction Générale de la Gendarmerie Nationale
Sous-Direction de l'Organisation et de l'Emploi
- Bureau Emploi - à PARIS

- au Général de Division,
commandant la 6ème Région de Gendarmerie
à METZ

Les rapports ci-joints ont été établis à la demande du Chef de Corps afin de renseigner le Commandement, à la suite des articles parus dans la presse qui continue de relater d'une manière particulièrement tapageuse tout ce qui a trait à l'enquête sur l'assassinat de Grégory VILLEMIN.

I. Annulation des expertises d'écriture et de voix

(cf. Rapport n° 19/4. du Commandant de la section de recherches de Nancy).

Trois réquisitions à personnes qualifiées ont été effectivement établies par les enquêteurs de la Gendarmerie, mais après accord du juge d'instruction. A noter que l'attention de ce magistrat a été appelée par le directeur d'enquête sur la nécessité de délivrer des ordonnances afin de régulariser la situation.

II. Lieu de la garde à vue de BOLLE Muriel

(cf. Rapport n° 2068/2. du Commandant de compagnie d'EPINAL).

BOLLE Muriel a été placée en garde à vue à la brigade de BRUYERES du 2 novembre 1984 à 9H30 jusqu'au 3 novembre à 10H30.

.../...

DIRECTION DE LA GENDARMERIE
COURRIER ARRIVE
000005 D -2 JAN.85
DESTINATAIRE

Elle a exclusivement séjourné dans les locaux de service de la brigade. Il est permis de penser que toute l'exploitation faite sur "son hébergement dans un logement de gendarme" résulte d'une interprétation hâtive de la part des journalistes lorsqu'ils ont appris qu'elle n'a pas été placée en chambre de Sûreté.

III. <u>Prolongation de la garde à vue de BOLLE Muriel</u>

(cf. Rapport n° 2068/2. du Commandant de compagnie d'EPINAL).

Les enquêteurs ont régulièrement demandé et obtenu la prolongation de la garde à vue (art. 154, C 118 et C 119 du Code de Procédure Pénale). Il est important de relever que cette prolongation était uniquement destinée à permettre l'examen médical de la personne gardée à vue ; les conséquences qui pourraient éventuellement en résulter sur le plan de la régularité de la procédure seraient donc loin de la résonance que la presse a donnée en mettant en exergue la plainte déposée à ce sujet contre les gendarmes pour "faux et usage de faux".

Toujours est-il que l'autorisation écrite de la prolongation de garde à vue n'a pas été jointe à la procédure. La manière dont le dossier a été constitué, par envoi successif des pièces au juge d'instruction, fournit les raisons pour lesquelles le directeur d'enquête n'a pas été amené à y vérifier la présence de l'autorisation écrite.

Le Colonel PINOT,
commandant p.i. la Légion de Gendarmerie
de Lorraine,
P.O. le Colonel CRENNER,
Chef d'Etat-Major.

GENDARMERIE NATIONALE

Légion de Lorraine
Groupement des Vosges

COMPAGNIE D ' EPINAL
2, rue Grennevo-88020 EPINAL CEDEX
Tél : 82 48 62

A EPINAL, le 4 Avril 1985 .

N° 42/4

RAPPORT

du Capitaine SESMAT, commandant la Compagnie de Gendarmerie d'EPINAL (Vosges) .

*

OBJET : Affaire VILLEMIN Grégory - Rapports entre les enquêteurs et le magistrat instructeur.

REFERENCE : Ordre verbal du Général , commandant la 6° Région de Gendarmerie du 3 avril 1985.

DESTINATAIRE : COLONEL, commandant le Groupement de Gendarmerie des Vosges ,

à EPINAL.

L'enquête sur l'assassinat du petit Grégory VILLEMIN a commencé dès le 16 octobre 1984 lorsque l'on a retrouvé son corps dans la Vologne à DOCELLES (38) vers 21 heures. Informé par le Commandant de Compagnie qui avait pris la direction de l'enquête, le Procureur de la République s'est déplacé sur les lieux vers 23 heures et dès le lendemain, il a saisi le juge d'instruction LAMBERT qui a ouvert une information. Le 17 octobre 1985 à 12 heures, il a délivré une commission rogatoire générale ""au commandant de la Section de Recherches de NANCY en collaboration avec la Compagnie d'EPINAL"".

L'article 81, alinéa 5 du Code de Procédure Pénale précise que l'officier de police judiciaire doit exécuter la commission rogatoire sous l'autorité du juge d'instruction qui doit vérifier les éléments d'information recueillis . Les textes "Gendarmerie" ajoutent qu'en conséquence, l'OPJ doit tenir le magistrat instructeur au courant de son activité, lui signaler ses difficultés et si besoin, solliciter des instructions.
En fait, pendant les trois semaines qu'a duré l'enquête de la Gendarmerie, du 17 octobre au 5 novembre, date de l'inculpâtion de Bernard LAROCHE, il n'y a eu aucune concertation efficace entre le juge d'instruction et les enquêteurs, ces derniers ne recevant aucune instruction et ne parvenant pas parfois à contacter le magistrat pour l'informer de leurs problèmes.
Ces difficultés, ajoutées au contexte général de l'enquête, ont perturbé le travail des enquêteurs ; elles ont même entraîné de graves erreurs qui ont entaché de nullité des pièces essentielles du dossier ; elles se sont prolongées au cours de la deuxième phase de l'enquête pendant laquelle les investigations ont été à peu près nulles ou incomplètes. Ces problèmes sont à la source des faits dramatiques qui se sont déroulés ultérieurement.

I - DEROULEMENT GENERAL DE L'ENQUETE

11 . Le juge LAMBERT n'est venu qu'épisodiquement sur le terrain; quand il se déplaçait, il écoutait à peine les informations que lui communiquaient les enquêteurs , il ne donnait aucune directive , aucun conseil .

12 . Le 18 octobre , voulant entendre les parents de la victime, il a demandé au Colonel TANGUY , au Lieutenant-Colonel CHAILLAN et au Capitaine SESMAT de le laisser seul avec eux ; à l'issue de cet entretien, il s'est refusé de dire quoi que ce soit aux enquêteurs (Jean-Marie VILLEMIN avait déjà été entendu le matin même ; il aurait été intéressant de lui faire préciser certains points ou éventuellement de relever certaines contradictions).
Plusieurs fois par la suite, le juge est venu entendre ou a convoqué pour entendre certaines personnes sans que ces auditions se traduisent par des directives particulières ; en revanche, il n'a jamais pris connaissance de certaines pièces ; son ignorance ou sa méconnaissance du cours de l'enquête était flagrante.

13 . A plusieurs reprises , les enquêteurs ont demandé qu'une réunion rassemblant les responsables de l'affaire autour du juge d'instruction, soit organisée ; il n'y en a eu qu'une seule , le 26 octobre 1984 au cours de laquelle il n'y a eu aucun échange d'idées : le juge LAMBERT s'est contenté d'exposer son "intuition" qui était alors complètement à contre-courant de l'enquête.

14 . Le dimanche 28 octobre1984, le Capitaine SESMAT a appris que certains journaux se préparaient à diffuser dès le lendemain les lettres anonymes reçues par la famille VILLEMIN; ces lettres formant les éléments essentiels de cette affaire, leur exploitation devait se faire avec le maximum de précautions. Toute la journée, cet officier a cherché à informer le magistrat instructeur de ce projet . En vain , le juge avait disparu.

15 . Plus grave : le 31 octobre 1984, Bernard LAROCHE a été placé en garde à vue à EPINAL ; cette mesure a commencé à 15h15. Il a été entendu toute la soirée et jusqu'au lendemain ; à 14 heures le problème s'est posé de savoir s'il fallait prolonger la garde-à-vue ou le libérer. Il a alors été impossible de trouver le juge LAMBERT . Les enquêteurs ont demandé conseil au Procureur de la République. Le temps s'écoulant, le délai de 24 heures a été dépassé ; il a fallu procéder à un jeu d'écritures pour que Bernard LAROCHE soit considéré comme libéré à 14 h 30, totalisant ainsi 23 h 15 de garde à vue (cf. PV. synthèse). Il n'a en fait été reconduit chez lui que vers 18 heures !
Son épouse, entendue dans les mêmes conditions mais ayant déjà fait l'objet d'une mesure de garde à vue le 22.10.84 pendant 8 h 15 , a dépassé le délai de 24 heures le 1.11 vers 7 h30 ; l'autorisation de prolongation de garde à vue la concernant a été délivrée la veille au soir.

16 . A plusieurs reprises, les enquêteurs se sont trouvés dans le même embarras . Travaillant eux-mêmes parfois 16 à 20 heures par jour, il ne leur était possible de contacter le juge d'instruction que vers 9 h 30 ; pendant les heures de repas, le soir et les week-ends, il était introuvable.

II - PROBLEME DES EXPERTISES ET DE LA GARDE A VUE DE MURIEL BOLLE.

21 . Contrairement à ce qu'a dit et laissé dire le juge LAMBERT, ce ne sont pas les gendarmes qui ont choisi les experts en écriture . Ils avaient d'abord commencé à travailler avec M. ARGOUD mais le juge d'instruction ayant une mauvaise opinion de cet expert , pourtant agréé près la Coun d'Appel de NANCY, a demandé aux enquêteurs d'avoir recours à Mme JACQUIN-KELLER de STRASBOURG , expert près la Cour de Cassation, et dont il disait alors le plus grand bien . Cet expert a ensuite proposé au juge LAMBERT que le deuxième expert à désigner soit Mme BERRICHON-SEDEYN de PARIS. Il a accepté la proposition.
Afin de ne pas perdre de temps, les enquêteurs ont transmis des réquisitions à ces experts pour qu'ils commencent aussitôt leurs travaux.
Le juge LAMBERT était parfaitement au courant de cette situation puisque le 30 octobre, il a assisté à une réunion à NANCY avec les responsables de l'enquête et les experts. A plusieurs reprises, les enquêteurs lui ont dit que cette procédure n'était pas correcte et qu'il fallait la régulariser avec des ordonnances.
Un jour, le Lieutenant-Colonel CHAILLAN a demandé au Capitaine SESMAT de l'accompagner chez le juge LAMBERT afin de lui demander de faire ces ordonnances ; celui-ci a refusé, affirmant que cela n'était pas nécessaire. Quelques semaines plus tard, les expertises ont été annulées.

22 . Les conditions dans lesquelles Muriel BOLLE a été placée en garde à vue et entendue les 2 et 3 novembre 1984 ont déjà fait l'objet du rapport n° 2068/2 en date du 24 décembre 1984.
Des précisions peuvent être apportées à ce rapport :

- la jeune Muriel BOLLE avait déjà été entendue le 1er novembre 1984 mais son témoignage était en contradiction avec les déclarations de LAROCHE (chacun affirmant que l'autre était déjà à la maison quand il arrivait). Placée en garde à vue à 9h30, c'est en début d'après-midi qu'elle a commencé à avouer avoir accompagné son beau-frère . Les officiers responsables de l'enquête étaient encore ce matin là à EPINAL ; ils s'occupaient des procédures (scellés de lettres saisies, dictées....) établies la veille au cours des auditions des époux LAROCHE. Vers 13 heures , le commandant de compagnie s'est rendu à BRUYERES ; il a pris connaissance de l'audition de la jeune fille puis en a rendu compte au Commandant de Groupement et au directeur de l'enquête. Celui-ci s'est à son tour rendu sur place. Les déclarations de Muriel manquaient de précisions ; très logiquement, le Lieutenant-Colonel CHAILLAN a voulu essayer de confirmer certains points avant d'appeler le juge d'instruction. Mais un peu avant 17 heures , celui-ci a été informé de la situation. Il n'a pas manifesté le souhait ni de se déplacer à son tour ni de faire venir le témoin à EPINAL.
- le lendemain, 3 novembre , le Commandant de Compagnie a rappelé le juge LAMBERT afin de lui demander une prolongation de garde à vue (motivée par un examen médical) et d'obtenir des directives sur la conduite à tenir à l'égard de Muriel BOLLE dont le témoignage paraissait capital. Le juge a donné l'instruction de la ramener chez ses parents. Le Capitain SESMAT lui a alors dit que cela était un risque très grand et qu'il était peut-être plus prudent qu'il l'entende le jour-même. Le juge LAMBERT a alors déclaré qu'il devait s'absenter le week-end et qu'il reverrait cel le lundi.
- le lundi 5 novembre, il a entendu Muriel qui, seule avec lui, a confirmé ses déclarations. Il a délivré alors un mandat d'amener puis inculpé Bernard LAROCHE d'assassinat . Le soir même, violant l'article 11 du Code de Procédure Pénale, il tenait une conférence de presse télévisée , révélant les motivations de sa décision et surtout donnant l'identité de la personne mineure qui avait dénoncé l'inculpé.
- Le 7 novembre, Muriel BOLLE s'est présentée devant le juge, accompagnée de sa mère , pour se rétracter. Le soir même , le Juge LAMBERT a affirm aux journalistes " je m'y attendais ....j'ai des élements qui me permettent de faire fi de ces déclérations " .
- Le Juge LAMBERT a plus tard affirmé que c'étaient les enquêteurs qui l'avait dissuadé de faire une confrontation rapide entre LAROCHE et sa belle-soeur ; cela est faux. Au contraire, dès le samedi 3 novembre, ils lui ont conseillé de préparer cette action car il apparaissait évident qu Muriel subirait les pressions de sa famille aussitôt qu'elle aurait été relâchée.
- dans un article enfin qui semble reprendre fidèlement les motivations du juge , on peut lire qu'il regrette qu'un officier n'ait pas conduit l'audition de Muriel surtout à partir du moment où elle a chargé LAROCHE.
Il faut souligner d'abord que la Loi ne fait pas de distinction entre les personnes ayant la qualité d'OPJ en fonction de leur grade. Ensuite , les officiers ont participé à l'audition de la jeune fille ; il n'était pas nécessaire de refaire la procédure sous prétexte qu'ils n'étaient pas mentionnés.

Enfin, il faut rappeler que c'est le juge LAMBERT, et lui seul, qui a entendu Muriel le lundi 5 novembre. En affirmant que"les gendarmes l'ont trahi" , il rejette ses responsabilités et montre qu'il n'avait pas la maîtrise de l'enquête comme un juge d'instruction soucieux de tout faire sans tarder pour arriver à la vérité , l'aurait eu.

- l'audition de Muriel BOLLE a elle aussi fait l'objet d'une **mise en cause** en raison de l'absence d'autorisation de prolongation de garde à vue ; le juge pourtant a reconnu l'avoir donnée verbalement au téléphone en précisant qu'il joindrait la pièce écrite à la procédure dès qu'elle lui serait adressée. Il a oublié de le faire.
 A cause de cette erreur , les avocats de LAROCHE se sont empressés de déposer une plainte pour faux et usage de faux contre les gendarmes ; parce qu'il a refusé d'entendre lui-même Muriel dès le 2 novembre, parce qu'il n'a pas voulu couvrir les enquêteurs dans l'histoire du croquis, les avocats ont porté plainte pour subornation de témoins. Ces attaques injustes et calomnieuses, reprises par certains journalistes en cheville avec les défenseurs de LAROCHE ont visé à rendre la Gendarmerie responsable de la faillite de cette affaire.

III - <u>ENQUETE APRES L'INCULPATION DE B. LAROCHE</u>

Bernard LAROCHE a été inculpé sur la base des rapports d'expertise le désignant de façon formelle comme étant l'auteur des lettres anonymes et du témoignage de Muriel BOLLE. Mais dans les jours qui ont suivi, les enquêteurs ont apporté au juge d'instruction de nouveaux éléments qui permettaient de consolider le dossier : témoignages de personnes déclarant que Muriel n'était pas dans le car scolaire le jour du crime ; témoignages de personnes affirmant avoir vu Muriel dans la voiture de LAROCHE ; renseignements sur la famille, sur des querelles anciennes , sur les faits évoqués dans les appels et les lettres anonymes ; renseignements sur le comportement de LAROCHE pendant les jours qui ont précédé et suivi le crime ; information et analyses sur le contenu des lettres anonymes ...
Tous ces axes d'investigations sont restés inexploités.
Aucune directive dans ce sens n'a été donnée . Au contraire, il a même été parfois refusé que les enquêteurs entendent certaines personnes . Le dossier de la deuxième commission rogatoire, qui a tout de même duré plus de trois mois, du 5 novembre 84 au 18 février 1985, est inconsistant, décousu.
Que s'est-il passé ?
Les avocats de LAROCHE ont exercé une pression permanente et persistante sur le magistrat instructeur. Celui-ci travaillait plus avec eux qu'avec les enquêteurs. A chaque fois qu'un gendarme se rendait chez le juge, il croisait un des avocats qui montait véritablement la garde devant son cabinet.
Contrairement à ce qui a été dit, les enquêteurs ne se sont pas polarisés sur Bernard LAROCHE ; des renseignements qui lui étaient favorables ou qui chargeaient une autre personne (notamment Christine VILLEMIN) ont été recueillis et aussitôt transmis au juge LAMBERT. Mais alors qu'aucune investigation n'était menée sur LAROCHE, toujours inculpé, toutes les auditions recueillies allaient à l'encontre de Christine VILLEMIN.
En même temps, une véritable campagne de presse, orchestrée par quelques journalistes liés aux avocats de Bernard LAROCHE, s'est développée. Essentiellement pour des raisons pécuniaires.

Dès le début du mois de novembre les enquêteurs avaient pourtant averti le juge d'instruction des manoeuvres des avocats : - ils photocopiaient certaines pièces importantes du dossier et les communiquaient à certains journalistes ; ils téléphonaient aux experts qui n'avaient pas encore terminé leur rapport (Mme JACQUIN-KELLER en particulier).
Ces choses sont des faits vérifiables . Des renseignements plus graves encore ont été recueillis dans les milieux de la magistrature et de la presse ; ils ne seront pas évoqués dans ce rapport.

Certains ont affirmé que les problèmes, qu'il a pu y avoir dans cette affaire entre le juge LAMBERT et les enquêteurs de la Gendarmerie, viendraient d'une animosité personnelle que le Commandant de Compagnie d'EPINAL entrêtiendrait à l'égard du magistrat, depuis l'affaire des assassinats des filles à EPINAL , après le déssaisissement de son unité au profit du SRPJ. Cela est absolument faux. Le Capitaine SESMAT a toujours eu des relations très cordiales avec le juge LAMBERT : il l'a invité plusieurs fois à déjeuner au Mess Officiers de la garnison , il l'a convié à des réunions de commandants de brigade et il l'a même invité personnellement à diner chez lui le 4 octobre 1984.
Pendant toute l'enquête, et même au cours des dernières semaines, quand le travail des gendarmes était au point mort et quand plus tard, le SRPJ de NANCY a repris l'affaire ,le Commandant de Compagnie s'est efforcé d'apporter une collaboration efficace au magistrat instructeur. Celui-ci a été contacté régulièrement ; tous les renseignements recueillis lui ont été transmis , toutes les personnes qui voulaient apporter un témoignage ont été dirigées sur lui. Les responsables de l'enquête , lors de leurs entrevues, lui ont franchement exposé leurs craintes et leurs soucis sur l'évolution de l'affaire

L'affaire Grégory ne serait pas devenue l'affaire LAROCHE si les investigations le concernant avaient été menées à fond ; il serait aujourd'hui encore vivant , libre ou emprisonné. Les enquêteurs de la Gendarmerie n'ont jamais eu une quelconque animosité envers lui , ils n'ont jamais cherché à en faire le "coupable idéal" comme certains, mal intentionnés, l'ont affirmé .
Ils ont simplement cherché à découvrir objectivement la vérité. Leur travail n'a pas été exempt d'erreurs mais il faut souligner qu'avec tous les faits qui viennent d'être précisés et ceux que l'on savait déjà, il s'est déroulé dans des conditions très particulières.

Etienne Sesmat

N° 114/4 - TRANSMIS par le COLONEL TANGUY, Commandant le Groupement de Gendarmerie des Vosges,

au GENERAL Commandant la Légion de Gendarmerie de Lorraine à .... M E T Z

Dans le présent rapport, le Capitaine SESMAT donne les faits principaux et quelques réflexions personnelles qui ont caractérisé les relations entre le magistrat instructeur et les enquêteurs pendant la première phase de l'enquête.

Il est certain que depuis le début de cette affaire, les hésitations du juge d'instruction et la trop grande influence que semblent avoir eue sur lui les avocats et les médias, ont été une gène constante pour les enquêteurs.

A, EPINAL le 5 Avril 1985.

Table

RÉALISATION : NORD COMPO MULTIMÉDIA À VILLENEUVE-D'ASCQ
IMPRESSION : CPI BRODARD ET TAUPIN À LA FLÈCHE
DÉPÔT LÉGAL : OCTOBRE 2015. N° 129276 (3012308)
IMPRIMÉ EN FRANCE

ÉGALEMENT DANS LA COLLECTION

POINTS CRIME

Chroniques du crime

Michael Connelly

23 histoires vraies racontées par le maître du polar américain.

Véritable immersion dans le crime, de l'est à l'ouest des États-Unis, cette sélection d'articles raconte la chute d'un parrain de la mafia, la traque d'un tueur en série mais aussi les émeutes qui ont suivi la célèbre affaire Rodney King. Un travail de terrain qui a valu à Michael Connelly le prix Pulitzer 1992.

Né en 1956, **Michael Connelly** a été reporter pour le *South Florida Sun-Sentinel* et le *Los Angeles Times*. Il est notamment l'auteur des romans *Le Poète, Créance de sang* et *À genoux*.

ÉGALEMENT DANS LA COLLECTION

POINTS CRIME

Le Livre rouge de Jack l'éventreur

Stéphane Bourgoin

Le plus grand mystère de l'histoire criminelle.
En 1888, cinq femmes sont massacrées par un serial killer surnommé « Jack l'Éventreur ». Ces prostituées du misérable quartier de Whitechapel, à Londres, sont mutilées, certains de leurs organes prélevés... Ces semaines de terreur sont à l'origine d'un mythe qui dure depuis plus de 125 ans. Le tueur est-il un chirurgien de la reine ? Un boucher ? Un franc-maçon ? Grâce à l'étude des archives secrètes de Scotland Yard et aux analyses des profilers du FBI, à la lumière des derniers développements de la police technique et scientifique et des ultimes suspects « confondus » par l'ADN, Stéphane Bourgoin dresse le portrait de l'assassin.

Spécialiste mondialement reconnu des tueurs en série, **Stéphane Bourgoin** a été conférencier à l'école de la Gendarmerie nationale. Il est l'auteur d'une quarantaine d'ouvrages et de nombreux documentaires télévisés. *Mes conversations avec les tueurs* et *Le Livre noir des serial killers* sont notamment disponibles en Points.